ОСТРОВ СОКРОВИЩ.
ЧЕРНАЯ СТРЕЛА

Роберт Льюис Стивенсон

ОСТРОВ СОКРОВИЩ. ЧЕРНАЯ СТРЕЛА

Роберт Льюис Стивенсон

Перевод К. Чуковского

В сборник вошли известный приключенческий роман «Остров сокровищ» и исторический роман «Черная стрела». «Остров сокровищ», принесший Стивенсону мировую известность, переведен на множество языков, а счет его экранизациям идет на десятки. Это рассказ о том, как однажды в темную бурную ночь на пороге трактира «Адмирал Бенбоу» появился старый пират Билли Бонс. В результате зловещих и странных событий молодой Джим Хокинс, сын хозяйки трактира, становится обладателем карты сокровищ капитана Флинта. В сопровождении друзей и целой команды пиратов он отправляется в путь... Это роман о благородстве, доброте и дружбе, которые помогают героям счастливо окончить полное опасностей путешествие за сокровищами. «Чёрная стрела». На фоне жестокой средневековой войны династий Ланкастеров и Йорков, известной из истории Англии, как Война Алой и Белой розы, развивается история любви и захватывающие приключения молодого стрелка по прозвищу Черная Стрела. Немало придется пережить герою, чтобы не только вернуть себе доброе имя и родовое имение, но и заслужить любовь прекрасной Джоанны Сэнди...

ISBN: 0 978-1-7637956-5-5

ОСТРОВ СОКРОВИЩ

ЧАСТЬ ПЕРВАЯ. СТАРЫЙ ПИРАТ

Глава I. СТАРЫЙ МОРСКОЙ ВОЛК В ТРАКТИРЕ «АДМИРАЛ БЕНБОУ»

Сквайр [1] Трелони, доктор Ливси и другие джентльмены попросили меня написать все, что я знаю об Острове Сокровищ. Им хочется, чтобы я рассказал всю историю, с самого начала до конца, не скрывая никаких подробностей, кроме географического положения острова. Указывать, где лежит этот остров, в настоящее время еще невозможно, так как и теперь там хранятся сокровища, которых мы не вывезли. И вот в нынешнем, 17... году я берусь за перо и мысленно возвращаюсь к тому времени, когда у моего отца был трактир «Адмирал Бенбоу» [2] и в этом трактире поселился старый загорелый моряк с сабельным шрамом на щеке.

Я помню, словно это было вчера, как, тяжело ступая, он дотащился до наших дверей, а его морской сундук везли за ним на тачке. Это был высокий, сильный, грузный мужчина с темным лицом. Просмоленная косичка торчала над воротом его засаленного синего кафтана. Руки у него были шершавые, в каких-то рубцах, ногти черные, поломанные, а сабельный шрам на щеке — грязновато-белого цвета, со свинцовым оттенком. Помню, как незнакомец, посвистывая, оглядел нашу бухту и вдруг загорланил старую матросскую песню, которую потом пел так часто:

---

[1] Дворянский титул в Англии.

[2] Бенбоу — английский адмирал, живший в конце XVII века.

Пятнадцать человек на сундук мертвеца.
Йо-хо-хо, и бутылка рому!

Голос у него был стариковский, дребезжащий, визгливый, как скрипучая вымбовка.[1]

И палка у него была, как ганшпуг.[2] Он стукнул этой палкой в нашу дверь и, когда мой отец вышел на порог, грубо потребовал стакан рому.

Ром был ему подан, и он с видом знатока принялся не спеша смаковать каждый глоток. Пил и поглядывал то на скалы, то на трактирную вывеску.

— Бухта удобная, — сказал он наконец. — Неплохое место для таверны. Много народу, приятель?

Отец ответил, что нет, к сожалению, очень немного.

— Ну что же! — сказал моряк. — Этот... как раз для меня... Эй, приятель! — крикнул он человеку, который катил за ним тачку. — Подъезжай-ка сюда и помоги мне втащить сундук... Я поживу здесь немного, — продолжал он. — Человек я простой. Ром, свиная грудинка и яичница — вот и все, что мне нужно. Да вон тот мыс, с которого видны корабли, проходящие по морю... Как меня называть? Ну что же, зовите меня капитаном... Эге, я вижу, чего вы хотите! Вот!

И он швырнул на порог три или четыре золотые монеты.

— Когда эти кончатся, можете прийти и сказать, — проговорил он сурово и взглянул на отца, как начальник.

И действительно, хотя одежда у него была плоховата, а речь отличалась грубостью, он не был похож на простого матроса. Скорее его можно было принять за штурмана или шкипера, который привык, чтобы ему подчинялись. Чувствовалось, что он любит давать волю своему кулаку. Человек с тачкой рассказал нам,

---

[1] Рычаг шпиля (ворота, служащего для подъема якоря).

[2] Рычаг для подъема тяжестей.

что незнакомец прибыл вчера утром на почтовых в «Гостиницу короля Георга» и расспрашивал там обо всех постоялых дворах, расположенных поблизости моря. Услышав о нашем трактире, должно быть, хорошие отзывы и узнав, что он стоит на отлете, капитан решил поселиться у нас. Вот и все, что удалось нам узнать о своем постояльце.

Человек он был молчаливый. Целыми днями бродил по берегу бухты или взбирался на скалы с медной подзорной трубой. По вечерам он сидел в общей комнате в самом углу, у огня, и пил ром, слегка разбавляя его водой. Он не отвечал, если с ним заговаривали. Только окинет свирепым взглядом и засвистит носом, как корабельная сирена в тумане. Вскоре мы и наши посетители научились оставлять его в покое. Каждый день, вернувшись с прогулки, он справлялся, не проходили ли по нашей дороге какие-нибудь моряки. Сначала мы думали, что ему не хватало компании таких же забулдыг, как он сам. Но под конец мы стали понимать, что он желает быть подальше от них. Если какой-нибудь моряк, пробираясь по прибрежной дороге в Бристоль, останавливался в «Адмирале Бенбоу», капитан сначала разглядывал его из-за дверной занавески и только после этого выходил в гостиную. В присутствии подобных людей он всегда сидел тихо, как мышь.

Я-то знал, в чем тут дело, потому что капитан поделился со мной своей тревогой. Однажды он отвел меня в сторону и пообещал платить мне первого числа каждого месяца по четыре пенса серебром, если я буду «в оба глаза смотреть, не появится ли где моряк на одной ноге», и сообщу ему сразу же, как только увижу такого. Когда наступало первое число и я обращался к нему за обещанным жалованьем, он только трубил носом и свирепо глядел на меня. Но не проходило и недели, как, подумав, он приносил мне монетку и повторял приказание не пропустить «моряка на одной ноге».

Этот одноногий моряк преследовал меня даже во сне.

Бурными ночами, когда ветер сотрясал все четыре угла нашего дома, а прибой ревел в бухте и в утесах, он снился мне на тысячу ладов, в виде тысячи разных дьяволов. Нога была отрезана у него то по колено, то по самое бедро. Порою он казался мне каким-то страшным чудовищем, у которого одна-единственная нога растет из самой середины тела. Он гонялся за мной на этой одной ноге, перепрыгивая через плетни и канавы. Недешево доставались мне мои четыре пенса каждый месяц: я расплачивался за них этими отвратительными снами.

Но как ни страшен был для меня одноногий моряк, самого капитана я боялся гораздо меньше, чем все остальные. В иные вечера он выпивал столько рому с водой, что голова у него шла ходуном, и тогда он долго оставался в трактире и распевал свои старинные, дикие, жестокие морские песни, не обращая внимания ни на кого из присутствующих. А случалось и так, что он приглашал всех к своему столу и требовал стаканы. Приглашенные дрожали от испуга, а он заставлял их либо слушать его рассказы о морских приключениях, либо подпевать ему хором. Стены нашего дома содрогались тогда от «Йо-хо-хо, и бутылка рому», так как все посетители, боясь его неистового гнева, старались перекричать один другого и петь как можно громче, лишь бы капитан остался ими доволен, потому что в такие часы он был необузданно грозен: то стучал кулаком по столу, требуя, чтобы все замолчали; то приходил в ярость, если кто-нибудь перебивал его речь, задавал ему какой-нибудь вопрос; то, наоборот, свирепел, если к нему обращались с вопросами, так как, по его мнению, это доказывало, что слушают его невнимательно. Он никого не выпускал из трактира — компания могла разойтись лишь тогда, когда им овладевала дремота от выпитого вина и он, шатаясь, ковылял к своей постели.

Но страшнее всего были его рассказы. Ужасные рассказы о виселицах, о хождении по доске,[1] о штормах и о Драй Тортугас,[2] о разбойничьих гнездах и разбойничьих подвигах в Испанском море.[3]

Судя по его рассказам, он провел всю свою жизнь среди самых отъявленных злодеев, какие только бывали на море. А брань,

[1] Хождение по доске — вид казни; осужденного заставляли идти по неприбитой доске, один конец которой выдавался в море.

[2] Острова около Флориды.

[3] Испанское море — старое название юго-восточной части Карибского моря.

которая вылетала из его рта после каждого слова, пугала наших простодушных деревенских людей не меньше, чем преступления, о которых он говорил.

Отец постоянно твердил, что нам придется закрыть наш трактир: капитан отвадит от нас всех посетителей. Кому охота подвергаться таким издевательствам и дрожать от ужаса по дороге домой! Однако я думаю, что капитан, напротив, приносил нам скорее выгоду. Правда, посетители боялись его, но через день их снова тянуло к нему. В тихую, захолустную жизнь он внес какую-то приятную тревогу. Среди молодежи нашлись даже поклонники капитана, заявлявшие, что они восхищаются им. «Настоящий морской волк, насквозь просоленный морем!» — восклицали они.

По их словам, именно такие люди, как наш капитан, сделали Англию грозой морей.

Но, с другой стороны, этот человек действительно приносил нам убытки. Неделя проходила за неделей, месяц за месяцем; деньги, которые он дал нам при своем появлении, давно уже были истрачены, а новых денег он не платил, и у отца не хватало духу потребовать их. Стоило отцу заикнуться о плате, как капитан с яростью принимался сопеть; это было даже не сопенье, а рычанье; он так смотрел на отца, что тот в ужасе вылетал из комнаты. Я видел, как после подобных попыток он в отчаянье ломал себе руки. Для меня нет сомнения, что эти страхи значительно ускорили горестную и преждевременную кончину отца.

За все время своего пребывания у нас капитан ходил в одной и той же одежде, только приобрел у разносчика несколько пар чулок. Один край его шляпы обвис; капитан так и оставил его, хотя при сильном ветре это было большим неудобством. Я хорошо помню, какой у него был драный кафтан; сколько он ни чинил его наверху, в своей комнате, в конце концов кафтан превратился в лохмотья.

Никаких писем он никогда не писал и не получал ниоткуда. И никогда ни с кем не разговаривал, разве только если был очень пьян. И никто из нас никогда не видел, чтобы он открывал свой сундук.

Только один-единственный раз капитану посмели перечить, и то произошло это в самые последние дни, когда мой несчастный отец был при смерти.

Как-то вечером к больному пришел доктор Ливси. Он осмотрел пациента, наскоро съел обед, которым угостила его моя мать, и спустился в общую комнату выкурить трубку, поджидая, когда приведут ему лошадь. Лошадь осталась в деревушке, так как в старом «Бенбоу» не было конюшни.

В общую комнату ввел его я и помню, как этот изящный, щегольски одетый доктор в белоснежном парике, черноглазый, прекрасно воспитанный, поразил меня своим несходством с деревенскими увальнями, посещавшими наш трактир. Особенно резко отличался он от нашего вороньего пугала, грязного, мрачного, грузного пирата, который надрызгался рому и сидел, навалившись локтями на стол.

Вдруг капитан заревел свою вечную песню:

Пятнадцать человек на сундук мертвеца.
Йо-хо-хо, и бутылка рому!
Пей, и дьявол тебя доведет до конца.
Йо-хо-хо, и бутылка рому!

Первое время я думал, что «сундук мертвеца» — это тот самый сундук, который стоит наверху, в комнате капитана.

В моих страшных снах этот сундук нередко возникал передо мною вместе с одноногим моряком. Но мало-помалу мы так привыкли к этой песне, что перестали обращать на нее внимание. В этот вечер она была новостью только для доктора Ливси и, как я заметил, не произвела на него приятного впечатления. Он сердито поглядел на капитана, перед тем как возобновить разговор со старым садовником Тейлором о новом способе лечения ревматизма. А между тем капитан, разгоряченный своим собственным пением, ударил кулаком по столу. Это означало, что он требует тишины.

Все голоса смолкли разом; один только доктор Ливси продолжал свою добродушную и громкую речь, попыхивая трубочкой после каждого слова. Капитан пронзительно взглянул на него, потом снова ударил кулаком по столу, потом взглянул еще более пронзительно и вдруг заорал, сопровождая свои слова непристойною бранью:

— Эй, там, на палубе, молчать!

— Вы ко мне обращаетесь, сэр? — спросил доктор.

Тот сказал, что именно к нему, и притом выругался снова.

— В таком случае, сэр, я скажу вам одно, — ответил доктор. — Если вы не перестанете пьянствовать, вы скоро избавите мир от одного из самых гнусных мерзавцев!

Капитан пришел в неистовую ярость. Он вскочил на ноги, вытащил и открыл свой матросский складной нож и стал грозить доктору, что пригвоздит его к стене.

Доктор даже не шевельнулся. Он продолжал говорить с ним не оборачиваясь, через плечо, тем же голосом — может быть, только немного громче, чтобы все могли слышать. Спокойно и твердо он произнес:

— Если вы сейчас же не спрячете этот нож в карман, клянусь вам честью, что вы будете болтаться на виселице после первой же сессии нашего разъездного суда.

Между их глазами начался поединок. Но капитан скоро сдался. Он спрятал свой нож и опустился на стул, ворча, как побитый пес.

— А теперь, сэр, — продолжал доктор, — так как мне стало известно, что в моем округе находится подобная особа, я буду иметь над вами самый строгий надзор днем и ночью. Я не только доктор, я и судья. И если до меня дойдет хоть одна самая малейшая жалоба — хотя бы только на то, что вы нагрубили кому-нибудь... вот как сейчас, — я приму решительные меры, чтобы вас забрали и выгнали отсюда. Больше я ничего не скажу.

Вскоре доктору Ливси подали лошадь, и он ускакал. Но капитан весь вечер был тих и смирен и оставался таким еще много вечеров подряд.

Глава II. ЧЕРНЫЙ ПЕС ПРИХОДИТ И УХОДИТ

Вскоре случилось первое из тех загадочных событий, благодаря которым мы избавились наконец от капитана. Но, избавившись от него самого, мы не избавились, как вы сами увидите, от его хлопотных дел.

Стояла холодная зима с долгими трескучими морозами и бурными ветрами. И с самого начала стало ясно, что мой бедный отец едва ли увидит весну. С каждым днем ему становилось хуже. Хозяйничать в трактире пришлось мне и моей матери. У нас было дела по горло, и мы уделяли очень мало внимания нашему неприятному постояльцу.

Было раннее январское морозное утро. Бухта поседела от инея. Мелкая рябь ласково лизала прибрежные камни. Солнце еще не успело подняться и только тронуло своими лучами вершины холмов и морскую даль. Капитан проснулся раньше обыкновенного и направился к морю. Под широкими полами его истрепанного синего кафтана колыхался кортик. Под мышкой у него была подзорная труба. Шляпу он сдвинул на затылок. Я помню, что изо рта у него вылетал пар и клубился в воздухе, как дым. Я слышал, как злобно он фыркнул, скрываясь за большим утесом, — вероятно, все еще не мог позабыть о своем столкновении с доктором Ливси.

Мать была наверху, у отца, а я накрывал стол для завтрака к приходу капитана. Вдруг дверь отворилась, и в комнату вошел человек, которого прежде я никогда не видел.

Он был бледен, с землистым лицом. На левой руке у него не хватало двух пальцев. Ничего воинственного не было в нем, хотя у него на поясе висел кортик. Я всегда следил в оба за каждым моряком, будь он на одной ноге или на двух, и помню, что этот человек очень меня озадачил. На моряка он был мало похож, и все же я почувствовал, что он моряк.

Я спросил, что ему угодно, и он потребовал рому. Я кинулся было из комнаты, чтобы исполнить его приказание, но он сел за стол и снова подозвал меня к себе. Я остановился с салфеткой в руке.

— Пойди-ка сюда, сынок, — сказал он. — Подойди поближе.

Я подошел.

— Этот стол накрыт для моего товарища, штурмана Билли? — спросил он ухмыляясь.

Я ответил, что не знаю никакого штурмана Билли и что стол накрыт для одного нашего постояльца, которого мы зовем капитаном.

— Ну что ж, — сказал он, — моего товарища, штурмана Билли, тоже можно называть капитаном. Это дела не меняет. У него шрам на щеке и очень приятное обхождение, особливо когда напьется. Вот он каков, мой штурман Билли! У вашего капитана тоже шрам на щеке. И как раз на правой. Значит, все в порядке, не правда ли? Итак, я хотел бы знать: обретается ли он здесь, в этом доме, мой товарищ Билли?

Я ответил, что капитан пошел погулять.

— А куда, сынок? Куда он пошел?

Я показал ему скалу, на которой ежедневно бывал капитан, и сказал, что он, верно, скоро вернется.

— А когда?

И, задав мне еще несколько разных вопросов, он проговорил под конец:

— Да, мой товарищ Билли обрадуется мне, как выпивке.

Однако лицо у него при этих словах было мрачное, и я имел все основания думать, что капитан будет не слишком-то рад встрече с ним. Но я тут же сказал себе, что это меня не касается. И, кроме того, трудно было предпринять что-нибудь при таких обстоятельствах. Незнакомец стоял у самой входной двери трактира и следил за углом дома, словно кот, подстерегающий мышь. Я хотел было выйти во двор, но он тотчас же окликнул меня. Я не сразу ему повиновался, и его бледное лицо вдруг исказилось таким гневом, и он разразился такими ругательствами, что я в страхе отскочил назад. Но едва я вернулся, он стал разговаривать со мною по-прежнему, не то льстиво, не то насмешливо, потрепал меня по плечу, сказал мне, что я славный мальчишка и что он сразу меня полюбил.

— У меня есть сынок, — сказал он, — и ты похож на него, как две капли воды. Он — гордость моего родительского сердца. Но для мальчиков главное — послушание. Да, сынок, послушание. Вот если бы ты поплавал с Билли, тебя не пришлось бы окликать два раза. Билли никогда не повторял приказаний, да и другие, что с ним плавали... А вот и он, мой штурман Билли, с подзорной трубой под мышкой, благослови его бог! Давай-ка пойдем опять в зал, спрячемся за дверью, сынок, и устроим Билли сюрприз, обрадуем Билли, благослови его бог!

С этими словами он загнал меня в общую комнату, в угол, и спрятал у себя за спиной. Мы оба были заслонены открытой дверью. Мне было и неприятно, и чуть-чуть страшновато, как вы можете себе представить, особенно когда я заметил, что незнакомец и сам трусит. Он высвободил рукоятку своего кортика, чуть-чуть вытащил его из ножен и все время делал такие движения, как будто глотает какой-то кусок, застрявший у него в горле.

Наконец в комнату ввалился капитан, хлопнул дверью и, не глядя по сторонам, направился прямо к столу, где его поджидал завтрак.

— Билли! — проговорил незнакомец, стараясь придать своему голосу твердость и смелость.

Капитан повернулся на каблуках и оказался прямо перед нами. Загар как бы сошел с его лица, даже нос его сделался синим. У него был вид человека, который повстречался с привидением, или с дьяволом, или с чем-нибудь похуже, если такое бывает. И, признаюсь вам, мне стало жалко его — таким он сразу сделался старым и дряблым.

— Разве ты не узнаешь меня, Билли? Неужели ты не узнаешь своего старого корабельного товарища, Билли? — сказал незнакомец.

Капитан открыл рот, словно у него не хватило дыхания.

— Черный Пес! — проговорил он наконец.

— Он самый, — ответил незнакомец, несколько приободрившись. — Черный Пес пришел проведать своего старого корабельного друга, своего Билли, живущего в трактире «Адмирал Бенбоу». Ах, Билли, Билли! Сколько воды утекло с тех пор, как я лишился двух своих когтей! — воскликнул он, подняв искалеченную руку.

— Ладно, — сказал капитан. — Ты выследил меня, и я перед тобою. Говори же, зачем пришел?

— Узнаю тебя, Билли, — ответил Черный Пес. — Ты прав, Билли. Этот славный мальчуган, которого я так полюбил, принесет мне стаканчик рому. Мы посидим с тобой, если хочешь, и поговорим без обиняков, напрямик, как старые товарищи. Не правда ли?

Когда я вернулся с бутылкой, они уже сидели за столом капитана друг против друга.

Черный Пес сидел боком, поближе к двери и одним глазом смотрел на своего старого друга, а другим — на дверь, путь к отступлению.

Он велел мне уйти и оставить дверь открытой настежь.

— Чтобы ты, сыночек, не подсматривал в замочную скважину, — пояснил он.

Я оставил их вдвоем и вернулся к стойке.

Долгое время, несмотря на все старания, я не слышал ничего, кроме невнятного говора. Но мало-помалу голоса становились все громче, и наконец мне удалось уловить несколько слов, главным образом ругань, исходившую из уст капитана.

Раз капитан закричал:

— Нет, нет, нет, нет! И довольно об этом! Слышишь?

И потом снова:

— Если дело дойдет до виселицы, так пусть на ней болтаются все!

Потом внезапно раздался страшный взрыв ругательств, стол и скамьи с грохотом опрокинулись на пол, звякнула сталь клинков, кто-то вскрикнул от боли, и через минуту я увидел Черного Пса, со всех ног бегущего к двери. Капитан гнался за ним. Их кортики были обнажены. У черного Пса из левого плеча текла кровь. Возле самой двери капитан замахнулся кортиком и хотел нанести убегающему еще один, самый страшный, удар и несомненно разрубил бы ему голову пополам, но кортик зацепился за большую вывеску нашего «Адмирала Бенбоу». На вывеске, внизу, на самой раме, до сих пор можно видеть след от него.

На этом битва кончилась.

Выскочив на дорогу, Черный Пес, несмотря на свою рану, помчался с такой удивительной скоростью, что через полминуты исчез за холмом. Капитан стоял и смотрел на вывеску как помешанный. Затем несколько раз провел рукой по глазам и вернулся в дом.

— Джим, — приказал он, — рому!

Он слегка пошатнулся при этих словах и оперся рукой о стену.

— Вы ранены? — воскликнул я.

— Рому! — повторил он. — Мне нужно убираться отсюда. Рому! Рому!

Я побежал за ромом, но от волнения разбил стакан и запачкал грязью кран бочки. И пока я приводил все в порядок и наливал другой стакан, вдруг я услышал, как в зале что-то грузно грохнулось на пол. Я вбежал и увидел капитана, который во всю свою длину растянулся на полу. Мать, встревоженная криками и дракой, сбежала вниз мне на помощь. Мы приподняли голову капитана. Он дышал очень громко и тяжко. Глаза его были закрыты, лицо побагровело.

— Боже мой! — воскликнула мать. — Какой срам для нашего трактира! А твой бедный отец, как нарочно, лежит больной!

Мы не знали, как помочь капитану, и были уверены, что он ранен насмерть во время поединка с незнакомцем. Я принес рому и попытался влить ему в рот. Но сильные челюсти его были сжаты, как железные.

К счастью, дверь отворилась, и вошел доктор Ливси, приехавший навестить моего больного отца.

— Доктор, помогите! — воскликнули мы. — Что нам делать? Куда он ранен?

— Ранен? — сказал доктор. — Чепуха! Он так же ранен, как ты или я. У него просто удар. Что делать! Я предупреждал его… Ну, миссис Хокинс, возвращайтесь наверх к мужу и, если можно, ничего не говорите ему. А я попытаюсь спасти эту трижды ненужную жизнь… Джим, принеси мне таз.

Когда я вернулся с тазом, доктор уже засучил у капитана рукав и обнажил его большую, мускулистую руку. Рука была татуирована во многих местах. На предплечье синели четкие надписи: *«На счастье»*, *«Попутного ветра»* и *«Да сбудутся мечты Билли Бонса»*.

Возле самого плеча была нарисована виселица, на которой болтался человек. Рисунок этот, как мне показалось, был выполнен с истинным знанием дела.

— Пророческая картинка, — заметил доктор, трогая пальцем изображение виселицы. — А теперь, сударь Билли Бонс, если вас действительно так зовут, мы посмотрим, какого цвета ваша кровь… Джим, — обратился он ко мне, — ты не боишься крови?

— Нет, сэр, — сказал я.

— Отлично, — проговорил доктор. — Тогда держи таз.

Он взял ланцет и вскрыл вену.

Много вытекло у капитана крови, прежде чем он открыл глаза и обвел нас мутным взглядом. Он узнал доктора и нахмурил брови. Потом заметил меня и как будто несколько успокоился. Потом вдруг покраснел и, пробуя встать, закричал:

— Где Черный Пес?

— Здесь нет никакого пса, кроме того, что сидит у вас за спиной, — сказал доктор. — Вы пили слишком много рому. И вот вас хватил удар, как я вам предсказывал. И я, против желания, вытащил вас из могилы. Ну, мистер Бонс…

— Я не Бонс, — перебил капитан.

— Не важно, — сказал доктор. — У меня есть знакомый пират, которого зовут Бонсом, и я дал вам это имя для краткости. Запомните, что я вам скажу: один стакан рому вас, конечно, не убьет, но если вы выпьете один стакан, вам захочется выпить еще и еще. И клянусь вам моим париком: если вы не бросите пить, вы в самом скором времени умрете. Понятно? Пойдете туда, куда подобает, как сказано в Библии… Ну, попытайтесь встать. Я помогу вам добраться до постели.

С большим трудом мы втащили капитана наверх и уложили в постель. Он в изнеможении упал на подушку. Он был почти без чувств.

— Так помните, — сказал доктор, — я говорю вам по чистой совести: слово «ром"и слово «смерть» для вас означают одно и то же.

Взяв меня за руку, он отправился к моему больному отцу.

— Пустяки, — сказал он, едва мы закрыли за собой дверь. — Я выпустил из него столько крови, что он надолго успокоится. Неделю проваляется в постели, а это полезно и для него, и для вас. Но второго удара ему не пережить.

Глава III. ЧЕРНАЯ МЕТКА

Около полудня я вошел к капитану с прохладительным питьем и лекарством. Он лежал в том же положении, как мы его оставили, только немного повыше. Он показался мне очень слабым и в то же время очень возбужденным.

— Джим, — сказал он, — ты один здесь чего-нибудь стоишь. И ты знаешь: я всегда был добр к тебе. Каждый месяц я давал тебе четыре пенса серебром. Видишь, друг, мне скверно, я болен и всеми покинут! И, Джим, ты принесешь мне кружечку рома, не правда ли?

— Доктор... — начал я.

Но он принялся ругать доктора — слабым голосом, но очень сердито.

— Все доктора — сухопутные крысы, — сказал он. — А этот ваш здешний доктор — ну что он понимает в моряках? Я бывал в таких странах, где жарко, как в кипящей смоле, где люди так и падали от Желтого Джека,[1] а землетрясения качали сушу, как морскую волну. Что знает ваш доктор об этих местах? И я жил только ромом, да! Ром был для меня и мясом, и водой, и женой, и другом. И если я сейчас не выпью рому, я буду как бедный старый корабль, выкинутый на берег штормом. И моя кровь будет на тебе, Джим, и на этой крысе, на докторе...

И он снова разразился ругательствами.

— Посмотри, Джим, как дрожат мои пальцы, — продолжал он жалобным голосом. — Я не могу остановить их, чтобы они не дрожали. У меня сегодня не было ни капли во рту. Этот доктор — дурак, уверяю тебя. Если я не выпью рому, Джим, мне будут

[1] Желтый Джек — лихорадка.

мерещиться ужасы. Кое-что я уже видел, ей-богу! Я видел старого Флинта, вон там, в углу, у себя за спиной. Видел его ясно, как живого. А когда мне мерещатся ужасы, я становлюсь как зверь — я ведь привык к грубой жизни. Ваш доктор сам сказал, что один стаканчик меня не убьет. Я дам тебе золотую гинею[1] за одну кружечку, Джим!

Он клянчил все настойчивее и был так возбужден, что я испугался, как бы его не услышал отец. Отцу в тот день было особенно плохо, и он нуждался в полном покое. К тому же меня поддерживали слова доктора, что один стакан не повредит капитану.

— Не нужно мне ваших денег, — ответил я, потому что предложение взятки очень оскорбило меня. — Заплатите лучше то, что вы должны моему отцу. Я принесу вам стакан, но это будет последний.

Я принес стакан рому. Он жадно схватил его и выпил до дна.

— Вот и хорошо! — сказал он. — Мне сразу же стало лучше. Послушай, друг, доктор не говорил, сколько мне лежать на этой койке?

— По крайней мере неделю, — сказал я. — Не меньше!

— Гром и молния! — вскричал капитан. — Неделю! Если я буду лежать неделю, они успеют прислать мне черную метку. Эти люди уже пронюхали, где я, — моты и лодыри, которые не могли сберечь свое и зарятся теперь на чужое. Разве так настоящие моряки поступают? Вот я, например: я человек бережливый, никогда не сорил деньгами и не желаю терять нажитого. Я опять их надую. Я отчалю от этого рифа и опять оставлю их всех в дураках.

С этими словами он стал медленно приподниматься, схватив меня за плечо с такой силой, что я чуть не закричал от боли.

[1] Гинея — английская золотая монета.

Тяжело, как колоды, опустились его ноги на пол. И его пылкая речь совершенно не соответствовала еле слышному голосу.

После того как он сел на кровати, он долго не мог выговорить ни слова, но наконец произнес:

— Доконал меня этот доктор... В ушах у меня так и поет. Помоги мне лечь...

Но прежде чем я протянул к нему руку, он снова упал в постель и некоторое время лежал молча.

— Джим, — сказал он наконец, — ты видел сегодня того моряка?

— Черного Пса? — спросил я.

— Да, Черного Пса, — сказал он. — Он очень нехороший человек, но те, которые послали его, еще хуже, чем он. Слушай: если мне не удастся отсюда убраться и они пришлют мне черную метку, знай, что они охотятся за моим сундуком. Тогда садись на коня... — ведь ты ездишь верхом, не правда ли? — тогда садись на коня и скачи во весь дух... Теперь уж мне все равно... Скачи хоть к этому проклятому доктору, к крысе, и скажи ему, чтобы он свистнул всех матросов на палубу — всяких там присяжных и судей — и накрыл моих гостей на борту «Адмирала Бенбоу», всю шайку старого Флинта, всех до одного, сколько их еще осталось в живых. Я был первым штурманом... да, первым штурманом старого Флинта, и я один знаю, где находится то место. Он сам все мне передал в Саванне, когда лежал при смерти, вот как я теперь лежу. Видишь? Но ты ничего не делай, пока они не пришлют мне черную метку или пока ты снова не увидишь Черного Пса или моряка на одной ноге. Этого одноногого, Джим, остерегайся больше всего.

— А что это за черная метка, капитан? — спросил я.

— Это вроде как повестка, приятель. Когда они пришлют, я тебе скажу. Ты только не проворонь их, милый Джим, и я разделю с тобой все пополам, даю тебе честное слово...

Он начал заговариваться, и голос его становился все слабее. Я дал ему лекарства, и он принял его, как ребенок.

— Еще ни один моряк не нуждался в лекарстве так, как я.

Вскоре он впал в тяжелое забытье, и я оставил его одного.

Не знаю, как бы я поступил, если бы все шло благополучно. Вероятно, я рассказал бы обо всем доктору, ибо я смертельно боялся, чтобы капитан не пожалел о своей откровенности и не прикончил меня. Но обстоятельства сложились иначе. Вечером внезапно скончался мой бедный отец, и мы позабыли обо всем остальном. Я был так поглощен нашим горем, посещениями соседей, устройством похорон и работой в трактире, что у меня не было времени ни думать о капитане, ни бояться его.

На следующее утро он сошел вниз как ни в чем не бывало. Ел в обычные часы, но без всякого аппетита и, боюсь, выпил больше, чем обыкновенно, потому что сам угощался у стойки. При этом он фыркал и сопел так сердито, что никто не дерзнул запретить ему выпить лишнее. Вечером накануне похорон он был пьян, как обычно. Отвратительно было слышать его разнузданную, дикую песню в нашем печальном доме. И хотя он был очень слаб, мы до смерти боялись его. Единственный человек, который мог бы заткнуть ему глотку, — доктор, — был далеко: его вызвали за несколько миль к одному больному, и после смерти отца он ни разу не показывался возле нашего дома.

Я сказал, что капитан был слаб. И действительно, он не только не поправлялся, но как будто становился все слабее. Через силу всходил он на лестницу; шатаясь, ковылял из зала к нашей стойке. Иногда он высовывал нос за дверь — подышать морем, но хватался при этом за стену. Дышал он тяжело и быстро, как человек, взбирающийся на крутую гору.

Он больше не заговаривал со мной и, по-видимому, позабыл о своей недавней откровенности, но стал еще вспыльчивее, еще раздражительнее, несмотря на всю свою слабость. Напиваясь, он вытаскивал кортик и клал его перед собой на стол и при этом почти не замечал людей, погруженный в свои мысли и бредовые видения.

Раз как-то, к нашему величайшему удивлению, он даже стал насвистывать какую-то деревенскую любовную песенку, которую, вероятно, пел в юности, перед тем как отправиться в море.

В таком положении были дела, когда на другой день после похорон — день был пасмурный, туманный и морозный, — часа в три пополудни, я вышел за дверь и остановился на пороге. Я с тоской думал об отце...

Вдруг я заметил человека, который медленно брел по дороге. Очевидно, он был слепой, потому что дорогу перед собою нащупывал палкой. Над его глазами и носом висел зеленый щиток. Сгорбленный старостью или болезнью, он весь был закутан в ветхий, изодранный матросский плащ с капюшоном, который делал его еще уродливее. Никогда в своей жизни не видал я такого страшного человека. Он остановился невдалеке от трактира и громко произнес нараспев странным гнусавым голосом, обращаясь в пустое пространство:

— Не скажет ли какой-нибудь благодетель бедному слепому человеку, потерявшему драгоценное зрение во время храброй защиты своей родины, Англии, да благословит бог короля Георга, в какой местности он находится в настоящее время?

— Вы находитесь возле трактира «Адмирал Бенбоу», в бухте Черного Холма, добрый человек, — сказал я.

— Я слышу голос, — прогнусавил старик, — и молодой голос. Дайте мне руку, добрый молодой человек, и проводите меня в этот дом!

Я протянул ему руку, и это ужасное безглазое существо с таким слащавым голосом схватило ее, точно клещами.

Я так испугался, что хотел убежать. Но слепой притянул меня к себе.

— А теперь, мальчик, — сказал он, — веди меня к капитану.

— Сэр, — проговорил я, — я, честное слово, не смею...

— Не смеешь? — усмехнулся он. — Ах вот как! Не смеешь! Веди меня сейчас же, или я сломаю тебе руку!

И он так повернул мою руку, что я вскрикнул.

— Сэр, — сказал я, — я боялся не за себя, а за вас. Капитан теперь не такой, как всегда. Он сидит с обнаженным кортиком. Один джентльмен уже приходил к нему и...

— Живо, марш! — перебил он меня.

Никогда я еще не слыхал такого свирепого, холодного и мерзкого голоса. Этот голос напугал меня сильнее, чем боль. Я понял, что должен подчиниться, и провел его в зал, где сидел наш больной пират, одурманенный ромом.

Слепой вцепился в меня железными пальцами. Он давил меня всей своей тяжестью, и я едва держался на ногах.

— Веди меня прямо к нему и, когда он меня увидит, крикни: «Вот ваш друг, Билли». Если ты не крикнешь, я вот что сделаю!

И он так вывернул мою руку, что я едва не потерял сознания. Я так боялся слепого нищего, что забыл мой ужас перед капитаном и, открыв дверь зала, дрожащим голосом прокричал те слова, которые слепой велел мне прокричать.

Бедный капитан вскинул глаза вверх и разом протрезвился. Лицо его выражало не испуг, а скорее смертельную муку. Он попытался было встать, но у него, видимо, не хватило сил.

— Ничего, Билли, сиди, где сидишь, — сказал нищий. — Я не могу тебя видеть, но я слышу, как дрожат твои пальцы. Дело есть дело. Протяни свою правую руку... Мальчик, возьми его руку и поднеси к моей правой руке.

Мы оба повиновались ему. И я видел, как он переложил что-то из своей руки, в которой держал палку, в ладонь капитана, сразу же сжавшуюся в кулак.

— Дело сделано, — сказал слепой.

При этих словах он отпустил меня и с проворством, неожиданным в калеке, выскочил из общей комнаты на дорогу. Я все еще стоял неподвижно, прислушиваясь к удаляющемуся стуку его палки.

Прошло довольно много времени, прежде чем мы с капитаном пришли в себя. Я выпустил его запястье, а он потянул к себе руку и взглянул на ладонь.

— В десять часов! — воскликнул он. — Осталось шесть часов. Мы еще им покажем!

И вскочил на ноги, но сейчас же покачнулся и схватился за горло. Так стоял он, пошатываясь, несколько мгновений, потом с каким-то странным звуком всей тяжестью грохнулся на пол.

Я сразу кинулся к нему и позвал мать. Но было поздно. Капитан скоропостижно скончался от апоплексического удара. И странно: мне, право, никогда не нравился этот человек, хотя в последнее время я начал жалеть его, но, увидев его мертвым, я заплакал. Я плакал долго, я истекал слезами. Это была вторая смерть, которая произошла у меня на глазах, и горе, нанесенное мне первой, было еще слишком свежо в моем сердце.

Глава IV. МАТРОССКИЙ СУНДУК

Я, конечно, сразу же рассказал матери все, что знал. Может быть, мне следовало рассказать ей об этом раньше. Мы очутились в трудном, опасном положении.

Часть денег, оставшихся после капитана, — если только у него были деньги, — безусловно должна была принадлежать нам. Но вряд ли его товарищи, вроде Черного Пса и слепого нищего, согласились бы отказаться от своей добычи для уплаты долгов покойного. Приказ капитана сесть верхом на коня и скакать за доктором Ливси я выполнить не мог: нельзя было оставить мать одну, без всякой защиты. Об этом нечего было и думать. Но мы не смели долее и оставаться дома: мы вздрагивали даже тогда, когда уголья у нас в очаге падали на железную решетку; мы боялись даже тиканья часов. Всюду нам слышались чьи-то шаги, будто кто-то приближается к нам.

При мысли о том, что на полу лежит мертвое тело и что где-то поблизости бродит омерзительный слепой нищий, который может вот-вот вернуться, волосы мои вставали дыбом. Медлить было нельзя ни минуты. Надо было что-то предпринять. И мы решили отправиться вместе в ближнюю деревушку за помощью. Сказано — сделано. С непокрытыми головами бросились мы бежать сквозь морозный туман. Уже начинало темнеть.

Деревушка от нас не была видна, но находилась она недалеко, в нескольких стах ярдах от нас, на противоположном берегу соседней бухты. Меня очень ободряло сознание, что слепой нищий появился с другой стороны и ушел, надо полагать, туда же. Шли мы недолго, хотя иногда останавливались, прислушиваясь. Но кругом слышались привычные звуки: гудел прибой и каркали в лесу вороны.

В деревушке уже зажгли свечи, и я никогда не забуду, как их желтоватое сияние в дверях и окнах успокоило нас. Но в этом и заключалась вся помощь, которую мы получили. Ни один из жителей деревни, к их стыду, не согласился пойти с нами в «Адмирал Бенбоу».

Чем больше говорили мы о наших тревогах, тем сильнее все льнули к своим углам. Имя капитана Флинта, мне до той поры незнакомое, было хорошо известно многим из них и приводило их в ужас. Некоторые вспомнили, что однажды, работая в поле неподалеку от «Адмирала Бенбоу», видели на дороге каких-то подозрительных людей. Незнакомцы показались им контрабандистами, и они поспешили домой, чтобы покрепче закрыть свои двери. Кто-то даже видел небольшой люггер[1] в бухте, называемой Логовом Китта. Поэтому одно упоминание о приятелях капитана приводило их в трепет. Находились смельчаки, которые соглашались съездить за доктором Ливси, жившим в другой стороне, но никто не хотел принять участие в охране трактира.

Говорят, что трусость заразительна. Но разумные доводы, напротив, способны внушить человеку храбрость. Когда все отказались идти вместе с нами, мать заявила, что отнюдь не собирается терять деньги, которые принадлежат ее осиротевшему сыну.

— Вы можете робеть сколько угодно, — сказала она, — мы с Джимом не трусливого десятка. Мы вернемся той же дорогой, какой пришли. Мало чести вам, дюжим и широкоплечим мужчинам с такими цыплячьими душами! Мы откроем сундук, хотя бы пришлось из-за него умереть... Я буду очень благодарна, миссис Кроссли, если вы разрешите мне взять вашу сумку, чтобы положить в нее деньги, принадлежащие нам по закону.

---

[1] Небольшое парусное судно.

Я, конечно, заявил, что пойду с матерью, и, конечно, все заорали, что это безумие. Однако никто, даже из мужчин, не вызвался нас проводить. Помощь их ограничивалась тем, что они дали мне заряженный пистолет на случай нападения и обещали держать наготове оседланных лошадей, чтобы мы могли удрать, если разбойники будут гнаться за нами. А один молодой человек поскакал к доктору за вооруженным подкреплением.

Бешено колотилось мое сердце, когда мы отправились в наш опасный путь. Вечер был холодный. Всходила полная луна. Она уже поднялась над горизонтом и краснела в тумане, с каждой минутой сияя все ярче. Мы поняли, что скоро станет светло, как днем, и нас на обратном пути нетрудно будет заметить. Поэтому мы заторопились еще больше. Мы крались вдоль заборов, бесшумно и быстро, и, не встретив на дороге ничего страшного, добрались наконец до «Адмирала Бенбоу».

Войдя в дом, я сразу же закрыл дверь на засов. Тяжело дыша, мы стояли в темноте, одни в пустом доме, где лежало мертвое тело. Затем мать принесла из бара свечу, и, держась за руки, мы вошли в общую комнату. Капитан лежал в том же положении, как мы его оставили, — на спине, с открытыми глазами, откинув одну руку.

— Опусти шторы, Джим, — прошептала мать. — Они могут следить за нами через окно... А теперь, — сказала она, когда я опустил шторы, — надо отыскать ключ от сундука... Но хотела бы я знать, кто решится дотронуться до него...

И она даже чуть-чуть всхлипнула при этих словах.

Я опустился на колени. На полу возле руки капитана лежал крохотный бумажный кружок, вымазанный с одной стороны чем-то черным. Я не сомневался, что это и есть черная метка. Я схватил ее и заметил, что на другой ее стороне написано красивым, четким почерком: «Даем тебе срок до десяти вечера».

— У него был срок до десяти, мама, — сказал я.

И в то же мгновение наши старые часы начали бить. Этот внезапный звук заставил нас сильно вздрогнуть. Но он и обрадовал нас, так как было только шесть часов.

— Ну, Джим, — сказала мать, — ищи ключ.

Я обшарил карманы капитана один за другим. Несколько мелких монет, наперсток, нитки и толстая игла, кусок свернутого табаку, надкусанный с краю, нож с кривой ручкой, карманный компас, огниво — вот и все, что я там нашел. Я уже начал отчаиваться...

— Может быть, на шее? — сказала мать.

Преодолев отвращение, я разорвал ворот его рубашки. И действительно, на просмоленной веревке, которую я сейчас же перерезал собственным ножом капитана, висел ключ.

Эта удача наполнила наши сердца надеждой, и мы поспешили наверх, в ту тесную комнату, где так долго жил капитан и где со дня его приезда стоял его сундук.

Снаружи это был самый обыкновенный матросский сундук. На крышке видна была буква «Б», выжженная каленым железом. Углы были потерты и сбиты, точно этот сундук отслужил долгую и трудную службу.

— Дай мне ключ, — сказала мать.

Замок поддавался туго, однако ей удалось открыть его, и она в одно мгновение откинула крышку.

На нас пахнуло крепким запахом табака и дегтя. Прежде всего мы увидели новый, старательно вычищенный и выутюженный костюм, очень хороший и, по словам матери, ни разу еще не надеванный. Подняв костюм, мы нашли кучу самых разнообразных предметов: квадрант,[1] жестяную кружку, несколько кусков табаку, две пары изящных пистолетов, слиток серебра, старинные испанские часы, несколько безделушек, не слишком ценных, но

---

[1] Прибор для измерения высоты небесных тел.

преимущественно заграничного производства, два компаса в медной оправе и пять или шесть причудливых раковин из Вест-Индии. Впоследствии я часто думал, зачем капитан, живший такой непоседливой, опасной, преступной жизнью, таскал с собой эти раковины.

Но ничего ценного, кроме слитка серебра и безделушек, мы не нашли, а это нам было не нужно. На самом дне лежал старый шлюпочный плащ, побелевший от соленой воды у многих прибрежных отмелей. Мать нетерпеливо откинула его, и мы увидели последние вещи, лежавшие в сундуке: завернуты в клеенку пакет, вроде пачки бумаг, и холщовый мешок, в котором, судя по звону, было золото.

— Я покажу этим разбойникам, что я честная женщина, — сказала мать. — Я возьму только то, что он мне был должен, и ни фартинга[1] больше. Держи сумку миссис Кроссли!

И она начала отсчитывать деньги, перекладывая их из мешка в сумку, которую я держал. Это было трудное дело, отнявшее много времени. Тут были собраны и перемешаны монеты самых разнообразных чеканок и стран: и дублоны, и луидоры, и гинеи, и пиастры, и еще какие-то, неизвестные мне. Гиней было меньше всего, а мать моя умела считать только гинеи.

[1] Фартинг — мелкая английская монета.

Когда она отсчитала уже половину того, что был должен нам капитан, я вдруг схватил ее за руку. В тихом морозном воздухе пронесся звук, от которого кровь застыла у меня в жилах: постукиванье палки слепого по мерзлой дороге. Стук приближался, и мы прислушивались к нему, затаив дыхание. Затем раздался громкий удар в дверь трактира, после этого ручка двери задвигалась и лязгнул засов — нищий пытался войти. Наступила тишина внутри и снаружи. И наконец опять послышалось постукиванье палки. К нашей неописуемой радости, оно теперь удалялось и скоро замерло.

— Мама, — сказал я, — бери все, и бежим скорей.

Я был убежден, что запертая на засов дверь показалась слепому подозрительной, и побоялся, что он приведет сюда весь свой осиный рой.

И все же как хорошо, что я догадался запереть дверь на засов! Это мог бы понять только тот, кто знал этого страшного слепого.

Но мать, несмотря на весь свой страх, не соглашалась взять ни одной монетой больше того, что ей следовало, и в то же время упрямо не желала взять меньше. Она говорила, что еще нет семи часов, что у нас уйма времени. Она знает свои права и никому не уступит их. Упорно спорила она со мной до тех пор, пока мы вдруг не услыхали протяжный тихий свист, раздавшийся где-то вдалеке, на холме.

Мы сразу перестали препираться.

— Я возьму то, что успела отсчитать, — сказала она, вскакивая на ноги.

— А я прихвачу и это для ровного счета, — сказал я, беря пачку завернутых в клеенку бумаг.

Через минуту мы уже ощупью спускались вниз. Свеча осталась у пустого сундука. Я отворил дверь, и мы вышли на дорогу. Нельзя было терять ни минуты. Туман быстро рассеивался. Луна ослепительно озаряла холмы. Только в глубине лощины и у дверей трактира клубилась зыбкая завеса туманной мглы, как бы для того, чтобы скрыть наши первые шаги. Но уже на половине дороги, чуть повыше, у подножия холма, мы должны были неизбежно попасть в полосу лунного света.

И это было не все — вдалеке мы услышали чьи-то быстрые шаги.

Мы обернулись и увидели прыгающий и приближающийся огонек: кто-то нес фонарь.

— Милый, — вдруг сказала мать, — бери деньги и беги. Я чувствую, что сейчас упаду в обморок...

«Мы погибли оба», — решил я. Как проклинал я трусость наших соседей! Как сердился я на свою бедную мать и за ее честность, и за ее жадность, за ее прошлую смелость и за ее теперешнюю слабость!

К счастью, мы проходили возле какого-то мостика. Я помог ей — она шаталась — сойти вниз, к берегу. Она вздохнула и склонилась ко мне на плечо. Не знаю, откуда у меня взялись силы, но я потащил ее вдоль берега и втащил под мост. Боюсь только, что это было сделано довольно грубо. Мостик был низенький, и двигаться под ним можно было только на четвереньках. Я пополз дальше, под арку, а мать осталась почти вся на виду. Это было в нескольких шагах от трактира.

Глава V. КОНЕЦ СЛЕПОГО

Оказалось, что любопытство мое было сильнее страха. Я не мог усидеть на месте. Осторожно вылез я в ложбинку и спрятался за кустом ракитника. Отсюда я отчетливо видел дорогу перед дверью трактира.

Едва я занял свой наблюдательный пост, как появились враги. Их было человек семь или восемь. Они быстро приближались, громко и беспорядочно стуча башмаками. Человек с фонарем бежал впереди всех. За ним следовали трое, держась за руки. Несмотря на туман, я разглядел, что средний в этом «трио» — слепой нищий. Затем я услышал его голос и убедился, что был прав.

— К черту дверь! — крикнул он.

— Есть, сэр! — отозвались двое или трое.

И они кинулись в атаку на дверь «Адмирала Бенбоу»; человек с фонарем шел сзади. У самой двери они остановились и принялись совещаться шепотом. Очевидно, их поразило, что дверь не заперта. Затем опять раздались приказания слепого. Нетерпеливый, свирепый голос его становился все громче и визгливее.

— В дом! В дом! — кричал он, проклиная товарищей за медлительность.

Четверо или пятеро вошли в дом, двое остались на дороге вместе с ужасным нищим. Потом после нескольких минут тишины раздался крик удивления и чей-то голос завопил изнутри:

— Билли мертвый!

Но слепой снова выругал их за то, что они так копаются.

— Обыщите его, подлые лодыри! Остальные наверх, за сундуком! — приказал он.

Они застучали башмаками по ветхим ступеням, и весь дом задрожал от их топота. Затем снова раздались удивленные голоса. Окошко в комнате капитана распахнулось настежь, и вниз со звоном посыпались осколки разбитого стекла. Из окна высунулся человек. Голова его и плечи были хорошо видны при свете месяца. Он крикнул слепому нищему, стоявшему внизу на дороге:

— Эй, Пью, здесь уже успели побывать раньше нас!.. Кто-то перерыл весь сундук снизу доверху!

— А то на месте? — проревел Пью.

— Деньги тут.

— К черту деньги! — закричал слепой. — Я говорю о бумагах Флинта.

— Бумаг не видать, — отозвался человек.

— Эй вы, там, внизу, посмотрите, нет ли их на теле! — снова крикнул слепой.

Другой разбойник — вероятно, один из тех, кто остался внизу обыскивать труп капитана, — появился в дверях трактира.

— Его успели обшарить до нас, — сказал он. — Нам ничего не оставили.

— Нас ограбили здешние люди. Этот тот щенок! — крикнул Пью. — Жаль, что я не выколол ему глаза… Эти люди были здесь совсем недавно. Когда я хотел войти, дверь была заперта на засов. Ищите же их, ребята! Ищите во всех углах…

— Да, они были здесь. Они оставили горящую свечу, — сказал человек в окне.

— Ищите! Ищите! Переройте весь дом! — повторил Пью, стуча палкой.

И вот в нашем старом трактире начался ужасный кавардак. Тяжелые шаги загремели повсюду. Посыпались обломки разбиваемой мебели, захлопали двери вверху и внизу, так что даже окрестные скалы подхватили этот бешеный грохот. Но все напрасно: люди один за другим выходили на дорогу и докладывали, что не нашли нас нигде.

В это мгновение вдали снова раздался тот самый свист, который так напугал мою мать и меня, когда мы считали монеты покойного. На этот раз он прозвучал дважды. Прежде я думал, что этим свистом слепой сзывает своих товарищей на штурм. Но теперь я заметил, что свист раздается со стороны холма, обращенного к деревушке, и догадался, что это сигнал, предупреждающий бандитов об опасности.

— Это Дэрк, — сказал один. — Слышите: он свистит два раза. Надо бежать, ребята.

— Бежать?! — крикнул Пью. — Ах вы, олухи! Дэрк всегда был дурак и трус. Нечего слушать Дэрка. Они где-то здесь, поблизости. Они не могли убежать далеко. Вы должны их найти. Ищите же, псы! Ищите! Ищите во всех закоулках! О, дьявол! — воскликнул он. — Будь у меня глаза!

Этот крик несколько приободрил разбойников. Двое из них принялись рыскать между деревьями в роще, но нехотя, еле двигаясь. Они, как мне показалось, больше думали о бегстве, чем о поисках. Остальные растерянно стояли посреди дороги.

— У нас в руках тысячи, а вы мямлите, как идиоты! Если вы найдете эту бумагу, вы станете богаче короля! Бумага эта здесь, в двух шагах, а вы отлыниваете и норовите удрать! Среди вас не нашлось ни одного смельчака, который рискнул бы отправиться к Билли и дать ему черную метку. Это сделал я, слепой! И из-за вас я теряю теперь свое счастье! Я должен пресмыкаться в нищете и выпрашивать гроши на стаканчик, когда я мог бы разъезжать в каретах!

— Но ведь дублоны у нас, — проворчал один.

— А бумагу они, должно быть, припрятали, — добавил другой. — Бери деньги, Пью, и перестань беснователься.

Пью и правда был вроде бешеного. Последние возражения разбойников окончательно разъярили его. В припадке неистовой злобы он поднял свою клюку и, бросившись вслепую на товарищей, принялся награждать их ударами.

Те, в свою очередь, отвечали злодею ругательствами, сопровождая их ужасными угрозами. Они пытались схватить клюку и вырвать ее у него из рук.

Эта ссора была спасение для нас.

Пока они дрались и переругивались, с холмов, со стороны деревушки, донесся топот скачущих лошадей. Почти в то же мгновение где-то за изгородью блеснул огонек и грянул пистолетный выстрел. Это был последний сигнал. Он означал, что опасность близка. Разбойники кинулись в разные стороны — одни к морю, по берегу бухты, другие вверх, по откосу холма. Через полминуты на дороге остался один Пью. Они бросили его одного — может быть, забыли о нем в паническом страхе, а может быть, нарочно в отместку за брань и побои. Оставшись один, он в бешенстве стучал палкой по дороге и, протягивая руки, звал товарищей, но окончательно сбился с пути и, вместо того чтобы кинуться к морю, побежал по направлению к деревне.

Он промчался в нескольких шагах от меня, приговаривая плачущим голосом:

— Джонни, Черный Пес, Дэрк... — Он называл и другие имена. — Ведь вы не кинете старого Пью, дорогие товарищи, ведь вы не оставите старого Пью!

Топот коней между тем приближался. Уже можно было различить пять или шесть всадников, озаренных луной. Они неслись во весь опор вниз по склону холма.

Тут слепой сообразил, что идет не туда, куда надо. Вскрикнув, он повернулся и побежал прямо к придорожной канаве, в которую не замедлил скатиться. Но сейчас же поднялся и, обезумев, выкарабкался опять на дорогу, как раз под ноги коню, скакавшему впереди всех.

Верховой хотел спасти его, но было поздно. Отчаянный крик слепого, казалось, разорвал ночную тьму. Четыре копыта лошади смяли и раздавили его. Он упал на бок, медленно перевернулся навзничь и больше не двигался.

Я вскочил на ноги и окликнул верховых. Они остановились, перепуганные происшедшим несчастьем. Я сейчас же узнал их. Скакавший сзади всех был тот самый подросток, который вызвался съездить из деревушки за доктором Ливси. Остальные оказались таможенными стражниками, которых он встретил на пути. У него хватило ума позвать их на помощь. Слухи о каком-то люггере в Логове Китта и прежде доходили до таможенного надзирателя мистера Данса. Дорога к Логову Китта шла мимо нашего трактира, Данс тотчас же поскакал туда в сопровождении своего отряда. Благодаря этой счастливой случайности мы с матерью спаслись от неминуемой смерти.

Пью был убит наповал. Мать мою мы отнесли в деревню. Там дали ей понюхать ароматической соли, обрызгали ее холодной водой, и она очнулась. Несмотря на все перенесенные страхи, она не переставала жаловаться, что не успела взять из капитановых денег всю сумму, которая ей причиталась по праву.

Тем временем таможенный надзиратель Данс поскакал со своим отрядом в Логово Китта. Но стражники спешились и осторожно спускались по склону, ведя лошадей под уздцы, а то и поддерживая их, и постоянно опасаясь засады. И, естественно, к тому времени, когда они добрались наконец до бухты, судно уже успело поднять якорь, хотя и находилось еще неподалеку от берега. Данс окликнул его. В ответ раздался голос, советовавший ему избегать освещенных луной мест, если он не хочет получить хорошую порцию свинца. И тотчас же возле его плеча просвистела пуля.

Вскоре судно обогнуло мыс и скрылось.

Мистер Данс, по его собственным словам, чувствовал себя, стоя на берегу, точно «рыба, выброшенная из воды». Он сразу послал человека в Б..., чтобы выслали в море куттер.[1]

— Но все это зря, — сказал он. — Они удрали, и их не догонишь. Я рад и тому, — добавил он, — что наступил господину Пью на мозоль.

Я ему уже успел рассказать о слепом.

Вместе с ним я вернулся в «Адмирал Бенбоу». Трудно передать, какой там был разгром. Бандиты, ища меня и мать, сорвали со стены даже часы. И хотя они ничего не унесли с собой, кроме денежного мешка, принадлежавшего капитану, и нескольких серебряных монет из нашей кассы, мне сразу стало ясно, что мы разорены.

Мистер Данс долго ничего не мог понять.

— Ты говоришь, они взяли деньги? Объясни мне, Хокинс, чего же им еще было нужно? Они еще каких-нибудь денег искали?

— Нет, сэр, не денег, — ответил я. — То, что они искали, лежит у меня здесь, в боковом кармане. Говоря по правде, я хотел бы положить эту вещь в более безопасное место.

— Верно, мальчик, верно, — сказал он. — Дай ее мне, если хочешь.

— Я думал дать ее доктору Ливси... — начал я.

— Правильно! — с жаром перебил он меня. — Правильно. Доктор Ливси — джентльмен и судья. Пожалуй, и мне самому следовало бы съездить к нему или к сквайру и доложить о происшедшем. Ведь как-никак, а Пью умер. Я нисколько не жалею об этом, но могут найтись люди, которые взвалят вину на меня,

---

[1] Одномачтовое судно.

королевского таможенного надзирателя. Знаешь что, Хокинс? Поедем со мной. Я возьму тебя с собой, если хочешь.

Я поблагодарил его, и мы пошли в деревушку, где стояли лошади. Пока я прощался с матерью, все уже сели в седла.

— Доггер, — сказал мистер Данс, — у тебя хорошая лошадь. Посади этого молодца к себе за спину.

Как только я уселся позади Доггера и взялся за его пояс, надзиратель приказал трогаться в путь, и отряд крупной рысью поскакал по дороге к дому доктора Ливси.

Глава VI. БУМАГИ КАПИТАНА

Мы неслись во весь опор и наконец остановились у дома доктора Ливси. Весь фасад был погружен во мрак.

Мистер Данс велел мне спрыгнуть с лошади и постучаться. Доггер подставил стремя, чтобы мне было удобнее сойти. На стук вышла служанка.

— Доктор Ливси дома? — спросил я.

— Нет, — отвечала она. — Он вернулся после полудня домой, а теперь ушел в усадьбу пообедать и провести вечер со сквайром.

— В таком случае мы едем туда, — сказал мистер Данс.

До усадьбы было недалеко. Я даже не сел в седло, а побежал рядом с лошадью, держась за стремя Доггера.

Мелькнули ворота парка. Длинная безлиственная, озаренная луной аллея вела к белевшему вдали помещичьему дому, окруженному просторным старым садом. Мистер Данс соскочил с лошади и повел меня в дом. Нас тотчас же впустили туда.

Слуга провел нас по длинному коридору, пол которого был застлан ковром, в кабинет хозяина. Стены кабинета были уставлены книжными шкафами. На каждом шкафу стоял бюст. Сквайр и доктор Ливси сидели возле яркого огня и курили.

Я никогда не видел сквайра так близко. Это был высокий мужчина, более шести футов ростом, дородный, с толстым суровым лицом, огрубевшим и обветренным во время долгих странствий. У него были черные подвижные брови, выдававшие не злой, но надменный и вспыльчивый нрав.

— Войдите, мистер Данс, — сказал он высокомерно и снисходительно. — Добрый вечер!

— Добрый вечер, Данс, — сказал доктор и кивнул головой. — Добрый вечер, друг Джим. Какой попутный ветер занес вас сюда?

Таможенный надзиратель выпрямился, руки по швам, и рассказал все наши приключения, как заученный урок. Посмотрели бы вы, как многозначительно переглядывались эти два джентльмена во время его рассказа! Они слушали с таким любопытством, что даже перестали курить. А когда они услыхали, как мать моя отправилась ночью обратно в наш дом, доктор Ливси хлопнул себя по бедру, а сквайр крикнул «браво» и разбил свою длинную трубку о решетку камина. Мистер Трелони (так, если вы помните, звали сквайра) давно уже оставил свое кресло и расхаживал по комнате, а доктор, словно для того, чтобы лучше слышать, стащил с головы свой напудренный парик. Странно было видеть его без парика, с коротко остриженными черными волосами.

Наконец мистер Данс окончил свой рассказ.

— Мистер Данс, — сказал сквайр, — вы благородный человек! А прикончив одного из самых кровожадных злодеев, вы совершили доблестный поступок. Таких надо давить, как тараканов!.. Хокинс, я вижу, тоже малый не промах. Позвони в тот колокольчик, Хокинс. Мистер Данс должен выпить пива.

— Значит, Джим, — сказал доктор, — то, что они искали, находится здесь, у тебя?

— Вот оно, — сказал я и протянул ему завернутый в клеенку пакет.

Доктор осмотрел пакет со всех сторон. По-видимому, ему не терпелось вскрыть его. Но он пересилил себя и спокойно положил пакет в карман.

— Сквайр, — сказал он, — когда Данс выпьет пива, ему придется вернуться к своим служебным обязанностям. А Джим Хокинс будет ночевать у меня. Если позволите, я попрошу сейчас подать ему холодного паштета на ужин.

— Еще бы, сделайте милость, Ливси! — отозвался сквайр. — Хокинс сегодня заслужил кое-что и побольше.

Передо мной на одном из маленьких столиков поставили большую порцию голубиного паштета. Я был голоден как волк, и поужинал с большим удовольствием. А тем временем Данс, выслушав немало новых похвал, удалился.

— Ну, сквайр, — сказал доктор.

— Ну, доктор, — сказал сквайр.

— В одно слово! — засмеялся доктор Ливси. — Надеюсь, вы слышали об этом Флинте?

— Слыхал ли я о Флинте?! — воскликнул сквайр. — Вы спрашиваете, слыхал ли я о Флинте? Это был самый кровожадный пират из всех, какие когда-либо плавали по морю. Черная Борода перед Флинтом младенец. Испанцы [1] так боялись его, что, признаюсь вам, сэр, я порой гордился, что он англичанин. Однажды возле Тринидада я видел вдали верхушки его парусов, но наш капитан струсил и тотчас же повернул обратно, сэр, в Порт-оф-Спейн.[2]

— Я слышал о нем здесь, в Англии, — сказал доктор. — Но вот вопрос: были ли у него деньги?

— Деньги! — вскричал сквайр. — Разве вы не слыхали, что рассказывал Данс? Чего могли искать эти злодеи, если не денег? Что им нужно, кроме денег? Ради чего, кроме денег, они стали бы рисковать своей шкурой?

— Мы скоро узнаем, ради чего они рисковали шкурой, — ответил доктор. — Вы так горячитесь, что не даете мне слова сказать. Вот что я хотел бы выяснить: предположим, здесь, у меня в кармане, находится ключ, с помощью которого можно узнать, где Флинт спрятал свои сокровища. Велики ли эти сокровища?

---

[1] В XVIII веке Англия воевала с Испанией и Францией, а в XVII веке — также и с Голландией; отсюда вражда некоторых персонажей романа к испанцам, французам и голландцам.

[2] Столица острова Тринидад в Карибском море.

— Велики ли, сэр! — закричал сквайр. — Так слушайте! Если только действительно в наших руках находится ключ, о котором вы говорите, я немедленно в бристольских доках снаряжаю подходящее судно, беру с собой вас и Хокинса и еду добывать это сокровище, хотя бы нам пришлось искать его целый год!

— Отлично, — сказал доктор. — В таком случае, если Джим согласен, давайте вскроем пакет.

И он положил пакет перед собой на стол.

Пакет был крепко зашит нитками. Доктор достал свой ящик с инструментами и разрезал нитки хирургическими ножницами. В пакете оказались две вещи: тетрадь и запечатанный конверт.

— Прежде всего посмотрим тетрадь, — предложил доктор.

Он ласково подозвал меня к себе, и я встал из-за стола, за которым ужинал, чтобы принять участие в раскрытии тайны. Доктор начал перелистывать тетрадь. Сквайр и я с любопытством смотрели через его плечо.

На первой странице тетради были нацарапаны всевозможные каракули. Было похоже, что их выводили от нечего делать или для пробы пера. Между прочим, здесь была и та надпись, которую капитан вытатуировал у себя на руке: «Да сбудутся мечты Билли Бонса», и другие в том же роде, например: «Мистер У.Бонс, штурман», «Довольно рому», «У Палм-Ки»[1] он получил все, что ему причиталось». Были и другие надписи, совсем непонятные, состоявшие большей частью из одного слова. Меня очень заинтересовало, кто был тот, который получил, «что ему причиталось», и что именно ему причиталось. Быть может, удар ножом в спину?

— Ну, из этой страницы не много выжмешь, — сказал доктор Ливси.

Десять или двенадцать следующих страниц были полны странных бухгалтерских записей. На одном конце строки стояла дата, а на другом — денежный итог, как и обычно в бухгалтерских книгах. Но вместо всяких объяснений в промежутке стояло только различное число крестиков. Двенадцатым июня 1745 года, например, была помечена сумма в семьдесят фунтов стерлингов, но все объяснения, откуда она взялась, заменяли собой шесть крестиков. Изредка, впрочем, добавлялось название местности, например: «Против Каракаса», или просто помечались широта и долгота, например: «62° 17' 20», 19° 2' 40»».

Записи велись в течение почти двадцати лет. Заприходованные суммы становились все крупнее. И в самом конце, после пяти или шести ошибочных, зачеркнутых подсчетов, был подведен итог, и внизу подписано: «Доля Бонса».

— Я ничего не могу понять, — сказал доктор Ливси.

— Все ясно, как день! — воскликнул сквайр. — Перед нами приходная книга этого гнусного пса. Крестиками заменяются названия потопленных кораблей и ограбленных городов. Цифры

[1] Островок у берегов Флориды.

обозначают долю этого душегуба в общей добыче. Там, где он боялся неточности, он вставлял некоторые пояснения. «Против Каракаса», например. Это значит, что против Каракаса было ограблено какое-то несчастное судно. Бедные моряки, плывшие на нем, давно уже гниют среди кораллов.

— Правильно! — сказал доктор. — Вот что значит быть путешественником! Правильно! И доля его росла, по мере того как он повышался в чине.

Ничего больше в этой тетради не было, кроме названий некоторых местностей, записанных на чистых листах, и таблицы для перевода английских, испанских и французских денег в ходячую монету.

— Бережливый человек! — воскликнул доктор. — Его не обсчитаешь.

— А теперь, — сказал сквайр, — посмотрим, что здесь.

Конверт был запечатан в нескольких местах. Печатью служил наперсток, который я нашел у капитана в кармане. Доктор осторожно сломал печати, и на стол выпала карта какого-то острова, с широтой и долготой, с обозначением глубин моря возле берегов, с названием холмов, заливов и мысов. Вообще здесь было все, что может понадобиться, чтобы без всякого риска подойти к неведомому острову и бросить якорь.

Остров имел девять миль в длину и пять в ширину. Он напоминал жирного дракона, ставшего на дыбы. Мы заметили две гавани, хорошо укрытые от бурь, и холм посередине, названный «Подзорная Труба».

На карте было много добавлений, сделанных позже. Резче всего бросались в глаза три крестика, сделанных красными чернилами, — два в северной части острова и один в юго-западной. Возле этого последнего крестика теми же красными чернилами мелким, четким почерком, совсем не похожим на каракули капитана, было написано:

«Главная часть сокровищ здесь».

На оборотной стороне карты были пояснения, написанные тем же почерком. Вот они:

«Высокое дерево на плече Подзорной Трубы, направление к С. от С.-С.-В.

Остров Скелета В.-Ю.-В. и на В. Десять футов.

Слитки серебра в северной яме. Отыщешь ее на склоне восточной горки, в десяти саженях к югу от черной скалы, если стать к ней лицом.

Оружие найти легко в песчаном холме на С. оконечности Северного мыса, держать на В. и на четверть румба к С.

Д.Ф.»

И все. Эти записи показались мне совсем непонятными. Но, несмотря на свою краткость, они привели сквайра и доктора Ливси в восторг.

— Ливси, — сказал сквайр, — вы должны немедленно бросить вашу жалкую практику. Завтра я еду в Бристоль. Через три недели… нет, через две недели… нет, через десять дней у нас будет лучшее судно, сэр, и самая отборная команда во всей Англии. Хокинс поедет юнгой… Из тебя выйдет прекрасный юнга, Хокинс… Вы, Ливси, — судовой врач. Я — адмирал. Мы возьмем с собой Редрута, Джойса и Хантера. Попутный ветер быстро домчит нас до острова. Отыскать там сокровища не составит никакого труда. У нас будет столько монет, что нам хватит на еду, мы сможем купаться в них, швырять их рикошетом в воду…

— Трелони, — сказал доктор, — я еду с вами. Ручаюсь, что мы с Джимом оправдаем ваше доверие. Но есть один, на которого я боюсь положиться.

— Кто он? — воскликнул сквайр. — Назовите этого пса, сэр!

— Вы, — ответил доктор, — потому что вы не умеете держать язык за зубами. Не мы одни знаем об этих бумагах. Разбойники, которые сегодня вечером разгромили трактир, — как видите, отчаянно смелый народ, а те разбойники, которые оставались на судне, — и, кроме них, смею сказать, есть и еще где-нибудь поблизости — сделают, конечно, все возможное, чтобы завладеть сокровищами. Мы нигде не должны показываться поодиночке, пока не отчалим от берега. Я останусь здесь вместе с Джимом до отъезда. Вы берите Джойса и Хантера и отправляйтесь с ними в Бристоль. И, самое главное, мы никому не должны говорить ни слова о нашей находке.

— Ливси, — ответил сквайр, — вы всегда правы. Я буду нем как могила.

ЧАСТЬ ВТОРАЯ. СУДОВОЙ ПОВАР

Глава VII. Я ЕДУ В БРИСТОЛЬ

На подготовку к плаванию ушло гораздо больше времени, чем воображал сквайр. Да и вообще все наши первоначальные планы пришлось изменить. Прежде всего, не осуществилось желание доктора Ливси не разлучаться со мной: ему пришлось отправиться в Лондон искать врача, который заменил бы его в наших местах на время его отсутствия. У сквайра было много работы в Бристоле. А я жил в усадьбе под присмотром старого егеря[1] Редрута, почти как пленник, мечтая о неведомых островах и морских приключениях. Много часов провел я над картой и выучил ее наизусть. Сидя у огня в комнате домоправителя, я в мечтах своих подплывал к острову с различных сторон. Я исследовал каждый его вершок, тысячи раз взбирался на высокий холм, названный Подзорной Трубой, и любовался оттуда удивительным, постоянно меняющимся видом. Иногда остров кишел дикарями, и мы должны были отбиваться от них. Иногда его населяли хищные звери, и мы должны были убегать от них. Но все эти воображаемые приключения оказались пустяками в сравнении с теми странными и трагическими приключениями, которые произошли на самом деле.

Неделя шла за неделей. Наконец в один прекрасный день мы получили письмо. Оно было адресовано доктору Ливси, но на конверте стояла приписка:

---

[1] Егерь — главный охотник в помещичьих имениях.

«Если доктор Ливси еще не вернулся, письмо вскрыть Тому Редруту или молодому Хокинсу».

Разорвав конверт, мы прочли — вернее, я прочел, потому что егерь разбирал только печатные буквы, — следующие важные сообщения:

«Гостиница «Старый якорь», Бристоль, 1 марта 17... года.

Дорогой Ливси!

Не знаю, где вы находитесь, в усадьбе или все еще в Лондоне, — пишу одновременно и туда и сюда.

Корабль куплен и снаряжен. Он стоит на якоре, готовый выйти в море. Лучше нашей шхуны и представить себе ничего невозможно. Управлять ею может младенец. Водоизмещение — двести тонн. Название — «Испаньола».

Достать ее помог мне мой старый приятель Блендли, который оказался удивительно ловким дельцом. Этот милый человек работал для меня, как чернокожий. Впрочем, и каждый в Бристоле старался помочь мне, стоило только намекнуть, что мы отправляемся за нашим сокровищем...»

— Редрут, — сказал я, прерывая чтение, — доктору Ливси это совсем не понравится. Значит, сквайр все-таки болтал...

— А кто важнее: сквайр или доктор? — проворчал егерь. — Неужели сквайр должен молчать, чтобы угодить какому-то доктору Ливси?

Я отказался от всяких пояснений и стал читать дальше.

«Блендли сам отыскал «Испаньолу», и благодаря его ловкости она досталась нам буквально за гроши. Правда, в Бристоле есть люди, которые терпеть не могут Блендли. Они имеют наглость утверждать, будто этот честнейший человек хлопочет только ради барыша, будто «Испаньола» принадлежит ему самому и будто он продал ее мне втридорога. Это, бесспорно, клевета. Никто, однако, не осмеливается отрицать, что «Испаньола» — прекрасное судно.

Итак, корабль я достал без труда. Правда, рабочие снаряжают его очень медленно, но со временем все будет готово. Гораздо больше пришлось мне повозиться с подбором команды.

Я хотел нанять человек двадцать — на случай встречи с дикарями, пиратами или проклятым французом. Я уже из сил выбился, а нашел всего шестерых, но затем судьба смилостивилась надо мной, и я встретил человека, который сразу устроил мне все это дело.

Я случайно разговорился с ним в порту. Оказалось, что он старый моряк. Живет на суше и держит таверну. Знаком со всеми моряками в Бристоле. Жизнь на суше расстроила его здоровье, он хочет снова отправиться в море и ищет место судового повара. В то утро, по его словам, он вышел в порт только для того, чтобы подышать соленым морским воздухом.

Эта любовь к морю показалась мне трогательной, да и вас она, несомненно, растрогала бы. Мне стало жалко его, и я тут же на месте предложил ему быть поваром у нас на корабле. Его зовут Долговязый Джон Сильвер. У нет одной ноги. Но я считаю это самой лучшей рекомендацией, так как он потерял ее, сражаясь за родину под начальством бессмертного Хока.[1] Он не получает пенсии, Ливси. Видите, в какие ужасные времена мы живем!

Да, сэр, я думал, что я нашел повара, а оказалось, что я нашел целую команду.

С помощью Сильвера мне в несколько дней удалось навербовать экипаж из настоящих, опытных, просоленных океаном моряков. Внешность у них не слишком привлекательная, но зато, судя по их лицам, все они — люди отчаянной храбрости. Имея такую команду, мы можем сражаться хоть с целым фрегатом.

---

[1] Эдвард Хок — английский адмирал, живший в середине XVIII века.

Долговязый Джон посоветовал мне даже рассчитать кое-кого из тех шести или семи человек, которых я нанял прежде. Он в одну минуту доказал мне, что они пресноводные увальни, с которыми нельзя связываться, когда отправляешься в опасное плавание.

Я превосходно себя чувствую, ем, как бык, сплю, как бревно. И все же я не буду вполне счастлив, пока мои старые морячки не затопают вокруг шпиля.[1] В открытое море! К черту сокровища! Море, а не сокровища, кружит мне голову. Итак, Ливси, приезжайте скорей! Не теряйте ни часа, если вы меня уважаете.

Отпустите молодого Хокинса проститься с матерью. Редрут может сопровождать его. Потом пусть оба, не теряя времени, мчатся в Бристоль.

Джон Трелони.

Post scriptum. Забыл вам сообщить, что Блендли, который, кстати сказать, обещал послать нам на помощь другой корабль, если мы не вернемся к августу, нашел для нас отличного капитана. Капитан это прекрасный человек, но, к сожалению, упрям, как черт. Долговязый Джон Сильвер отыскал нам очень знающего штурмана, по имени Эрроу. А я, Ливси, достал боцмана, который умеет играть на дудке. Как видите, на нашей драгоценной «Испаньоле» все будет, как на заправском военном корабле.

Забыл написать вам, что Сильвер — человек состоятельный. По моим сведениям, у него текущий счет в банке, и не маленький. Таверну свою он на время путешествия передает жене. Жена его не принадлежит к белой расе. И таким старым холостякам, как мы с вами, извинительно заподозрить, что именно жена, а не только плохое здоровье гонит его в открытое море.

Д.Т.

P.P.S. Хокинс может провести один вечер у своей матери.

---

[1] Шпиль — ворот, на который наматывается якорный канат.

Д.Т.»

Нетрудно представить себе, как взбудоражило меня это письмо. Я был вне себя от восторга. Всем сердцем презирал я старого Тома Редрута, который только ворчал и скулил. Любой из младших егерей с удовольствием поехал бы вместо него. Но сквайр хотел, чтобы ехал Том Редрут, а желание сквайра было для слуг законом. Никто, кроме старого Редрута, не посмел бы даже и поворчать.

На следующее утро мы оба отправились пешком в «Адмирал Бенбоу». Мать мою я застал в полном здоровье. Настроение у нее было хорошее. Со смертью капитана окончились все ее неприятности. Сквайр на свой счет отремонтировал наш дом. По его приказанию стены и вывеска были заново выкрашены. Он нам подарил кое-какую мебель, в том числе превосходное кресло, чтобы матери моей удобнее было сидеть за прилавком. На подмогу ей он нанял мальчика. Этот мальчик должен был исполнять обязанности, которые прежде исполнял я.

Только увидев чужого мальчишку в трактире, я впервые отчетливо понял, что надолго расстаюсь с родным домом. До сих пор я думал лишь о приключениях, которые ждут меня впереди, а не о доме, который я покидаю. При виде неуклюжего мальчика, занявшего мое место, я впервые залился слезами. Боюсь, что я бессовестно мучил и тиранил его. Он еще не успел привыкнуть к своему новому месту, а я не прощал ему ни единого промаха и злорадствовал, когда он ошибался.

Миновала ночь, и на следующий день после обеда мы с Редрутом вновь вышли на дорогу. Я простился с матерью, с бухтой, возле которой я жил с самого рождения, с милым старым «Адмиралом Бенбоу» — хотя, заново покрашенный, он стал уже не таким милым. Вспомнил я и капитана, который так часто бродил по этому берегу, его треугольную шляпу, сабельный шрам на щеке и медную подзорную трубу. Мы свернули за угол, и мой дом исчез.

Уже смеркалось, когда возле «Гостиницы короля Георга» мы сели в почтовый дилижанс. Меня втиснули между Редрутом и каким-то старым толстым джентльменом. Несмотря на быструю езду и холодную ночь, я сразу заснул. Мы мчались то вверх, то вниз, а я спал как сурок и проспал все станции. Меня разбудил удар в бок. Я открыл глаза. Мы стояли перед большим зданием на городской улице. Уже давно рассвело.

— Где мы? — спросил я.

— В Бристоле, — ответил Том. — Вылезай.

Мистер Трелони жил в трактире возле самых доков, чтобы наблюдать за работами на шхуне. Нам, к величайшей моей радости, пришлось идти по набережной довольно далеко, мимо множества кораблей самых различных размеров, оснасток и национальностей. На одном работали и пели. На другом матросы высоко над моей головой висели на канатах, которые снизу казались не толще паутинок. Хотя я всю жизнь прожил на берегу моря, здесь оно удивило меня так, будто я увидел его впервые. Запах дегтя и соли был нов для меня. Я разглядывал резные фигурки на носах кораблей, побывавших за океаном. Я жадно рассматривал старых моряков с серьгами в ушах, с завитыми бакенбардами, с просмоленными косичками, с неуклюжей морской походкой. Они слонялись по берегу. Если бы вместо них мне показали королей или архиепископов, я обрадовался бы гораздо меньше.

Я тоже отправлюсь в море! Я отправлюсь в море на шхуне, с боцманом, играющим на дудке, с матросами, которые носят косички и поют песни! Я отправлюсь в море, я поплыву к неведомому острову искать зарытые в землю сокровища!

Я был погружен в эти сладостные мечты, когда мы дошли наконец до большого трактира. Нас встретил сквайр Трелони. На нем был синий мундир. Такие мундиры носят обычно морские офицеры. Он выходил из дверей, широко улыбаясь. Шел он вразвалку, старательно подражая качающейся походке моряков.

— Вот и вы! — воскликнул он. — А доктор еще вчера вечером прибыл из Лондона. Отлично! Теперь вся команда в сборе.

— О сэр, — закричал я, — когда же мы отплываем?

— Отплываем? — переспросил он. — Завтра.

Глава VIII. ПОД ВЫВЕСКОЙ «ПОДЗОРНАЯ ТРУБА»

Когда я позавтракал, сквайр дал мне записку к Джону Сильверу в таверну «Подзорная труба». Он объяснил мне, как искать ее: идти по набережной, пока не увидишь маленькую таверну, а над дверью большую трубу вместо вывески.

Я обрадовался возможности еще раз посмотреть корабли и матросов и тотчас же отправился в путь. С трудом пробираясь сквозь толпу народа, толкавшегося на пристани среди тюков и фургонов, я нашел наконец таверну.

Она была невелика и довольно уютна: вывеска недавно выкрашена, на окнах опрятные красные занавески, пол посыпан чистейшим песком. Таверна выходила на две улицы. Обе двери были распахнуты настежь, и в просторной низкой комнате было довольно светло, несмотря на клубы табачного дыма.

За столиками сидели моряки. Они так громко говорили между собой, что я остановился у двери, не решаясь войти.

Из боковой комнаты вышел человек. Я сразу понял, что это и есть Долговязый Джон. Левая нога его была отнята по самое бедро. Под левым плечом он держал костыль и необыкновенно проворно управлял им, подпрыгивая, как птица, на каждом шагу. Это был очень высокий и сильный мужчина, с широким, как окорок, плоским и бледным, но умным и веселым лицом. Ему, казалось, было очень весело. Посвистывая, шнырял он между столиками, пошучивал, похлопывая по плечу некоторых излюбленных своих посетителей.

Признаться, прочитав о Долговязом Джоне в письме сквайра, я с ужасом подумал, не тот ли это одноногий моряк, которого я так долго подстерегал в старом «Бенбоу». Но стоило мне взглянуть на этого человека, и все мои подозрения рассеялись. Я видел капитана, видел Черного Пса, видел слепого Пью и полагал, что знаю, какой вид у морских разбойников. Нет, этот опрятный и добродушный хозяин трактира нисколько не был похож на разбойника.

Я собрался с духом, перешагнул через порог и направился прямо к Сильверу, который, опершись на костыль, разговаривал с каким-то посетителем.

— Мистер Сильвер, сэр? — спросил я, протягивая ему записку.

— Да, мой мальчик, — сказал он. — Меня зовут Сильвер. А ты кто такой?

Увидев письмо сквайра, он, как мне показалось, даже вздрогнул.

— О, — воскликнул он, протягивая мне руку, — понимаю! Ты наш новый юнга. Рад тебя видеть.

И он сильно сжал мою руку в своей широкой и крепкой ладони.

В это мгновенье какой-то человек, сидевший в дальнем углу, внезапно вскочил с места и кинулся к двери. Дверь была рядом с ним, и он сразу исчез. Но торопливость его привлекла мое внимание, и я с одного взгляда узнал его. Это был трехпалый человек с одутловатым лицом, тот самый, который приходил к нам в трактир.

— Эй, — закричал я, — держите его! Это Черный Пес! Черный Пес!

— Мне наплевать, как его зовут! — вскричал Сильвер. — Но он удрал и не заплатил мне за выпивку. Гарри, беги и поймай его!

Один из сидевших возле двери вскочил и пустился вдогонку.

— Будь он хоть адмирал Хок, я и то заставил бы его заплатить! — кричал Сильвер.

Потом, внезапно отпустив мою руку, спросил:

— Как его зовут? Ты сказал — Черный… как дальше? Черный кто?

— Пес, сэр! — сказал я. — Разве мистер Трелони не рассказывал вам о наших разбойниках? Черный Пес из их шайки.

— Что? — заревел Сильвер. — В моем доме!.. Бен, беги и помоги Гарри догнать его… Так он один из этих крыс?.. Эй, Морган, ты, кажется, сидел с ним за одним столом? Поди-ка сюда.

Человек, которого он назвал Морганом, — старый, седой, загорелый моряк, — покорно подошел к нему, жуя табачную жвачку.

— Ну, Морган, — строго спросил Долговязый, — видал ли ты когда-нибудь прежде этого Черного… как его… Черного Пса?

— Никогда, сэр, — ответил Морган и поклонился.

— И даже имени его не слыхал?

— Не слыхал, сэр.

— Ну, твое счастье, Том Морган! — воскликнул кабатчик. — Если ты станешь путаться с негодяями, ноги твоей не будет в моем заведении! О чем он с тобой говорил?

— Не помню хорошенько, сэр, — ответил Морган.

— И ты можешь называть головой то, что у тебя на плечах? Или это у тебя юферс?[1] — закричал Долговязый Джон. — Он не помнит хорошенько! Может, ты и понятия не имеешь, с кем ты разговаривал? Ну, выкладывай, о чем он сейчас говорил! Вы растабарывали оба о плаваниях, кораблях, капитанах? Ну! Живо!

---

[1] Блок для натягивания вант.

— Мы говорили о том, как людей под килем протягивают,[1] — ответил Морган.

— Под килем! Вполне подходящий для тебя разговор. Эх, ты! Ну, садись на место, Том, дуралей…

Когда Морган сел за свой столик, Сильвер по-приятельски наклонился к моему уху, что очень мне польстило, и прошептал:

— Честнейший малый этот Том Морган, но ужасный дурак. А теперь, — продолжал он вслух, — попробуем вспомнить. Черный Пес? Нет, никогда не слыхал о таком. Как будто я его где-то видел. Он нередко… да-да… заходил сюда с каким-то слепым нищим.

— Да-да, со слепым! — вскричал я. — Я и слепого этого знал. Его звали Пью.

— Верно! — воскликнул Сильвер, на этот раз очень взволнованный. — Пью! Именно так его и звали. С виду он был большая каналья. Если этот Черный Пес попадется нам в руки, капитан Трелони будет очень доволен. У Бена отличные ноги. Редкий моряк бегает быстрее Бена. Нет, от Бена не уйдешь. Бен кого хочешь догонит… Так он говорил о том, как протягивают моряков на канате? Ладно, ладно, уж мы протянем его самого…

Сильвер прыгал на своем костыле, стучал кулаком по столам и говорил с таким искренним возмущением, что даже судья в Олд Бейли[2] или лондонский полицейский поверили бы в полнейшую его невиновность.

Встреча с Черным Псом в «Подзорной трубе» пробудила все мои прежние подозрения, и я внимательно следил за поваром. Но он был слишком умен, находчив и ловок для меня.

Наконец вернулись те двое, которых он послал вдогонку за Черным Псом. Тяжело дыша, они объявили, что Черному Псу

---

[1] Протягивание под килем — вид наказания в английском флоте в XVIII веке.

[2] Суд в Лондоне.

удалось скрыться от них в толпе. И кабатчик принялся ругать их с такой яростью, что я окончательно убедился в полной невиновности Долговязого Джона.

— Слушай, Хокинс, — сказал он, — для меня эта история может окончиться плохо. Что подумает обо мне капитан Трелони? Этот прокляты голландец сидел в моем доме и лакал мою выпивку! Потом приходишь ты и говоришь мне, что он из разбойничьей шайки. И все же я даю ему улизнуть от тебя перед самыми моими иллюминаторами. Ну, Хокинс, поддержи меня перед капитаном Трелони! Ты молод, но не глуп. Тебя не проведешь. Да, да, да! Я это сразу заметил. Объясни же капитану, что я на своей деревяшке никак не мог угнаться за этим чертовым псом. Если бы я был первоклассный моряк, как в старое время, он бы от меня не ушел, я бы его насадил на вертел в две минуты, но теперь...

Он вдруг умолк и широко разинул рот, словно что-то вспомнил.

— А деньги? — крикнул он. — За три кружки! Вот дьявол, про деньги-то я и забыл!

Рухнув на скамью, он захохотал и хохотал до тех пор, пока слезы не потекли у него по щекам. Хохот его был так заразителен, что я не удержался и стал хохотать вместе с ним, пока вся таверна не задрожала от хохота.

— Я хоть и стар, а какого разыграл морского телен-ка! — сказал он наконец, вытирая щеки. — Я вижу, Хокинс, мы с тобой будем хорошей парой. Ведь я и сейчас оказался не лучше юнги... Однако надо идти: дело есть дело, ребята. Я надену свою старую треуголку и пойду вместе с тобой к капитану Трелони доложить ему обо всем, что случилось. А ведь дело-то серьезное, молодой Хокинс, и, надо сознаться, ни мне, ни тебе оно чести не приносит. Нет, нет! Ни мне, ни тебе: обоих нас околпачили здорово. Однако, черт его побери, как надул он меня с этими деньгами!

Он снова захохотал, и с таким жаром, что я, хотя не видел тут ничего смешного, опять невольно присоединился к нему.

Мы пошли по набережной. Сильвер оказался необыкновенно увлекательным собеседником. О каждом корабле, мимо которого мы проходили, он сообщал мне множество сведений: какие у него снасти, сколько он может поднять груза, из какой страны он прибыл. Он объяснял мне, что делается в порту: одно судно разгружают, другое нагружают, а вон то, третье, сейчас выходит в открытое море. Он рассказывал мне веселые истории о кораблях и моряках. То и дело употреблял он всякие морские словечки и повторял их по нескольку раз, чтобы я лучше запомнил их. Я начал понемногу понимать, что лучшего товарища, чем Сильвер, в морском путешествии не найдешь.

Наконец мы пришли в трактир. Сквайр и доктор Ливси пили пиво, закусывая поджаренными ломтиками белого хлеба.

Они собирались на шхуну — посмотреть, как ее снаряжают.

Долговязый Джон рассказал им все, что случилось в таверне, с начала и до конца, очень пылко и совершенно правдиво.

— Ведь так оно и было, не правда ли, Хокинс? — спрашивал он меня поминутно.

И я всякий раз полностью подтверждал его слова.

Оба джентльмена очень жалели, что Черному Псу удалось убежать. Но что можно было сделать? Выслушав их похвалы, Долговязый Джон взял костыль и направился к выходу.

— Команде быть на корабле к четырем часам дня! — крикнул сквайр ему вдогонку.

— Есть, сэр! — ответил повар.

— Ну, сквайр, — сказал доктор Ливси, — говоря откровенно, я не вполне одобряю большинство приобретений, сделанных вами, но Джон Сильвер мне по вкусу.

— Чудесный малый, — отозвался сквайр.

— Джим пойдет сейчас с нами на шхуну, не так ли? — прибавил доктор.

— Конечно, конечно, — сказал сквайр. — Хокинс, возьми свою шляпу, сейчас мы пойдем посмотреть наш корабль.

Глава IX. ПОРОХ И ОРУЖИЕ

«Испаньола» стояла довольно далеко от берега. Чтобы добраться до нее, нам пришлось взять лодку и лавировать среди других кораблей. Перед нами вырастали то украшенный фигурами нос, то корма. Канаты судов скрипели под нашим килем и свешивались у нас над головами. На борту нас приветствовал штурман мистер Эрроу, старый моряк, косоглазый и загорелый, с серьгами в ушах. Между ним и сквайром были, очевидно, самые близкие, приятельские отношения.

Но с капитаном сквайр явно не ладил.

Капитан был человек угрюмый. Все на корабле раздражало его. Причины своего недовольства он не замедлил изложить перед нами. Едва мы спустились в каюту, как явился матрос и сказал:

— Капитан Смоллетт, сэр, хочет с вами поговорить.

— Я всегда к услугам капитана. Попроси его пожаловать сюда, — ответил сквайр.

— Капитан, оказалось, шел за своим послом. Он сразу вошел в каюту и запер за собой дверь.

— Ну, что скажете, капитан Смоллетт? Надеюсь, все в порядке? Шхуна готова к отплытию?

— Вот что, сэр, — сказал капитан, — я буду говорить откровенно, даже рискуя поссориться с вами. Мне не нравится эта экспедиция. Мне не нравятся ваши матросы. Мне не нравится мой помощник. Вот и все. Коротко и ясно.

— Быть может, сэр, вам не нравится также и шхуна? — спросил сквайр, и я заметил, что он очень разгневан.

— Я ничего не могу сказать о ней, сэр, пока не увижу ее в плавании, — ответил ему капитан. — Кажется, она построена неплохо. Но судить об этом еще рано.

— Тогда, сэр, быть может, вам не нравится ваш хозяин? — спросил сквайр.

Но тут вмешался доктор Ливси.

— Погодите, — сказал он, — погодите. Этак ничего, кроме ссоры, не выйдет. Капитан сказал нам и слишком много и слишком мало, и я имею право попросить у него объяснений... Вы, кажется, сказали, капитан, что вам не нравится наша экспедиция? Почему?

— Меня пригласили, сэр, чтобы я вел судно суда, куда пожелает этот джентльмен, и не называли цели путешествия, —

сказал капитан. — Отлично, я ни о чем не расспрашивал. Но вскоре я убедился, что самый последний матрос знает о цели путешествия больше, чем я. По-моему, это некрасиво. А как по-вашему?

— По-моему, тоже, — сказал доктор Ливси.

— Затем, — продолжал капитан, — я узнал, что мы едем искать сокровища. Я услыхал об этом, заметьте, от своих собственных подчиненных. А искать сокровища — дело щекотливое. Поиски сокровищ вообще не по моей части, и я не чувствую никакого влечения к подобным занятиям, особенно если эти занятия секретные, а секрет — прошу прощения, мистер Трелони! — выболтан, так сказать, попугаю.

— Попугаю Сильвера? — спросил сквайр.

— Нет, это просто поговорка, — пояснил капитан. — Она означает, что секрет уже ни для кого не секрет. Мне кажется, вы недооцениваете трудности дела, за которое взялись, и я скажу вам, что я думаю об этом: вам предстоит борьба не на жизнь, а на смерть.

— Вы совершенно правы, — ответил доктор. — Мы сильно рискуем. Но вы ошибаетесь, полагая, что мы не отдаем себе отчета в опасностях, которые нам предстоят. Вы сказали, что вам не нравится наша команда. Что ж, по-вашему, мы наняли недостаточно опытных моряков?

— Не нравятся мне они, — отвечал капитан. — И, если говорить начистоту, нужно было поручить набор команды мне.

— Не спорю, — ответил доктор. — Моему другу, пожалуй, следовало набирать команду вместе с вами. Это промах, уверяю вас, совершенно случайный. Тут не было ничего преднамеренного. Затем, кажется, вам не нравится мистер Эрроу?

— Не нравится, сэр. Я верю, что он хороший моряк. Но он слишком распускает команду, чтобы быть хорошим помощником. Он фамильярничает со своими матросами. Штурман на корабле должен держаться в стороне от матросов. Он не может пьянствовать с ними.

— Вы хотите сказать, что он пьяница? — спросил сквайр.

— Нет, сэр, — ответил капитан. — Я только хочу сказать, что он слишком распускает команду.

— А теперь, — попросил доктор, — скажите нам напрямик, капитан, чего вам от нас нужно.

— Вы твердо решили отправиться в это плавание, джентльмены?

— Бесповоротно, — ответил сквайр.

— Отлично, — сказал капитан. — Если вы до сих пор терпеливо меня слушали, хотя я и говорил вещи, которых не мог доказать, послушайте и дальше. Порох и оружие складывают в носовой части судна.[1] А между тем есть прекрасное помещение под вашей каютой. Почему бы не сложить их туда? Это первое. Затем, вы взяли с собой четверых слуг. Кого-то из них, как мне сказали, тоже хотят поместить в носовой части. Почему не устроить им койки возле вашей каюты? Это второе.

— Есть и третье? — спросил мистер Трелони.

— Есть, — сказал капитан. — Слишком много болтают.

— Да, чересчур много болтают, — согласился доктор.

— Передам вам только то, что я слышал своими ушами, — продолжал капитан Смоллетт. — Говорят, будто у вас есть карта какого-то острова. Будто на карте крестиками обозначены места, где зарыты сокровища. Будто этот остров лежит…

И тут он с полной точностью назвал широту и долготу нашего острова.

— Я не говорил этого ни одному человеку! — воскликнул сквайр.

— Однако каждый матрос знает об этом, сэр, — возразил капитан.

---

[1] В носовой части судна помещались матросы.

— Это вы, Ливси, все разболтали! — кричал сквайр. — Или ты, Хокинс...

— Теперь уже все равно, кто разболтал, — сказал доктор.

Я заметил, что ни он, ни капитан не поверили мистеру Трелони, несмотря на все его оправдания. Я тоже тогда не поверил, потому что он действительно был великий болтун. А теперь я думаю, что тогда он говорил правду и что команде было известно и без нас, где находится остров.

— Я, джентльмены, не знаю, у кого из вас хранится эта карта, — продолжал капитан. — И я настаиваю, чтобы она хранилась в тайне и от меня, и от мистера Эрроу. В противном случае я буду просить вас уволить меня.

— Понимаю, — сказал доктор. — Во-первых, вы хотите прекратить лишние разговоры. Во-вторых, вы хотите устроить крепость в кормовой части судна, собрать в нее слуг моего друга и передать им все оружие и порох, которые имеются на борту. Другими словами, вы опасаетесь бунта.

— Сэр, — сказал капитан Смоллетт, — я не обижаюсь, но не хочу, чтобы вы приписывали мне слова, которых я не говорил. Нельзя оправдать капитана, решившего выйти в море, если у него есть основания опасаться бунта. Я уверен, что мистер Эрроу честный человек. Многие матросы тоже честные люди. Быть может, все они честные люди. Но я отвечаю за безопасность корабля и за жизнь каждого человека на борту. Я вижу, что многое делается не так, как следует. Прошу вас принять меры предосторожности или уволить меня. Вот и все.

— Капитан Смоллетт, — начал доктор улыбаясь, — вы слыхали басню о горе, которая родила мышь? Простите меня, но вы напомнили мне эту басню. Когда вы явились сюда, я готов был поклясться моим париком, что вы потребуете у нас много больше.

— Вы очень догадливы, доктор, — сказал капитан. — Явившись сюда, я хотел потребовать расчета, ибо у меня не было ни малейшей надежды, что мистер Трелони согласится выслушать хоть одно мое слово.

— И не стал бы слушать! — крикнул сквайр. — Если бы не Ливси, я бы сразу послал вас ко всем чертям. Но как бы то ни было, я выслушал вас и сделаю все, что вы требуете. Однако мнение мое о вас изменилось к худшему.

— Это как вам угодно, сэр, — сказал капитан. — Потом вы поймете, что я исполнил свой долг.

И он удалился.

— Трелони, — сказал доктор, — против своего ожидания, я убедился, что вы пригласили на корабль двух честных людей: капитана Смоллетта и Джона Сильвера.

— Насчет Сильвера я с вами согласен, — воскликнул сквайр, — а поведение этого несносного враля я считаю недостойным мужчины, недостойным моряка и, во всяком случае, недостойным англичанина!

— Ладно, — сказал доктор, — увидим.

Когда мы вышли на палубу, матросы уже начали перетаскивать оружие и порох. «Йо-хо-хо!» — пели они во время работы. Капитан и мистер Эрроу распоряжались.

Мне очень понравилось, как нас разместили по-новому. Всю шхуну переоборудовали. На корме из бывшей задней части среднего трюма устроили шесть кают, которые соединялись запасным проходом по левому борту с камбузом[1] и баком.[2] Сначала их предназначали для капитана, мистера Эрроу, Хантера, Джойса, доктора и сквайра. Но затем две из них отдали Редруту и мне, а мистер Эрроу и капитан устроились на палубе, в сходном тамбуре,[3] который был так расширен с обеих сторон, что мог сойти за

[1] Камбуз — корабельная кухня.

[2] Бак — возвышение в передней части корабля.

[3] Сходной тамбур — помещение, в которое выходит трап (лестница, ведущая в трюм).

кормовую рубку.[1] Он, конечно, был тесноват, но все же в нем поместилось два гамака. Даже штурман, казалось, был доволен таким размещением. Возможно, он тоже не доверял команде. Впрочем, это только мое предположение, потому что, как вы скоро увидите, он недолго находился на шхуне.

Мы усердно работали, перетаскивая порох и устраивая наши каюты, когда наконец с берега явились в шлюпке последние матросы и вместе с ними Долговязый Джон.

Повар взобрался на судно с ловкостью обезьяны и, как только заметил, чем мы заняты, крикнул:

— Эй, приятели, что же вы делаете?

— Переносим бочки с порохом, Джон, — ответил один из матросов.

— Зачем, черт вас побери? — закричал Долговязый. — Ведь этак мы прозеваем утренний отлив!

— Они исполняют мое приказание! — оборвал его капитан. — А вы, милейший, ступайте на кухню, чтобы матросы могли поужинать вовремя.

— Слушаю, сэр, — ответил повар.

И, прикоснувшись рукой к пряди волос на лбу, нырнул в кухонную дверь.

— Вот это славный человек, капитан, — сказал доктор.

— Весьма возможно, сэр, — ответил капитан Смоллетт. — Осторожней, осторожней, ребята!

И он побежал к матросам. Матросы волокли бочку с порохом. Вдруг он заметил, что я стою и смотрю на вертлюжную пушку,[2]

---

[1] Рубка — возвышение на палубе судна для управления.

[2] Вертлюжная пушка — пушка, поворачивающаяся на специальной вращающейся установке — вертлюге.

которая была установлена в средней части корабля, — медную девятифунтовку, и сейчас же налетел на меня.

— Эй, юнга, — крикнул он, — прочь отсюда! Ступай к повару, он даст тебе работу.

И, убегая на кухню, я слышал, как он громко сказал доктору:

— Я не потерплю, чтобы на судне у меня были любимчики!

Уверяю вас, в эту минуту я совершенно согласился со сквайром, что капитан — невыносимый человек, и возненавидел его.

Глава X. ПЛАВАНИЕ

Суматоха продолжалась всю ночь. Мы перетаскивали вещи с места на место. Шлюпка то и дело привозила с берега друзей сквайра, вроде мистера Блендли, приехавших пожелать ему счастливого плавания и благополучного возвращения домой. Никогда раньше в «Адмирале Бенбоу» мне не приходилось работать так много.

Я уже устал, как собака, когда перед самым рассветом боцман заиграл на дудке и команда принялась поднимать якорь.

Впрочем, если бы даже я устал вдвое больше, я и то не ушел бы с палубы. Все было ново и увлекательно для меня — и отрывистые приказания, и резкий звук свистка, и люди, суетливо работающие при тусклом свете корабельных фонарей.

— Эй, Окорок, затяни-ка песню! — крикнул один из матросов.

— Старую! — крикнул другой.

— Ладно, ребята, — отвечал Долговязый Джон, стоявший тут же, на палубе, с костылем под мышкой.

И запел песню, которая была так хорошо мне известна:

Пятнадцать человек на сундук мертвеца…

Вся команда подхватила хором:

Йо-хо-хо, и бутылка рому!

При последнем «хо» матросы дружно нажали на вымбовки шпиля.

Мне припомнился наш старый «Адмирал Бенбоу», почудилось, будто голос покойного Бонса внезапно присоединился к матросскому хору.

Скоро якорь был поднят и укреплен на носу. С него капала вода. Ветер раздул паруса. Земля отступила. Корабли, окружавшие нас, стали удаляться. И прежде чем я лег на койку, чтобы подремать хоть часок, «Испаньола» начала свое плавание к Острову Сокровищ.

Я не стану описывать подробности нашего путешествия. Оно было очень удачно. Корабль оказался образцовым, команда состояла из опытных моряков, капитан превосходно знал свое дело. Но прежде чем мы достигли Острова Сокровищ, случилось два-три события, о которых стоит упомянуть.

Раньше всего выяснилось, что мистер Эрроу гораздо хуже, чем думал о нем капитан. Он не пользовался у матросов никаким авторитетом, и его никто не слушал. Но это еще не самое худшее. Через день-два после отплытия он стал появляться на палубе с мутными глазами и пылающими щеками. Язык его заплетался. Налицо были и другие признаки опьянения. Время от времени его приходилось с позором гнать в каюту. Он часто падал и расшибался. Случалось, пролеживал целые дни у себя на койке, не вставая. Бывало, конечно, что он дня два ходил почти трезвый и тогда кое-как справлялся со своими обязанностями.

Мы никак не могли понять, откуда он достает выпивку. Весь корабль ломал голову над этой загадкой. Мы следили за ним, но ничего не выследили. Когда мы спрашивали его напрямик, он, если был пьян, только хохотал нам в глаза, а если был трезв, торжественно клялся, что за всю жизнь ничего не пил, кроме воды.

Как штурман он никуда не годился и оказывал дурное влияние на своих подчиненных. Было ясно, что он плохо кончит. И никто не удивился и не опечалился, когда однажды темной, бурной ночью он исчез с корабля.

— Свалился за борт! — решил капитан. — Что же, джентльмены, это избавило нас от необходимости заковывать его в кандалы.

Таким образом, мы остались без штурмана. Нужно было выдвинуть на эту должность кого-нибудь из команды. Выбор пал на боцмана Джоба Эндерсона. Его по-прежнему называли боцманом, но исполнял он обязанности штурмана.

Мистер Трелони, много странствовавший и хорошо знавший море, тоже пригодился в этом деле — он стоял в хорошую погоду на вахте. Второй боцман, Израэль Хендс, был усердный старый, опытный моряк, которому можно было поручить почти любую работу.

Он, между прочим, дружил с Долговязым Джоном Сильвером, и раз уж я упомянул это имя, придется рассказать о Сильвере подробнее.

Матросы называли его Окороком. Он привязывал свой костыль веревкой к шее, чтобы руки у него были свободны. Стоило посмотреть, как он, упираясь костылем в стену, покачиваясь с каждым движением корабля, стряпал, словно находился на твердой земле! Еще любопытнее было видеть, как ловко и быстро пробегал он в бурную погоду по палубе, хватаясь за канаты, протянутые для него в самых широких местах. Эти канаты назывались у матросов «сережками Долговязого Джона». И на ходу он то держался за эти «сережки», то пускал в дело костыль, то тащил его за собой на веревке.

Все же матросы, которые плавали с ним прежде, очень жалели, что он уже не тот, каким был.

— Наш Окорок не простой человек, — говорил мне второй боцман.

— В молодости он был школяром и, если захочет, может разговаривать, как книга. А какой он храбрый! Лев перед ним ничто, перед нашим Долговязым Джоном. Я видел сам, как на него, безоружного, напало четверо, а он схватил их и стукнул головами вот так.

Вся команда относилась к нему с уважением и даже подчинялась его приказаниям.

С каждым он умел поговорить, каждому умел угодить. Со мной он всегда был особенно ласков. Всякий раз радовался, когда я заходил к нему в камбуз, который он содержал в удивительной чистоте. Посуда у него всегда была аккуратно развешена и вычищена до блеска. В углу, в клетке, сидел попугай.

— Хокинс, — говорил мне Сильвер, — заходи, поболтай с Джоном. Никому я не рад так, как тебе, сынок. Садись и послушай. Вот капитан Флинт… я назвал моего попугая Капитаном Флинтом в честь знаменитого пирата… так вот, Капитан Флинт предсказывает, что наше плавание окончится удачей… Верно, Капитан?

И попугай начинал с невероятной быстротой повторять:

— Пиастры! Пиастры! Пиастры!

И повторял до тех пор, пока не выбивался из сил или пока Джон не покрывал его клетку платком.

— Этой птице, — говорил он, — наверно, лет двести, Хокинс. Попугаи живут без конца. Разве только дьявол повидал на своем веку столько зла, сколько мой попугай. Он плавал с Инглендом, с прославленным капитаном Инглендом, пиратом. Он побывал на Мадагаскаре, на Малабаре,[1] в Суриname,[2] на Провидексе,[3] в Порто-Белло.[4] Он видел, как вылавливают груз с затонувших галеонов.[5]

---

[1] Малабар — область на юго-западном побережье Индии.

[2] Суринам — то же, что Голландская Гвиана (в Южной Америке).

[3] Провиденс — остров в Индийском океане

[4] Порто-Белло — порт в Шотландии.

Вот когда он научился кричать «пиастры». И нечему тут удивляться: в тот день выловили триста пятьдесят тысяч пиастров, Хокинс! Этот попугай присутствовал при нападении на вице-короля Индии невдалеке от Гоа.[1] А с виду он кажется младенцем... Но ты понюхал пороху, не правда ли, Капитан?

— Повор-рачивай на другой галс![2] — кричал попугай.

— Он у меня отличный моряк, — приговаривал повар и угощал попугая кусочками сахара, которые доставал из кармана.

Попугай долбил клювом прутья клетки и ругался скверными словами.

— Поживешь среди дегтя — поневоле запачкаешься, — объяснял мне Джон. — Это бедная, старая невинная птица ругается, как тысяча чертей, но она не понимает, что говорит. Она ругалась бы и перед господом богом.

С этими словами Джон так торжественно прикоснулся к своей пряди на лбу, что я счел его благороднейшим человеком на свете.

Отношения между сквайром и капитаном Смоллеттом были по-прежнему очень натянутые. Сквайр, не стесняясь, отзывался о капитане презрительно. Капитан никогда не заговаривал со сквайром, а когда сквайр спрашивал его о чем-нибудь, отвечал резко, кратко и сухо. Прижатый в угол, он вынужден был сознаться, что, по-видимому, ошибся, дурно отзываясь о команде. Многие матросы работали образцово, и вся команда вела себя превосходно. А в шхуну он просто влюбился.

— Она слушается руля, как хорошая жена слушается мужа, сэр. Но, — прибавлял он, — домой мы еще не вернулись, и плавание наше мне по-прежнему очень не нравится.

---

[5] Галеоны — испанские корабли, на которых перевозили золото из испанской Америки в Испанию.

[1] Португальская колония на территории Индии.

[2] галс — направление движения судна относительно ветра.

Сквайр при этих словах поворачивался к капитану спиной и принимался шагать по палубе, задрав подбородок кверху.

— Еще немного, — говорил он, — и этот человек окончательно выведет меня из терпения.

Нам пришлось перенести бурю, которая только подтвердила достоинства нашей «Испаньолы». Команда казалась довольной, да и неудивительно. По-моему, ни на одном судне с тех пор, как Ной впервые пустился в море, так не баловали команду. Пользовались всяким предлогом, чтобы выдать морякам двойную порцию грога. Стоило сквайру услышать о дне рождения кого-нибудь из матросов, и тотчас же всех оделяли пудингом. На палубе всегда стояла бочка с яблоками, чтобы каждый желающий мог лакомиться ими, когда ему вздумается.

— Ничего хорошего не выйдет из этого, — говорил капитан доктору Ливси. — Это их только портит. Уж вы мне поверьте.

Однако бочка с яблоками, как вы увидите, сослужила нам огромную службу. Только благодаря этой бочке мы были вовремя предупреждены об опасности и не погибли от руки предателей.

Вот как это произошло. Мы двигались сначала против пассатов, чтобы выйти на ветер к нашему острову, — яснее я сказать не могу, — а теперь шли к нему по ветру. Днем и ночью глядели мы вдаль, ожидая, что увидим его на горизонте. Согласно вычислениям, нам оставалось плыть менее суток. Либо сегодня ночью, либо самое позднее завтра перед полуднем мы увидим Остров Сокровищ. Курс держали на юго-юго-запад. Дул ровный ветер на траверсе.[1] Море было спокойно. «Испаньола» неслась вперед, иногда ее бушприт[2] обрызгивали волны. Все шло прекрасно. Все находились в отличном состоянии духа, все радовались окончанию первой половины нашего плавания.

---

[1] Траверс — направление, перпендикулярное курсу судна.

[2] Брус, выступающий перед носом корабля.

Когда зашло солнце и работа моя была кончена, я, направляясь к своей койке, вдруг подумал, что неплохо было бы съесть яблоко. Быстро выскочил я на палубу. Вахтенные стояли на носу и глядели в море, надеясь увидеть остров. Рулевой, наблюдая за наветренным[1] углом парусов, тихонько посвистывал. Все было тихо, только вода шелестела за бортом.

Оказалось, что в бочке всего одно яблоко. Чтобы достать его, мне пришлось влезть в бочку. Сидя там в темноте, убаюканный плеском воды и мерным покачиванием судна, я чуть было не заснул. Вдруг кто-то грузно опустился рядом с бочкой на палубу. Бочка чуть-чуть качнулась: он оперся о нее спиной. Я уже собирался выскочить, как вдруг человек этот заговорил. Я узнал голос Сильвера, и, прежде чем он успел произнести несколько слов, я решил не вылезать из бочки ни за что на свете. Я лежал на дне, дрожа и вслушиваясь, задыхаясь от страха и любопытства. С первых же слов я понял, что жизнь всех честных людей на судне находится у меня в руках.

---

[1] Наветренная сторона — подверженная действию ветра; подветренная — противоположная той, на которую дует ветер.

Глава XI. ЧТО Я УСЛЫШАЛ, СИДЯ В БОЧКЕ ИЗ-ПОД ЯБЛОК

— Нет, не я, — сказал Сильвер. — Капитаном был Флинт. А я был квартирмейстером,[1] потому что у меня нога деревянная. Я потерял ногу в том же деле, в котором старый Пью потерял свои иллюминаторы. Мне ампутировал ее ученый хирург — он учился в колледже и знал всю латынь наизусть. А все же не отвертелся от виселицы — его вздернули в Корсо-Касле, как собаку, сушиться на солнышке... рядом с другими. Да! То были люди Робертса, и погибли они потому, что меняли названия своих кораблей. Сегодня корабль называется «Королевское счастье», а завтра как-нибудь иначе. А по-нашему — как окрестили судно, так оно всегда и должно называться. Мы не меняли названия «Кассандры», и она благополучно доставила нас домой с Малабара, после того как Ингленд захватил вице-короля Индии. Не менял своего прозвища и «Морж», старый корабль Флинта, который до бортов был полон кровью, а золота на нем было столько, что он чуть не пошел ко дну.

— Эх, — услышал я восхищенный голос самого молчаливого из наших матросов, — что за молодец этот Флинт!

— Дэвис, говорят, был не хуже, — сказал Сильвер. — Но я никогда с ним не плавал. Я плавал сначала с Инглендом, потом с Флинтом. А теперь вышел в море сам. Я заработал девятьсот фунтов стерлингов у Ингленда да тысячи две у Флинта. Для простого матроса это не так плохо. Деньги вложены в банк и дают изрядный процент. Дело не в умении заработать, а в умении сберечь... Где теперь люди Ингленда? Не знаю... Где люди Флинта? Большей частью здесь, на корабле, и рады, когда получают пудинг.

[1] Квартирмейстер — заведующий продовольствием.

Многие из них жили на берегу, как последние нищие. С голоду подыхали, ей-богу! Старый Пью, когда потерял глаза, а также и стыд, стал проживать тысячу двести фунтов в год, словно лорд из парламента. Где он теперь? Умер и гниет в земле. Но два года назад ему уже нечего было есть. Он просил милостыню, он воровал, он резал глотки и все-таки не мог прокормиться!

— Вот и будь пиратом! — сказал молодой моряк.

— Не будь только дураком! — воскликнул Сильвер. — Впрочем, не о тебе разговор: ты хоть молод, а не глуп. Тебя не надуешь! Я это сразу заметил, едва только увидел тебя, и буду разговаривать с тобой, как с мужчиной.

Можете себе представить, что я почувствовал, услышав, как этот старый мошенник говорит другому те же самые льстивые слова, которые говорил мне!

Если бы я мог, я бы убил его…

А тем временем Сильвер продолжал говорить, не подозревая, что его подслушивают:

— Так всегда с джентльменами удачи.[1] Жизнь у них тяжелая, они рискуют попасть на виселицу, но едят и пьют, как боевые петухи перед боем. Они уходят в плавание с сотнями медных грошей, а возвращаются с сотнями фунтов. Добыча пропита, деньги растрачены — и снова в море в одних рубашках. Но я поступаю не так. Я вкладываю все свои деньги по частям в разные банки, но нигде не кладу слишком много, чтобы не возбудить подозрения. Мне пятьдесят лет, заметь. Вернувшись из этого плавания, я буду жить, как живут самые настоящие джентльмены… Пора уже, говоришь? Ну что ж, я и до этого пожил неплохо. Никогда ни в чем себе не отказывал. Мягко спал и вкусно ел. Только в море приходилось иногда туговато. А как я начал? Матросом, как ты.

— А ведь прежние ваши деньги теперь пропадут, — сказал молодой матрос. — Как вы покажетесь в Бристоле после этого плавания?

— А где, по-твоему, теперь мои деньги? — спросил Сильвер насмешливо.

— В Бристоле, в банках и прочих местах, — ответил матрос.

— Да, они были там, — сказал повар. — Они были там, когда мы подымали наш якорь. Но теперь моя старуха уже взяла их оттуда. «Подзорная труба» продана вместе с арендованным участком, клиентурой и оснасткой, а старуха уехала и поджидает меня в условленном месте. Я бы сказал тебе, где это место, потому что вполне доверяю тебе, да, боюсь, остальные обидятся, что я не сказал и им.

— А старухе своей вы доверяете? — спросил матрос.

---

[1] «Джентльмены удачи» — прозвище пиратов.

— Джентльмены удачи, — ответил повар, — редко доверяют друг другу. И правильно делают. Но меня провести нелегко. Кто попробует отпустить канат, чтобы старый Джон брякнулся, недолго проживет на этом свете. Одни боялись Пью, другие — Флинта. А меня боялся сам Флинт. Боялся меня и гордился мной... Команда у него была отчаянная. Сам дьявол и тот не решился бы пуститься с нею в открытое море. Ты меня знаешь, я хвастать не стану, я добродушный и веселый человек, но, когда я был квартирмейстером, старые пираты Флинта слушались меня, как овечки. Ого-го-го, какая дисциплина была на судне у старого Джона!

— Скажу вам по совести, — признался матрос, — до этого разговора, Джон, дело ваше было мне совсем не по вкусу. Но теперь вот моя рука, я согласен.

— Ты храбрый малый и очень неглуп, — ответил Сильвер и с таким жаром пожал протянутую руку, что бочка моя закачалась. — Из тебя получится такой отличный джентльмен удачи, какого я еще никогда не видал!

Мало-помалу я начал понимать тот язык, на котором они говорили. «Джентльменами удачи» они называли пиратов. Я был свидетелем последней главы в истории о том, как соблазняли честного матроса вступить в эту разбойничью шайку — быть может, последнего честного матроса на всем корабле. Впрочем, я тотчас же убедился, что этот матрос не единственный. Сильвер тихонько свистнул, и к бочке подсел еще кто-то.

— Дик уже наш, — сказал Сильвер.

— Я знал, что он будет нашим, — услышал я голос второго боцмана, Израэля Хендса. — Он не из дураков, этот Дик.

Некоторое время он молча жевал табак, потом сплюнул и обратился к Долговязому Джону:

— Скажи, Окорок, долго мы будем вилять, как маркитантская лодка? Клянусь громом, мне до смерти надоел капитан! Довольно ему мной командовать! Я хочу жить в капитанской каюте, мне нужны ихние разносолы и вина.

— Израэль, — сказал Сильвер, — твоя башка очень недорого стоит, потому что в ней никогда не бывало мозгов. Но слушать ты можешь, уши у тебя длинные. Так слушай: ты будешь спать по-прежнему в кубрике, ты будешь есть грубую пищу, ты будешь послушен, ты будешь учтив и ты не выпьешь ни капли вина до тех пор, покуда я не скажу тебе нужного слова. Во всем положись на меня, сынок.

— Разве я отказываюсь? — проворчал второй боцман. — Я только спрашиваю: когда?

— Когда? — закричал Сильвер. — Ладно, я скажу тебе когда. Как можно позже — вот когда! Капитан Смоллетт, первостепенный моряк, для нашей же выгоды ведет наш корабль. У сквайра и доктора имеется карта, но разве я знаю, где они прячут ее! И ты тоже не знаешь. Так вот, пускай сквайр и доктор найдут сокровища и помогут нам погрузить их на корабль. А тогда мы посмотрим. Если бы я был уверен в таком голландском отродье, как вы, я бы предоставил капитану Смоллетту довести нас назад до половины пути.

— Мы и сами неплохие моряки! — возразил Дик.

— Неплохие матросы, ты хочешь сказать, — поправил его Сильвер.

— Мы умеем ворочать рулем. Но кто вычислит курс? На это никто из вас не способен, джентльмены. Была бы моя воля, я позволил бы капитану Смоллетту довести нас на обратном пути хотя бы до пассата. Тогда знал бы, по крайней мере, что плывешь правильно и что не придется выдавать пресную воду по ложечке в день. Но я знаю, что вы за народ. Придется расправиться с ними на острове, чуть только они перетащат сокровище сюда, на корабль. А очень жаль! Но вам только бы поскорее добраться до выпивки. По правде сказать, у меня сердце болит, когда я думаю, что придется возвращаться с такими людьми, как вы.

— Полегче, Долговязый! — крикнул Израэль. — Ведь с тобой никто не спорит.

— Разве мало я видел больших кораблей, которые погибли попусту? Разве мало я видел таких молодцов, которых повесили сушиться на солнышке? — воскликнул Сильвер. — А почему? А все потому, что спешили, спешили, спешили… Послушайте меня: я поплавал по морю и кое-чего повидал в своей жизни. Если бы вы умели управлять кораблем и бороться с ветрами, вы все давно катались бы в каретах. Но куда вам! Знаю я вашего брата. Налакаетесь рому — и на виселицу.

— Всем известно, Джон, что ты вроде капеллана,[1] — возразил ему Израэль. — Но ведь были другие, которые не хуже тебя умели управлять кораблем. Они любили позабавиться. Но они не строили из себя командиров и сами кутили и другим не мешали.

— Да, — сказал Сильвер. — А где они теперь? Такой был Пью — и умер в нищете. И Флинт был такой — и умер от рома в Саванне. Да, это были приятные люди, веселые… Только где они теперь, вот вопрос!

— Что мы сделаем с ними, — спросил Дик, — когда они попадут к нам в руки?

— Вот этот человек мне по вкусу! — с восхищением воскликнул повар. — Не о пустяках говорит, а о деле. Что же, по-твоему, с ними сделать? Высадить их на какой-нибудь пустынный берег? Так поступил бы Ингленд. Или зарезать их всех, как свиней? Так поступил бы Флинт или Билли Бонс.

— Да, у Билли была такая манера, — сказал Израэль. — «Мертвые не кусаются», говаривал он. Теперь он сам мертв и может проверить свою поговорку на опыте. Да, Билли был мастер на эти дела.

---

[1] Капеллан — судовой священник.

— Верно, — сказал Сильвер. — Билли был в этих делах молодец. Спуску не давал никому. Но я человек добродушный, я джентльмен; однако я вижу, что дело серьезное. Долг прежде всего, ребята. И я голосую — убить. Я вовсе не желаю, чтобы ко мне, когда я стану членом парламента и буду разъезжать в золоченой карете, ввалился, как черт к монаху, один из этих тонконогих стрекулистов. Надо ждать, пока плод созреет. Но когда он созреет, его надо сорвать!

— Джон, — воскликнул боцман, — ты герой!

— В этом ты убедишься на деле, Израэль, — сказал Сильвер. — Я требую только одного: уступите мне сквайра Трелони. Я хочу собственными руками отрубить его телячью голову... Дик, — прибавил он вдруг, — будь добр, прыгни в бочку и достань мне, пожалуйста, яблоко — у меня вроде как бы горло пересохло.

Можете себе представить мой ужас! Я бы выскочил и бросился бежать, если бы у меня хватило сил, но сердце мое и ноги и руки сразу отказались мне служить. Дик уже встал было на ноги, как вдруг его остановил голос Хендса:

— И что тебе за охота сосать эту гниль, Джон! Дай-ка нам лучше рому.

— Дик, — сказал Сильвер, — я доверяю тебе. Там у меня припрятан бочонок. Вот тебе ключ. Нацеди чашку и принеси.

Несмотря на весь мой страх, я все же в ту минуту подумал: «Так вот откуда мистер Эрроу доставал ром, погубивший его!»

Как только Дик отошел, Израэль начал шептать что-то повару на ухо. Я расслышал всего два-три слова, но и этого было достаточно.

— Никто из остальных не соглашается, — прошептал Израэль.

Значит, на корабле оставались еще верные люди!

Когда Дик возвратился, все трое по очереди взяли кувшин и выпили — один «за счастье», другой «за старика флинта», а Сильвер даже пропел:

За ветер добычи, за ветер удачи!
Чтоб зажили мы веселей и богаче!

В бочке стало светло. Взглянув вверх, я увидел, что поднялся месяц, посеребрив крюйс-марс[1] и вздувшийся фок-зейл.[2] И в то же мгновение с вахты раздался голос:

— Земля!

Глава XII. ВОЕННЫЙ СОВЕТ

Палуба загремела от топота. Я слышал, как люди выбегали из кают и кубрика. Выскочив из бочки, я проскользнул за фок-зейл, повернул к корме, вышел на открытую палубу и вместе с Хантером и доктором Ливси побежал на наветренную скулу.[3]

Здесь собралась вся команда. Туман с появлением луны сразу рассеялся. Вдали на юго-западе мы увидели два низких холма на расстоянии примерно двух миль один от другого, а за ними третий, повыше, еще окутанный серым туманом. Все три были правильной конической формы.

Я смотрел на них, как сквозь сон, — я не успел еще опомниться от недавнего ужаса. Затем я услышал голос капитана Смоллетта, отдававшего приказания. «Испаньола» стала несколько круче к ветру, курс ее проходил восточнее острова.

---

[1] Наблюдательная площадка на бизань-мачте (кормовой мачте корабля).

[2] Нижний прямой парус фок-мачты (первой мачты корабля).

[3] Скула — место наиболее крутого изгиба борта, переходящего в носовую или бортовую часть.

— Ребята, — сказал капитан, когда все его приказания были выполнены, — видел ли кто-нибудь из вас эту землю раньше?

— Я видел, сэр, — сказал Сильвер. — Мы брали здесь пресную воду, когда я служил поваром на торговом судне.

— Кажется, стать на якорь удобнее всего с юга, за этим маленьким островком? — спросил капитан.

— Да, сэр. Это островок называется Остров Скелета. Раньше тут всегда останавливались пираты, и один матрос с нашего корабля знал все названия, которые даны пиратами здешним местам. Вот та гора, на севере, зовется Фок-мачтой. С севера на юг тут три горы: Фок-мачта, Грот-мачта и Бизань-мачта, сэр. Но Грот-мачту — ту высокую гору, которая покрыта туманом, — чаще называют Подзорной Трубой, потому что пираты устраивали там наблюдательный пост, когда стояли здесь на якоре и чинили свои суда. Они тут обычно чинили суда, прошу извинения, сэр.

— У меня есть карта, — сказал капитан Смоллетт. — Посмотрите, тот ли это остров?

Глаза Долговязого Джона засверкали огнем, когда карта попала ему в руки. Но сразу же разочарование затуманило их. Это была не та карта, которую мы нашли в в сундуке Билли Бонса, это была ее точная копия — с названиями, с обозначениями холмов и глубин, но без трех красных крестиков и рукописных заметок. Однако, несмотря на свою досаду, Сильвер сдержался и не выдал себя.

— Да, сэр, — сказал он, — этот самый. Он очень хорошо нарисован. Интересно бы узнать, кто мог нарисовать эту карту... Пираты — народ неученый... А вот и стоянка капитана Кидда — так называл ее и мой товарищ матрос. Здесь сильное течение к югу. Потом у западного берега оно заворачивает к северу. Вы правильно сделали, сэр, — продолжал он, — что пошли в крутой бейдевинд.[1] Если вы хотите войти в бухту и кренговать корабль,[2] лучшего места для стоянки вам тут не найти.

— Спасибо, — сказал капитан Смоллетт. — Когда мне нужна будет помощь, я опять обращусь к вам. Можете идти.

Я был поражен тем, как хладнокровно Джон обнаружил свое знакомство с островом. Признаться, я испугался, когда увидел, что он подходит ко мне. Конечно, он не знал, что я сидел в бочке и все слышал. И все же он внушал мне такой ужас своей жестокостью, двуличностью, своей огромной властью над корабельной командой, что я едва не вздрогнул, когда он положил руку мне на плечо.

— Недурное место этот остров, — сказал он. — Недурное место для мальчишки. Ты будешь купаться, ты будешь лазить на деревья, ты будешь охотиться за дикими козами. И сам, словно коза, будешь скакать по горам. Право, глядя на этот остров, я и сам становлюсь молодым и забываю про свою деревянную ногу. Хорошо быть мальчишкой и иметь на ногах десять пальцев! Если ты захочешь пойти и познакомиться с островом, скажи старому Джону, и он приготовит тебе закуску на дорогу.

И, хлопнув меня дружески по плечу, он заковылял прочь.

Капитан Смоллетт, сквайр и доктор Ливси разговаривали о чем-то на шканцах.[3] Я хотел как можно скорее передать им все, что мне удалось узнать. Но я боялся на виду у всех прервать их беседу. Я бродил вокруг, изобретая способы заговорить, как вдруг доктор Ливси подозвал меня к себе. Он забыл внизу свою трубку и хотел послать меня за нею, так как долго обходиться без курения не мог.

---

[1] Курс корабля, когда угол между носом корабля и ветром меньше 90°.

[2] Положить его на бок для починки боков и киля.

[3] Шканцы — пространство между грот-мачтой и бизань-мачтой.

Подойдя к нему настолько близко, что никто не мог меня подслушать, я прошептал:

— Доктор, мне нужно с вами поговорить. Пусть капитан и сквайр спустятся в каюту, а потом под каким-нибудь предлогом вы позовете меня. Я сообщу вам ужасные новости.

Доктор слегка изменился в лице, но сейчас же овладел собой.

— Спасибо, Джим, это все, что я хотел узнать, — сказал он, делая вид, будто только что задавал мне какой-то вопрос.

Потом повернулся к сквайру и капитану. Они продолжали разговаривать совершенно спокойно, не повышая голоса, никто из них даже не свистнул, но я понял, что доктор Ливси передал им мою просьбу. Затем капитан приказал Джобу Эндерсону вызвать всю команду на палубу.

— Ребята, — сказал капитан Смоллетт, обращаясь к матросам, — я хочу поговорить с вами. Вы видите перед собой землю. Эта земля — тот остров, к которому мы плыли. Все мы знаем, какой щедрый человек мистер Трелони. Он спросил меня, хорошо ли работала команда во время пути. И я ответил, что каждый матрос усердно исполнял свой долг и что мне никогда не приходилось желать, чтобы вы работали лучше. Мистер Трелони, я и доктор — мы идем в каюту выпить за ваше здоровье и за вашу удачу, а вам здесь дадут грогу, чтобы вы могли выпить за наше здоровье и за нашу удачу. Если вы хотите знать мое мнение, я скажу, что сквайр, угощая нас, поступает очень любезно. Предлагаю крикнуть в его честь «ура».

Ничего не было странного в том, что все закричали «ура». Но прозвучало оно так сердечно и дружно, что, признаюсь, я едва мог в ту минуту поверить, что эти самые люди собираются всех нас убить.

— Ура капитану Смоллетту! — завопил Долговязый Джон, когда первое «ура» смолкло.

И на этот раз «ура» было дружно подхвачено всеми. Когда общее веселье было в полном разгаре, три джентльмена спустились в каюту.

Немного погодя они послали за Джимом Хокинсом.

Когда я вошел, они сидели вокруг стола. Перед ними стояла бутылка испанского вина и тарелка с изюмом.

Доктор курил, держа свой парик на коленях, а это, как я знал, означало, что он очень волнуется. Кормовой иллюминатор был открыт, потому что ночь была теплая. Полоса лунного света лежала позади корабля.

— Ну, Хокинс, — сказал сквайр, — ты хотел нам что-то сообщить. Говори.

Я кратко передал им все, что слышал, сидя в бочке. Они не перебивали меня, пока я не кончил; они не двигались, они не отрывали глаз от моего лица.

— Джим, — сказал доктор Ливси, — садись.

Они усадили меня за стол, дали мне стакан вина, насыпали мне в ладонь изюму, и все трое по очереди с поклоном выпили за мое здоровье, за мое счастье и за мою храбрость.

— Да, капитан, — сказал сквайр, — вы были правы, а я был не прав. Признаю себя ослом и жду ваших распоряжений.

— Я такой же осел, сэр, — возразил капитан. — В первый раз я вижу команду, которая собирается бунтовать, а ведет себя послушно и примерно. С другой командой я давно обо всем догадался бы и принял меры предосторожности. Но эта перехитрила меня.

— Капитан, — сказал доктор, — перехитрил Вас Джон Сильвер. Он замечательный человек.

— Он был бы еще замечательнее, если бы болтался на рее,[1] — возразил капитан. — Но все эти разговоры теперь ни к чему. Из всего сказанного я сделал кое-какие заключения и, если мистер Трелони позволит, изложу их вам.

— Вы здесь капитан, сэр, распоряжайтесь! — величаво сказал мистер Трелони.

— Во-первых, — заявил мистер Смоллетт, — мы должны продолжать все, что начали, потому что отступление нам отрезано. Если я заикнусь о возвращении, они взбунтуются сию же минуту. Во-вторых, у нас еще есть время — по крайней мере, до тех пор, пока мы отыщем сокровища. В-третьих, среди команды остались еще верные люди. Рано или поздно, а нам придется вступить с этой шайкой в бой. Я предлагаю не подавать виду, что мы знаем об их замыслах, а напасть на них первыми, врасплох, когда они меньше всего будут этого ждать. Мне кажется, мы можем положиться на ваших слуг, мистер Трелони?

— Как на меня самого, — заявил сквайр.

— Их трое, — сказал капитан. — Да мы трое, да Хокинс — вот уже семь человек. А на кого можно рассчитывать из команды?

— Вероятно, на тех, кого Трелони нанял сам, без помощи Сильвера, — сказал доктор.

— Нет, — возразил Трелони. — Я и Хендса нанял сам, а между тем…

— Я тоже думал, что Хендсу можно доверять, — признался капитан.

— И только подумать, что все они англичане! — воскликнул сквайр. — Право, сэр, мне хочется взорвать весь корабль на воздух!

— Итак, джентльмены, — продолжал капитан, — вот все, что я могу предложить. Мы должны быть настороже, выжидая

---

[1] Рея — поперечный брус на мачте, к которому прикрепляют паруса.

удобного случая. Согласен, что это не слишком легко. Приятнее было бы напасть на них тотчас же. Но мы не можем ничего предпринять, пока не узнаем, кто из команды нам верен. Соблюдать осторожность и ждать — вот все, что я могу предложить.

— Больше всего пользы в настоящее время может принести нам Джим, — сказал доктор. — Матросы его не стесняются, а Джим — наблюдательный мальчик.

— Хокинс, я вполне на тебя полагаюсь, — прибавил сквайр.

Признаться, я очень боялся, что не оправдаю их доверия. Но обстоятельства сложились так, что мне действительно пришлось спасти им жизнь.

Из двадцати шести человек мы пока могли положиться только на семерых. И один их этих семерых был я, мальчик. Если считать только взрослых, нас было шестеро против девятнадцати.

ЧАСТЬ ТРЕТЬЯ МОИ ПРИКЛЮЧЕНИЯ НА СУШЕ

Глава XIII. КАК НАЧАЛИСЬ МОИ ПРИКЛЮЧЕНИЯ НА СУШЕ

Когда утром я вышел на палубу, остров показался мне совсем другим, чем вчера. Хотя ветер утих, мы все же значительно продвинулись за ночь вперед и теперь стояли в штиле, в полумиле от низкого восточного берега. Большую часть острова покрывали темные леса. Однообразный серый цвет прерывался кое-где в ложбинах желтизной песчаного берега и зеленью каких-то высоких деревьев, похожих на сосны. Эти деревья росли то поодиночке, то купами и поднимались над уровнем леса, но общий вид острова был все же очень однообразен и мрачен. На вершине каждого холма торчали острые голые скалы. Эти холмы удивляли меня странной формой своих очертаний. Подзорная Труба была на триста или четыреста футов выше остальных и казалась самой странной: отвесные склоны и срезанная плоская вершина, как пьедестал для статуи. Океан так сильно качал «Испаньолу», что вода хлестала в шпигаты.[1] Ростры[2] бились о блоки.[3] Руль хлопался о корму то справа, то слева, и весь корабль прыгал, стонал и трещал, как игрушечный. Я вцепился рукой в бакштаг [4] и

[1] Отверстия в борту на уровне палубы для удаления воды.

[2] Деревянный настил на палубе для шлюпок и снастей.

[3] Деревянные бревна, поддерживающие ростры.

[4] Натянутый канат, поддерживающий мачту с кормовой стороны.

почувствовал, что меня мутит. Все закружилось у меня перед глазами. Я уже успел привыкнуть к морю, когда корабль бежал по волнам, но теперь он стоял на якоре и в то же время вертелся в воде, как бутылка; от этого мне становилось дурно, особенно по утрам, на пустой желудок.

Не знаю, что на меня повлияло — качка ли или эти серые, печальные леса, эти дикие, голые камни, этот грохот прибоя, бьющего в крутые берега, — но, хотя солнце сияло горячо и ярко, хотя морские птицы кишели вокруг и с криками ловили в море рыбу, хотя всякий, естественно, был бы рад, увидев землю после такого долгого пребывания в открытом море, тоска охватила мое сердце. И с первого взгляда я возненавидел Остров Сокровищ.

В это утро нам предстояла тяжелая работа. Так как ветра не было, нам пришлось спустить шлюпки, проверповать[1] шхуну три или четыре мили, обогнуть мыс и ввести ее в узкий пролив за Островом Скелета.

Я уселся в одну из шлюпок, хотя мне в ней было нечего делать. Солнце жгло нестерпимо, и матросы все время ворчали, проклиная свою тяжкую работу. Нашей шлюпкой командовал Эндерсон. Вместо того чтобы сдерживать остальных, он сам ворчал и ругался громче всех.

— Ну да ладно, — сказал он и выругался, — скоро всему этому будет конец.

«Плохой признак», — решил я. До сих пор люди работали усердно и охотно. Но одного вида острова оказалось достаточно, чтобы дисциплина ослабла.

Долговязый Джон стоял, не отходя, возле рулевого и помогал ему вести корабль. Он знал пролив, как свою собственную ладонь,

---

[1] Верповать — передвигать корабль с помощью малого якоря — верпа; его перевозят на шлюпках, а потом подтягивают к нему корабль.

и нисколько не смущался тем, что при промерах всюду оказывалось глубже, чем было обозначено на карте.

— Этот узкий проход прорыт океанским отливом, — сказал он. — Отлив углубляет его всякий раз, как лопата.

Мы остановились в том самом месте, где на карте был нарисован якорь. Треть мили отделяла нас от главного острова и треть мили — от Острова Скелета. Дно было чистое, песчаное. Загрохотал, падая, наш якорь, и целые тучи птиц, кружась и крича, поднялись из леса. Но через минуту они снова скрылись в ветвях, и все смолкло.

Пролив был превосходно закрыт со всех сторон. Он терялся среди густых лесов. Леса начинались у самой линии пролива. Берега были плоские. А вдали амфитеатром поднимались холмы. Две болотистые речонки впадали в пролив, казавшийся тихим прудом. Растительность возле этих речонок поражала какой-то ядовитой яркостью. С корабля не было видно ни постройки, ни частокола — деревья заслоняли их совсем, и если бы не карта, мы могли бы подумать, что мы — первые люди, посетившие этот остров, с тех пор как он поднялся из глубин океана.

Воздух был неподвижен. Лишь один звук нарушал тишину — отдаленный шум прибоя, разбивавшегося о скалы в другом конце острова. Странный, затхлый запах поднимался вокруг корабля — запах прелых листьев и гниющих стволов. Я заметил, что доктор все нюхает и морщится, словно ему попалось тухлое яйцо.

— Не знаю, есть ли здесь сокровище, — сказал он, — но клянусь своим париком, что лихорадка здесь есть.

Поведение команды, тревожившее меня на шлюпке, стало угрожающим, когда мы воротились на корабль. Матросы разгуливали по палубе и о чем-то переговаривались. Приказания, даже самые пустячные, они выслушивали угрюмо и исполняли весьма неохотно. Мирных матросов тоже охватила зараза недовольства, и некому было призвать их к порядку. Назревал бунт, и эта опасность нависла над нашими головами, как грозовая туча.

Не только мы, обитатели каюты, заметили опасность.

Долговязый Джон изо всех сил старался поддержать порядок, переходя от кучки к кучке, то уговаривая, то подавая пример. Он из кожи лез, стараясь быть услужливым и любезным. Он улыбался каждому. Если отдавалось какое-нибудь приказание, Джон первый бросался на своей деревяшке исполнять его, весело крича:

— Есть, сэр, есть!

А когда нечего было делать, он пел песни, одну за другой, чтобы не так была заметна угрюмость остальных.

Из всего, что происходило в этот зловещий день, самым зловещим казалось нам поведение Долговязого Джона.

Мы собрались в каюте на совет.

— Сэр, — сказал капитан, — если я отдам хоть одно приказание, весь корабль кинется на нас. Вы видите, сэр, что творится. Мне грубят на каждом шагу. Если я отвечу на грубость, нас разорвут в клочки. Если я не отвечу на грубость, Сильвер может заметить, что тут что-то неладно, и игра будет проиграна. А ведь теперь мы можем полагаться только на одного человека.

— На кого? — спросил сквайр.

— На Сильвера, сэр, — ответил капитан. — Он не меньше нас с вами хочет уладить дело. Это у них каприз, и, если ему дать возможность, он уговорит их не бунтовать раньше времени... Я предлагаю дать ему возможность уговорить их как следует. Отпустим матросов на берег погулять. Если они поедут все вместе, что же... мы захватим корабль. Если никто из них не поедет, мы запремся в каюте и будем защищаться. Если же поедут лишь некоторые, то, поверьте мне, Сильвер доставит их обратно на корабль послушными, как овечки.

Так и решили. Надежным людям мы роздали заряженные пистолеты. Хантера, Джойса и Редрута мы посвятили в наши планы. Узнав обо всем, они не очень удивились и отнеслись к нашему сообщению гораздо спокойнее, чем мы ожидали. Затем капитан вышел на палубу и обратился к команде.

— Ребята! — сказал он. — Сегодня здорово пришлось поработать, и все мы ужасно устали. Прогулка на берег никому не повредит. Шлюпки спущены. Кто хочет, пускай отправляется в них на берег. За полчаса до захода солнца я выстрелю из пушки.

Вероятно, эти дураки вообразили, что найдут сокровища, как только высадятся на берег. Вся их угрюмость разом исчезла. Они так громко закричали «ура», что эхо проснулось в далеких холмах и вспугнутые птицы снова закружили над стоянкой.

Капитан поступил очень разумно: он сразу ушел, предоставив Сильверу распоряжаться отъездом. Да и как же иначе было ему поступить? Ведь останься он на палубе, он не мог бы притвориться ничего не понимающим.

Все было ясно, как день. Капитаном был Сильвер, и у него была большая команда мятежников. А мирные матросы — вскоре обнаружилось, что были на корабле и такие, — оказались сущими глупцами. Возможно, впрочем, что и они все до одного были восстановлены против нас вожаками, но слишком далеко заходить им не хотелось. Одно дело — непослушание, воркотня и лентяйничанье, а другое — захват корабля и убийство ни в чем не повинных людей. После долгих споров команда разделилась так: шестеро остались на корабле, а остальные тринадцать, в том числе и Сильвер, начали рассаживаться в шлюпках.

Вот тут-то и решился я вдруг на первый из отчаянных поступков, которые впоследствии спасли нас от смерти. Я рассуждал так: мы не можем захватить корабль, раз Сильвер оставил на борту шестерых своих разбойников. С другой стороны, раз их осталось всего шестеро, значит, на корабле я сейчас не нужен. И я решил отправиться на берег. В одно мгновение я перелез через борт и спустился в носовой люк ближайшей шлюпки, которая в ту же секунду отчалила.

Никто не обратил на меня внимания, и только передний гребец сказал:

— Это ты, Джим? Держи голову пониже.

Но Сильвер, сидевший в другой шлюпке, внимательно всмотрелся в нашу и окликнул меня, чтобы убедиться, что это действительно я. И тогда я пожалел, что поехал.

Шлюпки помчались к берегу наперегонки. Но та шлюпка, в которой сидел я, отчалила первой. Она оказалась более легкой, гребцы в ней подобрались самые лучшие, и мы сразу опередили другую шлюпку. Едва нас нашей шлюпки коснулся берега, я ухватился за ветку, выскочил и кинулся в чащу. Сильвер и его товарищи остались ярдов на сто позади.

— Джим, Джим! — кричал он.

Но, понятно, я не обратил на его крик никакого внимания. Без оглядки, подпрыгивая, ломая кусты, ныряя в траве, я бежал все вперед и вперед, пока не выбился из сил.

Глава XIV. ПЕРВЫЙ УДАР

Довольный, что удрал от Долговязого Джона, я развеселился и стал с любопытством разглядывать незнакомую местность.

Сначала я попал в болото, заросшее ивами, тростником и какими-то деревьями неизвестной мне породы. Затем вышел на опушку открытой песчаной равнины, около мили длиной, где росли редкие сосны и какие-то скрюченные, кривые деревья, похожие на дубы, но со светлой листвой, как у ивы. Вдали была видна двуглавая гора; обе странные скалистые вершины ярко сияли на солнце.

Впервые я испытал радость исследователя неведомых стран. Остров был необитаем. Люди, приехавшие вместе со мной, остались далеко позади, и я никого не мог встретить, кроме диких зверей и птиц. Я осторожно пробирался среди деревьев. Повсюду мне попадались какие-то неведомые растения и цветы.

То тут, то там я натыкался на змей. Одна из них сидела в расщелине камня. Она подняла голову и зашипела на меня, зашипела, как вертящаяся юла. А я и представления не имел, что это знаменитая гремучая змея, укус которой смертелен.

Наконец я вошел в чащу деревьев, похожих на дубы. Впоследствии я узнал, что их называют вечнозелеными дубами. Они росли на песке, очень низкие, словно кусты терновника. Узловаты ветви их были причудливо изогнуты, листва густо переплетена, как соломенная крыша. Заросли их, становясь все выше и гуще, спускались с песчаного откоса к широкому, поросшему тростником болоту, через которое протекала одна из впадающих в пролив речек. Пар поднимался над болотом, и очертания Подзорной Трубы дрожали в знойном тумане.

Вдруг зашуршал камыш. С кряканьем взлетела дикая утка, за нею другая, и скоро над болотом повисла огромная туча птиц, с криком круживших в воздухе. Я сразу догадался, что кто-нибудь из наших моряков идет по болоту, и не ошибся. Вскоре я услышал отдаленный голос, который, приближаясь, становился все громче.

Я страшно испугался, юркнул в ближайшую чащу вечнозеленых дубов и притаился, как мышь.

Другой голос ответил. Затем снова заговорил первый голос, и я узнал его — это был голос Сильвера. Он говорил о чем-то не умолкая. Его спутник отвечал ему редко. Судя по голосам, они разговаривали горячо, почти злобно, но слов разобрать я не мог.

Наконец они замолчали и, вероятно, присели, потому что птицы постепенно успокоились и опустились в болото.

И я почувствовал, что уклоняюсь от своих обязанностей. Если уж я так глуп, что поехал на берег с пиратами, я должен, по крайней мере, подслушать, о чем они совещаются. Мой долг велит мне подкрасться к ним как можно ближе и спрятаться в густой листве кривого, узловатого кустарника.

Я мог с точностью определить то место, где сидят оба моряка, и по голосам и по волнению нескольких птиц, все еще круживших над их головами.

Медленно, но упорно полз я на четвереньках вперед. Наконец, подняв голову и глянув в просвет между листьями, я увидел на зеленой лужайке возле болота, под деревьями, Джона Сильвера и еще одного моряка. Они стояли друг против друга и разговаривали.

Их обоих жгло солнце. Сильвер швырнул свою шляпу на землю, и его большое, пухлое, белесое, покрытое блестящим потом лицо было обращено к собеседнику чуть ли не с мольбой.

— Приятель, — говорил он, — ты для меня чистое золото. Неужели ты думаешь, я стал бы хлопотать о тебе, если бы не любил тебя всем своим сердцем? Все уже сделано, ты ничего не изменишь. Я хочу спасти твою шею — вот только почему я с тобой. Если бы наши матросы узнали, о чем я с тобой говорю. Том, подумай, что бы они со мной сделали!

— Сильвер... — отвечал моряк, и я заметил, что лицо у него стало красным, а охрипший, каркающий голос дрожит, как натянутый канат, — Сильвер, ты уже не молодой человек и как будто имеешь совесть. По крайней мере, тебя никто не считает мошенником. У тебя есть деньги... много денег... больше, чем у других моряков. И к тому же ты не трус. Так объясни мне, пожалуйста, почему ты связываешься с этими гнусными крысами? Нет, ты не можешь быть с ними заодно. Я скорее дам отсечь себе руку... но долгу своему не изменю...

Внезапный шум прервал его. Наконец-то я нашел одного честного моряка! И в то же время до меня донеслась весть о другом честном моряке. Далеко за болотом раздался гневный, пронзительный крик, потом второй и затем душераздирающий вопль. Эхо в скалах Подзорной Трубы повторило его несколько раз. Вся армия болотных птиц снова взвилась в вышину и заслонила небо. Долго еще этот предсмертный вопль раздавался в моих ушах, хотя кругом опять воцарилось безмолвие, нарушаемое только хлопаньем крыльев опускающейся стаи птиц и отдаленным грохотом прибоя.

Том вздрогнул, как пришпоренная лошадь. Но Сильвер даже глазом не моргнул. Он стоял, опираясь на костыль, и глядел на своего собеседника, как змея, готовая ужалить.

— Джон! — сказал моряк, протягивая к нему руку.

— Руки прочь! — заорал Сильвер, отскочив на шаг с быстротой и ловкостью акробата.

— Хорошо, Джон Сильвер, я уберу руки прочь, — сказал моряк. — Но, право, только нечистая совесть заставляет тебя бояться меня. Умоляю тебя, объясни мне, что там случилось!

— Что случилось? — переспросил его Сильвер. Он улыбнулся, но не так широко, как всегда, и глаза его на огромном лице стали крошечными, как острия иголок, и засверкали, как стеклышки. — Что случилось? По-моему, это Алан.

Несчастный Том кинулся к нему.

— Алан! — воскликнул он. — Мир его праху! Он умер, как настоящий моряк. А ты, Джон Сильвер… Мы долго были с тобой товарищами, но теперь уж этому не быть! Пусть я умру, как собака, ноя своего долга не нарушу. Ведь это вы убили Алана, а? Так убейте и меня, если можете! Но знай, что я вас не боюсь!

С этими словами отважный моряк повернулся к повару спиной и зашагал к берегу. Но ему не удалось уйти далеко: Джон вскрикнул, схватился за ветку дерева, выхватил свой костыль из-под мышки и метнул вслед тому, как копье. Костыль, пущенный с невероятной силой, свистя, пролетел в воздухе и ударил Тома острым наконечником в спину между лопатками. Бедняга Том взмахнул руками и упал. Не знаю, сильно ли он был ранен… Судя по звуку, у него был разбит позвоночник. Сильвер не дал ему опомниться. Без костыля, на одной ноге, он вспрыгнул на него с ловкостью обезьяны и дважды всадил свой нож по самую рукоятку в его беззащитное тело. Сидя в кустах, я слышал, как тяжело дышал убийца, нанося удары.

Никогда прежде я не терял сознания и не знал, что это такое. Но тут весь мир поплыл вокруг меня, как в тумане. И Сильвер, и птицы, и вершина Подзорной Трубы — все вертелось, кружилось, качалось. Уши мои наполнились звоном разнообразных колоколов и какими-то дальними голосами.

Когда я пришел в себя, костыль был уже у негодяя под мышкой, а шляпа на голове. Перед ним неподвижно лежал Том. Но убийца даже не глядел на него. Он чистил свой окровавленный нож пучком травы.

Кругом все было по-прежнему. Солнце беспощадно жгло и болото, над которым клубился туман, и высокую вершину горы. И не верилось, что минуту назад у меня на глазах был убит человек.

Джон засунул руку в карман, достал свисток и несколько раз свистнул. Свист разнесся далеко в знойном воздухе. Я, конечно, не знал значения этого сигнала, но все мои страхи разом проснулись. Сюда придут люди. Меня заметят. Они уже убили двоих честных моряков, почему же после Тома и Алана не стать жертвой и мне?

Стараясь не шуметь, я вылез на четвереньках из кустарника и помчался в лес. Убегая, я слышал, как старый пират перекликался со своими товарищами. От их голосов у меня точно выросли крылья. Чаща осталась позади. Я бежал так быстро, как не бегал еще никогда. Я несся, не разбирая дороги, лишь бы подальше уйти от убийц. С каждым шагом страх мой все усиливался и превратился наконец в безумный ужас.

Положение мое было отчаянное. Разве я осмелюсь, когда выпалит пушка, сесть в шлюпку вместе с этими разбойниками, забрызганными человеческой кровью? Разве любой из них не свернет мне шею, как только увидит меня? Уже самое мое отсутствие — разве оно не доказало им, что я их боюсь и, значит, обо всем догадываюсь? «Все кончено, — думал я. — Прощай, «Испаньола»! Прощайте, сквайр, доктор, капитан! Я погибну либо от голода, либо от бандитского ножа».

Я мчался, не зная куда, и очутился у подножия невысокой горы с двуглавой вершиной. В этой части острова вечнозеленые дубы росли не так густо и похожи были своими размерами не на кусты, а на обыкновенные лесные деревья. Изредка между ними возвышались одинокие сосны высотой в пятьдесят — семьдесят футов. Воздух здесь был свежий и чистый, совсем не такой, как внизу, у болота.

Но тут меня подстерегала другая опасность, и сердце мое снова замерло от ужаса.

Глава XV. ОСТРОВИТЯНИН

С обрывистого каменистого склона посыпался гравий и покатился вниз, шурша и подскакивая между деревьями. Я невольно посмотрел вверх и увидел странное существо, стремительно прыгнувшее за ствол сосны. Что это? Медведь? Человек? Обезьяна? Я успел заметить только что-то темное и косматое и в ужасе остановился.

Итак, оба пути отрезаны. Сзади меня стерегут убийцы, впереди — это неведомое чудовище. И сразу же я предпочел известную опасность неизвестной. Даже Сильвер казался мне не таким страшным, как это лесное отродье. Я повернулся и, поминутно оглядываясь, побежал в сторону шлюпок. Чудовище, сделав большой крюк, обогнало меня и оказалось впереди. Я был очень утомлен. Но даже если бы я не чувствовал усталости, я все равно не мог бы состязаться в быстроте с таким проворным врагом. Странное существо перебегало от ствола к стволу со скоростью оленя. Оно двигалось на двух ногах, по-человечески, хотя очень низко пригибалось к земле, чуть ли не складываясь вдвое. Да, то был человек, в этом я больше не мог сомневаться.

Я вспомнил все, что слыхал о людоедах, и собирался уже позвать на помощь. Однако мысль о том, что предо мною находится человек, хотя бы и дикий, несколько приободрила меня. И страх мой перед Сильвером сразу ожил. Я остановился, размышляя, как бы ускользнуть от врага. Потом вспомнил, что у меня есть пистолет. Как только я убедился, что я не беззащитен, ко мне вернулось мужество, и я решительно двинулся навстречу островитянину.

Он опять спрятался, на этот раз за деревом. Заметив, что я направляюсь к нему, он вышел из засады и сделал было шаг мне навстречу. Потом в нерешительности потоптался на месте, попятился и вдруг, к величайшему моему изумлению и смущению, упал на колени и с мольбой протянул ко мне руки.

Я снова остановился.

— Кто вы такой? — спросил я.

— Бен Ганн, — ответил он; голос у него был хриплый, как скрип заржавленного замка. — Я несчастный Бен Ганн. Три года я не разговаривал ни с одним человеком.

Это был такой же белый человек, как и я, и черты его лица были, пожалуй, приятны. Только кожа так сильно загорела на солнце, что даже губы у него были черные. Светлые глаза с поразительной резкостью выделялись на темном лице. Из всех нищих, которых я видел на своем веку, этот был самый оборванный. Одежда его состояла из лохмотьев старого паруса и матросской рубахи. Один лоскут скреплялся с другим либо медной пуговицей, либо прутиком, либо просмоленной паклей.

Единственной неизодранной вещью из всего его костюма был кожаный пояс с медной пряжкой.

— Три года! — воскликнул я. — Вы потерпели крушение?

— Нет, приятель, — сказал он. — Меня бросили тут на острове.

Я слышал об этом ужасном наказании пиратов: виновного высаживали на какой-нибудь отдаленный и пустынный остров и оставляли там одного, с небольшим количеством пороха и пуль.

— Брошен на этом острове три года назад, — продолжал он. — С тех пор питаюсь козлятиной, ягодами, устрицами. Человек способен жить везде, куда бы его ни закинуло. Но если бы ты знал, мой милейший, как стосковалось мое сердце по настоящей человечьей еде! Нет ли у тебя с собой кусочка сыру?.. Нет? Ну вот, а я много долгих ночей вижу во сне сыр на ломтике хлеба... Просыпаюсь, а сыра нет.

— Если мне удастся вернуться к себе на корабль, — сказал я, — вы получите вот этакую голову сыра.

Он щупал мою куртку, гладил мои руки, разглядывал мои сапоги и, замолкая, по-детски радовался, что видит перед собой человека.

Услышав мой ответ, он взглянул на меня с каким-то лукавством.

— Если тебе удастся вернуться к себе на корабль? — повторил он мои слова. — А кто же может тебе помешать?

— Уж конечно, не вы, — ответил я.

— Конечно, не я! — воскликнул он. — А как тебя зовут, приятель?

— Джим, — сказал я.

— Джим, Джим... — повторял он с наслаждением. — Да, Джим, я вел такую жизнь, что мне стыдно даже рассказывать. Поверил бы ты, глядя на меня, что моя мать была очень хорошая, благочестивая женщина?

— Поверить трудновато, — согласился я.

— Она была на редкость хорошая женщина, — сказал он. — Я рос вежливым, благовоспитанным мальчиком и умел так быстро повторять наизусть катехизис, что нельзя было отличить одно слово от другого. И вот что из меня вышло, Джим. А все оттого, что я смолоду ходил на кладбище играть в орлянку! Ей-богу, начал с орлянки и покатился. Мать говорила, что я плохо кончу, и ее предсказание сбылось. Я много размышлял здесь в одиночестве и раскаялся. Теперь уже не соблазнишь меня выпивкой. Конечно, от выпивки я не откажусь и сейчас, но самую малость, не больше наперстка, на счастье… Я дал себе слово исправиться и теперь уже не собьюсь, вот увидишь! А главное, Джим… — он оглянулся и понизил голос до шепота, — ведь я сделался теперь богачом.

Тут я окончательно убедился, что несчастный сошел с ума в одиночестве. Вероятно, эта мысль отразилась на моем лице, потому что он повторил с жаром:

— Богачом! Богачом! Слушай, Джим, я сделаю из тебя человека! Ах, Джим, ты будешь благословлять судьбу, что первый нашел меня!.. — Вдруг лицо его потемнело, он сжал мою руку и угрожающе поднял палец. — Скажи мне правду, Джим: не Флинта ли это корабль?

Меня осенила счастливая мысль: этот человек может сделаться нашим союзником. И я тотчас же ответил ему:

— Нет, не Флинта. Флинт умер. Но раз вы хотите знать правду, вот вам правда: на корабле есть несколько старых товарищей Флинта, и для нас это большое несчастье.

— А нет ли у вас… одноногого? — выкрикнул он задыхаясь.

— Сильвера? — спросил я.

— Сильвера! Сильвера! Да, его звали Сильвером.

— Он у нас повар. И верховодит всей шайкой.

Он все еще держал меня за руку и при этих словах чуть не сломал ее.

— Если ты подослан Долговязым Джоном — я пропал. Но знаешь ли ты, где ты находишься?

Я сразу же решил, что мне делать, и рассказал ему все — и о нашем путешествии, и о трудном положении, в котором мы оказались. Он слушал меня с глубоким вниманием и, когда я кончил, погладил меня по голове.

— Ты славный малый, Джим, — сказал он. — Но теперь вы все завязаны мертвым узлом. Положитесь на Бена Ганна, и он выручит вас, вот увидишь. Скажи, как отнесется ваш сквайр к человеку, который выручит его из беды?

Я сказал ему, что сквайр — самый щедрый человек на всем свете.

— Ладно, ладно... Но, видишь ли, — продолжал Бен Ганн, — я не собираюсь просить у него лакейскую ливрею или место привратника. Нет, этим меня не прельстишь! Я хочу знать: согласится он дать мне хотя бы одну тысячу фунтов из тех денег, которые и без того мои?

— Уверен, что даст, — ответил я. — Все матросы должны были получить от него свою долю сокровищ.

— И свезет меня домой? — спросил он, глядя на меня испытующим взором.

— Конечно! — воскликнул я. — Сквайр — настоящий джентльмен. Кроме того, если мы избавимся от разбойников, помощь такого опытного морехода, как вы, будет очень нужна на корабле.

— Да, — сказал он, — значит, вы и вправду отвезете меня?

И он облегченно вздохнул.

— А теперь послушай, что я тебе расскажу, — продолжал он. — Я был на корабле Флинта, когда он зарыл сокровища. С ним было еще шесть моряков — здоровенные, сильные люди. Они пробыли на острове с неделю, а мы сидели на старом «Морже». В один прекрасный день мы увидели шлюпку, а в шлюпке сидел

Флинт, и голова его была повязана синим платком. Всходило солнце. Он был бледен как смерть и плыл к нам... один, а остальные шестеро были убиты... убиты и похоронены... да... Как он расправился с ними, никто из нас никогда не узнал. Была ли там драка, резня или внезапная смерть... А он был один против шестерых!.. Билли Бонс был штурманом, а Долговязый Джон — квартирмейстером. Они спросили у него, где сокровища. «Ступайте на берег и поищите, — сказал он в ответ. — Но, клянусь громом, корабль не станет вас ждать». Вот как он сказал им, Флинт. А три года назад я плыл на другом корабле, и мы увидели этот остров. «Ребята, — сказал я, — здесь Флинт зарыл сокровища. Сойдемте на берег и поищем». Капитан очень рассердился. Но все матросы были со мной заодно, и мы причалили к этому берегу. Двенадцать дней мы искали сокровища и ничего не нашли. С каждым днем товарищи ругали меня все сильней и сильней. Наконец они собрались на корабль. «А ты, Бенджамин Ганн, оставайся! — сказали они. — Вот тебе мушкет, заступ и лом, Бенджамин Ганн... Оставайся здесь и разыскивай денежки Флинта». С тех пор, Джим, вот уже три года живу я здесь и ни разу не видел благородной человеческой пищи. Взгляни на меня: разве похож я на простого матроса?.. Нет, говоришь, не похож? Да и не был похож никогда.

Он как-то странно подмигнул мне одним глазом и сильно ущипнул меня за руку.

— Так и скажи своему сквайру, Джим: он никогда не был похож на простого матроса, — продолжал он. — Скажи ему, что Бен три года сидел тут, на острове, один-одинешенек, и днем и ночью, и в хорошую погоду и в дождь. Иногда, может быть, думал о молитве, иногда вспоминал свою престарелую мать, хотя ее давно нет в живых — так и скажи ему. Но большую часть времени... уж это ты непременно ему скажи... большую часть времени Ганн занимался другими делами. И при этих словах ущипни его вот так.

И он снова ущипнул меня самым дружеским образом.

— Ты ему, — продолжал он, — вот еще что скажи: Ганн отличный человек — так ему и скажи, Ганн гораздо больше доверяет джентльмену прирожденному, чем джентльмену удачи, потому что он сам был когда-то джентльменом удачи.

— Из того, что вы мне тут толкуете, я не понял почти ничего, — сказал я. — Впрочем, это сейчас и не важно, потому что я все равно не знаю, как попасть на корабль.

— А, — сказал он, — плохо твое дело. Ну да ладно, у меня есть лодка, которую я смастерил себе сам, собственными руками. Она спрятана под белой скалой. В случае какой-нибудь беды мы можем поехать на ней, когда станет темнее... Но постой! — закричал он вдруг. — Что это там такое?

Как раз в эту минуту с корабля грянул пушечный выстрел. Гулкое эхо подхватило его и разнесло по всему острову. А между тем до захода солнца оставалось еще два часа.

— Там идет бой! — крикнул я. — За мною! Идите скорее!

И кинулся бежать к стоянке корабля, забыв свои недавние страхи. Рядом со мной легко и проворно бежал злополучный пленник.

— Левее, левее! — приговаривал он. — Левее, милейший Джим! Ближе к деревьям! Вот в этом месте в первый раз подстрелил я козу. Теперь козы сюда не спускаются, они бегают только там, наверху, по горам, потому что боятся Бенджамина Ганна... А! А вот кладбище. Видишь холмики? Я приходил сюда и молился изредка, когда я думал, что, может быть, сейчас воскресенье. Это не то, что часовня, но все как-то торжественней. Правда, я был один, без капеллана, без Библии...

Он болтал на бегу без умолку, не дожидаясь ответа, да я и не мог отвечать.

После пушечного выстрела долгое время была тишина, а потом раздался залп из ружей.

И опять тишина. И потом впереди над лесом, в четверти мили от нас, взвился британский флаг.

ЧАСТЬ ЧЕТВЕРТАЯ. ЧАСТОКОЛ

Глава XVI. ДАЛЬНЕЙШИЕ СОБЫТИЯ ИЗЛОЖЕНЫ ДОКТОРОМ. КАК БЫЛ ПОКИНУТ КОРАБЛЬ

Обе шлюпки отчалили от «Испаньолы» около половины второго, или, выражаясь по-морскому, когда пробило три склянки. Капитан, сквайр и я сидели в каюте и совещались о том, что делать. Если бы дул хоть самый легкий ветер, мы напали бы врасплох на шестерых мятежников, оставшихся на корабле, снялись бы с якоря и ушли в море. Но ветра не было. А тут еще явился Хантер и сообщил, что Джим Хокинс проскользнул в шлюпку и уехал вместе с пиратами на берег.

Мы, конечно, ни минуты не думали, что Джим Хокинс изменник, но очень за него беспокоились. Матросы, с которыми он уехал, были так раздражены, что, признаться, мы не надеялись увидеть Джима снова. Мы поспешили на палубу. Смола пузырями выступила в пазах. Кругом в воздухе стояло такое зловоние от болотных испарений, что меня чуть не стошнило. В этом отвратительном проливе пахло лихорадкой и дизентерией. Шестеро негодяев угрюмо сидели под парусом на баке. Шлюпки стояли на берегу возле устья какой-то речонки, и в каждой сидел матрос. Один из них насвистывал «Лиллибуллеро».[1]

Ждать становилось невыносимо, и мы решили, что я с Хантером поеду на разведку в ялике.

---

[1] Английская шуточная песня.

Шлюпки находились справа от корабля. А мы с Хантером направились прямо к тому месту, где на карте обозначен был частокол. Заметив нас, матросы, сторожившие шлюпки, засуетились. «Лиллибуллеро» смолкло. Мы видели, как они спорят друг с другом, очевидно решая, как поступить. Если бы они дали знать Сильверу, все, вероятно, пошло бы по-другому. Но, очевидно, им было велено не покидать шлюпок ни при каких обстоятельствах. Они спокойно уселись, и один из них снова засвистал «Лиллибуллеро».

Берег в этом месте слегка выгибался, образуя нечто вроде небольшого мыса, и я нарочно правил таким образом, чтобы мыс заслонил нас от наших врагов, прежде чем мы пристанем. Выскочив на берег, я побежал во весь дух, подложив под шляпу шелковый платок, чтобы защитить голову от палящего солнца. В каждой руке у меня было по заряженному пистолету.

Не пробежал я и ста ярдов, как наткнулся на частокол.

Прозрачный ключ бил из земли почти на самой вершине небольшого холма. Тут же, вокруг ключа, был построен высокий бревенчатый сруб. В нем могло поместиться человек сорок. В стенах этой постройки были бойницы для ружей. Вокруг сруба находилось широкое расчищенное пространство, обнесенное частоколом в шесть футов вышины, без всякой калитки, без единого отверстия. Сломать его было нелегко, а укрыться за ним от сидящих в срубе — невозможно. Люди, засевшие в срубе, могли бы расстреливать нападающих, как куропаток. Дать им хороших часовых до побольше провизии, и они выдержат нападение целого полка.

Особенно обрадовал меня ручей. Ведь в каюте «Испаньолы» тоже неплохо: много оружия, много боевых припасов, много провизии, много превосходных вин, но в ней не было воды.

Я размышлял об этом, когда вдруг раздался ужасающий предсмертный вопль. Не впервые я сталкивался со смертью — я служил в войсках герцога Кемберлендского[1] и сам получил рану под Фонтенуа,[2] — но от этого крика сердце мое сжалось. «Погиб Джим Хокинс», — решил я.

Много значит быть старым солдатом, но быть доктором значит больше. В нашем деле нельзя терять ни минуты. Я сразу же обдумал все, поспешно вернулся на берег и прыгнул в ялик.

К счастью, Хантер оказался превосходным гребцом. Мы стремительно понеслись по проливу. Лодка причалила к борту, и я опять взобрался на корабль. Друзья мои были потрясены. Сквайр сидел белый, как бумага, и — добрый человек! — раздумывал о том, каким опасностям мы подвергаемся из-за него. Один из матросов, сидевших на баке, был тоже бледен и расстроен.

— Этот человек, — сказал капитан Смоллетт, кивнув в его сторону, — еще не привык к разбою. Когда он услышал крик, доктор, он чуть не лишился чувств. Еще немного — и он будет наш.

Я рассказал капитану свой план, и мы вместе обсудили его.

Старого Редрута мы поставили в коридоре между каютой и баком, дав ему не то три, не то четыре заряженных мушкета и матрац для защиты. Хантер подвел шлюпку к корме, и мы с Джойсом принялись нагружать ее порохом, мушкетами, сухарями, свининой. Затем опустили в нее бочонок с коньяком и мой драгоценный ящичек с лекарствами.

Тем временем сквайр и капитан вышли на палубу. Капитан вызвал второго боцмана — начальника оставшихся на корабле матросов.

---

[1] Герцог Кемберлендский — английский полководец, живший в середине XVIII века.

[2] В битве при Фонтенуа (1745), в Бельгии, английские войска потерпели поражение от французов.

— Мистер Хендс, — сказал он, — нас здесь двое, и у каждого пара пистолетов. Тот из вас, кто подаст какой-нибудь сигнал, будет убит.

Разбойники растерялись. Затем, пошептавшись, кинулись к переднему сходному тамбуру, собираясь напасть на нас с тыла, но, наткнувшись в узком проходе на Редрута с мушкетами, сразу же бросились обратно. Чья-то голова высунулась из люка на палубу.

— Вниз, собака! — крикнул капитан.

Голова исчезла. Все шестеро, насмерть перепуганные, куда-то забились и утихли.

Мы с Джойсом нагрузили ялик доверху, бросая все как попало. Потом спустились в него сами через кормовой порт[1] и, гребя изо всех сил, понеслись к берегу.

Вторая наша поездка сильно обеспокоила обоих часовых на берегу. «Лиллибуллеро» умолкло опять. И прежде чем мы перестали их видеть, обогнув мысок, один из них оставил свою шлюпку и побежал в глубь острова. Я хотел было воспользоваться этим и уничтожить их шлюпки, но побоялся, что Сильвер со всей шайкой находится неподалеку и что мы потеряем все, если захотим слишком многого.

Мы причалили к прежнему месту и начали перетаскивать груз в укрепление. Тяжело нагруженные, мы донесли наши припасы до форта и перебросили их через частокол. Охранять их поставили Джойса. Он оставался один, но зато ружей у него было не меньше полудюжины. А мы с Хантером вернулись к лодке и снова взвалили груз на спину. Таким образом, работая без передышки, мы постепенно перетащили весь груз. Джойс и Хантер остались в укреплении, а я, гребя изо всех сил, помчался назад к «Испаньоле».

Мы решили еще раз нагрузить ялик. Это было рискованно, но не так уж безрассудно, как может показаться. Их, конечно, было больше, чем нас, но зато мы были лучше вооружены. Ни у кого из

---

[1] Отверстие в борту.

уехавших на берег не было мушкета, и, прежде чем они подошли бы к нам на расстояние пистолетного выстрела, мы успели бы застрелить по крайней мере шестерых.

Сквайр поджидал меня у кормового окна. Он сильно приободрился и повеселел. Схватив брошенный мною конец, он подтянул ялик, и мы снова стали его нагружать свининой, порохом, сухарями. Потом захватили по одному мушкету и по одному кортику для меня, сквайра, Редрута и капитана. Остальное оружие и порох мы выбросили за борт. В проливе было две с половиной сажени глубины, и мы видели, как блестит озаренная солнцем сталь на чистом песчаном дне.

Начался отлив, и шхуна повернулась вокруг якоря. Около шлюпок на берегу послышались перекликающиеся голоса. Хотя это и доказывало, что Джойс и Хантер, которые находились восточнее, еще не замечены, мы все же решили поторопиться.

Редруг покинул свой пост в коридоре и прыгнул в ялик. Мы подвели его к другому борту, чтобы взять капитана Смоллетта.

— Ребята, — громко крикнул он, — вы слышите меня?

Из бака никто не ответил.

— Я обращаюсь к тебе, Абрахам Грей.

Молчание.

— Грей, — продолжал мистер Смоллетт, повысив голос, — я покидаю корабль и приказываю тебе следовать за твоим капитаном. Я знаю, что, в сущности, ты человек хороший, да и остальные не так уж плохи, как стараются казаться. У меня в руке часы. Даю тебе тридцать секунд на то, чтобы присоединиться ко мне.

Наступило молчание.

— Иди же, мой друг, — продолжал капитан, — не заставляй нас терять время даром. Ведь каждая секунда промедления грозит смертью и мне, и этим джентльменам.

Началась глухая борьба, послышались звуки ударов, и на палубу выскочил Абрахам Грей. Щека его была порезана ножом. Он подбежал к капитану, как собака, которой свистнул хозяин.

— Я с вами, сэр, — сказал он.

Они оба спрыгнули в ялик, и мы отчалили.

Корабль был покинут. Но до частокола мы еще не добрались.

Глава XVII. ДОКТОР ПРОДОЛЖАЕТ СВОЙ РАСССКАЗ. ПОСЛЕДНИЙ ПЕРЕЕЗД В ЧЕЛНОКЕ

Этот последний — пятый — переезд окончился не так благополучно, как прежние. Во-первых, наша скорлупка была страшно перегружена. Пятеро взрослых мужчин, да притом трое из них — Трелони, Редруг и капитан — ростом выше шести футов — это уже не так мало. Прибавьте порох, свинину, мешки с сухарями. Неудивительно, что планшир[1] на корме лизала вода. Нас то и дело слегка заливало. Не успели мы отъехать на сотню ярдов, как мои штаны и фалды камзола промокли насквозь.

Капитан заставил нас разместить груз по-другому, и ялик выпрямился.

И все же мы боялись дышать, чтобы не перевернуть ее.

Во-вторых, благодаря отливу создалось сильное течение, направлявшееся к западу, а потом заворачивавшее к югу, в открытое море, через тот проход, по которому утром вошла в пролив наша шхуна. Перегруженный наш ялик могла перевернуть даже легчайшая рябь отлива. Но хуже всего было то, что течение относило нас в сторону и не давало пристать к берегу за мысом, там, где я приставал раньше. Если бы мы нс справились с

[1] Планка по верхнему краю борта.

течением, мы достигли бы берега как раз возле двух шлюпок, где каждую минуту могли появиться пираты.

— Я не в силах править на частокол, сэр, — сказал я капитану. Я сидел за рулем, а капитан и Редрут, не успевшие еще устать, гребли.

— Течение относит нас. Нельзя ли приналечь на весла?

— Если мы приналяжем, нас зальет, — сказал капитан. — Постарайтесь, пожалуйста, и держите прямо против течения. Постарайтесь, сэр, прошу вас…

Нас относило к западу до тех пор, пока я не направил нос прямо к востоку, под прямым углом к тому пути, по которому мы должны были двигаться.

— Этак мы никогда не доберемся до берега, — сказал я.

— Если при всяком другом курсе нас сносит, сэр, мы должны держаться этого курса, — ответил капитан. — Нам нужно идти вверх по течению. Если нас снесет, сэр, — продолжал он, — в подветренную сторону от частокола, неизвестно, где мы сможем высадиться, да и разбойничьи шлюпки могут напасть на нас. А если мы будем держаться этого курса, течение скоро ослабеет, и мы спокойно сможем маневрировать у берега.

— Течение уже слабее, сэр, — сказал матрос Грей, сидевший на носу. — Можно чуть-чуть повернуть к берегу.

— Спасибо, любезнейший, — поблагодарил я его, как будто между нами никогда не было никаких недоразумений.

Мы все безмолвно условились обращаться с ним так, как будто он с самого начала был заодно с нами.

И вдруг капитан произнес изменившимся голосом:

— Пушка!

— Я уже думал об этом, — сказал я, полагая, что он говорит о возможности бомбардировать наш форт из пушки. — Им никогда не удастся свезти пушку на берег. А если и свезут, она застрянет в лесу.

— Нет, вы поглядите на корму, — сказал капитан.

Второпях мы совсем забыли про девятифунтовую пушку. Пятеро негодяев возились возле пушки, стаскивая с нее «куртку», как называли они просмоленный парусиновый чехол, которым она была накрыта. Я вспомнил, что мы оставили на корабле пушечный порох и ядра и что разбойникам ничего не стоит достать их из склада — нужно только разок ударить топором.

— Израэль был у Флинта канониром, — хрипло произнес Грей.

Я направил ялик прямо к берегу. Мы теперь без труда справлялись с течением, хотя шли все еще медленно. Ялик отлично повиновался рулю. Но, как назло, теперь он был повернут к «Испаньоле» бортом и представлял превосходную мишень.

Я мог не только видеть, но и слышать, как краснорожий негодяй Израэль Хендс с грохотом катил по палубе ядро.

— Кто у нас лучший стрелок? — спросил капитан.

— Мистер Трелони, без сомнения, — ответил я.

— Мистер Трелони, застрелите одного из разбойников. Если можно, Хендса, — сказал капитан.

Трелони был холоден, как сталь. Он осмотрел запал своего ружья.

— Осторожней, сэр, — крикнул капитан, — не переверните ялик! А вы все будьте наготове и во время выстрела постарайтесь сохранить равновесие.

Сквайр поднял ружье, гребцы перестали грести, мы передвинулись к борту, чтобы удерживать равновесие, и все обошлось благополучно: ялик не зачерпнул ни капли.

Пираты тем временем повернули пушку на вертлюге, и Хендс, стоявший с прибойником[1] у жерла, был отличной целью. Однако

---

[1] Прибойник — железный прут для забивания заряда в дуло орудия.

нам не повезло. В то время как Трелони стрелял, Хендс нагнулся, и пуля, просвистев над ним, попала в одного из матросов.

Раненый закричал, и крик его подхватили не только те, кто был вместе с ним на корабле: множество голосов ответило ему с берега. Взглянув туда, я увидел пиратов, бегущих из леса к шлюпкам.

— Они сейчас отчалят, сэр, — сказал я.

— Прибавьте ходу! — закричал капитан. — Теперь уж не важно, затопим мы ялик или нет. Если нам не удастся добраться до берега, все погибло.

— Отчаливает только одна шлюпка, сэр, — заметил я. — Команда другой шлюпки, вероятно, побежала по берегу, чтобы перерезать нам дорогу.

— Им придется здорово побегать, — возразил капитан. — А моряки не отличаются проворством на суше. Не их я боюсь, а пушки. Дьяволы! Моя пушка бьет без промаха. Предупредите нас, сквайр, когда увидите зажженный фитиль, и мы дадим лодке другое направление.

Несмотря на тяжелый груз, ялик наш двигался теперь довольно быстро и почти не черпал воду. Нам оставалось каких-нибудь тридцать-сорок раз взмахнуть веслами, и мы добрались бы до песчаной отмели возле деревьев, которую обнажил отлив. Шлюпки пиратов уже не нужно было бояться: мысок скрыл ее из виду.

Отлив, который недавно мешал нам плыть, теперь мешал нашим врагам догонять нас. Нам угрожала только пушка.

— Хорошо бы остановиться и подстрелить еще одного из них, — сказал капитан.

Но было ясно, что пушка выстрелит во что бы то ни стало. Разбойники даже не глядели на своего раненого товарища, хотя он был жив, и мы видели, как он пытался отползти в сторону.

— Готово! — крикнул сквайр.

— Стой! — как эхо отозвался капитан.

Он и Редрут так сильно стали табанить[1] веслами, что корма погрузилась в воду. Грянул пушечный выстрел — тот самый, который услышал Джим: выстрел сквайра до него не донесся. Мы не заметили, куда ударило ядро. Я полагаю, что оно просвистело над нашими головами и что ветер, поднятый им, был причиной нашего несчастья.

Как бы то ни было, но тотчас же после выстрела наш ялик зачерпнул кормой воду и начал медленно погружаться. Глубина была небольшая, всего фута три. Мы с капитаном благополучно встали на дно друг против друга. Остальные трое окунулись с головой и вынырнули, фыркая и отдуваясь.

В сущности, мы отделались дешево — жизни никто не лишился и все благополучно добрались до берега. Но запасы наши остались на дне, и, что хуже всего, из пяти ружей не подмокли только два: мое ружье я, погружаясь в воду, инстинктивно поднял над головой, а ружье капитана, человека опытного, висело у него за спиной замком кверху; оно тоже осталось сухим. Три остальных ружья нырнули вместе с яликом.

В лесу, уже совсем неподалеку, слышны были голоса. Нас могли отрезать от частокола. Кроме того, мы сомневались, удержатся ли Хантер и Джойс, если на них нападет полдюжины пиратов. Хантер — человек твердый, а за Джойса мы опасались; он услужливый и вежливый слуга, он отлично чистит щеткой платье, но для войны совершенно не пригоден.

Встревоженные, мы добрались до берега вброд, бросив на произвол судьбы наш бедный ялик, в котором находилась почти половина всего нашего пороха и все нашей провизии.

---

[1] Грести назад.

Глава XVIII. ДОКТОР ПРОДОЛЖАЕТ СВОЙ РАССКАЗ. КОНЕЦ ПЕРВОГО ДНЯ СРАЖЕНИЯ

Мы во весь дух бежали через лес, отделявший нас от частокола, и с каждым мгновением все ближе и ближе раздавались голоса пиратов. Скоро мы услышали топот их ног и треск сучьев. Они пробирались сквозь чащу. Я понял, что нам предстоит нешуточная схватка, и осмотрел свое ружье.

— Капитан, — сказал я, — Трелони бьет без промаха, но ружье его хлебнуло воды. Уступите ему свое.

Они поменялись ружьями, и Трелони, по-прежнему молчаливый и хладнокровный, на мгновение остановился, чтобы проверить заряд. Тут только я заметил, что Грей безоружен, и отдал ему свой кортик. Мы обрадовались, когда он поплевал на руки, нахмурил брови и замахал кортиком с такой силой, что лезвие со свистом рассекало воздух. И каждый взмах кортика был доказательством, что наш новый союзник будет драться до последней капли крови.

Пробежав еще шагов сорок, мы выбрались на опушку леса и оказались перед частоколом. Мы подошли как раз к середине его южной стороны. А в это самое время семеро разбойников с боцманом Джобом Эндерсоном во главе, громко крича, выскочили из лесу у юго-западного угла частокола.

Они остановились в замешательстве. Мы со сквайром выстрелили, не дав им опомниться. Хантер и Джойс, сидевшие в укреплении, выстрелили тоже. Четыре выстрела грянули разом и не пропали даром: один из врагов упал, остальные поспешно скрылись за деревьями.

Снова зарядив ружья, мы прокрались вдоль частокола посмотреть на упавшего врага.

Он был убит наповал, пуля попала прямо в сердце.

Успех обрадовал нас. Но вдруг в кустах щелкнул пистолет, у меня над ухом просвистела пуля, и бедняга Том Редрут пошатнулся и во весь рост грохнулся на землю. Мы со сквайром выстрелили в кусты. Но стрелять пришлось наудачу, и, вероятно, заряды наши пропали даром. Снова зарядив ружья, мы кинулись к бедному Тому.

Капитан и Грей уже осматривали его. Я глянул только краем глаза и сразу увидел, что дело безнадежно.

Вероятно, наши выстрелы заставили пиратов отступить, так как нам удалось без всякой помехи перетащить несчастного егеря через частокол и внести под крышу блокгауза, в сруб.

Бедный старый товарищ! Он ничему не удивлялся, ни на что не жаловался, ничего не боялся и даже ни на что не ворчал с самого начала наших приключений до этого дня, когда мы положили его в сруб умирать. Он, как троянец, геройски охранял коридор на корабле. Все приказания он исполнял молчаливо, покорно и добросовестно. Он был старше нас всех лет на двадцать. И вот этот угрюмый старый, верный слуга умирал на наших глазах.

Сквайр бросился перед ним на колени, целовал ему руки и плакал, как малый ребенок.

— Я умираю, доктор? — спросил тот.

— Да, друг мой, — сказал я.

— Хотелось бы мне перед смертью послать им еще одну пулю.

— Том, — сказал сквайр, — скажи мне, что ты прощаешь меня.

— Прилично ли мне, сэр, прощать или не прощать своего господина? — спросил старый слуга. — Будь что будет. Аминь!

Он замолчал, потом попросил, чтобы кто-нибудь прочел над ним молитву.

— Таков уж обычай, сэр, — прибавил он, словно извиняясь, и вскоре после этого умер.

Тем временем капитан — я видел, что у него как-то странно вздулась грудь и карманы были оттопырены, — вытащил оттуда самые разнообразные вещи: британский флаг, Библию, клубок веревок, перо, чернила, судовой журнал и несколько фунтов табаку. Он отыскал длинный обструганный сосновый шест и с помощью Хантера укрепил его над срубом, на углу. Затем, взобравшись на крышу, он прицепил к шесту и поднял британский флаг. Это, по-видимому, доставило ему большое удовольствие. Потом он спустился и начал перебирать и пересчитывать запасы, словно ничего другого не было на свете. Но изредка он все же поглядывал на Тома. А когда Том умер, он достал другой флаг и накрыл им покойника.

— Не огорчайтесь так сильно, сэр, — сказал капитан, пожимая руку сквайру. — Он умер, исполняя свой долг. Нечего бояться за судьбу человека, убитого при исполнении обязанностей перед капитаном и хозяином. Я не силен в богословии, но это дела не меняет.

Затем отвел меня в сторону.

— Доктор Ливси, — спросил он, — через сколько недель вы со сквайром ожидаете прибытия корабля, который пошлют нам на помощь?

Я ответил, что это дело затяжное. Потребуются не недели, а месяцы. Если мы не вернемся к концу августа, Блендли вышлет нам на помощь корабль, не позже и не раньше.

— Вот и высчитайте, когда этот корабль будет здесь, — закончил я.

— Ну, сэр, — сказал капитан, почесывая затылок, — в таком случае нам, даже если очень повезет, придется туговато.

— Почему? — спросил я.

— Очень жаль, сэр, что весь груз, который мы везли во второй раз, погиб, вот почему, — ответил капитан. — Пороха и пуль у нас достаточно, но провизии мало. Очень мало! Пожалуй, не приходится жалеть, что мы избавились от лишнего рта.

И он указал на покрытого флагом покойника.

В это мгновение высоко над крышей сруба с ревом и свистом пролетело ядро. Оно упало где-то далеко за нами, в лесу.

— Ого! — сказал капитан. — Бомбардировка! А ведь пороха у них не так-то много.

Второй прицел был взят удачнее. Ядро перелетело через частокол и упало перед срубом, подняв целую тучу песка.

— Капитан, — сказал сквайр, — сруб с корабля не виден. Они, должно быть, целятся в наш флаг. Не лучше ли спустить его?

— Спустить флаг? — возмутился капитан. — Нет, сэр. Пусть его спускает кто угодно, но только не я.

И мы сразу же с ним согласились.

Гордый морской обычай не позволяет спускать флаг во время битвы. И, кроме того, это была хорошая политика — мы хотели доказать врагам, что нам вовсе не страшна их пальба.

Они обстреливали нас из пушки весь вечер. Одно ядро проносилось у нас над головами, другое падало перед частоколом, третье взрывало песок возле самого сруба. Но пиратам приходилось брать высокий прицел: ядра теряли силу и зарывались в песок. Рикошета мы не боялись. И хотя одно ядро пробило у нас крышу и пол, мы скоро привыкли к обстрелу и относились к нему равнодушно, как к трескотне сверчка.

— Есть в этом и хорошая сторона, — заметил капитан. — В лесу поблизости от нас, должно быть, нет пиратов. Отлив усилился, и наши припасы, наверно, показались из-под воды. Эй, не найдутся ли охотники сбегать за утонувшей свининой?

Грей и Хантер вызвались прежде всех. Хорошо вооруженные, они перелезли через частокол. Но свинина досталась не им. Пираты были храбрее, чем мы ожидали. А может быть, они вполне полагались на пушку Израэля Хендса.

Пятеро разбойников усердно вылавливали припасы из нашего затонувшего ялика и перетаскивали их в стоявшую неподалеку шлюпку. Сидевшим в шлюпке приходилось все время грести, потому что течение относило их в сторону. Сильвер стоял на корме и распоряжался. Они все до одного были вооружены мушкетами, добытыми, вероятно, из какого-то их тайного склада.

Капитан сел на бревно и стал записывать в судовой журнал: «Александр Смоллетт — капитан, Дэвид Ливси — судовой врач, Абрахам Грей — помощник плотника, Джон Трелони — владелец шхуны, Джон Хантер и Ричард Джойс — слуги и земляки владельца шхуны, — вот и все, кто остался верен своему долгу. Взяв с собой припасы, которых хватит не больше чем на десять дней, они сегодня высадились на берег и подняли британский флаг над блокгаузом на Острове Сокровищ. Том Редрут, слуга и земляк владельца шхуны, убит разбойниками. Джеймс Хокинс, юнга…»

Я задумался над судьбой бедного Джима Хокинса.

И вдруг в лесу раздался чей-то крик.

— Нас кто-то окликает, — сказал Хантер, стоявший на часах.

— Доктор! Сквайр! Капитан! Эй, Хантер, это ты? — услышали мы чей-то голос.

Я бросился к дверям и увидел Джима Хокинса. Целый и невредимый, он перелезал через наш частокол.

Глава XIX. ОПЯТЬ ГОВОРИТ ДЖИМ ХОКИНС. ГАРНИЗОН В БЛОКГАУЗЕ

Как только Бен Ганн увидел британский флаг, он остановился, схватил меня за руку и сел.

— Ну, — сказал он, — там твои друзья. Несомненно.

— Вернее, что бунтовщики, — сказал я.

— Никогда! — воскликнул он. — На этом острове, в этой пустыне, где никого не бывает, кроме джентльменов удачи, Сильвер поднял бы черное, пиратское знамя. Уж положись на меня. Я эти дела понимаю. Там твои друзья, это верно. Должно быть, была стычка и они победили. И теперь они на берегу, за старым частоколом. Это Флинт поставил частокол. Много лет назад. Что за голова был этот Флинт! Только ром мог его сокрушить. Никого он не боялся, кроме Сильвера. А Сильвера он побаивался, надо правду сказать.

— Ну что ж, — сказал я, — раз за частоколом свои, надо идти туда.

— Постой, — возразил Бен. — Погоди. Ты, кажется, славный мальчишка, но все же ты только мальчишка. А Бен Ганн хитер. Бен Ганн не промах. Никакой выпивкой меня туда не заманишь... Я должен сам увидеть твоего прирожденного джентльмена, и пускай он даст мне свое честное слово. А ты не забудь моих слов. Только — так и скажи ему, — только при личном знакомстве возможно доверие. И ущипни его за руку.

И он третий раз ущипнул меня с самым многозначительным видом.

— А когда Бен Ганн вам понадобится, ты знаешь, где найти его, Джим. Там, где ты нашел его сегодня. И тот, кто придет за ним, должен держать что-нибудь белое в руке, и пускай приходит один. Ты им так и скажи. «У Бена Ганна, — скажи, — есть на то свои причины».

— Хорошо, — сказал я. — Кажется, я вас понял. Вы хотите что-то предложить, и вам нужно повидаться со сквайром или с доктором. А увидеть вас можно там, где я вас нашел сегодня. Это все?

— А почему ты не спрашиваешь, в какие часы меня можно застать? Я принимаю с полудня до шести склянок.

— Хорошо, хорошо, — сказал я. — Теперь я могу идти?

— А ты не забудешь? — спросил он тревожно. — Скажи ему, что «только при личном знакомстве"и что» есть свои причины». Я поговорю с ним, как мужчина с мужчиной. А теперь можешь идти, Джим, — сказал он, по-прежнему крепко держа меня за руку. — Послушай, Джим, а если ты увидишь Сильвера, ты не предашь ему Бена Ганна? Даже если тебя привяжут к хвосту дикой лошади, не выдашь? А если пираты высадятся на берег, Джим, ты утром не передумаешь?..

Грохот пушечного выстрела прервал его слова. Ядро пронеслось между деревьями и упало на песок в сотне ярдов от того места, где мы стояли и разговаривали. И мы оба бросились в разные стороны. В течение часа остров сотрясался от пальбы, и ядра носились по лесу, сокрушая все на пути. Я прятался то тут, то там, и всюду мне казалось, что ядра летят прямо в меня. Мало-помалу ко мне вернулось утраченное мужество. Однако я все еще не решался подойти к частоколу, возле которого ядра падали чаще всего. Двигаясь в обход к востоку, я добрался наконец до деревьев, росших у самого берега.

Солнце только что село, морской бриз свистел в лесу и покрывал рябью сероватую поверхность бухты. Отлив обнажил широкую песчаную отмель. Воздух после дневного зноя стал таким холодным, что я сильно озяб в своем легком камзоле.

«Испаньола» по-прежнему стояла на якоре. Но над ней развевался «Веселый Роджер» — черный пиратский флаг с изображением черепа. На борту блеснула красная вспышка, и гулкое эхо разнесло по всему острову последний звук пушечного выстрела. Канонада окончилась.

Я лежал в кустах и наблюдал суету, которая последовала за атакой. На берегу, как раз против частокола, несколько человек рубили что-то топорами. Впоследствии я узнал, что они уничтожали несчастный наш ялик. Вдали, возле устья речки, среди деревьев пылал большой костер. Между костром и кораблем беспрерывно сновала шлюпка. Матросы, такие угрюмые утром, теперь, гребя, кричали и смеялись, как дети. По звуку голосов я догадался, что веселье вызвано ромом.

Наконец я решился направиться к частоколу. Я был довольно далеко от него, на низкой песчаной косе, замыкавшей нашу бухту с востока и доходившей при отливе до самого Острова Скелета. Поднявшись, я увидел дальше на косе среди низкого кустарника одинокую, довольно большую скалу странного, белесого цвета. Мне пришло в голову, что это та самая белая скала, про которую говорил Бен Ганн, и что если мне понадобится лодка, я буду знать, где ее найти. Я брел по опушке леса, пока не увидел перед собой задний, самый дальний от моря, край частокола. Наши встретили меня с горячим радушием.

Я рассказал им о моих приключениях и осмотрелся вокруг. Бревенчатый дом был весь построен из необтесанных сосновых стволов — и стены, и крыша, и пол. Пол в некоторых местах возвышался на фут или на полтора над песком. У входа было устроено крылечко, под крылечком журчал ручеек. Струя текла в искусственный бассейн очень оригинального вида: огромный корабельный чугунный котел с выбитым дном, зарытый в песок «по самую ватерлинию», как говорил капитан. В доме было почти пусто. Только в одном углу лежала каменная плита для очага с железной решеткой в форме корзины, чтобы огонь не распространялся за пределы камня.

Все деревья по склонам холма, окруженного частоколом, были срублены на постройку. Судя по пням, здесь погибла превосходная роща. Верхний слой почвы после уничтожения деревьев был смыт и снесен дождями, обнажившими чистый песок. Только там, где ручей вытекал из котла, виднелись и мох, и папоротник, и низкорослый кустарник. Сразу за частоколом начинался густой и высокий лес. Это, как говорили, мешало защите. Со стороны суши лес состоял из сосен, а спереди, со стороны пролива, — из тех же сосен и вечнозеленых дубов.

Холодный вечерний бриз, о котором я уже говорил, дул во все щели грубо сколоченного здания, посыпая пол непрестанным дождем мелкого песка. Песок засорял нам глаза, песок хрустел у нас на зубах, песок попадал к нам в еду, песок плясал в роднике на дне котла, как крупа в кипящей каше. Дымовой трубы у нас не было — дым выходил через квадратное отверстие в крыше.

Прежде чем найти дорогу к выходу, он расползался по всему дому, заставляя нас кашлять и плакать.

Грей, наш новый товарищ, сидел с перевязанным лицом — разбойники порезали ему щеку. А старый Том Редрут, все еще не похороненный, окоченевший, лежал у стены, покрытый британским флагом.

Если бы нам позволили сидеть сложа руки, мы скоро упали бы духом. Но капитан Смоллетт умел найти дело для всех. Он вызвал нас к себе и разделил на две вахты.

В одну вошли доктор, Грей и я, в другую — сквайр, Хантер и Джойс. За день мы очень устали, но тем не менее капитан двоих послал в лес за дровами, а двоим велел копать могилу для Редрута. Доктор стал поваром, меня поставили часовым у дверей, а сам капитан расхаживал от одного к другому, всех подбодряя и всем помогая.

Время от времени доктор подходил к двери подышать воздухом и дать отдохнуть покрасневшим от дыма глазам и перекидывался со мной двумя-тремя словами.

— Этот Смоллетт, — сказал он мне как-то, — гораздо лучше меня. Если уж это я сам признал, значит, так оно и есть, Джим.

В другой раз он сначала помолчал, потом повернул голову и внимательно посмотрел мне в лицо.

— На этого Бена Ганна можно положиться? — спросил он. — Не знаю, сэр, — ответил я. — Я не совсем уверен, что голова у него в порядке.

— Значит, не в порядке, — сказал доктор. — Если человек три года грыз ногти на необитаемом острове, Джим, голова у него не может быть в таком же порядке, как у тебя или у меня. Так уж устроены люди. Ты говоришь, он мечтает о сыре?

— Да, сэр, — ответил я.

— Ладно, Джим, — сказал он. — Посмотри, как полезно быть лакомкой. Ты, наверно, видел мою табакерку, но ни разу не видел, чтобы я нюхал из нее табак. У меня в табакерке лежит не табак, а кусочек пармезана — итальянского сыра. Этот сыр мы отдадим Бену Ганну!

Перед ужином мы зарыли старого Тома в песок, потом постояли немного с непокрытыми головами на ветру.

Дров из лесу натаскали целую груду, но капитан был все же недоволен.

— Завтра я заставлю вас работать как следует, — сказал он, качая головой.

Поужинав копченой свининой и выпив по стакану горячего грога, капитан, сквайр и доктор удалились на совещание.

Но, по-видимому, ничего хорошего не приходило им в голову. Провизии у нас было так мало, что мы должны были неизбежно умереть с голоду задолго до прибытия помощи. Оставалось одно: убить как можно больше пиратов, убивать их до тех пор, пока они не спустят свой черный флаг или пока не уйдут на «Испаньоле» в открытое море. Из девятнадцати их уже осталось пятнадцать, причем двое ранены, а один, подстреленный у пушки, если не умер, то, во всяком случае, ранен тяжело. Каждый раз, когда нам представится возможность выстрелить в них, мы должны стрелять. Нужно тщательно беречь наших людей и помнить, что у нас есть два надежных союзника: ром и климат.

Ром уже взялся за дело: полмили отделяло нас от пиратов, и тем не менее до поздней ночи слышали мы песни и крики. А доктор клялся своим париком, что скоро за дело возьмется и климат: лагерь пиратов возле болота, лекарств у них нет никаких, и через неделю половина из них будет валяться в лихорадке.

— Итак, — говорил доктор, — если им не удастся укокошить нас сразу, они будут рады бросить остров и вернуться на шхуну. У них есть корабль, и они всегда могут заняться своим старым ремеслом — морским разбоем.

— Это первый корабль, который мне пришлось потерять, — сказал капитан Смоллетт.

Я смертельно устал. Долго ворочался я, перед тем как заснуть, но потом спал как убитый.

Все уже давно встали, позавтракали и натаскали дров, когда я проснулся, разбуженный шумом и криками.

— Белый флаг! — сказал кто-то.

И тотчас же раздался удивленный возглас:

— Сам Сильвер!

Я вскочил, протер глаза и кинулся к бойнице в стене.

Глава XX. СИЛЬВЕР-ПАРЛАМЕНТЕР

Действительно, к частоколу подошли два человека. Один из них размахивал белой тряпкой, а другой — не кто иной, как сам Сильвер, — невозмутимо стоял рядом.

Было еще очень рано. Я не запомню такого холодного утра. Холод пронизывал меня до костей. Небо было ясное, сияющее, верхушки деревьев розовели в лучах восходящего солнца, но внизу, где стоял Сильвер со своим спутником, все еще была густая тень. У их ног клубился белый туман — вот беда этого острова. Этот остров — сырое, малярийное, нездоровое место.

— Все по местам! — сказал капитан. — Держу пари, что они затевают какую-то хитрость. — Затем он крикнул разбойникам: — Кто идет? Стой, или будем стрелять!

— Белый флаг! — крикнул Сильвер.

Капитан вышел на крыльцо и стал под прикрытием, чтобы предательская пуля не угрожала ему. Обернувшись к нам, он приказал:

— Отряд доктора — на вахту к бойницам! Доктор Ливси, прошу вас, займите северную стену. Джим — восточную, Грей — западную. Другой вахте — заряжать мушкеты. Живее! И будьте внимательны!

Потом снова обратился к разбойникам.

— Чего вы хотите от нас с вашим белым флагом? — крикнул он.

На этот раз ответил не Сильвер, а другой пират.

— Капитан Сильвер, сэр, хочет подняться к вам на борт, заключить с вами договор! — прокричал он.

— Капитан Сильвер? Я такого не знаю. Кто он? — спросил капитан.

Мы слышали, как он добавил вполголоса:

— Вот как! Уже капитан! Быстрое повышение в чине!

Долговязый Джон ответил сам:

— Это я, сэр. Наши несчастные ребята выбрали меня капитаном после вашего дезертирства, сэр. — Слово «дезертирство» он произнес с особым ударением. — Мы готовы вам подчиниться опять, но, конечно, на известных условиях: если вы согласитесь подписать с нами договор. А пока дайте мне честное слово, капитан Смоллетт, что вы отпустите меня отсюда живым и не начнете стрельбу, прежде чем я не отойду от частокола.

— У меня нет никакой охоты разговаривать с вами, — сказал капитан Смоллетт. — Но если вы хотите говорить со мной, ступайте сюда. Однако если вы замышляете предательство, то потом пеняйте на себя.

— Этого достаточно, капитан! — весело воскликнул Долговязый Джон. — Одного вашего слова достаточно. Я знаю, что вы джентльмен, капитан, и что на ваше слово можно вполне положиться.

Мы видели, как человек с белым флагом старался удержать Сильвера. В этом не было ничего удивительного, потому что капитан разговаривал не слишком любезно. Но Сильвер только засмеялся в ответ и хлопнул его по плечу, точно даже самая мысль об опасности представлялась ему нелепостью. Он подошел к частоколу, сначала перебросил через него свой костыль, а затем перелез и сам с необычайной быстротой и ловкостью.

Должен признаться: я так был занят всем происходящим, что забыл обязанности часового. Я покинул свой пост у восточной бойницы и стоял позади капитана, который сидел на пороге, положив локти на колени, поддерживая голову руками, и смотрел в старый железный котел, где бурлила вода и плясали песчинки. Спокойно насвистывал он себе под нос: «За мною, юноши и девы».

Сильверу было мучительно трудно взбираться по склону холма. На крутизне, среди сыпучего песка и широких пней, он со своим костылем был беспомощен, как корабль на мели. Но он мужественно и молчаливо преодолел весь путь, остановился перед капитаном и отдал ему честь с величайшим изяществом. На нем был его лучший наряд: длинный, до колен, синий кафтан со множеством медных пуговиц и сдвинутая на затылок шляпа, обшитая тонкими кружевами.

— Вот и вы, любезный, — сказал капитан, подняв голову. — Садитесь.

— Пустите меня в дом, капитан, — жалобно попросил Долговязый Джон. — В такое холодное утро, сэр, неохота сидеть на песке.

— Если бы вы, Сильвер, — сказал капитан, — предпочли остаться честным человеком, вы сидели бы теперь в своем камбузе. Сами виноваты. Либо вы мой корабельный повар — и тогда я с вами обращаюсь по-хорошему, либо вы капитан Сильвер, бунтовщик и пират, — и тогда не ждите от меня ничего, кроме виселицы.

— Ладно, ладно, капитан, — сказал повар, садясь на песок. — Только потом вам придется подать мне руку, чтобы я мог подняться… Неплохо вы тут устроились!.. А, это Джим! Доброе утро, Джим… Доктор, мое почтение! Да вы тут все в сборе, словно счастливое семейство, если разрешите так выразиться…

— К делу, любезный, — перебил капитан. — Говорите, зачем вы пришли.

— Правильно, капитан Смоллетт, — ответил Сильвер. — Дело прежде всего. Должен признаться, вы ловкую штуку выкинули сегодня ночью. Кто-то из вас умеет обращаться с ганшпугом. Кое-кто из моих людей был прямо потрясен этим делом, да не только кое-кто, но все. Я и сам, признаться, потрясен. Может быть, только из-за этого я и пришел сюда заключить договор. Но, клянусь громом, капитан, второй раз эта история вам не удастся! Мы всюду выставим часовых и уменьшим выдачу рома. Вы, верно думаете, что мы все были пьяны мертвецки? Поверьте мне, я нисколько не был пьян, я только устал, как собака. Если бы я проснулся на секунду раньше, вы бы от меня не ушли. Он еще был жив, когда я добежал до него.

— Дальше, — хладнокровно произнес капитан Смоллетт.

Все, что говорил Сильвер, было для капитана загадкой, но капитан и бровью не повел. А я, признаться, смекнул кое-что. Мне пришли на память последние слова Бена Ганна. Я понял, что ночью он пробрался в лагерь разбойников, когда они пьяные валялись вокруг костра. Мне было весело думать, что теперь в живых осталось только четырнадцать наших врагов.

— Вот в чем дело, — сказал Сильвер. — Мы хотим достать сокровища, и мы их достанем. А вы, конечно, хотите спасти свою жизнь и имеете на это полное право. Ведь у вас есть карта, не правда ли?

— Весьма возможно, — отвечал капитан.

— Я наверняка знаю, что она у вас есть, — продолжал Долговязый Джон. — И почему вы говорите со мной так сухо? Это не принесет вам пользы. Нам нужна ваша карта, вот и все, а лично вам я не желаю ни малейшего зла…

— Перестаньте, любезный, — перебил его капитан, — не на такого напали. Нам в точности известно, каковы были ваши намерения. Но это нас нисколько не тревожит, потому что руки у вас оказались коротки.

Капитан спокойно взглянул на него и стал набивать свою трубку.

— Если бы Эйб Грей… — начал Сильвер.

— Стоп! — закричал мистер Смоллетт. — Грей ничего мне не говорил, и я ни о чем его не спрашивал. Скажу больше: я с удовольствием взорвал бы на воздух и вас, и его, и весь этот дьявольский остров! Вот что я думаю обо всей вашей шайке, любезный.

Эта гневная вспышка, видимо, успокоила Сильвера. Он уже начал было сердиться, но сдержался.

— Как вам угодно, — сказал он. — Думайте, что хотите, я запрещать вам не стану… Вы, кажется, собираетесь закурить трубку, капитан. И я, если позволите, сделаю то же.

Он набил табаком свою трубку и закурил. Двое мужчин долго молча сидели, то взглядывая друг другу в лицо, то затягиваясь дымом, то нагибаясь вперед, чтобы сплюнуть. Смотреть на них было забавно, как на театральное представление.

— Вот наши условия, — сказал наконец Сильвер. — Вы нам даете карту, чтобы мы могли найти сокровища, вы перестаете подстреливать несчастных моряков и разбивать им головы, когда они спят. Если вы согласны на это, мы предлагаем вам на выбор два выхода. Выход первый: погрузив сокровища, мы позволяем вам вернуться на корабль, и я даю вам честное слово, что высажу вас где-нибудь на берег в целости. Если первый выход вам не нравится, так как многие мои матросы издавна точат на вас зубы, вот вам второй: мы оставим вас здесь, на острове. Провизию мы поделим с вами поровну, и я обещаю послать за вами первый же встречный корабль. Советую вам принять эти условия. Лучших условий вам не добиться. Надеюсь, — тут он возвысил голос, — все ваши люди тут в доме слышат мои слова, ибо сказанное одному — сказано для всех.

Капитан Смоллетт поднялся и вытряхнул пепел из своей трубки в ладонь левой руки.

— И это все? — спросил он.

— Это мое последнее слово, клянусь громом! — ответил Джон. — Если вы откажетесь, вместо меня будут говорить наши ружья.

— Отлично, — сказал капитан. — А теперь послушайте меня. Если вы все придете ко мне сюда безоружные поодиночке, я обязуюсь заковать вас в кандалы, отвезти в Англию и предать справедливому суду. Но если вы не явитесь, то помните, что зовут меня Александр Смоллетт, что я стою под этим флагом и что я всех отправлю к дьяволу. Сокровищ вам не найти. Уплыть на корабле вам не удастся: никто из вас не умеет управлять кораблем. Сражаться вы тоже не мастера: против одного Грея было пятеро ваших, и он ушел от всех. Вы крепко сели на мель, капитан Сильвер, и не скоро сойдете с нее. Это последнее доброе слово, которое вы слышите от меня. А при следующей встрече я всажу пулю вам в спину. Убирайтесь же, любезный! Поторапливайтесь!

Глаза Сильвера вспыхнули яростью. Он вытряхнул огонь из своей трубки.

— Дайте мне руку, чтобы я мог подняться! — крикнул он.

— Не дам, — сказал капитан.

— Кто даст мне руку? — проревел Сильвер.

Никто из нас не двинулся. Отвратительно ругаясь, Сильвер прополз до крыльца, ухватился за него, и только тут ему удалось подняться. Он плюнул в источник.

— Вы для меня вот как этот плевок! — крикнул он. — Через час я подогрею ваш старый блокгауз, как бочку рома. Смейтесь, разрази вас гром, смейтесь! Через час вы будете смеяться по-иному. А те из вас, кто останется в живых, позавидуют мертвым!

И, снова выругавшись, он заковылял по песку. Раза четыре принимался он перелезать через забор и падал. Наконец его перетащил человек с белым флагом, и в одну минуту они исчезли среди деревьев.

Глава XXI. АТАКА

Как только Сильвер скрылся, капитан, все время не спускавший с него глаз, обернулся и заметил, что на посту стоит только один Грей. Впервые увидели мы, как капитан сердится.

— По местам! — проревел он.

Мы кинулись к бойницам.

— Грей, — сказал он, — я занесу твое имя в судовой журнал. Ты исполнял свой долг, как подобает моряку... Мистер Трелони, вы меня удивили, сэр!.. Доктор, ведь вы носили военный мундир! Если вы так исполняли свой долг при Фонтенуа, вы бы лучше не сходили с койки.

Вахта доктора была уже у бойниц, а остальные заряжали мушкеты. Мы все покраснели — нам было стыдно.

Капитан молча следил за нами. Потом заговорил снова.

— Друзья, — сказал он, — я Сильвера встретил, так сказать, залпом пушек всего борта. Я нарочно привел его в бешенство. По его словам, не пройдет и часа, как мы подвергнемся нападению. Вы знаете, что их больше, чем нас, но зато мы находимся в крепости. Минуту назад я мог бы даже сказать, что у нас есть дисциплина. Я не сомневаюсь, что мы можем победить их, если вы захотите победить.

Затем он обошел нас всех и признал, что на этот раз все в порядке.

В двух узких стенах сруба — в восточной и западной — было только по две бойницы. В южной, где находилась дверь, — тоже две. А в северной — пять. У нас было двадцать мушкетов на семерых. Дрова мы сложили в четыре штабеля, посередине каждой стороны. Эти штабеля мы называли столами. На каждом столе лежало по четыре заряженных мушкета, чтобы защитники крепости всегда имели их под рукой. А между мушкетами сложены были кортики.

— Тушите огонь, — сказал капитан. — Уже потеплело, а дым только ест глаза.

Мистер Трелони вынес наружу железную решетку очага и разбросал угли по песку.

— Хокинс еще не завтракал... Хокинс, бери свой завтрак и ешь на посту, — продолжал капитан Смоллетт. — Пошевеливайся, дружок, а то останешься без завтрака... Хантер, раздай всем грог.

Пока мы возились, капитан обдумал до конца план защиты.

— Доктор, вам поручается дверь, — проговорил он. — Глядите хорошенько, но не слишком выставляйтесь вперед. Стойте внутри и стреляйте из двери... Хантер, ты возьмешь восточную стену... Джойс, друг мой, бери западную... Мистер Трелони, вы лучший стрелок, — берите вместе с Греем северную стену, самую длинную, с пятью бойницами. Это самая опасная сторона. Если им удастся добежать до нее и стрелять в нас через бойницы, дело наше будет очень плохо... А мы с тобой, Хокинс, никуда не годные стрелки. Мы будем заряжать мушкеты и помогать всем.

Капитан был прав. Едва солнце поднялось над вершинами деревьев, стало жарко, и туман исчез. Скоро песок начал обжигать нам пятки и на бревнах сруба выступила растопленная смола. Мы сбросили камзолы, расстегнули вороты у рубах, засучили до плеч рукава. Каждый стоял на своем посту, разгоряченный жарой и тревогой.

Так прошел час.

— Дьявол! — сказал капитан. — Становится скучно. Грей, засвисти какую-нибудь песню.

В это мгновение впервые стало ясно, что на нас готовится атака.

— Позвольте спросить, сэр, — сказал Джойс, — если я увижу кого-нибудь, я должен стрелять?

— Конечно! — крикнул капитан.

— Спасибо, сэр, — сказал Джойс все так же спокойно и вежливо.

Ничего не случилось, но вопрос Джойса заставил нас всех насторожиться. Стрелки держали мушкеты наготове, а капитан стоял посреди сруба, сжав губы и нахмурив лоб. Так прошло несколько секунд. Вдруг Джойс просунул в бойницу свой мушкет и выстрелил. Звук его выстрела еще не успел затихнуть, как нас стали обстреливать со всех сторон, залп за залпом. Несколько пуль ударилось в бревна частокола. Но внутрь не залетела ни одна, и, когда дым рассеялся, вокруг частокола и в лесу было тихо и спокойно, как прежде. Ни одна веточка не шевелилась. Ни одно дуло не поблескивало в кустах. Наши враги как сквозь землю провалились.

— Попал ты в кого-нибудь? — спросил капитан.

— Нет, сэр, — ответил Джойс. — Кажется, не попал, сэр.

— И то хорошо, что правду говоришь, — проворчал капитан Смоллетт. — Заряди его ружье, Хокинс... Как вам кажется, доктор, сколько на вашей стороне было выстрелов?

— Я могу ответить точно, — сказал доктор Ливси, — три выстрела. Я видел две вспышки — две рядом и одну дальше, к западу.

— Три! — повторил капитан. — А сколько на вашей, мистер Трелони?

Но тут ответить было нелегко. С севера стреляли много. Сквайр уверял, что было всего семь выстрелов, а Грей — что их было восемь или девять. С востока и запада выстрелили только по одному разу. Очевидно, атаки следовало ожидать с севера, а с других сторон стреляли, только чтобы отвлечь наше внимание. Однако капитан Смоллетт не изменил своих распоряжений.

— Если разбойникам удастся перелезть через частокол, — говорил он, — они могут захватить любую незащищенную бойницу и перестрелять нас всех, как крыс, в нашей собственной крепости.

Впрочем, времени для размышлений у нас было немного. На севере внезапно раздался громкий крик, и небольшой отряд пиратов, выскочив из лесу, кинулся к частоколу. В то же мгновение нас снова начали обстреливать со всех сторон. В открытую дверь влетела пуля и раздробила мушкет доктора в щепки. Нападающие лезли через частокол, как обезьяны. Сквайр и Грей стреляли снова и снова. Трое свалились — один внутрь, двое наружу. Впрочем, один из них, вероятно, напуган, а не ранен, так как сейчас же вскочил на ноги и скрылся в лесу.

Двое лежали на земле, один убежал, четверо благополучно перелезли через частокол. Семеро или восьмеро остальных пиратов, имевших, очевидно, по нескольку мушкетов каждый, непрерывно обстреливали, сидя в чаще, наш дом. Однако обстрел этот не принес нам никакого вреда.

Четверо проникших внутрь частокола, крича, бежали к зданию. Засевшие в лесу тоже кричали, чтобы подбодрить товарищей. Наши стрелки стреляли не переставая, но так торопились, что, кажется, не попали ни разу. В одно мгновение четверо пиратов взобрались на холм и напали на нас. Голова Джоба Эндерсона, боцмана, появилась в средней бойнице.

— Бей их! Бей их! — ревел он громовым голосом.

В то же мгновение другой пират, схватив за дуло мушкет Хантера, выдернул его, просунул в бойницу и ударил Хантера прикладом с такой силой, что несчастный без чувств повалился на пол. Тем временем третий, благополучно обежав вокруг дома, неожиданно появился в дверях и кинулся с кортиком на доктора.

Мы оказались в таком положении, в каком до сих пор были наши враги. Только что мы стреляли из-под прикрытия в незащищенных пиратов, а теперь сами, ничем не защищенные, должны были вступить врукопашную с врагом. Сруб заволокло пороховым дымом, но это оказалось нам на руку: благодаря дымовой завесе мы и остались в живых. В ушах у меня гудело от криков, стонов и пистолетных выстрелов.

— На вылазку, вперед, врукопашную! Кортики! — закричал капитан.

Я схватил со штабеля кортик. Кто-то другой, тоже хватая кортик, резнул им меня по суставам пальцев, но я даже не почувствовал боли. Я ринулся в дверь, на солнечный свет. Кто-то выскочил за мной следом — не знаю кто. Прямо передо мной доктор гнал вниз по склону холма напавшего на него пирата. Я видел, как одним ударом доктор вышиб у него из рук оружие, потом полоснул кортиком по лицу.

— Вокруг дома! Вокруг дома! — закричал капитан.

И, несмотря на общее смятение и шум, я подметил перемену в его голосе.

Машинально подчиняясь команде, я повернул к востоку, с поднятым кортиком обогнул угол дома и сразу встретился лицом к лицу с Эндерсоном. Он заревел, и его тесак взвился над моей головой, блеснув на солнце. Я не успел даже струсить. Уклоняясь от удара, я оступился в мягком песке и покатился вниз головой по откосу.

Когда я во время атаки выскочил из двери, другие пираты уже лезли через частокол, чтобы покончить с нами. Один из них, в красном ночном колпаке, держа кортик в зубах, уже закинул ногу, готовясь спрыгнуть. Мое падение с холма произошло так быстро, что, когда я поднялся на ноги, все оставалось в том же положении: пират в красном колпаке сидел в той же позе, а голова другого только высунулась из-за частокола. И все же в эти несколько мгновений сражение окончилось, и победа осталась за нами.

Грей, выскочивший из двери вслед за мной, уложил на месте рослого боцмана, прежде чем тот успел вторично замахнуться ножом. Другой пират был застрелен у бойницы в тот миг, когда он собирался выстрелить внутрь дома. Он корчился на песке в предсмертной агонии, не выпуская из рук дымящегося пистолета. Третьего, как я уже сказал, заколол доктор. Из четверых пиратов, перелезших через частокол, в живых остался только один. Бросив свой кортик на поле сражения, он, полный смертельного ужаса, карабкался на частокол, чтобы удрать, и все время срывался.

— Стреляйте! Стреляйте из дома! — кричал доктор. — А вы, молодцы, под прикрытие!

Но слова его пропали даром. Никто не выстрелил. Последний из атакующих благополучно перелез через частокол и скрылся вместе со всеми в лесу. Через минуту из нападающих никого не осталось, за исключением пяти человек: четверо лежали внутри укрепления и один снаружи. Доктор, Грей и я кинулись в дверь, под защиту толстых стен сруба. Оставшиеся в живых могли каждую минуту добежать до своих мушкетов и опять открыть стрельбу. Пороховой дым рассеялся, и мы сразу увидели, какой ценой досталась нам победа. Хантер лежал без чувств возле своей бойницы. Джойс, с простреленной головой, затих навеки. Сквайр поддерживал капитана, и лица у обоих были бледны.

— Капитан ранен! — сказал мистер Трелони.

— Все убежали? — спросил мистер Смоллетт.

— Все, кто мог, — ответил доктор. — Но пятерым уже не бегать никогда!

— Пятерым! — вскричал капитан. — Не так плохо. У них выбыло из строя пятеро, у нас только трое — значит, нас теперь четверо против девяти. Это лучше, чем было вначале: семеро против девятнадцати.[1]

[1] На самом деле в живых вскоре осталось только восемь разбойников, потому что человек, подстреленный мистером Трелони на борту шхуны, умер в тот же вечер; но, конечно, мы узнали об этом значительно позже.

ЧАСТЬ ПЯТАЯ. МОИ ПРИКЛЮЧЕНИЯ НА МОРЕ

Глава XXII. КАК НАЧАЛИСЬ МОИ ПРИКЛЮЧЕНИЯ НА МОРЕ

Разбойники не возвращались. Ни один из них даже не выстрелил из лесу. «Они получили свой паек на сегодня», — выразился о них капитан. Мы могли спокойно перевязывать раненых и готовить обед. Стряпали на этот раз сквайр и я. Несмотря на опасность, мы предпочли стряпать во дворе, но и туда до нас доносились ужасные стоны наших раненых.

Из восьми человек, пострадавших в бою, остались в живых только трое: пират, подстреленный у бойницы, Хантер и капитан Смоллетт. Положение двух первых было безнадежное. Пират вскоре умер во время операции; Хантер, несмотря на все наши усилия, так и не пришел в сознание. Он прожил весь день, громко дыша, как дышал после удара тот старый пират, который остановился у нас в трактире. Но ребра у Хантера были сломаны, череп разбит при падении, и в следующую ночь он без стона, не приходя в сознание, скончался.

Раны капитана были мучительны, но неопасны. Ни один орган не был сильно поврежден. Пуля Эндерсона — первым выстрелил в капитана Джоб — пробила ему лопатку и задела легкое. Вторая пуля коснулась икры и повредила связки.

Доктор уверял, что капитан непременно поправится, но в течение нескольких недель ему нельзя ходить, нельзя двигать рукой и нельзя много разговаривать.

Случайный порез у меня на пальце оказался пустяком. Доктор Ливси залепил царапину пластырем и ласково потрепал меня за уши.

После обеда сквайр и доктор уселись возле капитана и стали совещаться. Совещание окончилось вскоре после полудня. Доктор взял шляпу и пистолеты, сунул за пояс кортик, положил в карман карту, повесил себе на плечо мушкет и, перебравшись через частокол с северной стороны, быстро исчез в чаще.

Мы с Греем сидели в дальнем углу сруба, чтобы не слышать, о чем говорят наши старшие. Грей был так потрясен странным поступком доктора, что вынул изо рта трубку и забыл снова положить ее в рот.

— Что за чертовщина! — сказал он. — Уж не спятил ли доктор Ливси с ума?

— Не думаю, — ответил я. — Из нас всех он спятит с ума последним.

— Пожалуй что и так, — сказал Грей. — Но если он в здравом уме, значит, это я сумасшедший.

— Просто у доктора есть какой-то план, — объяснил я. — По-моему, он пошел повидаться с Беном Ганном.

Как потом оказалось, я был прав.

Между тем жара в срубе становилась невыносимой. Полуденное солнце накалило песок во дворе, и в голове у меня зашевелилась дикая мысль. Я стал завидовать доктору, который шел по прохладным лесам, слушал птичек, вдыхал смолистый запах сосен, в то время как я жарился в этом проклятом пекле, где одежда прилипала к горячей смоле, где все было вымазано человеческой кровью, где вокруг валялись мертвецы.

Отвращение, которое внушала мне наша крепость, было почти так же велико, как и страх.

Я мыл пол, я мыл посуду — и с каждой минутой чувствовал все большее отвращение к этому месту и все сильнее завидовал доктору. Наконец я случайно оказался возле мешка с сухарями. Меня никто не видел. И я стал готовиться к бегству: набил сухарями оба кармана своего камзола.

Вы можете назвать меня глупцом. Я поступал безрассудно, я шел на отчаянный риск, однако я принял все предосторожности, какие были в моей власти. Эти сухари не дадут мне умереть с голоду по крайней мере два дня.

Затем я захватил два пистолета. Пули и порох были у меня, и я чувствовал себя превосходно вооруженным.

План мой, в сущности, был сам по себе не так уж плох. Я хотел пойти на песчаную косу, отделяющую с востока нашу бухту от открытого моря, отыскать белую скалу, которую я заметил вчера вечером, и посмотреть, не под ней ли Бен Ганн прячет свою лодку. Дело это было, по-моему, стоящее. Но я знал наверняка, что меня ни за что не отпустят, и решил удрать. Разумеется, это был такой дурной путь для осуществления моих намерений, что и намерение становилось неправильным, но не забудьте, что я был мальчишкой и уже принял решение.

Скоро для бегства представился удобный случай. Сквайр и Грей делали перевязку капитану. Путь был свободен. Я перелез через частокол и скрылся в чаще. Прежде чем мое отсутствие обнаружилось, я ушел уже так далеко, что не мог услышать никаких окриков.

Эта вторая моя безумная выходка была еще хуже первой, так как в крепости осталось только двое здоровых людей. Однако, как и первая, она помогла нам спастись.

Я направился прямо к восточному берегу острова, так как не хотел идти по обращенной к морю стороне косы, чтобы меня не заметили со шхуны. День уже клонился к вечеру, хотя солнце стояло еще высоко. Идя через лес, я слышал впереди не только беспрерывный грохот прибоя, но также шум ветвей и шелест листьев. Это означало, что сегодня морской бриз сильнее, чем обычно. Скоро повеяло прохладой. Еще несколько шагов — и я вышел на опушку. Передо мной до самого горизонта простиралось озаренное солнцем море, а возле берега кипел и пенился прибой.

Я ни разу не видел, чтобы море около Острова Сокровищ было спокойно. Даже в ясные дни, когда солнце сияет ослепительно и воздух неподвижен, громадные валы с грохотом катятся на внешний берег. На острове едва ли существует такое место, где можно было бы укрыться от шума прибоя.

Я шел по берегу, наслаждаясь прогулкой. Наконец, решив, что я зашел уже достаточно далеко на юг, я осторожно пополз под прикрытием густых кустов вверх, на хребет косы.

Позади меня было море, впереди бухта. Морской ветер, как бы утомившись своей собственной яростью, утихал. Его сменили легкие воздушные течения с юга и юго-востока, которые несли с собой густой туман. В проливе, защищенном Островом Скелета, была такая же неподвижная свинцово-тусклая вода, как в тот день, когда мы впервые его увидели. «Испаньола» вся, от вершины мачты до ватерлинии, с повисшим черным флагом, отражалась, как в зеркале.

Возле корабля я увидел ялик. На корме сидел Сильвер. Его я узнал бы на любом расстоянии. Он разговаривал с двумя пиратами, перегнувшимися к нему через борт корабля. У одного из них на голове торчал красный колпак. Это был тот самый негодяй, который недавно перелезал через частокол. Они болтали и смеялись, но меня отделяла от них целая миля, и, понятно, я не мог расслышать ни слова. Потом до меня донесся страшный, нечеловеческий крик. Сначала я испугался, но затем узнал голос Капитана Флинта, попугая. Мне даже почудилось, что я разглядел пеструю птицу на руке у Сильвера.

Ялик отчалил и понесся к берегу, а человек в красном колпаке вместе со своим товарищем спустился в каюту.

Солнце скрылось за Подзорной Трубой, туман сгустился, быстро темнело. Я понял, что нельзя терять ни минуты, если я хочу найти лодку сегодня.

Белая скала была хорошо видна сквозь заросли, но находилась она довольно далеко, примерно одну восьмую мили по косе, и я потратил немало времени, чтобы до нее добраться. Часто я полз на четвереньках в кустах. Была уже почти ночь, когда я коснулся руками шершавых боков скалы. Под ней находилась небольшая ложбина, поросшая зеленым мохом. Эта ложбина была скрыта от взоров песчаными дюнами и малорослым кустарником, едва достигавшим моих колен. В ее глубине я увидел шатер из козьих шкур. В Англии такие шатры возят с собой цыгане.

Я спустился в ложбину, приподнял край шатра и нашел там лодку Бена Ганна. Из всех самодельных лодок эта была, так сказать, самая самодельная. Бен сколотил из крепкого дерева кривобокую раму, обшил ее козьими шкурами мехом внутрь — вот и вся лодка. Не знаю, как выдерживала она взрослого человека — даже я помещался в ней с трудом. Внутри я нашел очень низкую скамейку, подпорку для ног и весло с двумя лопастями.

Никогда прежде я не видел плетеных рыбачьих челнов, на которых плавали древние британцы. Но впоследствии мне удалось познакомиться с ними. Чтобы вы яснее представили себе лодку Бена Ганна, скажу, что она была похожа на самое первое и самое неудачное из этих суденышек. И все же она обладала главными преимуществами древнего человека: была легка, и ее свободно можно было переносить с места на место.

Теперь, вы можете подумать, раз я нашел лодку, мне оставалось вернуться в блокгауз. Но тем временем в голове у меня возник новый план. Я был так доволен этим планом, что никакому капитану Смоллетту не удалось бы заставить меня от него отказаться. Я задумал, пользуясь ночной темнотой, подплыть к «Испаньоле» и перерезать якорный канал. Пусть течение выбросит ее на берег где угодно. Я был убежден, что разбойники, получившие такой отпор сегодня утром, собираются поднять якорь и уйти в море. Этому надо помешать, пока не поздно. На корабле в распоряжении вахтенных не осталось ни одной шлюпки, и, следовательно, эту затею можно выполнить без особого риска.

Поджидая, когда окончательно стемнеет, я сел на песок и принялся грызть сухари. Трудно представить себе ночь, более подходящую для задуманного мною предприятия. Все небо заволокло густым туманов. Когда погасли последние дневные лучи, абсолютная тьма окутала Остров Сокровищ. И когда наконец я, взвалив на плечи челнок, вышел из лощины и, спотыкаясь, побрел к воде, среди полного мрака светились только два огонька: в первом я узнал большой костер на берегу, на болоте, возле которого пьянствовали пираты; другой огонек был, в сущности, заслонен от меня: это светилось кормовое окно корабля, повернутого ко мне носом. Я видел только световое пятно озаренного им тумана.

Отлив уже начался, и между водой и берегом обнажился широкий пояс мокрого песка. Много раз я по щиколотку погружался в жидкую грязь, прежде чем нагнал отступающую воду. Пройдя несколько шагов вброд, я проворно спустил челнок на поверхность воды, килем вниз.

Глава XXIII. ВО ВЛАСТИ ОТЛИВА

Челнок, как я и предполагал, оказался вполне подходящим для человека моего роста и веса. Был он легок и подвижен, но вместе с тем до такой степени кривобок и вертляв, что управлять им не было возможности. Делай с ним что хочешь, из кожи лезь, а он все кружится да кружится. Сам Бен Ганн потом признавался, что плавать на этом челноке может лишь тот, кто «уже привык к его норову».

Разумеется, я еще не успел привыкнуть к «норову» челнока. Он охотно плыл в любом направлении, кроме того, которое было мне нужно. Чаще всего он поворачивал к берегу, и, не будь отлива, я ни за что не добрался бы до корабля. На мое счастье, отлив подхватил меня и понес. Он нес меня прямо к «Испаньоле».

Сначала я заметил пятно, которое было еще чернее, чем окружающая тьма. Потом различил очертания корпуса и мачт. И через мгновение (потому что чем дальше я заплывал, тем быстрее гнал меня отлив) я оказался возле якорного каната и ухватился за него.

Якорный канат был натянут, как тетива, — с такой силой корабль стремился сорваться с якоря. Под его днищем отлив бурлил и шумел, как горный поток. Один удар моего ножа — и «Испаньола» помчится туда, куда ее понесет течение.

Однако я вовремя догадался, что туго натянутый канат, если его перерезать сразу, ударит меня с силой лошадиного копыта. Челнок мой перевернется, и я пойду ко дну. Я остановился и принялся ждать. Если бы не удачный случай, я, вероятно, отказался бы в конце концов от своего намерения. Но легкий ветерок, сначала юго-восточный, потом южный, с наступлением ночи мало-помалу превращался в юго-западный. Пока я медлил, налетевший внезапно шквал двинул «Испаньолу» против течения. Канат, к моей великой радости, ослабел, и рука моя, которой я за него держался, на мгновение погрузилась в воду.

Поняв, что нельзя терять ни секунды, я выхватил свой складной нож, открыл его зубами и одно за другим принялся перерезать волокна каната. Когда осталось перерезать всего два волокна, канат натянулся опять, и я начал поджидать следующего порыва ветра.

Из каюты давно уже доносились громкие голоса. Но, сказать по правде, я так был поглощен своим делом, что не обращал на них никакого внимания. Теперь от нечего делать я стал прислушиваться.

Я узнал голос второго боцмана, Израэля Хендса, того самого, который некогда был у Флинта канониром. Другой голос принадлежал, без сомнения, моему приятелю в красном колпаке. Оба, судя по голосам, были вдребезги пьяны и продолжали пить. Один из них с пьяным криком открыл кормовой иллюминатор и что-то швырнул в воду — по всей вероятности, пустую бутылку. Впрочем, они не только пили: они бешено ссорились. Ругательства сыпались градом, и иногда мне казалось, что дело доходит до драки. Однако голоса стихали, и ссора прекращалась; потом возникала снова, чтобы через несколько минут прекратиться опять.

На берегу между стволами деревьев я видел огонь костра. Там кто-то пел старинную скучную, однообразную матросскую песню с завывающей трелью в конце каждой строки. Во время нашего плавания я много раз слышал эту песню. Она была так длинна, что ни один певец не мог пропеть ее всю и тянул до тех пор, пока у него хватало терпения. Я запомнил из нее только несколько слов:

Все семьдесят пять не вернулись домой…
Они потонули в пучине морской.

Я подумал, что эта грустная песня, вероятно, вполне соответствует печали, охватившей пиратов, которые потеряли сегодня утром стольких товарищей. Однако вскоре я убедился своими глазами, что в действительности эти морские бандиты бесчувственны, как море, по которому они плавают.

Наконец опять налетел порыв ветра. Шхуна снова двинулась ко мне в темноте. Я почувствовал, что канат снова ослабел, и одним сильным ударом перерезал последние волокна.

На мой челнок ветер не оказывал никакого влияния, и я внезапно очутился под самым бортом «Испаньолы». Шхуна медленно поворачивалась вокруг собственной оси, увлекаемая течением.

Я греб изо всех сил, каждое мгновение ожидая, что меня опрокинет. Но шхуна тянула мой челнок за собой, я никак не мог расстаться с ней и только медленно передвигался от носа к корме. Наконец она стала удаляться, и я уже надеялся избавиться от опасного соседства. Однако тут в руки мне попался конец висевшего на корме каната. Я тотчас же ухватился за него.

Зачем я сделал это, не знаю. Вероятно, бессознательно. Но когда канат оказался в моих руках и я убедился, что он привязан крепко, мною вдруг овладело любопытство, и я решил заглянуть в иллюминатор каюты.

Перебирая руками, я подтянулся на канате. Мне это грозило страшной опасностью: челнок мог опрокинуться каждую секунду. Приподнявшись, я увидел часть каюты и потолок.

Тем временем шхуна и ее спутник, челнок, быстро неслись по течению. Мы уже поравнялись с костром на берегу. Корабль громко «заговорил», как выражаются моряки, то есть начал с шумом рассекать волны, и, пока я не заглянул в окошко, я не мог понять, почему оставленные для охраны разбойники не поднимают тревоги. Однако одного взгляда было достаточно, чтобы понять все. А я, стоя в своем зыбком челноке, мог действительно кинуть в каюту только один взгляд. Хендс и его товарищи, ухватив друг друга за горло, дрались не на жизнь, а на смерть.

Я опустился на скамью. Еще мгновение — и челнок опрокинулся бы. Передо мной все еще мелькали свирепые, налитые кровью лица пиратов, озаренные тусклым светом коптящей лампы. Я зажмурился, чтобы дать глазам снова привыкнуть к темноте.

Бесконечная баллада наконец прекратилась, и пирующие у костра затянули знакомую мне песню:

Пятнадцать человек на сундук мертвеца.
Йо-хо-хо, и бутылка рому!
Пей, и дьявол тебя доведет до конца.
Йо-хо-хо, и бутылка рому!

Размышляя о том, что сейчас вытворяют ром и дьявол в каюте «Испаньолы», я с удивлением почувствовал внезапный толчок. Мой челнок резко накренился и круто переменил курс. Быстрота течения до странности увеличилась.

Я открыл глаза. Вокруг меня, искрясь легким фосфорическим светом, шумели, пенясь гребнями, мелкие волны. «Испаньола», за которой меня несло в нескольких ярдах, тоже, казалось, изменила свой курс. Я смутно видел ее мачты в темном небе. Да, чем больше я вглядывался, тем тверже убеждался, что ее теперь несет к югу.

Я обернулся, и сердце мое чуть не разорвалось от страха: костер горел теперь как раз у меня за спиной. Значит, течение круто повернуло вправо, увлекая за собой и высокую шхуну, и мой легкий, танцующий челнок. Бурный поток, шумя все громче, поднимая все более высокую рябь, тащил нас через узкий пролив в открытое море.

Внезапно шхуна сделала еще один поворот, на двадцать градусов по крайней мере, и в то же мгновение я услышал сначала один крик, потом другой. Раздался топот ног по трапу, и я понял, что пьяные перестали драться. Беда протрезвила обоих.

Я лег на дно моей жалкой ладьи и отдался на произвол судьбы. Выйдя из пролива, мы попадем в неистовые буруны, которые живо избавят меня от всех хлопот. Смерти я не боялся, но было мучительно лежать в бездействии и ждать, когда она наступит.

Так пролежал я несколько часов. Волны швыряли меня и обдавали брызгами. Каждая новая волна грозила мне верной смертью. Но мало-помалу мной овладела усталость. Несмотря на весь ужас моего положения, я оцепенел и впал в забытье. Когда я заснул, мне приснились родные места и старый «Адмирал Бенбоу».

Глава XXIV. В ЧЕЛНОКЕ

Когда я проснулся, было уже совсем светло. Я увидел, что меня несет вдоль юго-западного берега Острова Сокровищ. Солнце уже взошло, но его заслоняла громада Подзорной Трубы, спускавшаяся к морю неприступными скалами.

Буксирная Голова и холм Бизань-мачты находились у меня под боком. Холм был гол и темен, а Голову окружали утесы в сорок-пятьдесят футов высотой и груды опрокинутых скал. От меня до острова было не больше четверти мили. Я решил взять весло и грести к берегу.

Однако я скоро принужден был отказаться от этого намерения: между опрокинутыми скалами бесновались и ревели буруны. Огромные волны одна за другой взвивались вверх с грохотом, в брызгах и в пене. Я видел, что, приблизившись к берегу, я либо погибну в этих волнах, либо понапрасну истрачу силы, пытаясь взобраться на неприступные скалы.

Но не только это пугало меня. На плоских, как столы, скалах ползали какие-то громадные скользкие чудовища, какие-то слизняки невероятных размеров. Изредка они с шумом прыгали в воду и ныряли. Их было несколько дюжин. Они лаяли, и оглушительное эхо утесов вторило их дикому лаю.

Впоследствии я узнал, что это были морские львы, вполне безобидные животные. Но вид у них был страшный, берег был неприступный, прибой с неистовой силой разбивался о скалы, и у меня пропала всякая охота плыть к острову. Уж лучше умереть с голоду в открытом море, чем встретиться лицом к лицу с такими опасностями.

Тем временем мне представилась другая возможность спастись. К северу от Буксирной Головы была обнажавшаяся во время отлива длинная желтая песчаная отмель. А еще севернее был другой мыс — тот самый, который на нашей карте был обозначен под названием Лесистого мыса. Он весь зарос громадными зелеными соснами, спускавшимися до самой воды.

Я вспомнил слова Сильвера о том, что вдоль всего западного берега Острова Сокровищ есть течение, которое направляется к северу. Я понял, что оно уже подхватило меня, и, решил, миновав Буксирную Голову, не тратить понапрасну сил и попытаться пристать к Лесистому мысу, который казался мне гораздо приветливее.

В море была крупная зыбь. С юга дул упорный ласковый ветер, помогавший мне плыть по течению. Волны равномерно поднимались и опускались.

Если бы ветер был порывистый, я бы давно потонул. Но и при ровном ветре можно было только удивляться, как ловок мой крохотный, легкий челнок. Лежа на дне и поглядывая по сторонам, я не раз видел голубую вершину громадной волны у себя над головой. Вот она обрушится на меня… Но мой челнок, подпрыгнув, как на пружинах, слегка пританцовывая, взлетал на гребень и плавно опускался, словно птица.

Мало-помалу я до того осмелел, что даже попробовал было грести. Но малейшее нарушение равновесия сейчас же сказывалось на поведении моего челнока. Едва только я пошевелился, как он изменил свою плавную поступь, стремительно слетел с гребня в водяную яму, так что у меня закружилась голова, и, подняв сноп брызг, зарылся носом в следующую волну.

Перепуганный, мокрый, я опять лег на дно. Челнок, казалось, сразу опомнился и с прежней осторожностью понес меня дальше меж волн.

Мне было ясно, что грести нельзя. Но каким же образом добраться до берега?

Я струсил, но не потерял головы. Прежде всего стал осторожно вычерпывать своей матросской шапкой воду, затем, наблюдая за ходом челнока, я постарался понять, отчего он так легко скользит по волнам. Я заметил, что каждая волна, представлявшаяся с берега или с борта корабля огромной ровной и гладкой горой, в действительности скорее похожа на цепь неровных холмов с остроконечными вершинами, со склонами и долинами. Челнок, предоставленный самому себе, ловко лавировал, всякий раз выбирал долины, избегая крутых склонов и высоких вершин.

«Отлично, — решил я. — Главное — лежать смирно и не нарушать равновесия. Но при случае, в ровных местах, можно изредка подгрести к берегу».

Так я и сделал. Лежа на локтях в самом неудобном положении, я по временам взмахивал веслом и направлял челнок к острову.

Это была нудная, медлительная работа, и все же я достиг некоторого успеха. Однако, поравнявшись с Лесистым мысом, я понял, что неминуемо пронесусь мимо, хотя действительно берег был теперь от меня всего в нескольких сотнях ярдов. Я видел прохладные зеленые вершины деревьев. Их раскачивал бриз. Я был уверен, что следующего мыса не пропущу.

Время шло, и меня начала мучить жажда. Солнце сияло с ослепительной яркостью, тысячекратно отраженное в волнах. Морская вода высыхала у меня на лице, и даже губы мои покрылись слоем соли. Горло у меня пересохло, голова болела. Деревья были так близко, так манили меня своей тенью! Но течение стремительно пронесло меня мимо мыса. И то, что я увидел, снова оказавшись в открытом море, изменило все мои планы.

Прямо перед собой, на расстоянии полумили, а то и меньше, я увидел «Испаньолу», плывшую под всеми парусами. Несомненно, меня увидят и подберут. Жажда так мучила меня, что я даже не знал, радоваться этому или огорчаться. Но долго раздумывать мне не пришлось, так как меня вскоре охватило чувство изумления: «Испаньола» шла под гротом [1] и двумя кливерами. [2] Ее

---

[1] Грот — нижний парус на грот-мачте.

необыкновенной красоты снежно-белые паруса ослепительно серебрились на солнце. Когда я впервые увидел ее, все паруса ее были надуты. Она держала курс на северо-запад. Я подумал, что люди у нее на борту решили обойти остров кругом и вернуться к месту прежней стоянки. Затем она все больше и больше стала отклоняться к западу, и мне пришло в голову, что я уже замечен и что меня хотят подобрать. Но вдруг она повернулась прямо против ветра и беспомощно остановилась с повисшими парусами.

«Экие медведи! — сказал я себе. — Напились, должно быть, до бесчувствия».

Хорошо бы влетело им от капитана Смоллетта за такое управление судном!

Тем временем шхуна, переходя с галса на галс, сделала полный круг, поплыла быстрым ходом одну-две минуты, снова уставилась носом против ветра и снова остановилась. Так повторялось несколько раз. «Испаньола» плыла то на север, то на юг, то на восток, то на запад, хлопая парусами и беспрерывно возвращаясь к тому курсу, который только что оставила. Мне стало ясно, что кораблем никто не управляет. Куда же девались люди? Они либо мертвецки пьяны, либо покинули судно. Если я попаду на борт, мне, быть может, удастся вернуть корабль его капитану.

Течение увлекало челнок и шхуну с одинаковой скоростью, но шхуна так часто меняла галсы, так часто останавливалась, что почти не двигалась вперед. Если бы только я мог усесться в челноке и начать грести, я, несомненно, догнал бы ее. И вдруг мне действительно захотелось догнать ее. Жажда новых приключений охватила меня, а мысль о пресной воде удвоила мою безумную решимость.

Я поднялся, и меня сейчас же с ног до головы обдало волной. Но теперь это меня не устрашило. Я сел и, собрав все силы,

[2] Кливер — косой парус перед фок-мачтой.

осторожно принялся грести. Я пустился вдогонку за не управляемой никем «Испаньолой». Один раз волны так швырнули меня, что сердце у меня трепыхнулось, как птица. Я остановился и стал вычерпывать воду. Скоро, однако, я немного привык к челноку и стал так осторожно направлять его среди бушующих волн, что только изредка мелкие клочья пены били меня по лицу.

Расстояние между мной и шхуной быстро уменьшалось. Я уже мог разглядеть поблескивающую при поворотах медь румпеля.[1] На палубе не было ни души. Разбойники, вероятно, сбежали. А если не сбежали, значит, они лежат мертвецки пьяные в кубрике. Там я их запру и буду делать с кораблем все, что задумаю.

Наконец мне посчастливилось: ветер на несколько мгновений утих. Повинуясь течению, «Испаньола» медленно повернулась вокруг своей оси. Я увидел ее корму. Иллюминатор каюты был открыт. Над столом я увидел горящую лампу, хотя уже давным-давно наступил день. Грот повис, как флаг. Шхуна замедлила ход, так как двигалась лишь по течению. Я несколько отстал от нее, но теперь, удвоив усилия, мог снова догнать ее.

[1] Румпель — рычаг для управления рулем.

Я был от нее уже в каких-нибудь ста ярдах, когда ветер снова надул ее паруса. Она повернула на левый галс и опять, скользя, понеслась по волнам, как ласточка.

Сперва я пришел в отчаяние, потом обрадовался. Шхуна описала круг и поплыла прямо на меня. Вот она покрыла половину, потом две трети, потом три четверти расстояния, которое нас разделяло. Я видел, как пенились волны под ее форштевнем.[1] Из моего крохотного челночка она казалась мне громадной.

Вдруг я понял, какая опасность мне угрожает. Шхуна быстро приближалась ко мне. Времени для размышления у меня не оставалось. Нужно было попытаться спастись. Я находился на вершине волны, когда нос шхуны прорезал соседнюю. Бушприт

[1] Форштевень — носовая оконечность судна, продолжение киля.

навис у меня над головой. Я вскочил на ноги и подпрыгнул, погрузив челнок в воду. Рукой я ухватился за утлегарь,[1] а нога моя попала между штагом[2] и брасом.[3] Замирая от ужаса, я повис в воздухе. Легкий толчок снизу дал мне понять, что шхуна потопила мой челнок и что уйти с «Испаньолы» мне уже никак невозможно.

Глава XXV. Я СПУСКАЮ «ВЕСЕЛОГО РОДЖЕРА»

Едва я взобрался на бушприт, как полощущийся кливер, щелкнув оглушительно, словно пушечный выстрел, надулся и повернул на другой галс. Шхуна дрогнула до самого киля. Но через мгновение, хотя остальные паруса все еще были надуты, кливер снова щелкнул и повис.

От неожиданного толчка я чуть не слетел в воду. Не теряя времени, я пополз по бушприту и свалился головой вниз на палубу. Я оказался на подветренной стороне бака. Грот скрывал от меня часть кормы. Я не видел ни одной живой души. Палуба, не мытая со дня мятежа, была загажена следами грязных ног. Пустая бутылка с отбитым горлышком каталась взад и вперед.

Внезапно «Испаньола» опять пошла по ветру. Кливера громко щелкнули у меня за спиной. Руль сделал поворот, и корабль содрогнулся. В то же мгновение грота-гик[4] откинулся в сторону, шкот[5] заскрипел о блоки, и я увидел корму.

---

[1] Продолжение бушприта.

[2] Штаг — снасть, поддерживающая мачту.

[3] Брас — снасть, служащая для поворота реи.

[4] Гик — горизонтальный шест, по которому натягивается нижняя кромка паруса; в данном случае — грота.

[5] Снасть для управления нижним концом паруса.

На корме были оба пирата. «Красный колпак» непо-движно лежал на спине. Руки его были раскинуты, как у распятого, зубы оскалены. Израэль Хендс сидел у фальшборта,[1] опустив голову на грудь. Руки его беспомощно висели; лицо, несмотря на загар, было бело, как сальная свечка.

Корабль вставал на дыбы, словно взбешенный конь. Паруса надувались, переходя с галса на галс, гики двигались с такой силой, что мачта громко стонала. Время от времени нос врезался в волну, и тогда тучи легких брызг взлетали над фальшбортом. Мой самодельный вертлявый челнок, теперь погибший, гораздо лучше справлялся с волнами, чем этот большой, оснащенный корабль.

При каждом прыжке шхуны разбойник в красном колпаке подскакивал. Но, к ужасу моему, выражение его лица не менялось — по-прежнему он усмехался, скаля зубы. А Хендс при каждом толчке скользил все дальше и дальше к корме. Мало-помалу докатился он до борта, и нога его повисла над водой. Я видел только одно его ухо и клок курчавых бакенбард.

Тут я заметил, что возле них на досках палубы темнеют полосы крови, и решил, что во время пьяной схватки они закололи друг друга.

И вдруг, когда корабль на несколько мгновений остановился, Израэль Хендс с легким стоном продвинулся на свое прежнее место. Этот страдальческий стон, свидетельствовавший о крайней усталости, и его отвисшая нижняя челюсть разжалобили меня на мгновение. Но я вспомнил разговор, который подслушал, сидя в бочке из-под яблок, и жалость моя тотчас же прошла.

Я подошел к грот-мачте.

— Вот я опять на шхуне, мистер Хендс, — проговорил я насмешливо.

---

[1] Фальшборт — продолжение борта выше палубы.

Он с трудом поднял на меня глаза, но даже не выразил удивления — до такой степени был пьян. Он произнес только одно слово:

— Бренди!

Я понял, что времени терять нельзя. Проскользнув под гротагиком, загородившим палубу, я по трапу сбежал в каюту.

Трудно себе представить, какой там был разгром. Замки у всех ящиков были сломаны. Разбойники, вероятно, искали карту. Пол был покрыт слоем грязи, которую разбойники нанесли на подошвах из того болотистого места, где они пьянствовали. На перегородках, выкрашенных белой краской и украшенных золотым багетом, остались следы грязных пальцев. Десятки пустых бутылок, повинуясь качке, со звоном перекатывались из угла в угол. Одна из медицинских книг доктора лежала раскрытая на столе. В ней не хватало доброй половины листов; вероятно, они были вырваны для раскуривания трубок. Посреди всего этого безобразия по-прежнему чадила тусклая лампа.

Я заглянул в погреб. Бочонков не было; невероятное количество опорожненных бутылок валялось на полу. Я понял, что все пираты с самого начала мятежа не протрезвлялись ни разу.

Пошарив, я все-таки нашел одну недопитую бутылку бренди для Хендса. Для себя я взял немного сухарей, немного сушеных фруктов, полную горсть изюму и кусок сыру.

Поднявшись на палубу, я сложил все это возле руля, подальше от боцмана, чтобы он не мог достать. Я вдоволь напился воды из анкерка[1] и только затем протянул Хендсу бутылку. Он выпил не меньше половины и лишь тогда оторвал горлышко бутылки ото рта.

— Клянусь громом, — сказал он, — это-то мне и было нужно!

Я уселся в угол и стал есть.

---

[1] Анкерок — бочонок с водой.

— Сильно ранены? — спросил я его.

Он сказал каким-то лающим голосом:

— Будь здесь доктор, я бы живо поправился. Но, сам видишь, мне не везет… А эта крыса померла, — прибавил он, кивнув в сторону человека в красном колпаке. — Плохой был моряк… А ты откуда взялся?

— Я прибыл сюда, чтобы командовать этим кораблем, мистер Хендс, — сказал я. — Впредь до следующего распоряжения считайте меня своим капитаном.

Он угрюмо посмотрел на меня, но ничего не сказал. Щеки у него слегка порозовели, однако вид был болезненный, и при каждом толчке корабля он валился на бок.

— Между прочим, — продолжал я, — мне не нравится этот флаг, мистер Хендс. Если позволите, я спущу его. Лучше совсем без флага, чем с этим.

Я подбежал к мачте, опять уклоняясь от гика, дернул соответствующую веревку и, спустив проклятый черный флаг, швырнул его за борт, в море.

— Боже, храни короля! Долой капитана Сильвера! — крикнул я, размахивая шапкой.

Он внимательно наблюдал за мной, не поднимая головы, и на его лице было выражение лукавства.

— Я полаю… — сказал он наконец, — я полагаю, капитан Хокинс, что вы были бы не прочь высадиться на берег. Давайте поговорим об этом.

— Отчего же, — сказал я, — с большим удовольствием, мистер Хендс. Продолжайте. — И я опять вернулся к еде и стал уничтожать ее с большим аппетитом.

— Этот человек… — начал он, слабо кивнув в сторону трупа. — Его звали О'Брайен… ирландец… Мы с ним поставили паруса и хотели вернуться в бухту. Но он умер и смердит, как гнилая вода в трюме. Не знаю, кто теперь будет управлять кораблем. Без моих указаний тебе с этой шхуной не справиться. Послушай, дай мне поесть и попить, перевяжи рану старым шарфом или платком, и за это я покажу тебе, как управлять кораблем. Согласен?

— Только имейте в виду, — сказал я, — на стоянку капитана Кидда я возвращаться не собираюсь. Я хочу ввести корабль в Северную стоянку и там спокойно пристать к берегу.

— Ладно! — воскликнул он. — Разве я такой идиот? Разве я не понимаю? Отлично понимаю, что я сделал свой ход и проиграл, промахнулся и что выигрыш твой. Ну что же? Ты хочешь в Северную стоянку? Изволь. У меня ведь выбора нет. Клянусь громом, я помогу тебе вести корабль хоть к самому помосту моей виселицы.

Его слова показались мне не лишенными смысла. Мы заключили сделку. Через три минуты «Испаньола» уже шла по ветру вдоль берега Острова Сокровищ. Я надеялся обогнуть Северный мыс еще до полудня, чтобы войти в Северную стоянку до прилива. Тогда мы, ничем не рискуя, подведем «Испаньолу» к берегу, дождемся спада воды и высадимся. Я укрепил румпель, сошел вниз, разыскал свой собственный сундучок и достал из него мягкий шелковый носовой платок, подаренный мне матерью. С моей помощью Хендс перевязал этим платком глубокую колотую кровоточащую рану в бедре. Немного закусив и хлебнув два-три глотка бренди, он заметно приободрился, сел прямее, стал говорить громче и отчетливее, сделался другим человеком.

Дул попутный бриз. Корабль несся, как птица. Мелькали берега. Вид их менялся с каждой минутой. Высокая часть острова осталась позади. Мы мчались вдоль низкого песчаного берега, усеянного редкими карликовыми соснами. Но кончилась и она. Мы обогнули скалистый холм — самый северный край острова.

Мне нравилось управлять кораблем. Я наслаждался прекрасной солнечной погодой и живописными берегами. Еды и питья было у меня вдоволь, совесть больше не укоряла меня за то, что я дезертировал из крепости, потому что я одержал такую большую победу. Я был бы всем доволен, если бы не глаза боцмана. Он с самым издевательским видом неотступно следил за мной, и на лице его время от времени появлялась странная улыбка. В этой улыбке было что-то бессильное и страдальческое — мрачная улыбка старика. И в то же время было в ней что-то насмешливое, что-то предательское. Я работал, а он ухмылялся лукаво и следил, следил, следил за мной.

Глава XXVI. ИЗРАЭЛЬ ХЕНДС

Ветер, как бы стараясь нам угодить, из южного превратился в западный. Мы без всяких затруднений прошли от северо-восточной оконечности острова до входа в Северную стоянку. Однако мы боялись войти в бухту, прежде чем прилив поднимется выше, так как у нас не было якоря. Нужно было ждать. Боцман учил меня, как положить корабль в дрейф, и скоро я сделал большие успехи. Потом мы оба молча уселись и принялись есть.

— Капитан, — сказал он наконец все с той же недоброй усмешкой, — здесь валяется мой старый товарищ О'Брайен. Не выбросишь ли ты его за борт? Я человек не слишком щепетильный и не чувствую угрызений совести, что отправил его на тот свет. Но, по-моему, он мало украшает наш корабль. А как по-твоему?

— У меня не хватит силы. Да, кроме того, такая работа мне не по вкусу. По-моему, пускай лежит, — сказал я.

— Что за несчастный корабль эта «Испаньола», Джим! — продолжал он, подмигнув. — Сколько людей убито на этой «Испаньоле» и сколько бедных моряков погибло с тех пор, как мы с тобой покинули Бристоль! Никогда я не видел такого неудачного плавания. Вот и О'Брайен умер — ведь он и взаправду умер? Я человек неученый, а ты умеешь читать и считать. Скажи мне без обиняков, напрямик: мертвый так и останется мертвым или когда-нибудь воскреснет?

— Вы можете убить тело, мистер Хендс, но не дух, — сказал я. — Знайте: О'Брайен сейчас жив и следит за нами с того света.

— Ах! — сказал он. — Как это обидно! Значит, я только даром потратил время. А впрочем, духи, по-моему, большого вреда принести не могут. Я не боюсь духов, Джим. Слушай, я хочу попросить тебя спуститься в каюту и принести мне… черт подери, я забыл, что мне нужно... да, принеси мне бутылочку вина, Джим. Это бренди слишком крепко для меня.

Колебания боцмана показались мне подозрительными, и, признаться, я не поверил, что вино нравится ему больше, чем бренди. Все это только предлог. Дело ясное: он хочет, чтобы я ушел с палубы. Но зачем ему это нужно? Он избегает смотреть мне в глаза. Взор все время блуждает по сторонам: то он поглядит на небо, то на мертвого О'Брайена. Он все время улыбается, даже кончик языка изо рта высовывает от избытка хитрости. Тут и младенец догадался бы, что он что-то замышляет. Однако я и вида не подал, что я хоть что-нибудь подозреваю.

— Вина? — спросил я. — Отлично. Но какого — белого или красного?

— Все равно, приятель, — ответил он. — Лишь бы покрепче да побольше.

— Хорошо... Я принесу вам портвейну, мистер Хендс. Но придется его поискать.

Я сбежал вниз, стараясь стучать башмаками как можно громче. Потом снял башмаки, бесшумно прокрался по запасному коридору в кубрик, там поднялся по трапу и тихонько высунул голову из переднего сходного тамбура. Хендс никогда не догадался бы, что я наблюдаю за ним. И все же я принял все меры, чтобы не привлечь к себе его внимания. И с первого же взгляда убедился, что самые худшие мои подозрения были вполне справедливы.

Он поднялся на четвереньки и довольно проворно пополз по палубе, хотя его раненая нога, очевидно, сильно болела, так как при каждом движении он приглушенно стонал. В полминуты дополз он до водосточного желоба, у которого лежал корабельный канат, сложенный кольцом, и вытащил оттуда длинны нож, или, вернее, короткий кинжал, по самую рукоятку окрашенный кровью. Он осмотрел его, выпятив нижнюю челюсть, потрогал рукой острие и, стремительно сунув его себе за пазуху, пополз обратно на прежнее место у фальшборта.

Я узнал все, что мне было нужно. Израэль может двигаться, он вооружен. Раз он старался спровадить меня с палубы, значит, именно я буду его жертвой. Что он собирался делать после моей смерти — тащиться ли через весь остров от Северной стоянки к лагерю пиратов на болоте или палить из пушки, призывая товарищей на помощь, — этого, конечно, я не знал.

Я мог доверять Хендсу в том, в чем наши интересы совпадали: мы оба хотели привести шхуну в безопасное место, откуда ее можно было бы вывести без особого труда и риска. Пока это еще не сделано, жизнь моя в безопасности. Размышляя, я не терял времени: прокрался назад в каюту, надел башмаки, схватил бутылку вина и вернулся на палубу.

Хендс лежал в том самом положении, в каком я его оставил, словно тюк. Глаза его были прищурены, будто он был так слаб, что не мог выносить слишком яркого света. Он поглядел на меня, привычным жестом отбил горлышко бутылки и разом выпил ее почти до дна, сказав, как обычно говорится:

— За твое здоровье!

Потом, передохнув, достал из кармана плитку жевательного табаку и попросил меня отрезать небольшую частицу.

— Будь добр, отрежь, — сказал он, — а то у меня нет ножа, да и сил не хватит. Ах, Джим, Джим, я совсем развалился! Отрежь мне кусочек. Это последняя порция, которую мне доведется пожевать в моей жизни. Долго я не протяну. Скоро, скоро мне быть на том свете...

— Ладно, — сказал я. — Отрежу. Но на вашем месте... чувствуя себя так плохо, я постарался бы покаяться перед смертью.

— Покаяться? — спросил он. — В чем?

— Как — в чем? — воскликнул я. — Вы не знаете, в чем вам каяться? Вы изменили своему долгу. Вы всю жизнь прожили в грехе, во лжи и в крови. Вон у ног ваших лежит человек, только что убитый вами. И вы спрашиваете меня, в чем вам каяться! Вот в чем, мистер Хендс!

Я говорил горячее, чем следовало, так как думал о кровавом кинжале, спрятанном у него за пазухой, и о том, что он задумал убить меня. А он выпил слишком много вина и потому отвечал мне с необыкновенной торжественностью.

— Тридцать лет я плавал по морям, — сказал он. — Видел и плохое и хорошее, и штили и штормы, и голод, и поножовщину, и мало ли что еще, но поверь мне: ни разу не видел я, чтобы добродетель приносила человеку хоть какую-нибудь пользу. Прав тот, кто ударит первый. Мертвые не кусаются. Вот и вся моя вера. Аминь!.. Послушай, — сказал он вдруг совсем другим голосом, — довольно болтать чепуху. Прилив поднялся уже высоко. Слушай мою команду, капитан Хокинс, и мы с тобой поставим шхуну в бухту.

Действительно, нам оставалось пройти не больше двух миль. Но плавание было трудное. Вход в Северную стоянку оказался не только узким и мелководным, но и очень извилистым. Понадобилось все наше внимание и умение. Но я был толковый исполнитель, а Хендс — превосходный командир. Мы так искусно лавировали, так ловко обходили все мели, что любо было смотреть.

Как только мы миновали оба мыса, нас со всех сторон окружила земля. Берега Северной стоянки так же густо заросли лесом, как берега Южной. Но сама бухта была длиннее, уже и, по правде говоря, скорее напоминала устье реки, чем бухту. Прямо перед нами в южном углу мы увидели полусгнивший остов разбитого корабля. Это было большое трехмачтовое судно. Оно так долго простояло здесь, что водоросли облепили его со всех сторон. На палубе рос кустарник, густо усеянный яркими цветами. Зрелище было печальное, но оно доказало нам, что эта бухта вполне пригодна для нашей стоянки.

— Погляди, — сказал Хендс, — вон хорошее местечко, чтобы причалить к берегу. Чистый, гладкий песок, никогда никаких волн, кругом лес, цветы цветут на том корабле, как в саду.

— А шхуна не застрянет на мели, если мы причалим к берегу? — спросил я.

— С мели ее нетрудно будет снять, — ответил он. — Во время отлива протяни канат на тот берег, оберни его вокруг одной из тех больших сосен, конец тащи сюда назад и намотай на шпиль. Потом жди прилива. Когда будет прилив, прикажи всей команде разом ухватиться за канат и тянуть. И шхуна сама сойдет с мели, как молодая красавица. А теперь, сынок, не зевай. Правее немного... так... прямо... правей... чуть-чуть левей... прямо... прямо!..

Он отдавал приказания, которые я торопливо и четко исполнял. Внезапно он крикнул:

— Правь к ветру, друг сердечный!

Я изо всей силы налег на руль. «Испаньола» круто повернулась и стремительно подошла к берегу, заросшему низким лесом.

Я был так увлечен всеми этими маневрами, что совсем позабыл о своем намерении внимательно следить за боцманом. Меня интересовало только одно: когда шхуна днищем коснется песка. Я забыл, какая мне угрожает опасность, и, перегнувшись через правый фальшборт, смотрел, как под носом пенится вода. И пропал бы я без всякой борьбы, если бы внезапное беспокойство не заставило меня обернуться. Быть может, я услышал шорох или краем глаза заметил движущуюся тень, быть может, во мне проснулся какой-то инстинкт, вроде кошачьего, но, обернувшись, я увидел Хендса. Он был уже совсем недалеко от меня, с кинжалом в правой руке.

Наши взгляды встретились, и мы оба громко закричали. Я закричал от ужаса. Он, как разъяренный бык, заревел от ярости и кинулся вперед, на меня. Я отскочил к носу и выпустил из рук румпель, который сразу выпрямился. Этот румпель спас мне жизнь: он ударил Хендса в грудь, и Хендс упал.

Прежде чем Хендс успел встать на ноги, я выскочил из того угла, в который он меня загнал. Теперь в моем распоряжении была вся палуба, и я мог увертываться от него сколько угодно. Перед грот-мачтой я остановился, вынул из кармана пистолет, прицелился и нажал собачку. Хендс шел прямо на меня. Курок щелкнул, но выстрела не последовало. Оказалось, что порох на затравке подмочен. Я проклял себя за свою небрежность. Почему я не перезарядил свое оружие? Ведь времени у меня было достаточно! Тогда я не стоял бы безоружный, как овца перед мясником.

Несмотря на свою рану, Хендс двигался удивительно быстро. Седоватые волосы упали на его красное от бешенства и усилий лицо. У меня не было времени доставать свой второй пистолет. Кроме того, я был уверен, что и тот подмочен, как этот. Одно было ясно: мне надо не прямо отступать, а увертываться от Хендса, а то он загонит меня на нос, как недавно загнал на корму. Если это удастся ему, все девять или десять вершков окровавленного кинжала вонзятся в мое тело. Я обхватил руками грот-мачту, которая была достаточно толста, и ждал, напрягая каждый мускул.

Увидев, что я собираюсь увертываться, Хендс остановился. Несколько секунд он притворялся, что сейчас кинется на меня то справа, то слева. И я чуть-чуть поворачивался то влево, то вправо. Борьба была похожа на игру, в которую я столько раз играл дома среди скал близ бухты Черного Холма. Но, конечно, во время игры у меня сердце никогда не стучало так дико. И все же легче было играть в эту игру мальчишке, чем старому моряку с глубокой раной в бедре. Я несколько осмелел и стал даже раздумывать, чем кончится наша игра. «Конечно, — думал я, — я могу продержаться долго, но рано или поздно он все же прикончит меня...»

Пока мы стояли друг против друга, «Испаньола» внезапно врезалась в песок. От толчка она сильно накренилась на левый бок. Палуба встала под углом в сорок пять градусов, через желоба хлынул поток воды, образовав на палубе возле фальшборта широкую лужу.

Мы оба потеряли равновесие и покатились, почти обнявшись, прямо к желобам. Мертвец в красном колпаке, с раскинутыми, как прежде, руками, тяжело покатился туда же. Я с такой силой ударился головой о ногу боцмана, что зубы у меня лязгнули. Но, несмотря на ушиб, мне первому удалось вскочить — на Хендса навалился мертвец. Внезапный крен корабля сделал дальнейшую беготню по палубе невозможной. Нужно изобрести другой способ спасения, изобрести, не теряя ни секунды, потому что мой враг сейчас кинется на меня. Ванты бизань-мачты висели у меня над головой. Я уцепился за них, полез вверх и ни разу не перевел дыхания, пока не уселся на салинге.[1]

Моя стремительность спасла меня: подо мной, на расстоянии полуфута от моих ног, блеснул кинжал. Раздосадованный неудачей, Израэль Хендс смотрел на меня снизу с широко открытым от изумления ртом.

Я получил небольшую передышку. Не теряя времени, я вновь зарядил пистолет. Затем для большей верности я перезарядил и второй пистолет.

Хендс наблюдал за мной с бессильной злостью. Он начал понимать, что положение его значительно ухудшилось. После некоторого размышления он с трудом ухватился за ванты и, держа кинжал в зубах, медленно пополз вверх, с громкими стонами волоча за собой раненую ногу. Я успел перезарядить оба пистолета, прежде чем он продвинулся на треть отделявшего нас расстояния. И тогда, держа по пистолету в руке, я заговорил с ним.

— Еще один шаг, мистер Хендс, — сказал я, — и я вышибу ваши мозги! Мертвые, как вам известно, не кусаются, — прибавил я усмехаясь.

Он сразу остановился. По лицу его я заметил, что он что-то обдумывает. Но думал он так тяжело и так медленно, что я, радуясь своей безопасности, громко расхохотался. Наконец, несколько раз проглотив слюну, он заговорил. На лице его попрежнему было выражение полнейшей растерянности. Он вынул изо рта мешающий ему говорить нож, но с места не двинулся.

— Джим, — сказал он, — мы оба натворили много лишнего, и ты и я. И нам нужно заключить перемирие. Я бы прикончил тебя, если бы не этот толчок. Но мне никогда не везет, никогда! Делать нечего, мне, старому моряку, придется уступить тебе, корабельному юнге.

---

[1] Салинг — верхняя перекладина на мачте, состоящей из двух частей

Я упивался его словами и радостно посмеивался, надувшись, словно петух, взлетевший на забор, но вдруг он взмахнул правой рукой. Что-то просвистело в воздухе, как стрела. Я почувствовал удар и резкую боль. Плечо мое было пригвождено к мачте. От ужасной боли и от неожиданности — не знаю, обдуманно ли или бессознательно, — я нажал оба курка. Мои пистолеты выстрелили и выпали у меня из рук. Но они упали не одни: с приглушенным криком боцман выпустил ванты и вниз головой полетел прямо в воду.

Глава XXVII. «ПИАСТРЫ!»

Судно накренилось так сильно, что мачты повисли прямо над водой. Я сидел на салинге, как на насесте, и подо мной была вода залива. Хендс, взобравшийся не так высоко, как я, находился ближе к палубе и упал в воду между мной и фальшбортом. Всего один раз вынырнул он на поверхность в окровавленной пене и погрузился навеки. Когда вода успокоилась, я увидел его. Он лежал на чистом, светлом песке в тени судна. Две рыбки проплыли над его телом. Иногда благодаря колебанию воды казалось, что он шевелится и пытается встать. Впрочем, он был вдвойне мертвецом: и прострелен пулей, и захлебнулся в воде. Он стал пищей для рыб на том самом месте, где собирался прикончить меня.

Я чувствовал тошноту, головокружение, испуг. Горячие струйки крови текли у меня по спине и груди. Кинжал, пригвоздивший мое плечо к мачте, жег меня, как раскаленное железо. Но не боль страшила меня — такую боль я мог бы вынести без стона, — меня ужасала мысль, что я могу сорваться с салинга в эту спокойную зеленую воду, туда, где лежит мертвый боцман.

Я с такой силой обеими руками вцепился в салинг, что стало больно пальцам. Я закрыл глаза, чтобы не видеть опасности.

Мало-помалу голова моя прояснилась, сердце стало биться спокойнее и ко мне вернулось самообладание.

Прежде всего я попытался вытащить кинжал. Однако либо он слишком глубоко вонзился в мачту, либо нервы мои были слишком расстроены, но вытащить его мне никак не удавалось. Дрожь охватила меня. И, как ни странно, именно эта дрожь помогла мне. Кинжал задел меня только чуть-чуть, зацепив лишь клочок кожи, и, когда я задрожал, кожа порвалась. Кровь потекла сильнее прежнего, но зато я стал свободен. Впрочем, мой камзол и рубашка все еще были пригвождены к мачте.

Рванувшись, я освободился совсем. На палубу я вернулся по вантам правого борта. Никакая сила не заставила бы меня спуститься по тем самым вантам, с которых только что сорвался Израэль.

Я сошел в каюту и попытался перевязать себе рану. Она причиняла мне сильную боль. Кровь все еще текла. Но рана была не глубока и не опасна и не мешала мне двигать рукой. Я осмотрелся вокруг. Теперь корабль принадлежал мне одному, и я стал подумывать, как бы избавиться от последнего пассажира — от мертвого О'Брайена.

Я уже говорил, что он скатился к самому фальшборту. Он лежал там, как страшная, неуклюжая кукла. Огромная кукла, такого же роста, как живой человек, но лишенная всех красок и обаяния жизни. Справиться с ним мне было нетрудно — за время моих трагических приключений я уже привык к мертвецам и почти перестал их бояться. Я поднял его за пояс, как мешок с отрубями, и одним взмахом швырнул через борт. Он упал с громким всплеском. Красный колпак слетел у него с головы и поплыл. Когда муть, поднятая падением трупа, улеглась, я отчетливо увидел их обоих: О'Брайена и Израэля. Они лежали рядом. Вода, двигаясь, покачивала их. О'Брайен, несмотря на свою молодость, был совершенно плешив. Он лежал, положив плешивую голову на колени своего убийцы. Быстрые рыбки проносились над ними обоими.

Я остался на корабле один. Только что начался отлив. Солнце стояло уже так низко, что тени сосен западного берега пересекли бухту и достигли палубы. Подул вечерний бриз, и, хотя с востока бухту защищал холм с двумя вершинами, снасти начали гудеть, а паруса — раскачиваться и хлопать.

Я увидел, что судну грозит опасность. Быстро свернул я кливера и опустил их на палубу. Но опустить грот было куда труднее. Когда шхуна накренилась, гик перекинулся за борт, и конец его с двумя-тремя футами паруса оказался даже под водой. От этого положение стало еще опаснее. Но задача была столь трудна, что я ни к чему не решился прикоснуться. Наконец я вынул нож и перерезал фалы.[1] Гафель[2] сразу опустился, и большое брюхо повисшего паруса поплыло по водяной поверхности. Как я ни бился, я не мог ничего сделать с ниралом.[3] Это было выше моих сил. Ну что же, приходилось кинуть «Испаньолу» на произвол судьбы. Я ведь и сам был кинут на произвол судьбы.

Тем временем бухту окутали сумерки. Последние солнечные лучи, пробившись через лесную прогалину, сияли на парусах корабля, как драгоценные камни на королевской мантии. Становилось холодно. Вода, увлекаемая отливом, уходила, и шхуна все больше ложилась на бок.

Я пробрался на нос и глянул вниз. Под носом было очень мелко, и я, на всякий случай обеими руками уцепившись за канат, осторожно перелез через борт. Вода едва доходила мне до пояса. Песок был плотный, изрытый волнами, и я бодро вышел на берег,

---

[1] Фал — снасть, при помощи которой поднимают паруса.

[2] Перекладина, к которой прикрепляется верхний край паруса.

[3] Нирал — снасть для спуска парусов.

оставив «Испаньолу» лежать на боку и полоскать свой парус в воде. Солнце зашло, и в соснах шумел ветер.

Итак, морские мои похождения кончились. И кончились несомненной удачей: шхуна вырвана из рук бандитов, и мы можем хоть сейчас отправиться на ней в океан. Я мечтал поскорее вернуться домой, в нашу крепость, и похвастать своими подвигами. Вероятно, меня слегка пожурят за самовольную отлучку, но захват «Испаньолы» загладит все, и даже сам капитан Смоллетт должен будет признать мои заслуги.

Размышляя таким образом, в прекрасном состоянии духа, я пустился в путь и направился к частоколу, за которым, как я полагал, меня поджидали друзья. Я хорошо помнил, что самая восточная из речушек, впадающих в бухту капитана Кидда, начинается у двуглавого холма. И я свернул налево, к этому холму, рассчитывая перейти речку в самом узком месте. Лес был довольно редкий. Шагая по косогору, я вскоре обогнул край холма и перешел речку вброд.

Это было как раз то место, где я встретил Бена Ганна. Я стал пробираться осторожнее, зорко посматривая по сторонам. Стало совсем темно. Пройдя через расселину между двумя вершинами холма, я увидел на небе колеблющийся отблеск костра. Я решил, что, вероятно, Бен Ганн готовит себе на пылающем костре ужин, и в глубине души подивился его неосторожности. Если этот отблеск вижу я, его может увидеть и Сильвер из своего лагеря на болоте.

Ночь становилась все темнее. Я с трудом находил дорогу. Двуглавый холм позади и вершина Подзорной Трубы справа служили мне единственными вехами, но очертания их все больше расплывались во мраке. Тускло мерцали редкие звезды. В темноте я натыкался на кусты и сваливался в песчаные ямы.

Вдруг стало немного светлее. Я глянул вверх. Бледное сияние озарило вершину Подзорной Трубы. Внизу, сквозь чащу деревьев, я увидел что-то большое, серебряное и понял, что это взошла луна.

Идти стало гораздо легче, и я ускорил шаги. По временам я даже бежал — так не терпелось мне поскорее добраться до частокола. Но, вступив в рощу, окружающую нашу крепость, я вспомнил об осторожности и пошел немного медленнее. Печально кончились бы мои похождения, если бы я, принятый по ошибке за врага, был застрелен своими друзьями.

Луна плыла все выше и выше. Все лесные полянки были залиты ее светом. Но прямо перед собой между деревьями я заметил какое-то сияние, совсем не похожее на лунное. Оно было горячее, краснее, а по временам как будто становилось темнее. Очевидно, это был костер, который дымился и покрывался золой.

Что же там такое, черт возьми?

Наконец я добрался до опушки. Западный край частокола был озарен луной. Весь остальной частокол и самый дом находились во мраке, кое-где прорезанном длинными серебристыми полосами. А за домом пылал громадный костер. Его багряные отсветы ярко выделялись среди нежных и бледных отсветов луны. Нигде ни души. Ни звука. Только ветер шумит в ветвях.

Я остановился, удивленный и, пожалуй, немного испуганный. Мы никогда не разводили больших костров. По приказанию капитана мы всегда берегли топливо. И я стал опасаться, не случилось ли чего-нибудь с моими друзьями, пока меня не было здесь.

Я пробрался к восточному краю укрепления, все время держась в тени, и перелез через частокол в том месте, где темнота была гуще всего.

Чтобы не поднимать тревоги, я опустился на четвереньки и беззвучно пополз к углу дома. И вдруг облегченно вздохнул. Я терпеть не могу храпа; меня мучат люди, которые храпят во сне. Но на этот раз громкий и мирный храп моих друзей показался мне музыкой. Он успокоил меня, как успокаивает на море восхитительный ночной крик вахтенного: «Все в порядке!»

Одно мне было ясно: они спят без всякой охраны. Если бы вместо меня к ним подкрадывался сейчас Сильвер со своей шайкой, ни один из них не увидел бы рассвета. Вероятно, думал я, все это оттого, что капитан ранен. И опять я упрекнул себя за то, что покинул друзей в такой опасности, когда им некого даже поставит на страже.

Я подошел к двери и заглянул внутрь. Там было так темно, что я ничего не мог рассмотреть. Кроме храпа, слышался еще какой-то странный звук: не то хлопанье крыльев, не то постукиванье. Вытянув вперед руки, я вошел в дом. «Я лягу на свое обычное место, — подумал я улыбнувшись, — а утром потешусь, глядя на их удивленные лица».

Я споткнулся о чью-то ногу. Спящий перевернулся на другой бок, простонал, но не проснулся.

И тогда в темноте раздался внезапно резкий крик: «Пиастры! Пиастры! Пиастры! Пиастры! Пиастры!» И так дальше, без передышки, без всякого изменения голоса, как заведенные часы.

Это Капитан Флинт, зеленый попугай Сильвера! Это он хлопал крыльями и стучал клювом, долбя обломок древесной коры. Вот кто охранял спящих лучше всякого часового, вот кто своим однообразным, надоедливым криком возвестил о моем появлении!

У меня не было времени скрыться. Услышав резкий, звонкий крик попугая, спящие проснулись и вскочили. Я услышал голос Сильвера. Он выругался и закричал:

— Кто идет?

Я бросился бежать, но налетел на кого-то. Оттолкнув одного, я попал в руки другого. Тот крепко схватил меня.

— Ну-ка, Дик, принеси сюда факел, — сказал Сильвер.

Один разбойник выбежал из дома и вернулся с горящей головней.

ЧАСТЬ ШЕСТАЯ. КАПИТАН СИЛЬВЕР

Глава XXVIII. В ЛАГЕРЕ ВРАГОВ

Багровый свет головни озарил внутренность дома и подтвердил все самые худшие мои опасения. Пираты овладели блокгаузом и всеми нашими запасами. И бочонок с коньяком, и свинина, и мешки с сухарями находились на прежних местах. К ужасу моему, я не заметил ни одного пленника. Очевидно, все друзья мои погибли. Сердце мое сжалось от горя. Почему я не погиб вместе с ними!..

Только шестеро пиратов остались в живых, и они все были тут, предо мною. Пятеро, с красными, опухшими лицами, пробудившись от пьяного сна, быстро вскочили на ноги. Шестой только приподнялся на локте. Он был мертвенно-бледен. Голова его была перевязана окровавленной тряпкой. Значит, он ранен, и ранен недавно. Я вспомнил, что во время атаки мы подстрелили одного из пиратов, который затем скрылся в лесу. Вероятно, это он и был.

Попугай сидел на плече у Долговязого Джона и чистил клювом перья. Сам Сильвер был бледнее и угрюмее, чем прежде. На нем все еще красовался нарядный кафтан, в котором он приходил к нам для переговоров, но теперь кафтан этот был перепачкан глиной и изодран шипами колючих кустов.

— Эге, — сказал он, — да это Джим Хокинс, черт меня подери! Зашел в гости, а? Заходи, заходи, я всегда рад старому другу.

Он уселся на бочонок с бренди и стал набивать табаком свою трубку.

— Дай-ка мне огонька, Дик, — попросил он. И, закурив, добавил:

— Спасибо, друг. Можешь положить головню. А вы, джентльмены, ложитесь, не стесняйтесь. Вы вовсе не обязаны стоять перед мистером Хокинсом навытяжку. Уж он извинит нас, накажи меня бог! Итак, Джим, — продолжал он затянувшись, — ты здесь. Какой приятный сюрприз для бедного старого Джона! Я с первого взгляда увидел, что ты ловкий малый, но теперь я вижу, что ты прямо герой.

Разумеется, я ни слова не сказал в ответ. Они поставили меня у самой стены, и я стоял прямо, стараясь как можно спокойнее глядеть Сильверу в лицо. Но в сердце моем было отчаяние.

Сильвер невозмутимо затянулся раза два и заговорил снова.

— Раз уж ты забрел к нам в гости, Джим, — сказал он, — я расскажу тебе все, что у меня на уме. Ты мне всегда был по сердцу, потому что у тебя голова на плечах. Глядя на тебя, я вспоминаю то время, когда я был такой же молодой и красивый. Я всегда хотел, чтобы ты присоединился к нам, получил свою долю сокровищ и умер в роскоши, богатым джентльменом. И вот, сынок, ты пришел наконец. Капитан Смоллетт хороший моряк, я это всегда утверждал, но уж очень требователен насчет дисциплины. Долг прежде всего, говорит он, — и совершенно прав. А ты убежал от него, ты бросил своего капитана. Даже доктор недоволен тобой. «Неблагодарный негодяй» — называл он тебя. Словом, к своим тебе уже нельзя воротиться, они тебя не желают принять. И если ты не хочешь создавать третью команду, тебе придется присоединиться к капитану Сильверу.

Ну, не так еще плохо: значит, мои друзья живы. И хотя я готов был поверить утверждению Сильвера, что они сердиты на меня за мое дезертирство, я очень обрадовался.

— Я уж не говорю о том, что ты в нашей власти, — продолжал Сильвер, — ты сам это видишь. Я люблю разумные доводы. Я никогда не видел никакой пользы в угрозах. Если тебе нравится служба у нас, становись в наши ряды добровольно. Но если не нравится, Джим, ты можешь свободно сказать: нет. Свободно, ничего не боясь. Видишь, я говорю с тобой начистоту, без всякой хитрости.

— Вы хотите, чтобы я отвечал? — спросил я дрожащим голосом.

В его насмешливой болтовне я чувствовал смертельную угрозу. Щеки мои пылали, сердце отчаянно колотилось.

— Никто тебя не принуждает, дружок, — сказал Сильвер. — Обдумай хорошенько. Торопиться нам некуда: ведь в твоем обществе никогда не соскучишься.

— Ну что ж, — сказал я, несколько осмелев, — раз вы хотите, чтобы я решил, на чью сторону мне перейти, вы должны объяснить мне, что тут у вас происходит. Почему вы здесь и где мои друзья?

— Что происходит? — угрюмо повторил один из пиратов. — Много бы я дал, чтобы понять, что тут у нас происходит.

— Заткнись, пока тебя не спрашивают! — сердито оборвал его Сильвер и затем с прежней учтивостью снова обратился ко мне. — Вчера утром, мистер Хокинс, — сказал он, — к нам явился доктор Ливси с белым флагом. «Вы остались на мели, капитан Сильвер, — сказал он, — корабль ушел». Пока мы пили ром и пели песни, мы прозевали корабль. Я этого не отрицаю. Никто из нас не глядел за кораблем. Мы выбежали на берег, и, клянусь громом, наш старый корабль исчез. Мы просто чуть не повалились на месте. «Что ж, — сказал доктор, — давайте заключать договор». Мы заключили договор — я да он, — и вот мы получили ваши припасы, ваше бренди, вашу крепость, ваши дрова, которые вы так предусмотрительно нарубили, всю, так сказать, вашу лодку, от салинга до кильсона.[1] А сами они ушли. И где они теперь, я не знаю.

Он снова спокойно затянулся.

— А если ты думаешь, что тебя включили в договор, — продолжал он, — так вот последние слова доктора. «Сколько вас осталось?» — спросил я."Четверо, — ответил он. — Четверо и один из них раненый. А где этот проклятый мальчишка, не знаю и знать не желаю, — сказал он. — Нам противно о нем вспоминать». Вот его собственные слова.

— Это все? — спросил я.

— Все, что тебе следует знать, сынок, — ответил Сильвер.

— А теперь я должен выбирать?

— Да, теперь ты должен выбирать, — сказал Сильвер.

— Ладно, — сказал я. — Я не так глуп и знаю, на что иду. Делайте со мной что хотите, мне все равно. С тех пор как я встретился с вами, я привык смотреть смерти в лицо. Но прежде я

---

[1] Кильсон — брус на дне корабля, идущий параллельно килю.

хочу вам кое о чем рассказать, — продолжал я, все больше волнуясь. — Положение ваше скверное: корабль вы потеряли, сокровища вы потеряли, людей своих потеряли. Ваше дело пропащее. И если вы хотите знать, кто виноват во всем этом, знайте: виноват я, и больше никто. Я сидел в бочке из-под яблок в ту ночь, когда мы подплывали к острову, и я слышал все, что говорили вы, Джон, и ты, Дик Джонсон, и что говорил Хендс, который теперь на дне моря. И все, что я подслушал, я в тот же час рассказал. Это я перерезал у шхуны якорный канат, это я убил людей, которых вы оставили на борту, это я отвел шхуну в такое потайное место, где вы никогда не найдете ее. Вы в дураках, а не я, и я боюсь вас не больше, чем мухи. Можете убить меня или пощадить, как вам угодно. Но я скажу еще кое-что, и хватит. Если вы пощадите меня, я забуду все прошлое и, когда вас будут судить за пиратство, попытаюсь спасти вас от петли. Теперь ваш черед выбирать. Моя смерть не принесет вам никакой пользы. Если же вы оставите меня в живых, я постараюсь, чтобы вы не попали на виселицу.

Я умолк. Я задыхался. К моему изумлению, никто из них даже не двинулся с места. Они глядели на меня, как овцы. Не дождавшись ответа, я продолжал:

— Мне сдается, мистер Сильвер, что вы здесь самый лучший человек. И если мне доведется погибнуть, расскажите доктору, что я умер не бесславною смертью.

— Буду иметь это в виду, — сказал Сильвер таким странным тоном, что я не мог понять, насмехается он надо мной или ему пришлось по душе мое мужество.

— Не забудьте... — крикнул старый моряк с темным от загара лицом, по имени Морган, тот самый, которого я видел в таверне Долговязого Джона в Бристольском порту, — не забудьте, что это он узнал тогда Черного Пса!

— Это еще не все, — добавил Сильвер. — Он, клянусь громом, тот самый мальчишка, который вытащил карту из сундука Билли Бонса. Наконец-то Джим Хокинс попал нам в руки!

— Пустить ему кровь! — крикнул Морган и выругался.

И, выхватив нож, он вскочил с такой легкостью, будто ему было двадцать лет.

— На место! — крикнул Сильвер. — Кто ты такой, Том Морган? Быть может, ты думаешь, что ты здесь капитан? Клянусь, я научу тебя слушаться. Только посмей мне перечить! За последние тридцать лет всякий, кто становился у меня на дороге, попадал либо на рею, либо за борт, рыбам на закуску. Да! Запомни, Том Морган: не было еще человека, который остался бы жить на земле после того, как не поладил со мной.

Том замолк, но остальные продолжали ворчать.

— Том верно говорит, — сказал один.

— Довольно было надо мной командиров, — прибавил другой, — и, клянусь виселицей, Джон Сильвер, я не позволю тебе водить меня за нос!

— Джентльмены, кто из вас хочет иметь дело со мной? — проревел Сильвер.

Он сидел на бочонке и теперь подался вперед. В правой руке у него была горящая трубка.

— Ну, чего же вам надо? Говорите прямо. Или вы онемели? Выходи, кто хочет, я жду. Я не для того прожил столько лет на земле, чтобы какой-нибудь пьяный индюк становился мне поперек дороги. Вы знаете наш обычай. Вы считаете себя джентльменами удачи. Ну что же, выходите, я готов. Пусть тот, у кого хватит духу, вынет свой кортик, и я, хоть и на костыле, увижу, какого цвета у него потроха, прежде чем погаснет эта трубка!

Никто не двинулся. Никто не ответил ни слова.

— Вот так вы всегда, — продолжал Сильвер, сунув трубку в рот.

— Молодцы, нечего сказать! Не слишком-то храбры в бою. Или вы не способны понять простую человеческую речь? Ведь я здесь капитан, я выбран вами. Я ваш капитан, потому что я на целую морскую милю умнее вас всех. Вы не хотите драться со мной, как подобает джентльменам удачи. Тогда, клянусь громом, вы должны меня слушаться! Мне по сердцу этот мальчишка. Лучше его я никого не видел. Он вдвое больше похож на мужчину, чем такие крысы, как вы. Так слушайте: кто тронет его, будет иметь дело со мной.

Наступило долгое молчание.

Я, выпрямившись, стоял у стены. Сердце мое все еще стучало, как молот, но у меня зародилась надежда. Сильвер сидел, скрестив руки и прислонившись к стене. Он сосал трубку и был спокоен, как в церкви. Только глаза его бегали. Он наблюдал украдкой за своей буйной командой. Пираты отошли в дальний угол и начали перешептываться. Их шипенье звучало у меня в ушах, словно шум реки. Иногда они оборачивались, и багряный свет головни падал на их взволнованные лица. Однако поглядывали они не на меня, а на Сильвера.

— Вы, кажется, собираетесь что-то сказать? — проговорил Сильвер и плюнул далеко перед собой. — Ну что ж, говорите, я слушаю.

— Прошу прощения, сэр, — начал один из пиратов. — Вы часто нарушаете наши обычаи. Но есть обычай, который даже вам не нарушить. Команда недовольна, а между тем, разрешите сказать, у этой команды есть такие же права, как и у всякой другой. Мы имеем право собраться и поговорить. Прошу прощения, сэр, так как вы все же у нас капитан, но я хочу воспользоваться своим правом и уйти на совет.

Изысканно отдав Сильверу честь, этот высокий болезненный желтоглазый матрос лет тридцати пяти спокойно пошел к выходу и скрылся за дверью. Остальные вышли вслед за ним. Каждый отдавал Сильверу честь и бормотал что-нибудь в свое оправдание.

— Согласно обычаю, — сказал один.

— На матросскую сходку, — сказал Морган.

Мы с Сильвером остались вдвоем у горящей головни.

Повар сразу же вынул изо рта свою трубку.

— Слушай, Джим Хокинс, — проговорил он еле слышным настойчивым шепотом, — ты на волосок от смерти и, что хуже всего, от пытки. Они хотят разжаловать меня. Ты видел, как я за тебя заступался. Сначала мне не хотелось тебя защищать, но ты сказал несколько слов, и я переменил мои планы. Я был в отчаянии от своих неудач, от мысли о виселице, которая мне угрожает. Услыхав твои слова, я сказал себе: заступись за Хокинса, Джон, и Хокинс заступится за тебя. Ты — его последняя карта, Джон, а он, клянусь громом, твоя последняя карта! Услуга за услугу, решил я. Ты спасешь себе свидетеля, когда дело дойдет до суда, а он спасет твою шею.

Я смутно начал понимать, в чем дело.

— Вы хотите сказать, что ваша игра проиграна? — спросил я.

— Да, клянусь дьяволом! — ответил он. — Раз нет корабля, значит, остается одна только виселица. Я упрям, Джим Хокинс, но, когда я увидел, что в бухте уже нет корабля, я понял: игра наша кончена. А эти пускай совещаются, все они безмозглые трусы. Я постараюсь спасти твою шкуру. Но слушай, Джим, услуга за услугу: ты спасешь Долговязого Джона от петли.

Я был поражен. За какую жалкую соломинку хватается он, старый пират, атаман!

— Я сделаю все, что могу, — сказал я.

— Значит, по рукам! — воскликнул он. — Ты дешево отделался, да и я, клянусь громом, получил надежду на спасение.

Он проковылял к головне, горевшей возле дров, и снова закурил свою трубку.

— Пойми меня, Джим, — продолжал он вернувшись. — У меня еще есть голова на плечах, и я решил перейти на сторону сквайра.

Я знаю, что ты спрятал корабль где-нибудь в безопасном месте. Как ты это сделал, я не знаю, но я уверен, что корабль цел и невредим. Хендс и О'Брайен оказались глупцами. На них я никогда не надеялся. Заметь: я у тебя ничего не спрашиваю и другим не позволю спрашивать. Я знаю правила игры и понимаю, что проиграл. А ты такой молодой, такой храбрый, и, если мы будем держаться друг за друга, мы многого с тобой добьемся.

Он нацедил в жестяную кружку коньяку из бочонка.

— Не хочешь ли выпить, приятель? — спросил он.

Я отказался.

— А я выпью немного, Джим, — сказал он. — Впереди у меня столько хлопот, нужно же мне пришпорить себя. Кстати о хлопотах. Зачем было доктору отдавать мне эту карту, милый Джим?

На лице моем выразилось такое неподдельное изумление, что он понял бесполезность дальнейших вопросов.

— Да, он дал мне свою карту… И тут, без сомнения, что-то не так. Тут что-то кроется, Джим… плохое или хорошее.

Он снова хлебнул коньяку и покачал своей большой головой с видом человека, ожидающего неминуемых бед.

Глава XXIX. ЧЕРНАЯ МЕТКА ОПЯТЬ

Сходка пиратов продолжалась уже много времени, когда один из них воротился в блокгауз и, с насмешливым видом отдав Сильверу честь, попросил разрешения взять головню. Сильвер изъявил свое согласие, и посланный удалился, оставив нас обоих в темноте.

— Приближается буря, Джим, — сказал Сильвер.

Он стал обращаться со мной по-приятельски.

Я подошел к ближайшей бойнице и глянул во двор. Костер почти догорел. Света он уже не давал никакого; немудрено, что заговорщикам понадобилась головня. Они собрались в кружок на склоне холма между домом и частоколом. Один из них держал головню. Другой стоял посередине на коленях. В руке у него был открытый нож, лезвие которого поблескивало, озаренное то луной, то факелом. Остальные немного согнулись, как будто глядя, что он делает. У него в руках появилась какая-то книга. И не успел я подумать, откуда у него такая неподходящая для разбойника вещь, как он поднялся с колен, и все гурьбой направились к дому.

— Они идут сюда, — сказал я.

Я стал на прежнее место. Не желая уронить свое достоинство, я не хотел, чтобы пираты заметили, что я наблюдаю за ними.

— Милости просим, дружок, пусть идут! — весело сказал Сильвер.

— У меня еще есть чем их встретить.

Дверь распахнулась, и пятеро пиратов нерешительно столпились у порога, проталкивая вперед одного.

При других обстоятельствах было бы забавно смотреть, как медленно и боязливо подходит выборный, останавливаясь на каждом шагу и вытянув правую руку, сжатую крепко в кулак.

— Подойди ближе, приятель, — сказал Сильвер, — и не бойся: я тебя не съем. Давай, увалень, — что там у тебя? Я знаю обычаи. Я депутата не трону.

Ободренный этими словами, разбойник ускорил шаг и, сунув что-то Сильверу в руку, торопливо отбежал назад к товарищам.

Повар глянул на свою ладонь.

— Черная метка! Так я и думал, — проговорил он. — Где вы достали бумагу?.. Но что это? Ах вы, несчастные! Вырезали из Библии! Ну, будет уж вам за это! И какой дурак разрезал Библию?

— Вот видите! — сказал Морган. — Что я говорил? Ничего хорошего не выйдет из этого.

— Ну, теперь уж вам не отвертеться от виселицы, — продолжал Сильвер. — У какого дурака вы взяли эту Библию?

— У Дика, — сказал кто-то.

— У Дика? Ну, Дик, молись богу, — проговорил Сильвер, — потому что твоя песенка спета. Уж я верно тебе говорю. Пропало твое дело, накажи меня бог!

Но тут вмешался желтоглазый верзила.

— Довольно болтать, Джон Сильвер, — сказал он. — Команда, собравшись на сходку, как велит обычай джентльменов удачи, вынесла решение послать тебе черную метку. Переверни ее, как велит наш обычай, и прочти, что на ней написано. Тогда ты заговоришь по-иному.

— Спасибо, Джордж, — отозвался Сильвер. — Ты у нас деловой человек и знаешь наизусть наши обычаи. Что ж тут написано? Ага! «Низложен». Так вот в чем дело! И какой хороший почерк! Точно в книге. Это у тебя такой почерк, Джордж? Ты первый человек во всей команде. Я нисколько не удивлюсь, если теперь выберут капитаном тебя. Дай мне, пожалуйста, головню, а то трубка у меня никак не раскуривается

— Ну-ну! — сказал Джордж. — Нечего тебе морочить команду. Послушать тебя — ты и такой и сякой, но все же слезай с этой бочки. Ты уже у нас не капитан. Слезай с бочки и не мешай нашим выборам!

— А я думал, ты и вправду знаешь обычаи, — презрительно возразил Сильвер. — Тебе придется еще малость подождать, потому что я покуда все еще ваш капитан. Вы должны предъявить мне свои обвинения и выслушать мой ответ. А до той поры ваша черная метка будет стоить не дороже сухаря. Посмотрим, что из этого выйдет.

— Не бойся, обычаев мы не нарушим, — ответил Джордж. — Мы хотим действовать честно. Вот тебе наши обвинения. Во-первых, ты провалил все дело. У тебя не хватит дерзости возражать против этого. Во-вторых, ты позволил нашим врагам уйти, хотя здесь они были в настоящей ловушке. Зачем они хотели уйти? Не знаю. Но ясно, что они зачем-то хотели уйти. В-третьих, ты запретил нам преследовать их. О, мы тебя видим насквозь, Джон Сильвер! Ты ведешь двойную игру. В-четвертых, ты заступился за этого мальчишку.

— Это все? — спокойно спросил Сильвер.

— Вполне достаточно, — ответил Джордж. — Нас из-за твоего ротозейства повесят сушиться на солнышке.

— Теперь послушайте, что я отвечу на эти четыре пункта. Я буду отвечать по порядку. Вы говорите, что я провалил все дело? Но ведь вы знаете, чего я хотел. Если бы вы послушались меня, мы все теперь находились бы на «Испаньоле», целые и невредимые, и золото лежало бы в трюме, клянусь громом! А кто мне помешал? Кто меня торопил и подталкивал — меня, вашего законного капитана? Кто прислал мне черную метку в первый же день нашего прибытия на остров и начал всю эту дьявольскую пляску? Прекрасная пляска — я пляшу вместе с вами, — в ней такие же коленца, какие выкидывают те плясуны, что болтаются в лондонской петле. А кто все начал? Эндерсон, Хенд и ты, Джордж Мерри. Из этих смутьянов ты один остался в живых. И у тебя хватает наглости лезть в капитаны! У тебя, погубившего чуть не всю нашу шайку! Нет, из этого не выйдет ни черта!

Сильвер умолк. По лицу Джорджа и остальных я видел, что слова его не пропали даром.

— Это пункт первый! — воскликнул Сильвер, вытирая вспотевший лоб. — Клянусь, мне тошно разговаривать с вами. У вас нет ни рассудка, ни памяти. Удивляюсь, как это ваши мамаши отпустили вас в море! В море! Это вы-то джентльмены удачи? Уж лучше бы вы стали портными...

— Перестань ругаться, — сказал Морган. — Отвечай на остальные обвинения.

— А, на остальные! — крикнул Джон. — Остальные тоже хороши. Вы говорите, что наше дело пропащее. Клянусь громом, вы даже не подозреваете, как оно плохо! Мы так близко от виселицы, что шея моя уже коченеет от петли. Так и вижу, как болтаемся мы в железных оковах, а над нами кружат вороны. Моряки показывают на нас пальцами во время прилива. «Кто это?» — спрашивает один."Это Джон Сильвер. Я хорошо его знал», — отвечает другой. Ветер качает повешенных и разносит звон цепей. Вот что грозит каждому из нас из-за Джорджа Мерри, Хендса, Эндерсона и других идиотов! Затем, черт подери, вас интересует пункт четвертый — вот этот мальчишка. Да ведь он заложник, понимаете? Неужели мы должны уничтожить заложника? Он, быть может, последняя наша надежда. Убить этого мальчишку? Нет, мои милые, не стану его убивать. Впрочем, я еще не ответил по третьему пункту. Отлично, извольте, отвечу. Может быть, вы ни во что не ставите ежедневные визиты доктора, доктора, окончившего колледж? Твоему продырявленному черепу, Джон, уже не надобен доктор? А ты, Джордж Мерри, которого каждые шесть часов трясет лихорадка, у которого глаза желтые, как лимон, — ты не хочешь лечиться у доктора? Быть может, вы не знаете, что сюда скоро должен прийти второй корабль на помощь? Однако он скоро придет. Вот когда вам пригодится заложник. Затем пункт второй: вы обвиняете меня в том, что я заключил договор. Да ведь вы сами на коленях умоляли меня заключить его. Вы ползали на коленях, вы малодушничали, вы боялись умереть с голоду… Но все это пустяки. Поглядите — вот ради чего я заключил договор!

И он бросил на пол лист бумаги. Я сразу узнал его. Это была та самая карта на желтой бумаге, с тремя красными крестиками, которую я нашел когда-то на дне сундука Билли Бонса.

Я никак не мог уразуметь, почему доктор отдал ее Сильверу.

Разбойников вид этой карты поразил еще сильнее, чем меня. Они накинусь на нее, как коты на мышь. Они вырывали ее друг у друга из рук с руганью, с криками, с детским смехом. Можно было подумать, что они не только уже трогают золото пальцами, но везут его в полной сохранности на корабле.

— Да, — сказал один, — это подпись Флинта, можете не сомневаться. «Д.Ф.», а внизу мертвый узел. Он всегда подписывался так.

— Все это хорошо, — сказал Джордж, — но как мы увезем сокровища, если у нас нет корабля?

Сильвер внезапно вскочил, держась рукой за стену.

— Предупреждаю тебя в последний раз, Джордж! — крикнул он. — Еще одно слово, и я буду драться с тобой… Как? Почем я знаю как! Это ты должен мне сказать, ты и другие, которые проворонили мою шхуну, с твоей помощью, черт возьми! Но нет, мне незачем ждать от тебя умного слова — ум у тебя тараканий. Но разговаривать учтиво ты должен, или я научу тебя вежливости!

— Правильно, — сказал старик Морган.

— Еще бы! Конечно, правильно! — подхватил корабельный повар. — Ты потерял наш корабль. Я нашел вам сокровища. Кто же из нас стоит большего? Но, клянусь, я больше не желаю быть у вас капитаном. Выбирайте, кого хотите. С меня довольно!

— Сильвера! — заорали все. — Окорок на веки веков! Окорока в капитаны!

— Так вот что вы теперь запели! — крикнул повар. — Джордж, милый друг, придется тебе подождать до другого случая. Счастье твое, что я не помню худого. Сердце у меня отходчивое. Что же делать с этой черной меткой, приятели? Теперь она как будто ни к чему. Дик загубил свою душу, изгадил свою Библию, и все понапрасну.

— А может быть, она еще годится для присяги? — спросил Дик, которого, видимо, сильно тревожило совершенное им кощунство.

— Библия с отрезанной страницей! — ужаснулся Сильвер. — Ни за что! В ней не больше святости, чем в песеннике.

— И все же на всякий случай лучше ее сохранить, — сказал Дик.

— А вот это, Джим, возьми себе на память, — сказал Сильвер, подавая мне черную метку.

Величиной она была с крону.[1] Одна сторона белая — Дик разрезал самую последнюю страницу Библии, — на другой стороне были напечатаны стиха два из Апокалипсиса. Я помню, между прочим, два слова: «псы и убийцы». Сторона с текстом была вымазана сажей, которая перепачкала мне пальцы. А на чистой стороне углем было выведено одно слово: «Низложен».

Сейчас эта черная метка лежит предо мною, но от надписи углем остались только следы царапин, как от когтя.

Так окончились события этой ночи. Выпив рому, мы улеглись спать. Сильвер в отместку назначил Джорджа Мерри в часовые, пригрозив ему смертью, если он недоглядит чего-нибудь.

Я долго не мог сомкнуть глаз. Я думал о человеке, которого убил, о своем опасном положении и прежде всего о той

---

[1] Крона — серебряная монета.

замечательной игре, которую вел Сильвер, одной рукой удерживавший шайку разбойников, а другой хватавшийся за всякое возможное и невозможное средство, чтобы спасти свою ничтожную жизнь. Он мирно спал и громко храпел. И все же сердце у меня сжималось от жалости, когда я глядел на него и думал, какими опасностями он окружен и какая позорная смерть ожидает его.

Глава XXX. НА ЧЕСТНОЕ СЛОВО

Меня разбудил, вернее — всех нас разбудил, потому что вскочил даже часовой, задремавший у двери, ясный, громкий голос, прозвучавший на опушке леса:

— Эй, гарнизон, вставай! Доктор идет!

Действительно, это был доктор. Я обрадовался, услышав его голос, но к радости моей примешивались смущение и стыд. Я вспомнил о своем неповиновении, о том, как я тайком убежал от товарищей. И к чему это все привело? К тому, что я сижу в плену у разбойников, которые могут каждую минуту лишить меня жизни. Мне было стыдно взглянуть доктору в лицо. Доктор, вероятно, поднялся еще до света, потому что день только начинался. Я подбежал к бойнице и выглянул. Он стоял внизу, по колено в ползучем тумане, как некогда стоял у этого же блокгауза Сильвер.

— Здравствуйте, доктор! С добрым утром, сэр! — воскликнул Сильвер, уже протерев как следует глаза и сияя приветливой улыбкой. — Рано же вы поднялись! Ранняя птица больше корма клюет, как говорит поговорка... Джордж, очнись, сын мой, и помоги доктору Ливси взойти на корабль... Все в порядке, доктор. Ваши пациенты куда веселей и бодрей!

Так он балагурил, стоя на вершине холма с костылем под мышкой, опираясь рукой о стену, — совсем прежний Джон и по голосу, и по ухваткам, и по смеху.

— У нас есть сюрприз для вас, сэр, — продолжал он. — Один маленький приезжий, хе-хе! Новый жилец, сэр, жилец хоть куда! Спит как сурок, ей-богу. Всю ночь проспал рядом с Джоном, борт о борт.

Доктор Ливси тем временем перелез через частокол и подошел к повару. И я услышал, как дрогнул его голос, когда он спросил:

— Неужели Джим?

— Он самый, — ответил Сильвер.

Доктор внезапно остановился. Было похоже, что он не в состоянии сдвинуться с места.

— Ладно, — выговорил он наконец. — Раньше дело, а потом веселье. Такая, кажется, у вас поговорка? Осмотрим сначала больных.

Доктор вошел в дом и, холодно кивнув мне головой, занялся своими больными. Он держался спокойно и просто, хотя не мог не знать, что жизнь его среди этих коварных людей висит на волоске. Он болтал с пациентами, будто его пригласили к больному в тихое английское семейство. Его обращение с пиратами, видимо, оказывало на них сильное влияние. Они вели себя с ним, будто ничего не случилось, будто он по-прежнему корабельный врач и они по-прежнему старательные и преданные матросы.

— Тебе лучше, друг мой, — сказал он человеку с перевязанной головой. — Другой на твоем месте не выжил бы. Но у тебя голова крепкая, как чугунный котел... А как твои дела, Джордж? Да ты весь желтый! У тебя печенка не в порядке. Ты принимал лекарство?.. Скажите, он принимал лекарство?

— Как же, сэр, как же! Он принимал, сэр, — отозвался Морган.

— С тех пор как я стал врачом у мятежников, или, вернее, тюремным врачом, — сказал доктор Ливси с добродушнейшей улыбкой, — я считаю своим долгом сохранить вас в целости для короля Георга, да благословит его бог, для петли.

Разбойники переглянулись, но молча проглотили шутку доктора.

— Дик скверно себя чувствует, сэр, — сказал один.

— Скверно? — спросил доктор. — А ну-ка, Дик, иди сюда и покажи язык. О, я нисколько не удивлен, что он скверно себя чувствует! Таким языком можно напугать и французов. У него тоже началась лихорадка.

— Вот что случается с тем, кто портит святую Библию, — сказал Морган.

— Это случается с тем, кто глуп, как осел, — возразил доктор.

— С тем, у кого не хватает ума отличить свежий воздух от заразного, сухую почву от ядовитого и гнусного болота. Вполне вероятно, что все вы схватили малярию, друзья мои, — так мне кажется, — и много пройдет времени, прежде чем вы от нее избавитесь. Расположиться лагерем на болоте!.. Сильвер, вы меня удивили, ей-богу! Вы не такой дурак, как остальные, но вы не имеете ни малейшего понятия, как охранять здоровье своих подчиненных... Отлично, — сказал доктор, осмотрев пациентов и дав им несколько медицинских советов, которые они выслушали с такой смешной кротостью, словно были питомцами благотворительной школы, а не разбойниками. — На сегодня хватит. А теперь, если позволите, я хотел бы побеседовать с этим юнцом. — И он небрежно кивнул в мою сторону.

Джордж Мерри стоял в дверях и, морщась, принимал какое-то горькое снадобье. Услышав просьбу доктора, он весь побагровел, повернулся к нему и закричал:

— Ни за что!

И выругался скверными словами.

Сильвер хлопнул ладонью по бочке.

— Молчать! — проревел он и посмотрел вокруг, как рассвирепевший лев. — Доктор, — продолжал он учтиво, — я был уверен, что вы захотите поговорить с Джимом, потому что знал — этот мальчик вам по сердцу. Мы все так вам благодарны, мы, как видите, чувствуем к вам такое доверие, мы пьем ваши лекарства, как водку. Я сейчас устрою... Хокинс, можешь ты мне дать честное слово юного джентльмена, — потому что ты джентльмен, хотя родители твои люди бедные, — что ты не удерешь никуда?

Я охотно дал ему честное слово.

— В таком случае, доктор, — сказал Сильвер, — перелезайте через частокол. Когда вы перелезете, я сведу Джима вниз. Он будет с одной стороны частокола, вы — с другой, но это не помешает вам поговорить по душам. Всего хорошего, сэр! Передайте привет сквайру и капитану Смоллетту.

Едва доктор вышел, негодование пиратов, сдерживаемое страхом перед Сильвером, прорвалось наружу. Они обвиняли Сильвера в том, что он ведет двойную игру, что он хочет выгородить себя и предать всех остальных. Словом, они действительно разгадали его намерения. Я не думал, что ему и на этот раз удастся вывернуться. Но он был вдвое умнее всех их взятых вместе, и его вчерашняя победа дала ему огромную власть над ними. Он обозвал их глупцами, заявил, что без моего разговора с доктором невозможно обойтись, тыкал им в нос карту и спрашивал: неужели они хотят нарушить договор в тот самый день, когда можно приступить к поискам сокровищ?

— Нет, клянусь громом! — кричал он. — Придет время, и мы натянем им нос, но до той поры я буду ублажать этого доктора, хотя бы мне пришлось чистить ему сапоги ромом!

Он приказал развести костер, взял костыль, положил руку мне на плечо и заковылял вниз, оставив пиратов в полном замешательстве. Чувствовалось, что на них повлияли не столько его доводы, сколько настойчивость.

— Не торопись, дружок, не торопись, — сказал он мне. — Они разом кинутся на нас, если заметят, что мы оба торопимся.

Мы медленно спустились по песчаному откосу к тому месту, где за частоколом поджидал нас доктор. Сильвер остановился.

— Пусть Джим расскажет вам, доктор, как я спас ему жизнь, хотя за это чуть не лишился капитанского звания, — сказал он. — Ах, доктор, когда человек ведет свою лодку навстречу погибели, когда он играет в орлянку со смертью, он хочет услышать хоть одно самое маленькое доброе слово! Имейте в виду, что речь идет не только о моей жизни, но и о жизни этого мальчика. Заклинаю вас, доктор, будьте милосердны ко мне, дайте мне хоть тень надежды!

Теперь, отойдя от товарищей и стоя спиной к блокгаузу, Сильвер сразу сделался другим человеком. Щеки его ввалились, голос дрожал. Это был почти мертвец.

— Неужели вы боитесь, Джон? — спросил доктор Ливси.

— Доктор, я не трус. Нет, я даже вот настолько не трус, — и он показал кончик пальца, — но говорю откровенно: меня кидает в дрожь при мысли о виселице. Вы добрый человек и правдивый. Лучшего я в жизни своей не видал. Вы не забудете сделанного мною добра, хотя, разумеется, и зла не забудете. Я отхожу в сторону, видите, и оставляю вас наедине с Джимом. Это тоже вы зачтете мне в заслугу, не правда ли?

Он отошел в сторону, как раз на такое расстояние, чтобы не слышать нас, сел на пень и принялся насвистывать. Он вертелся из стороны в сторону, поглядывая то на меня, то на доктора, то на неукрощенных пиратов, которые, валяясь на песке, разжигали костер, то на дом, откуда они выносили свинину и хлеб для завтрака.

— Итак, Джим, — грустно сказал доктор, — ты здесь. Что посеешь, то и пожнешь, мой мальчик. У меня не хватает духу бранить тебя. Одно только скажу тебе: если бы капитан Смоллетт был здоров, ты не посмел бы убежать от нас. Ты поступил бесчестно, ты ушел, когда он был болен и не мог удержать тебя силой.

Должен признаться, что при этих словах я заплакал.

— Доктор, — взмолился я, — пожалуйста, не ругайте меня! Я сам себя достаточно ругал. Моя жизнь на волоске. Я и теперь был бы уже мертвецом, если бы Сильвер за меня не вступился. Смерти я не боюсь, доктор, я боюсь только пыток. Если они начнут пытать меня…

— Джим… — перебил меня доктор, и голос его слегка изменился. — Джим, этого я не могу допустить. Перелезай через забор, и бежим.

— Доктор, — сказал я, — я ведь дал честное слово.

— Знаю, знаю! — воскликнул он. — Что поделаешь, Джим! Уж я возьму этот грех на себя. Не могу же я бросить тебя здесь беззащитного. Прыгай! Один прыжок — и ты на свободе. Мы помчимся, как антилопы.

— Нет, — ответил я. — Ведь вы сами не поступили бы так. Ни вы, ни сквайр, ни капитан не изменили бы данному слову. Значит, и я не изменю. Сильвер на меня положился. Я дал ему честное слово. Но, доктор, вы меня не дослушали. Если они станут меня пытать, я не выдержу и разболтаю, где спрятан корабль. Мне повезло, доктор, мне посчастливилось, и я увел их корабль. Он стоит у южного берега Северной стоянки. Во время прилива он подымается на волне, а во время отлива сидит на мели.

— Корабль! — воскликнул доктор.

Я в нескольких словах рассказал ему все, что случилось. Он выслушал меня в полном молчании.

— Это судьба, — заметил он, когда я кончил. — Каждый раз ты спасаешь нас от верной гибели. И неужели ты думаешь, что теперь мы дадим тебе умереть под ножом? Это была бы плохая награда за все, что ты для нас сделал, мой мальчик. Ты открыл заговор. Ты нашел Бена Ганна. Лучшего дела ты не сделаешь за всю твою жизнь, даже если доживешь до ста лет. Этот Бен Ганн — ой-ой-ой! Кстати о Бене Ганне… Сильвер! — крикнул он. — Сильвер, я хочу дать вам совет, — продолжал он, когда повар приблизился, — не торопитесь отыскивать сокровища.

— Я, сэр, изо всех сил буду стараться оттянуть это дело, — сказал Сильвер. — Но, клянусь вам, только поисками сокровищ я могу спасти свою жизнь и жизнь этого несчастного мальчика.

— Ладно, Сильвер, — ответил доктор, — если так — ищите. Но я дам вам еще один совет: когда будете искать сокровища, обратите внимание на крики.

— Сэр, — сказал Сильвер, — вы сказали мне или слишком много или слишком мало. Что вам нужно? Зачем вы покинули крепость? Зачем вы отдали мне карту?

Я этого не понимал и не понимаю. И все же я слепо выполнил все, что вы требовали, хотя вы не дали мне ни малейшей надежды. А теперь эти новые тайны... Если вы не хотите прямо объяснить мне, в чем дело, так и скажите, и я выпущу румпель.

— Нет, — задумчиво сказал доктор, — я не имею права посвящать вас в такие дела. Это не моя тайна, Сильвер. Иначе, клянусь париком, я бы вам все рассказал. Если я скажу еще хоть слово, мне здорово влетит от капитана. И все же я дам вам маленькую надежду, Сильвер: если мы оба с вами выберемся из этой волчьей ямы, я постараюсь спасти вас от виселицы, если для этого не нужно будет идти на клятвопреступление.

Лицо Сильвера мгновенно просияло.

— И родная мать не могла бы утешить меня лучше, чем вы! — воскликнул он.

— Это первое, что я могу вам сказать, — добавил доктор. — И второе: держите этого мальчика возле себя и, если понадобится помощь, зовите меня. Я постараюсь вас выручить, и тогда вы увидите, что я говорю не впустую... Прощай, Джим.

Доктор Ливси пожал мне руку через забор, кивнул головой Сильверу и быстрыми шагами направился к лесу.

Глава XXXI.ПОИСКИ СОКРОВИЩ. УКАЗАТЕЛЬНАЯ СТРЕЛА ФЛИНТА

— Джим, — сказал Сильвер, когда мы остались одни, — я спас твою жизнь, а ты — мою. И я никогда этого не забуду. Я ведь видел, как доктор уговаривал тебя удрать. Краешком глаза, но видел. Я не слышал твоего ответа, но я видел, что ты отказался. Этого, Джим, я тебе не забуду. Сегодня для меня впервые блеснула надежда после неудачной атаки на крепость. И опять-таки из-за тебя. К поискам сокровищ, Джим, мы приступаем вслепую, и это мне очень не нравится. Но мы с тобой будем крепко держаться друг друга и спасем наши шеи, несмотря ни на что.

Один из пиратов, возившихся у костра, крикнул нам, что завтрак готов. Мы уселись на песке возле огня и стали закусывать поджаренной свининой. Разбойники развели такой костер, что можно было бы зажарить быка. Вскоре костер запылал так сильно, что к нему — и то не без опаски — приближались только с подветренной стороны. Так же расточительно обращались пираты с провизией: нажарили свинины по крайней мере в три раза больше, чем было нужно. Один из них с глупым смехом швырнул все оставшиеся куски в огонь, который запылал еще ярче, поглотив это необычайное топливо.

Никогда в своей жизни не видел я людей, до такой степени беззаботно относящихся к завтрашнему дню. Все делали они спустя рукава, истребляли без всякого толка провизию, засыпали, стоя на часах, и так далее. Вообще они были способны лишь на короткую вспышку, но на длительные военные действия их не хватало.

Даже Сильвер, сидевший в стороне со своим попугаем, не сделал им ни одного замечания за их расточительность. И это очень меня удивило, так как я знал, какой он осторожный и предусмотрительный человек.

— Да, приятели, — говорил он, — ваше счастье, что у вас есть Окорок, который всегда за вас думает. Я выведал то, что мне нужно. Корабль у них. Пока я еще не знаю, где они его спрятали. Но когда у нас будут сокровища, мы обыщем весь остров и снова захватим корабль. Во всяком случае, мы сильны уже тем, что у нас имеются шлюпки.

Так разглагольствовал он, набивая себе рот горячей свининой. Он внушал им надежду, он восстанавливал свой пошатнувшийся авторитет и в то же время, как мне показалось, подбадривал самого себя.

— А наш заложник, — продолжал он, — в последний раз имел свидание с тем, кто мил его сердцу. Из его разговоров с ним я узнал все, что мне было нужно узнать, и очень ему благодарен за это. Но теперь кончено. Когда мы пойдем искать сокровища, я поведу его за собой на веревочке — он нам дороже золота, и мы сохраним его в целости: пригодится в случае чего. А когда у нас будет и корабль, и сокровища, когда мы веселой компанией отправимся в море, вот тогда мы и поговорим с мистером Хокинсом как следует, и он получит свою долю по заслугам.

Неудивительно, что их охватило веселье. Что касается меня, я страшно приуныл и пал духом. Если план Сильвера, только что изложенный им, будет приведен в исполнение, этот двойной предатель не станет колебаться ни минуты. Он ведет игру на два фронта и, без сомнения, предпочтет свободу и богатство пирата той слабой надежде освободиться от петли, которую мы могли предложить ему.

Но если обстоятельства принудят Сильвера сдержать данное доктору слово, нам все равно грозит смертельная опасность. Подозрения его товарищей каждую минуту могут превратиться в уверенность. Тогда и ему, и мне придется защищать свою жизнь:

ему — калеке и мне — мальчишке — от пятерых здоровенных матросов.

Прибавьте к этим двойным опасениям тайну, которой все еще были покрыты поступки моих друзей. Почему они покинули крепость? Почему они отдали карту? Что значат эти слова, сказанные доктором Сильверу: «Когда будете искать сокровища, обратите внимание на крики»? Не было ничего странного в том, что завтрак показался мне не слишком-то вкусным и что я с тяжелым сердцем поплелся за разбойниками на поиски клада.

Мы представляли довольно странное зрелище — все в измазанных матросских куртках, все, кроме меня, вооруженные до самых зубов. Сильвер тащил два ружья: одно на спине, другое на груди. К поясу его пристегнут был кортик. В каждый карман своего широкополого кафтана он сунул по пистолету. В довершение всего на плече у него сидел Капитан Флинт, без умолку и без всякой связи выкрикивавший разные морские словечки. Вокруг моей поясницы обвязали веревку, и я послушно поплелся за поваром. Он держал конец веревки то свободной рукой, то могучими зубами. Меня вели, как дрессированного медведя.

Каждый тащил что-нибудь: одни несли лопаты и ломы (разбойники выгрузили их на берег с «Испаньолы» прежде всего остального), другие — свинину, сухари и бренди для обеда. Я заметил, что все припасы были действительно взяты из нашего склада, и понял, что Сильвер вчера вечером сказал сущую правду. Если бы он не заключил какого-то соглашения с доктором, разбойникам, потерявшим корабль, пришлось бы питаться подстреленными птицами и запивать их водой. Но к воде у них не было особой любви, а охотиться моряки не умеют. И если они не запаслись даже пищей, то порохом не запаслись и подавно. Как бы то ни было, мы двинулись в путь, даже пират с разбитой головой, которому гораздо полезнее было бы остаться в постели. Гуськом доковыляли мы до берега, где нас поджидали две шлюпки. Даже эти шлюпки свидетельствовали о глупой беспечности вечно пьяных пиратов: обе были в грязи, а у одной изломана скамья. Решено было разместиться в двух шлюпках, чтобы ни одна не пропала. Разделившись на два отряда, мы наконец отчалили от берега.

Дорогой начались споры о карте. Красный крестик был слишком велик и не мог, конечно, служить точным указателем места. Объяснения на обороте карты были слишком кратки и неясны. Если читатель помнит, в них говорилось следующее:

«Высокое дерево на плече Подзорной Трубы, направление к С. от С.-С.-В.

Остров Скелета В.-Ю.-В. и на В.

Десять футов».

Итак, прежде всего нужно было отыскать высокое дерево. Прямо перед нами якорная стоянка замыкалась плоскогорьем в двести-триста футов высотой, которое на севере соединялось с южным склоном Подзорной Трубы, на юге переходило в скалистую возвышенность, носившую название Бизань-мачты. На плоскогорье росли и высокие, и низкие сосны. То здесь, то там какая-нибудь одна сосна возвышалась на сорок-пятьдесят футов над соседями. Какое из этих деревьев капитан Флинт назвал высоким, можно было определить только на месте с помощью компаса.

Тем не менее не проплыли мы и половины пути, а уже каждый облюбовал себе особое дерево. Только Долговязый Джон пожимал плечами и советовал подождать прибытия на место.

По указанию Сильвера мы берегли силы, не очень налегали на весла и после долгого плавания высадились в устье второй реки, той самой, которая протекает по лесистому склону Подзорной Трубы. Оттуда, свернув налево, мы начали взбираться к плоскогорью.

Вначале наше продвижение очень затруднялось топкой почвой и густой болотной растительностью. Но мало-помалу подъем стал круче, почва каменистее, растительность выше и реже. Мы приближались к лучшей части острова. Вместо травы по земле стлался пахучий дрок и цветущий кустарник. Среди зеленых зарослей мускатного ореха там и сям возвышались багряные колонны высоких сосен, бросавших широкую тень. Запах муската смешивался с запахом хвои. Воздух был свеж. Сияло солнце, но легкий ветерок освежал наши лица.

Разбойники шли веером и весело перекликались между собой.

В середине, несколько отстав от всех, брел Сильвер, таща меня за собой на веревке. Трудно было ему взбираться по сыпучему гравию склона. Мне не раз приходилось поддерживать его, а то он споткнулся бы и покатился с холма.

Так прошли мы около полумили и уже достигли вершины, как вдруг разбойник, шедший левее других, громко закричал от ужаса. Он кричал не переставая, и все побежали к нему.

— Вы думаете, он набрел на сокровища? — сказал старый Морган, торопливо пробегая мимо нас. — Нет, нет, мы еще не добрались до того дерева...

Да, он нашел не сокровища. У подножия высокой сосны лежал скелет человека. Вьющиеся травы оплели его густой сетью, сдвинув с места некоторые мелкие кости. Кое-где на нем сохранились остатки истлевшей одежды. Я уверен, что не было среди нас ни одного человека, у которого не пробежал бы по коже мороз.

— Это моряк, — сказал Джордж Мерри, который был смелее остальных и внимательно рассматривал сгнившие лохмотья. — Одежда у него была морская.

— Конечно, моряк, — сказал Сильвер. — Полагаю, ты не надеялся найти здесь епископа. Однако почему эти кости так странно лежат?

И действительно, скелет лежал в неестественной позе.

По странной случайности (виноваты ли тут клевавшие его птицы или, быть может, медленно растущие травы, обвивавшие его со всех сторон) он лежал навытяжку, прямой, как стрела. Ноги его показывали в одну сторону, а руки, поднятые у него над головой, как у готового прыгнуть пловца, — в другую.

— Эге, я начиная понимать, — сказал Сильвер. — Это компас. Да-да! Вон торчит, словно зуб, вершина Острова Скелета. Проверьте по компасу, куда указывает этот мертвец.

Проверили. Мертвец действительно указывал в сторону Острова Скелета. Компас показал направление на В.-Ю.-В. и на В.

— Так я и думал! — воскликнул повар. — Это указательная стрелка. Значит, там Полярная звезда, а вон там веселые доллары. Клянусь громом, у меня все холодеет при одной мысли о Флинте. Это одна из его милых острот. Он остался здесь с шестью товарищами и укокошил их всех. А потом из одного убитого смастерил себе компас... Кости длинные, на черепе рыжие волосы.

Э, да это Аллардайс, накажи меня бог! Ты помнишь Аллардайса, Том Морган?

— Еще бы, — сказал Морган, — конечно. Он остался мне должен и, кроме того, прихватил с собой мой нож, когда уезжал на остров.

— Значит, нож должен быть где-нибудь здесь, — промолвил другой разбойник. — Флинт был не такой человек, чтобы шарить в карманах матроса. Да и птицы... Не могли же они унести этот нож!

— Ты прав, черт тебя возьми! — воскликнул Сильвер.

— Однако здесь нет ничего, — сказал Мерри, внимательно ощупывая почву. — Хоть медная монетка осталась бы или, например, табакерка. Все это кажется мне подозрительным...

— Верно! Верно! — согласился Сильвер. — Тут что-то не так. Да, дорогие друзья, но только если бы Флинт был жив, не гулять бы нам в этих местах. Нас шестеро, и тех было шестеро, а теперь от них остались только кости.

— Нет, будь покоен, он умер: я собственными глазами видел его мертвым, — отозвался Морган. — Билли водил меня к его мертвому телу. Он лежал с медяками на глазах.

— Конечно, он умер, — подтвердил пират с повязкой на голове. — Но только если кому и бродить по земле после смерти, так это, конечно, Флинту. Ведь до чего тяжело умирал человек!

— Да, умирал он скверно, — заметил другой. — То приходил в бешенство, то требовал рому, то начинал горланить «Пятнадцать человек на сундук мертвеца». Кроме» Пятнадцати человек», он ничего другого нс пел никогда. И, скажу вам по правдс, с тех пор я не люблю этой песни. Было страшно жарко. Окно было открыто. Флинт распевал во всю мочь, и песня сливалась с предсмертным хрипеньем...

— Вперед, вперед! — сказал Сильвер. — Довольно болтать! Он умер и не шатается по земле привидением. А если бы даже ему и вздумалось выйти из могилы, так ведь привидения показываются только ночами, а сейчас, как вы видите, день... Нечего говорить о покойнике, нас поджидают дублоны.

Мы двинулись дальше. Но хотя солнце светило вовсю, пираты больше не разбегались в разные стороны и не окликали друг друга издали. Они шли рядом и говорили меж собой вполголоса: такой ужас внушил им умерший пират.

Глава XXXII. ПОИСКИ СОКРОВИЩ. ГОЛОС В ЛЕСУ

Отчасти вследствие расслабляющего влияния этого ужаса, отчасти же для того, чтобы дать отдохнуть Сильверу и больным пиратам, на вершине плоскогорья весь отряд сделал привал.

Плоскогорье было слегка наклонено к западу, и потому с того места, где мы сидели, открывался вид в обе стороны. Впереди за вершинами деревьев мы видели Лесистый мыс, окаймленный пеной прибоя. Позади видны были не только пролив и Остров Скелета, но также — за косой и восточной равниной — простор открытого моря. Прямо над нами возвышалась Подзорная Труба, заросшая редкими соснами и местами зияющая глубокими пропастями.

Тишина нарушалась только отдаленным грохотом прибоя да жужжаньем бесчисленных насекомых. Безлюдье. На море ни единого паруса. Чувство одиночества еще усиливалось широтой окрестных пространств.

Сильвер во время отдыха делал измерения по компасу.

— Здесь три высоких дерева, — сказал он, — и все они расположены по прямой линии от Острова Скелета. «Плечо Подзорной Трубы», я думаю, вот эта впадина. Теперь и ребенок нашел бы сокровища. По-моему, неплохо было бы раньше покушать.

— Мне что-то не хочется, — проворчал Морган. — Я как вспомнил о Флинте, у меня сразу пропал аппетит.

— Да, сын мой, счастье твое, что он умер, — сказал Сильвер.

— И рожа у него была, как у дьявола! — воскликнул третий пират, содрогаясь. — Вся синяя-синяя!

— Это от рома, — добавил Мерри. — Синяя! Еще бы не синяя! От рома посинеешь, это верно.

Вид скелета и воспоминание о Флинте так подействовали на этих людей, что они стали разговаривать все тише и тише и дошли наконец до еле слышного шепота, почти не нарушавшего лесной тишины. И вдруг из ближайшей рощи чей-то тонкий, резкий, пронзительный голос затянул хорошо знакомую песню:

Пятнадцать человек на сундук мертвеца.
Йо-хо-хо, и бутылка рому!

Смертельный ужас охватил пиратов. У всех шестерых лица сделались сразу зелеными. Одни вскочили на ноги, другие судорожно схватились друг за друга. Морган упал на землю и пополз, как змея.

— Это Флинт! — воскликнул Мерри.

Песня оборвалась так же резко, как началась, будто на середине ноты певцу сразу зажали рот. День был солнечный и ясный, голос поющего — резкий и звонкий, и я не мог понять испуга своих спутников.

— Вперед! — сказал Сильвер, еле шевеля серыми, как пепел, губами. — Этак ничего у нас не выйдет. Конечно, все это очень чудно, и я не знаю, кто это там куролесит, но уверен, что это не покойник, а живой человек.

Пока он говорил, к нему вернулось мужество, и лицо его чуть-чуть порозовело. Остальные тоже под влиянием его слов ободрились и как будто пришли в себя. И вдруг вдали опять раздался тот же голос. Но теперь он не пел, а кричал словно откуда-то издали, и его крик тихо пронесся невнятным эхом по расселинам Подзорной Трубы.

— Дарби Мак-Гроу! — вопил он. — Дарби Мак-Гроу!

Так он повторял без конца, затем выкрикнул непристойную ругань и завыл:

— Дарби, подай мне рому!

Разбойники приросли к земле, и глаза их чуть не вылезли на лоб. Голос давно уже замер, а они все еще стояли как вкопанные и молча глядели вперед.

— Дело ясное, — молвил один. — Надо удирать.

— Это были его последние слова! — простонал Морган. — Последние слова перед смертью.

Дик достал свою Библию и начал усердно молиться. Прежде чем уйти в море и стать бандитом, он воспитывался в набожной семье.

Один Сильвер не сдался. Зубы его стучали от страха, но он и слышать не хотел об отступлении.

— На этом острове никто, кроме нас, даже и не слышал о Дарби, — бормотал он растерянно. — Никто, кроме нас… — Потом взял себя в руки и крикнул: — Послушайте! Я пришел сюда, чтобы вырыть клад, и никто — ни человек, ни дьявол — не остановит меня. Я не боялся Флинта, когда он был живой, и, черт его возьми, не испугаюсь мертвого. В четверти мили от нас лежат семьсот тысяч фунтов стерлингов. Неужели хоть один джентльмен удачи способен повернуться кормой перед такой кучей денег из-за какого-то синерожего пьяницы, да к тому же еще и дохлого?

Но его слова не вернули разбойникам мужества. Напротив, непочтительное отношение к призраку только усилило их панический ужас.

— Молчи, Джон! — сказал Мерри. — Не оскорбляй привидение.

Остальные были до такой степени скованы страхом, что не могли произнести ни слова. У них даже не хватало смелости разбежаться в разные стороны. Страх заставлял их тесниться друг к другу, поближе к Сильверу, потому что он был храбрее их всех. А ему уже удалось до известной степени освободиться от страха.

— По-вашему, это привидение? Может быть, и так, — сказал он. — Но меня смущает одно. Мы все явственно слышали эхо. А скажите, видал ли кто-нибудь, чтобы у привидений была тень? Если не может быть тени, значит, нет и эха. Иначе быть не может.

Такие доводы показались мне слабыми. Но вы никогда не можете заранее сказать, что подействует на суеверных людей.

К моему удивлению, Джордж Мерри почувствовал большое облегчение.

— Это верно, — сказал он. — Ну и башка же у тебя на плечах, Джон!.. Все в порядке, дорогие друзья! Вы просто взяли неправильный галс. Конечно, голос был вроде как у Флинта. И все же он был похож на другой... Скорее это голос...

— Клянусь дьяволом, это голос Бена Ганна! — проревел Сильвер.

— Правильно! — воскликнул Морган, приподнимаясь с земли и становясь на колени. — Это был голос Бена Ганна!

— А велика ли разница? — спросил Дик. — Бен Ганн покойник, и Флинт покойник.

Но матросы постарше презрительно отнеслись к его замечанию.

— Плевать на Бена Ганна! — крикнул Мерри. — Живой он или мертвый, не все ли равно?

Странно было видеть, как быстро пришли эти люди в себя и как быстро на их лицах опять заиграл румянец. Через несколько минут они как ни в чем не бывало болтали друг с другом и только прислушивались, не слышно ли странного голоса. Но все было тихо. И, взвалив на плечи инструменты, они двинулись дальше. Впереди шел Мерри, держа в руке компас Джона, чтобы все время быть на одной линии с Островом Скелета. Он сказал правду: жив ли Бен Ганн или мертв, его не боялся никто.

Один только Дик по-прежнему держал в руках свою Библию, испуганно озираясь по сторонам. Но ему уже никто не сочувствовал. Сильвер даже издевался над его суеверием:

— Я говорил тебе, что ты испортил свою Библию. Неужели ты думаешь, что привидение испугается Библии, на которой нельзя даже присягнуть? Как же! Держи карман! — И, приостановившись на миг, он щелкнул пальцами перед самым носом Дика.

Но Дика уже нельзя было успокоить словами. Скоро мне стало ясно, что он серьезно болен. От жары, утомления и страха лихорадка, предсказанная доктором Ливси, начала быстро усиливаться.

На вершине было мало деревьев, и идти стало значительно легче. Теперь мы спускались вниз, потому что, как я уже говорил, плоскогорье имело некоторый наклон к западу. Сосны — большие и маленькие — были отделены друг от друга широким пространством. И даже среди зарослей мускатного ореха и азалий то и дело попадались просторные, выжженные солнечным зноем поляны. Идя на северо-запад, мы приближались к плечу Подзорной Трубы. Внизу под нами был виден широкий западный залив, где так недавно меня кидало и кружило в челноке.

Первое высокое дерево, к которому мы подошли, после проверки по компасу оказалось неподходящим. То же случилось и со вторым. Третье поднималось над зарослями почти на двести футов. Это был великан растительного мира, с красным стволом в несколько обхватов толщиной. Под его тенью мог бы маршировать целый взвод. Эта сосна безусловно была видна издалека и с восточной стороны моря, и с западной, и ее можно было отметить на карте как мореходный знак.

Однако спутников моих волновали не размеры сосны: они были охвачены волнующим сознанием, что под ее широкой сенью зарыты семьсот тысяч фунтов стерлингов. При мысли о деньгах все их страхи исчезли. Вспыхнули глаза, шаги стали торопливее, тверже.

Они думали только об одном — о богатстве, ожидающем их, о беспечной, роскошной, расточительной жизни, которую принесет им богатство.

Сильвер, подпрыгивая, ковылял на своем костыле. Ноздри его раздувались. Он ругался, как сумасшедший, когда мухи садились на его разгоряченное, потное лицо. Он яростно дергал за веревку, поглядывая на меня со смертельной ненавистью. Он больше уже не старался скрывать свои мысли. Я мог читать их, как в книге. Оказавшись наконец в двух шагах от желанного золота, он обо всем позабыл — и о своих обещаниях, и о предостережениях доктора. Он, конечно, надеялся захватить сокровища, потом ночью найти «Испаньолу», перерезать всех нас и отплыть в океан.

Потрясенный этими тревожными мыслями, я с трудом поспевал за пиратами и часто спотыкался о камни. Тогда Сильвер дергал за веревку, бросая на меня кровожадные взоры... Дик плелся позади, бормоча молитвы и ругательства. Лихорадка его усиливалась. От этого я чувствовал себя еще более несчастным. Вдобавок перед моими глазами невольно вставала трагедия, когда-то разыгравшаяся в этих местах. Мне мерещился разбойник с посиневшим лицом, который умер в Саванне, горланя песню и требуя рома. Здесь собственноручно он убил шестерых. Эта тихая роща оглашалась когда-то предсмертными криками. Мне чудилось, что я и сейчас слышу стоны и вопли несчастных.

Мы вышли из зарослей.

— За мною, приятели! — крикнул Мерри.

И те, что шли впереди, кинулись бежать.

Внезапно, не пробежав и десяти ярдов, они остановились. Поднялся громкий крик. Сильвер скакал на своей деревяшке, как бешеный. Через мгновенье мы оба тоже внезапно остановились.

Перед нами была большая яма, вырытая, очевидно, давно, так как края у нее уже обвалились, а на дне росла трава. В ней мы увидели рукоятку заступа и несколько досок от ящиков. На одной из досок каленым железом была выжжена надпись: «Морж» — название судна, принадлежавшего Флинту.

Было ясно, что кто-то раньше нас уже нашел и похитил сокровища — семьсот тысяч фунтов стерлингов исчезли.

Глава XXXIII. ПАДЕНИЕ ГЛАВАРЯ

Кажется, с тех пор как стоит мир, не было такого внезапного крушения великих надежд. Все шестеро стояли, как пораженные громом. Сильвер первый пришел в себя. Всей душой стремился он к этим деньгам, и вот в одно мгновение все рухнуло. Однако он не потерял головы, овладел собой и успел изменить план своих будущих действий, прежде чем прочие поняли, какая беда их постигла.

— Джим, — прошептал он, — вот возьми и будь наготове.

И сунул мне в руку двуствольный пистолет.

В то же время он начал спокойнейшим образом двигаться к северу, так что яма очутилась между нами обоими и пятью разбойниками. Потом Сильвер посмотрел на меня и кивнул, словно говоря: «Положение нелегкое», и я был вполне с ним согласен. Теперь взгляд его снова стал ласков. Меня возмутило такое двуличие. Я не удержался и прошептал:

— Так что вы снова изменили своим.

Но он ничего не успел мне ответить. Разбойники, крича и ругаясь, прыгали в яму и разгребали ее руками, разбрасывая доски в разные стороны. Морган нашел золотую монету. Он поднял ее, осыпая всех бранью. Монета была в две гинеи. Несколько мгновений переходила она из рук в руки.

— Две гинеи! — заревел Мерри, протягивая монету Сильверу. — Это, что ли, твои семьдесят тысяч? Ты, кажется, любитель заключать договоры? По-твоему, тебе все всегда удается, деревянная ты голова?

— Копайте, копайте, ребята, — сказал Сильвер с холодной насмешкой. — Авось выкопаете два-три земляных ореха. Их так любят свиньи.

— Два-три ореха! — в бешенстве взвизгнул Мерри. — Товарищи, вы слышали, что он сказал? Говорю вам: он знал все заранее! Гляньте ему в лицо, там это ясно написано.

— Эх, Мерри! — заметил Сильвер. — Ты, кажется, снова намерен пролезть в капитаны? Ты, я вижу, напористый малый.

На этот раз решительно все были на стороне Мерри. Разбойники стали вылезать из ямы, с бешенством глядя на нас. Впрочем, на наше счастье, все они очутились на противоположной стороне.

Так стояли мы, двое против пятерых, и нас разделяла яма. Ни одна из сторон не решалась нанести первый удар. Сильвер стоял неподвижно. Хладнокровный и спокойный, он наблюдал за врагами, опираясь на свой костыль. Он действительно был смелый человек.

Наконец Мерри решил воодушевить своих сторонников речью.

— Товарищи, — сказал он, — смотрите-ка, их всего только двое: один — старый калека, который привел нас сюда на погибель, другой — щенок, у которого я давно уже хочу вырезать сердце. И теперь…

Он поднял руку и возвысил голос, готовясь вести свой отряд в наступление. И вдруг — пафф! пафф! пафф! — в чаще грянули три мушкетных выстрела. Мерри свалился головой вниз, прямо в яму. Человек с повязкой на лбу завертелся юлой и упал рядом с ним, туда же. Трое остальных пустились в бегство.

В то же мгновение Долговязый Джон выстрелил из обоих стволов своего пистолета прямо в Мерри, который пытался выкарабкаться из ямы. Умирая, Мерри глянул своему убийце в лицо.

— Джордж, — сказал Сильвер, — теперь мы, я полагаю, в расчете.

В зарослях мускатного ореха мы увидели доктора, Грея и Бена Ганна. Мушкеты у них дымились.

— Вперед! — крикнул доктор. — Торопись, ребята! Мы должны отрезать их от шлюпок.

И мы помчались вперед, пробираясь через кусты, порой доходившие нам до груди.

Сильвер из сил выбивался, чтобы не отстать от нас. Он так работал своим костылем, что, казалось, мускулы у него на груди вот-вот разорвутся на части. По словам доктора, и здоровый не выдержал бы подобной работы. Когда мы добежали до откоса, он отстал от нас на целых тридцать ярдов и совершенно выбился из сил.

— Доктор, — кричал он, — посмотрите! Торопиться нечего!

Действительно, спешить было некуда. Мы вышли на открытую поляну и увидели, что три уцелевших разбойника бегут в сторону холма Бизань-мачты. Таким образом, мы уже находились между беглецами и лодками и могли спокойно передохнуть. Долговязый Джон, вытирая пот с лица, медленно подошел к нам.

— Благодарю вас от всего сердца, доктор, — сказал он. — Вы поспели как раз вовремя, чтобы спасти нас обоих... А, так это ты, Бен Ганн? — прибавил он. — Ты, я вижу, молодчина.

— Да, я Бен Ганн, — смущенно ответил бывший пират, извиваясь перед Сильвером, как угорь. — Как вы поживаете, мистер Сильвер? — спросил он после долгого молчания. — Кажется, неплохо?

— Бен, Бен, — пробормотал Сильвер, — подумать только, какую штуку сыграл ты со мной!

Доктор послал Грея за киркой, брошенной в бегстве разбойниками. Пока мы неторопливо спускались по откосу к нашим шлюпкам, доктор в нескольких словах рассказал, что случилось за последние дни. Сильвер жадно вслушивался в каждое слово. Полупомешанный пустынник Бен Ганн был главным героем рассказа.

По словам доктора, во время своих долгих одиноких скитаний по острову Бен отыскал и скелет и сокровища. Это он обобрал скелет и выкопал из земли деньги, это его рукоятку от заступа видели мы на дне ямы. На своих плечах перенес он все золото из-под высокой сосны в пещеру двуглавой горы в северо-восточной части острова. Эта тяжкая работа, требовавшая многодневной ходьбы, была окончена всего лишь за два месяца до прибытия «Испаньолы».

Все это доктор выведал у него при первом же свидании с ним, в день атаки на нашу крепость. Следующим утром, увидев, что корабль исчез, доктор пошел к Сильверу, отдал ему карту, которая теперь не имела уже никакого значения, и предоставил ему крепость со всеми припасами, так как пещера Бена Ганна была в изобилии снабжена соленой козлятиной, которую Бен Ганн заготовил своими руками. Благодаря этому мои друзья получили возможность, не подвергаясь опасности, перебраться из крепости на двуглавую гору, подальше от малярийных болот, и там охранять сокровища.

— Конечно, я предвидел, милый Джим, — прибавил доктор, — что тебе наше переселение окажет дурную услугу, и это очень огорчало меня, но прежде всего я должен был подумать о тех, кто добросовестно исполнял свой долг. В конце концов, ты сам виноват, что тебя не было с нами.

Но в то утро, когда он увидел меня в плену у пиратов, он понял, что, узнав об исчезновении сокровищ, они выместят свою злобу на мне. Поэтому он оставил сквайра охранять капитана, захватил с собой Грея и Бена Ганна и направился наперерез через остров, прямо к большой сосне. Увидев дорогой, что наш отряд его опередил, он послал Бена Ганна вперед, так как у Бена были очень быстрые ноги. Тот решил тотчас же воспользоваться суеверием своих бывших товарищей и нагнал на них страху. Грей и доктор подоспели и спрятались невдалеке от сосны, прежде чем прибыли искатели клада.

— Как хорошо, — сказал Сильвер, — что со мной был Хокинс! Не будь его, вы бы, доктор, и бровью не повели, если бы меня изрубили в куски.

— Еще бы! — ответил доктор Ливси со смехом.

Тем временем мы подошли к нашим шлюпкам. Одну из них доктор сейчас же разбил киркой, чтобы она не досталась разбойникам, а в другой поместились мы все и поплыли вокруг острова к Северной стоянке.

Нам пришлось проплыть не то восемь, не то девять миль. Сильвер, несмотря на смертельную усталость, сел за весла и греб наравне с нами. Мы вышли из пролива и оказались в открытом море. На море был штиль. Мы обогнули юго-восточный выступ острова, тот самый, который четыре дня назад огибала «Испаньола».

Проплывая мимо двуглавой горы, мы увидели темный вход в пещеру Бена Ганна и около него человека, который стоял, опершись на мушкет. Это был сквайр. Мы помахали ему платками и трижды прокричали «ура», причем Сильвер кричал громче всех.

Пройдя еще три мили, мы вошли в Северную стоянку и увидели «Испаньолу». Она носилась по воде без руля и ветрил. Прилив поднял ее с мели. Если бы в тот день был ветер или если бы в Северной стоянке было такое же сильное течение, как в Южной, мы могли бы лишиться ее навсегда. В лучшем случае мы нашли бы одни лишь обломки. Но, к счастью, корабль был цел, если не считать порванного грота. Мы бросили в воду, на глубину в полторы сажени, запасный якорь. Потом на шлюпке отправились в Пьяную бухту — ближайший к сокровищнице Бена Ганна пункт. Там мы высадились, а Грея послали на «Испаньолу», чтобы он стерег корабль в течение ночи.

По отлогому склону поднялись мы к пещере. Наверху встретил нас сквайр.

Со мной он обошелся очень ласково. О моем бегстве не сказал ни одного слова — не хвалил меня и ругал. Но когда Сильвер учтиво отдал ему честь, он покраснел от гнева.

— Джон Сильвер, — сказал он, — вы гнусный негодяй и обманщик! Чудовищный обманщик, сэр! Меня уговорили не преследовать вас, и я обещал, что не буду. Но мертвецы, сэр, висят у вас на шее, как мельничные жернова…

— Сердечно вам благодарен, сэр, — ответил Долговязый Джон, снова отдавая ему честь.

— Не смейте меня благодарить! — крикнул сквайр. — Из-за вас я нарушаю свой долг. Отойдите прочь от меня!

Мы вошли в пещеру. Она была просторна и полна свежего воздуха. Из-под земли пробивался источник чистейшей воды и втекал в небольшое озеро, окаймленное густыми папоротниками. Пол был песчаный. Перед пылающим костром лежал капитан Смоллетт. А в дальнем углу тускло сияла громадная груда золотых монет и слитков. Это были сокровища Флинта — те самые, ради которых мы проделали такой длинный, утомительный путь, ради которых погибли семнадцать человек из экипажа «Испаньолы». А скольких человеческих жизней, скольких страданий и крови стоило собрать эти богатства! Сколько было потоплено славных судов, сколько замучено храбрых людей, которых заставляли с завязанными глазами идти по доске! Какая пальба из орудий, сколько лжи и жестокости! На острове все еще находились трое — Сильвер, старый Морган и Бен, — которые некогда принимали участие во всех этих ужасных злодействах и теперь тщетно надеялись получить свою долю богатства.

— Войди, Джим, — сказал капитан. — Ты по-своему, может быть, и неплохой мальчуган, но даю тебе слово, что никогда больше я не возьму тебя в плавание, потому что ты из породы любимчиков: делаешь все на свой лад... А, это ты, Джон Сильвер! Что привело тебя к нам?

— Вернулся к исполнению своих обязанностей, сэр, — ответил Сильвер.

— А! — сказал капитан.

И не прибавил ни звука.

Как славно я поужинал в тот вечер, окруженный всеми моими друзьями! Какой вкусной показалась мне соленая козлятина Бена, которую мы запивали старинным вином, захваченным с «Испаньолы»! Никогда еще не было людей веселее и счастливее нас. Сильвер сидел сзади всех, подальше от света, но ел вовсю, стремительно вскакивал, если нужно было что-нибудь подать, и смеялся нашим шуткам вместе с нами — словом, опять стал тем же ласковым, учтивым, услужливым поваром, каким был во время нашего плавания.

Глава XXXIV *и последняя*

На следующее утро мы рано принялись за работу. До берега была целая миля. Нужно было перетащить туда все наше золото и оттуда в шлюпке доставить его на борт «Испаньолы» — тяжелая работа для такой немногочисленной кучки людей. Три разбойника, все еще бродившие по острову, мало беспокоили нас. Достаточно было поставить одного часового на вершине холма, и мы могли не бояться внезапного нападения. Да, кроме того, мы полагали, что у этих людей надолго пропала охота к воинственным стычкам.

Мы трудились не покладая рук. Грей и Бен Ганн отвозили золото в лодке на шхуну, а прочие доставляли его на берег. Два золотых слитка мы связывали вместе веревкой и взваливали друг другу на плечи — больше двух слитков одному человеку было не поднять. Так как мне носить тяжести было не под силу, меня оставили в пещере и велели насыпать деньги в мешки из-под сухарей.

Как и в сундуке Билли Бонса, здесь находились монеты самой разнообразной чеканки, но, разумеется, их было гораздо больше. Мне очень нравилось сортировать их. Английские, французские, испанские, португальские монеты, гинеи и луидоры, дублоны и двойные гинеи, муадоры и цехины, монеты с изображениями всех европейских королей за последние сто лет, странные восточные монеты, на которых изображен не то пучок веревок, не то клок паутины, круглые монеты, квадратные монеты, монеты с дыркой посередине, чтобы их можно было носить на шее, — в этой коллекции были собраны деньги всего мира. Их было больше, чем осенних листьев. От возни с ними у меня ныла спина и болели пальцы.

День шел за днем, а нашей работе не было видно конца. Каждый вечер груды сокровищ отправляли мы на корабль, но не меньшие груды оставались в пещере. И за все это время мы ни разу ничего не слыхали об уцелевших разбойниках.

Наконец — если не ошибаюсь, на третий вечер, — когда мы с доктором поднимались на холм, снизу, из непроглядной тьмы, ветер внезапно принес к нам не то крик, не то песню. Как следует расслышать нам ничего не удалось.

— Прости им боже, это разбойники, — сказал доктор.

— Все пьяны, сэр, — услышал я за спиной голос Сильвера.

Сильвер пользовался полной свободой и, несмотря на всю нашу холодность, снова начал держать себя с нами по-приятельски, как привилегированный и дружелюбный слуга. Он как бы не замечал всеобщего презрения к себе и каждому старался услужить, был со всеми неустанно вежлив. Но обращались все с ним, как с собакой. Только я и Бен Ганн относились к нему несколько лучше. Бен Ганн все еще несколько побаивался прежнего своего квартирмейстера, а я был ему благодарен за свое спасение от смерти, хотя, конечно, имел причины думать о нем еще хуже, чем кто бы то ни был другой, — ведь я не мог позабыть, как он собирался предать меня вновь. Доктор резко откликнулся на замечание Сильвера:

— А может быть, они больны и бредят...

— Правильно, сэр, — сказал Сильвер, — но нам с вами это вполне безразлично.

— Я полагаю, вы вряд ли претендуете на то, мистер Сильвер, чтобы я считал вас сердечным, благородным человеком, — заметил насмешливо доктор, — и я знаю, что мои чувства покажутся вам несколько странными. Но если бы я был действительно уверен, что хоть один из них болен и в бреду, я, даже рискуя своей жизнью, отправился бы к ним, чтобы оказать им врачебную помощь.

— Прошу прощения, сэр, вы сделали бы большую ошибку, — возразил Сильвер. — Потеряли бы свою драгоценную жизнь, только и всего. Я теперь на вашей стороне и душой и телом и не хотел бы, чтобы ваш отряд лишился такого человека, как вы. Я очень многим вам обязан. А эти люди ни за что не могли бы сдержать свое честное слово. Мало того — они никогда не поверили бы и вашему слову.

— Зато вы хорошо умеете держать свое слово, — сказал доктор. — В этом можно было убедиться недавно.

Больше о трех пиратах мы почти ничего не узнали. Только однажды до нашего слуха донесся отдаленный ружейный выстрел; мы решили, что они занялись охотой. Между нами состоялось совещание, и было постановлено не брать их с собой, а оставить на острове. Бен Ганн страшно обрадовался такому решению. Грей тоже его одобрил. Мы оставили им большой запас пороха и пуль, груду соленой козлятины, немного лекарства и других необходимых вещей, инструменты, одежду, запасной парус, несколько ярдов веревок и, по особому желанию доктора, изрядную порцию табаку.

Больше нам нечего было делать на острове. Корабль был уже нагружен и золотом, и пресной водой, и, на всякий случай, остатками соленой козлятины. Наконец мы подняли якорь и вышли из Северной стоянки. Над нами развевался тот самый флаг, под которым мы сражались, защищая нашу крепость от пиратов.

Тут обнаружилось, что разбойники следили за нами гораздо внимательнее, чем мы думали раньше, ибо, плывя проливом и приблизившись к южной оконечности острова, мы увидели их троих: они стояли на коленях на песчаной косе и с мольбой простирали к нам руки. Нам было тяжело оставлять их на необитаемом острове, но другого выхода у нас не было. Кто знает, не поднимут ли они новый мятеж, если мы возьмем их на корабль! Да и жестоко везти на родину людей, которых там ожидает виселица. Доктор окликнул их, сообщил им, что мы оставили для них пищу и порох, и принялся объяснять, как эти припасы найти. Но они называли нас по именам, умоляли сжалиться над нами и не дать им умереть в одиночестве.

Под конец, видя, что корабль уходит, один из них — не знаю который — с диким криком вскочил на ноги, схватил свой мушкет и выстрелил. Пуля просвистела над головой Сильвера и продырявила грот.

Мы стали осторожнее и спрятались за фальшбортом. Когда я решился выглянуть из-за прикрытия, пиратов уже не было на косе, да и самая коса почти пропала. А незадолго до полудня, к невыразимой моей радости, исчезла за горизонтом и самая высокая гора Острова Сокровищ.

Нас было так мало, что приходилось работать сверх сил. Капитан отдавал приказания, лежа на корме на матраце. Он поправился, но ему все еще был нужен покой. Мы держали курс на ближайший порт Испанской Америки, чтобы подрядить новых матросов: без них мы не решались плыть домой. Ветер часто менялся и сбивал наш корабль с пути; кроме того, два раза испытали мы свирепые штормы и совсем измучились, пока добрались до Америки.

Солнце уже садилось, когда мы наконец бросили якорь в живописной закрытой гавани. Нас окружили лодки с неграми, мулатами и мексиканскими индейцами, которые продавали нам фрукты и овощи и были готовы ежеминутно нырять за брошенными в воду монетами. Добродушные лица (главным образом черные), вкусные тропические фрукты и, главное, огоньки, вспыхнувшие в городе, — все это было так восхитительно, так не похоже на мрачный, залитый кровью Остров Сокровищ! Доктор и сквайр решили провести вечер в городе. Они захватили с собой и меня. На берегу мы встретились с капитаном английского военного судна и поехали к нему на корабль. Там мы очень приятно провели время и вернулись на «Испаньолу», когда уже начался рассвет.

На палубе был только один человек — Бен Ганн, и, как только мы взошли на корабль, он принялся каяться и обвинять себя в ужасном проступке, делая самые дикие жесты. Оказалось, что Сильвер удрал. Бен признался, что сам помог ему сесть в лодку, так как был убежден, что нам всем угрожает опасность, «пока на борту остается этот одноногий дьявол». Но корабельный повар удрал не с пустыми руками. Он незаметно проломил перегородку и похитил мешочек с деньгами — триста или четыреста гиней, которые, несомненно, пригодятся ему в дальнейших скитаниях. Мы были довольны, что так дешево от него отделались.

Не желая быть многословным, скажу только, что, взяв к себе на корабль несколько новых матросов, мы прибыли благополучно в Бристоль.

«Испаньола» вернулась как раз к тому времени, когда мистер Блендли уже начал подумывать, не послать ли нам на помощь второй корабль. Из всего экипажа только пятеро вернулись домой. «Пей, и дьявол тебя доведет до конца» — вот пророчество, которое полностью оправдалось в отношении всех остальных. Впрочем, «Испаньола» все же оказалась счастливее того корабля, о котором пели пираты:

Все семьдесят пять не вернулись домой —
Они потонули в пучине морской.

Каждый из нас получил свою долю сокровищ. Одни распорядились богатством умно, а другие, напротив, глупо, в соответствии со своим темпераментом. Капитан Смоллетт оставил морскую службу. Грей не только сберег свои деньги, но, внезапно решив добиться успеха в жизни, занялся прилежным изучением морского дела. Теперь он штурман и совладелец одного превосходного и хорошо оснащенного судна. Что же касается Бена Ганна, он получил свою тысячу фунтов и истратил их все в три недели, или, точнее, в девятнадцать дней, так как на двадцатый явился к нам нищим. Сквайр сделал с Беном именно то, чего Бен так боялся: дал ему место привратника в парке. Он жив до сих пор, ссорится и дружит с деревенскими мальчишками, а по воскресным и праздничным дням отлично поет в церковном хоре.

О Сильвере мы больше ничего не слыхали. Отвратительный одноногий моряк навсегда ушел из моей жизни. Вероятно, он отыскал свою чернокожую женщину и живет где-нибудь в свое удовольствие с нею и с Капитаном Флинтом. Будем надеяться на это, ибо его шансы на лучшую жизнь на том свете совсем невелики. Остальная часть клада — серебро в слитках и оружие —

все еще лежит там, где ее зарыл покойный Флинт. И, по-моему, пускай себе лежит. Теперь меня ничем не заманишь на этот проклятый остров. До сих пор мне снятся по ночам буруны, разбивающиеся о его берега, и я вскакиваю с постели, когда мне чудится хриплый голос Капитана Флинта:

— Пиастры! Пиастры! Пиастры!

ЧЕРНАЯ СТРЕЛА

ПРОЛОГ. ДЖОН МЩУ-ЗА-ВСЕХ

Как-то раз после полудня поздней весною колокол на башне Тэнстоллского замка Мот зазвонил в неурочное время. Повсюду, в лесу и в полях, окружающих реку, люди побросали работу и кинулись навстречу звону; собрались и в деревушке Тэнстолл бедняки-крестьяне; они с удивлением прислушивались к колоколу.

В те времена — в царствование старого короля Генриха VI[1] — деревушка Тэнстолл имела почти такой же вид, как теперь. По длинной зеленой долине, спускающейся к реке, было разбросано десятка два домов, построенных из тяжелых дубовых бревен. Дорога шла через мост, потом подымалась на противоположный берег, исчезала в лесных зарослях и, вынырнув, тянулась до замка Мот и дальше, к аббатству Холивуд. Перед деревней, на склоне холма, стояла церковь, окруженная тисовыми деревьями. А кругом, куда ни кинешь взор, тянулись леса, над которыми возвышались вершины зеленых вязов и начинавших зеленеть дубов.

Возле самого моста на бугре стоял каменный крест; у креста собралась кучка людей — шесть женщин и долговязый малый в красной холщовой рубахе; они спорили о том, что может означать звон колокола. Полчаса назад через деревню проскакал гонец; у харчевни он выпил кружку пива, не слезая с лошади, — так он торопился; но он и сам ничего не знал, он вез запечатанные письма сэра Дэниэла Брэкли сэру Оливеру Отсу — священнику, который управлял замком Мот, пока хозяин был в отъезде.

---

[1] Генрих VI (Ланкастерский) — английский король, царствовавший в XV веке. Начавшаяся при нем междоусобная война между династиями Йорков и Ланкастеров, так называемая война Алой и Белой розы, привела к свержению в 1461 году Генриха VI.

Внезапно раздался стук копыт; из леса выехал юный мастер[1] Ричард Шелтон, воспитанник сэра Дэниэла, и звонко проскакал по гулкому мосту. Он-то уж наверняка знает, что случилось, — его окликнули и попросили объяснить. Он охотно остановился. Это был загорелый сероглазый юноша лет восемнадцати в куртке из оленьей кожи с черным бархатным воротником; на голове у него был зеленый капюшон, за плечами висел стальной арбалет. Гонец, как оказалось, привез важные известия. Предстояла битва. Сэр Дэниэл прислал приказ собрать всех мужчин, способных натягивать лук или тащить алебарду, и гнать как можно скорее в Кэттли, а всем, кто ослушается, он грозил своим гневом; но о том, с кем и где придется сражаться, Дик не знал ничего. Скоро явится сюда сам сэр Оливер, а Беннет Хэтч уже вооружается, потому что вести отряд поручено ему.

— Война — разорение для нашей доброй страны, — сказала одна из женщин. — Когда бароны воюют, крестьяне едят корни и траву.

— Нет, — сказал Дик. — Всякий, кто пойдет за сэром Дэниэлом, будет получать по шесть пенсов в день, а лучники — по двенадцать.

— Для тех, кто останется жив, — ответила женщина, — оно, быть может, и так. Ну, а те, кого убьют, сударь?

— Умереть за своего законного господина — лучшая смерть на свете, — сказал Дик.

— Он мне не господин, — сказал малый в красной рубахе. — Я стоял за Уэлсингэмов; все мы здесь, в Брайерли, стояли за Уэлсингэмов; так было до сретенья позапрошлого года. А теперь я должен стоять за Брэкли! И все по закону! Где ж справедливость? Нас совсем одолел этот сэр Дэниэл со своим сэром Оливером, который постиг все законы, кроме законов чести, между тем, как у меня один-единственный законный господин — несчастный

[1] Мастер - молодой барин, барчук.

король Гарри Шестой[1], благослови его бог, который сейчас все равно что малое дитя, еще не научившееся отличать правую руку от левой.

— Скверный у тебя язык, приятель, — ответил Дик. — Ты клевещешь и на своего славного господина и на его величество короля. Но король Гарри — хвала святым! — снова в добром разуме и скоро восстановит мир. Какой ты смелый, когда сэр Дэниэл не слышит тебя! Ну, да я не доносчик. И довольно об этом!

— На вас, мастер Ричард, я не держу зла, — проговорил крестьянин. — Вы еще мальчик. А вот вырастете и увидите, что карманы ваши пусты. Больше я ничего не скажу. Да помогут святые соседям сэра Дэниэла и да защитит богородица его воспитанников!

— Клипсби! — сказал Ричард. — Честь моя не позволяет мне внимать таким речам. Сэр Дэниэл — мой добрый господин и мой опекун.

— Ну, если так, — сказал Клипсби, — я вам задам загадку. На чьей стороне сэр Дэниэл?

— Не знаю, — ответил Дик и слегка покраснел, потому что его опекун в это смутное время беспрестанно переходил с одной стороны на другую и после каждой измены богатства его увеличивались.

— Никто этого не знает, — сказал Клипсби. — Он ложится спать сторонником Ланкастера, а просыпается сторонником Йорка.

На мосту раздался стук железных подков; все обернулись и увидели скачущего Беннета Хэтча. Это был седеющий мужчина с тяжелой рукой и суровым обветренным лицом; на голове у него был стальной шлем, на плечах — кожаная куртка, меч на поясе и копье в руке. Он был большой человек в тех краях — правая рука

---

[1] Генрих VI.

сэра Дэниэла в мирное и военное время, а сейчас, по приказу своего господина, — бейлиф округа.

— Клипсби, — крикнул он, — отправляйся в замок Мот и пошли туда всех остальных бездельников! Оружейник выдаст тебе кольчугу и шлем. Мы должны двинуться в путь до вечернего звона. Смотри же, кто явится на сбор последним, того сэр Дэниэл накажет. Помни об этом! Я знаю, какой ты мошенник! Нэнс, — прибавил он, обращаясь к одной из женщин, — старик Эшпльярд в деревне?

— Копается у себя в огородец — ответила женщина. — Где же ему быть? Народ разошелся. Клипсби лениво побрел через мост, а Беннет и юный

Шелтон поехали вместе вверх по дороге через деревню и миновали церковь.

— Поглядим на старого ворчуна, — сказал Беннет. — Он будет так длинно восхвалять Гарри Пятого[1], что, слушая его болтовню, успеешь подковать лошадь. И все оттого, что он воевал с французами!

Дом, к которому они направлялись, стоял особняком в самом конце деревни среди кустов сирени; с трех сторон его огибали луга, тянувшиеся до опушки леса.

Хэтч спрыгнул с коня, закинул уздечку на забор и вместе с Диком пошел в поле, где старый солдат, стоя по колена в капусте, рыл землю и время от времени запевал надтреснутым голосом начало какой-то песни. Вся одежда его была кожаная; только капюшон и воротник были сделаны из черной байки и завязаны красными тесемками; лицо Эпплъярда и цветом и морщинами напоминало скорлупу грецкого ореха; но его старые серые глаза были еще ясны и видели хорошо. То ли он был глуховат, то ли

[1] Генрих V Ланкастерский - король Англии (1413 - 1422). В 1415 году возобновил Столетнюю войну (1337–1453) с Францией.

считал недостойным старого стрелка, участвовавшего в битве при Азенкуре[1], обращать внимание на всякие мелочи, но ни громкие призывы набата, ни появление Беннета с мальчиком не сдвинули его с места. Он продолжал упрямо копать землю, напевая очень тонким, скрипучим голосом:

Леди, леди, умоляю,
Пожалей меня.

— Ник Эппльярд, — сказал Хэтч, — сэр Оливер шлет тебе привет и приказывает немедленно прибыть в замок Мот и принять начальство над гарнизоном.

Старик поднял голову.

— Да храни вас бог, господа, — проговорил он насмешливо. — А куда отправляется мастер Хэтч?

— Мастер Хэтч едет в Кэттли и забирает с собой всех, кто может сесть на коня, — ответил Беннет. — Предстоит битва, и моему господину требуются подкрепления.

— Ах, вот как! — сказал Эппльярд. — А сколько человек ты оставишь мне?

— Я оставлю тебе шесть добрых молодцов и сэра Оливера в придачу, — ответил Хэтч.

— Этого недостаточно, — сказал Эппльярд. — Для защиты замка требуется человек сорок.

— Вот потому мы к тебе и обратились, старый ворчун! — ответил Хэтч. — Кто, кроме тебя, может защитить такой замок с таким гарнизоном?

— Ага! Когда болит мозоль, вспоминают о старом башмаке, — сказал Ник.

---

[1] Азенкур - деревушка в Северной Франции. Возле Азенкура 25 октября 1415 года английский король Генрих V разгромил французскую армию.

— Никто из вас не умеет ни на коне сидеть, ни алебарду держать. А как вы все стреляете из лука, святой Михаил! Если бы старик Гарри Пятый воскрес, он позволил бы вам стрелять в себя и платил по фартингу[1] за выстрел.

— Нет, Ник, есть еще люди, которые умеют как следует натянуть тетиву, — сказал Беннет.

— Натянуть тетиву? — вскричал Эппльярд. — Да, натянуть тетиву умеют и сейчас! А покажите мне хоть один хороший выстрел! Для хорошего выстрела нужен верный глаз, нужна голова на плечах. Какой выстрел на дальнее расстояние ты назвал бы хорошим, Беннет Хэтч?

— Если бы чья-нибудь стрела долетела отсюда до леса, — сказал Беннет, озираясь, — это был бы славный выстрел на дальнее расстояние.

— Да, это был бы хороший выстрел, — сказал старик, глядя через плечо.

— Отсюда до леса далеко.

Внезапно он поднес руку к глазам и стал из-под руки разглядывать что-то вдали.

— Кого ты там увидел? — спросил, смеясь, Беннет. — Уж не Гарри ли Пятого?

Старый солдат ничего не ответил и продолжал смотреть вдаль.

Солнце ярко озаряло луга на отлогих склонах холмов; белые овцы щипали траву; было тихо, только далекий колокол гудел, не умолкая.

— Ну, что там, Эппльярд? — спросил Дик.

— Птицы, — сказал Эппльярд.

И действительно, там, где лес врезывался в луга длинным клином, кончавшимся двумя зелеными вязами, как раз на

---

[1] Фартинг- английская мелкая монета.

расстоянии полета стрелы от поля Эппльярда, испуганно металась стая птиц.

— Что нам за дело до птиц? — сказал Беннет.

— Вот ты, мастер Беннет, отправляешься на войну и считаешь себя мудрецом, а не знаешь, что птицы — прекрасные часовые, — ответил Эппльярд.

— Они первые дают знать о предстоящей битве. Если бы мы сейчас находились в лагере, я бы сказал, что нас выслеживают вражеские стрелки. А ты бы ничего не заметил!

— Брось, старый ворчун! — сказал Хэтч. — Поблизости нет никаких стрелков, кроме тех, которыми командует сэр Дэниэл в Кэттли; мы с тобой тут в безопасности, словно в лондонском Тауэре, а ты пугаешь людей из-за каких-то зябликов и воробьев!

— Нет, вы только послушайте его! — ухмыльнулся Эппльярд. — Да разве мало здесь негодяев, которые дали бы отрезать себе оба уха, чтобы застрелить меня или тебя! Святой Михаил! Да мы им ненавистнее, чем парочка хорьков!

— Они ненавидят сэра Дэниэла, а не нас, — ответил Хэтч, помрачнев.

— Они ненавидят сэра Дэниэла и всех, кто ему служит, — сказал Эппльярд. — И особенно им ненавистны Беннет Хэтч и старый Николас-лучник. Вот ответь: если бы там, на опушке леса, находился ловкий малый, а мы с тобой стояли бы так, что ему удобно было бы целиться в нас (как мы, клянусь святым Георгием, и стоим сейчас!), кого бы он выбрал: тебя или меня?

— Бьюсь об заклад, тебя, — ответил Хэтч.

— Ставлю свою куртку против кожаного пояса, что тсбя! — вскричал старый стрелок. — Ведь это ты сжег Гримстон, и уж будь покоен, Беннет, они тебе этого не простят. А я и так, с божьей помощью, скоро попаду в надежное место, где меня не достанет ни стрела, ни пушечное ядро. Я старый человек и быстро приближаюсь туда, где мне уготовано ложе. А тебя, Беннет, я покину, на твою погибель, в этом мире, и если тебе дадут дожить до моих лет и не повесят, значит, истинный английский дух угас.

— Ты самый болтливый дурак во всем Тэнстоллском лесу, — сказал Хэтч, которого явно покоробило от такого пророчества. — Делай свое дело, снаряжайся в путь, пока не пришел сэр Оливер, да попридержи свой язык. Если ты столько разговаривал с Гарри Пятым, в его ушах звону было больше, чем в его кармане.

Стрела пропела в воздухе, как большой шершень, впилась старому Эппльярду между лопаток и пронзила его насквозь. Он упал лицом в капусту. Хэтч резко вскрикнул и подскочил; потом согнулся вдвое и побежал к дому, ища прикрытия. А Дик Шелтон спрятался за кустом сирени, прижал свой арбалет к плечу, натянул тетиву и стал целиться в выступ леса.

Ни один листок не шелохнулся. Овцы спокойно щипали траву; птицы уселись на ветви. Между тем старик лежал, и из спины его торчала стрела, Хэтч стоял в сенях за дверью, и Дик затаился за кустом сирени, готовый пустить стрелу.

— Вы кого-нибудь видите? — крикнул Хэтч.

— Ни одна ветка не движется, — ответил Дик.

— Стыдно так оставлять старика, — сказал Беннет и нерешительно шагнул вперед; лицо его побледнело. — Следите за лесом, мастер Шелтон, не спускайте глаз с леса. Да помогут нам святые! Но каков выстрел!

Беннет приподнял старого стрелка и положил к себе на колено. Он был еще жив; лицо его подергивалось, полные мучительной боли глаза то открывались, то закрывались.

— Ты слышишь меня, старый Ник? — спросил Хэтч. — Нет ли у тебя какого-нибудь последнего желания, старина?

— Выньте стрелу и дайте мне умереть, во имя богоматери! — задыхаясь, сказал Эппльярд. — Я покончил со старой Англией. Выньте стрелу!

— Мастер Дик, — сказал Беннет, — подойдите и дерните хорошенько стрелу. Он сейчас отойдет, бедный грешник.

Дик положил свой арбалет и с силой выдернул стрелу из раны. Хлынула кровь; старый лучник кое-как приподнялся на ноги, призвал бога и рухнул мертвым. Хэтч, стоя на коленях среди капусты, усердно молился о спасении отлетавшей души. Но видно было, что даже во время молитвы мысли его заняты другим: он не сводил глаз с того уголка леса, откуда прилетела стрела. Окончив молитву, он встал, снял железную рукавицу и вытер лицо, бледное и мокрое от страха.

— Теперь моя очередь, — сказал он.

— Кто его убил, Беннет? — спросил Ричард, все еще держа в руке стрелу.

— Одним святым это ведомо, — сказал Хэтч. — Мы с ним выгнали из домов и усадеб по крайней мере сорок христианских душ. Он уже уплатил свой долг, бедный ворчун; быть может, скоро придется платить и мне. Сэр Дэниэл правит слишком сурово.

— Странная стрела, — сказал мальчик, вертя стрелу в руке.

— И правда, странная! — воскликнул Беннет. — Черная, с черным оперением. Зловещая стрела! Черный цвет, говорят, предвещает похороны. На ней что-то написано. Сотрите кровь. Прочитали?

— «Эппльярду от Джона Мщу-за-всех», — прочел Шелтон. — Что это значит?

— Дело плохо, — сказал слуга сэра Дэниэла, опустив голову. — Джон Мщу-за-всех! Ну и прозвище у этого негодяя! Но чего ради мы стоим здесь, словно мишень для стрельбы? Берите его за ноги, добрый мастер Шелтон, а я возьму за плечи, и отнесем его в дом. Какой страшный удар для бедного сэра Оливера! Он побелеет, как бумага, и будет молиться, размахивая руками, словно ветряная мельница.

Они подняли старого лучника и отнесли в дом, где он жил один. Положив его на пол, чтобы не пачкать тюфяка, они старательно выпрямили его руки и ноги.

В доме у Эппльярда было чиста и гола. Кровать, покрытая синим одеялом, шкаф, большой сундук, два табурета, откидной стол возле камина — вот и вся обстановка.

На стенах висели луки и кольчуги старого воина. Хэтч разглядывал все с любопытством.

— У Ника были деньги, — сказал он. — Он накопил фунтов шестьдесят. Хорошо бы их найти! Когда теряешь старого друга, мастер Шелтон, лучшее утешение — стать его наследником. Посмотрите, какой сундук. Бьюсь об заклад, там груда золота. Он легко брал и с трудом отдавал, этот Эп-ильярд-лучиик. Упокой, господи, его душу! Почти восемьдесят лет он ходил по земле и добывал добро; а теперь он лежит себе на спине, и ничего ему больше не надо. И если все добро достанется его приятелю, бедному ворчуну, наверное, будет веселее в небесах.

— Оставь, Хэтч, — сказал Дик. — Имей уважение к его незрячим глазам. Неужели ты хочешь обокрасть мертвеца? Смотри, он рассердится и встанет!

Хэтч несколько раз перекрестился; однако краска вернулась к его щекам, и он не хотел отказаться от своего замысла. Сундуку пришлось бы плохо, но внезапно скрипнула калитка, отворилась дверь, и в дом вошел рослый человек в стихаре и черной рясе, на вид лет пятидесяти, румяный и черноглазый.

— Эппльярд! — проговорил вошедший и вдруг замер. — Ave Maria![1] — воскликнул он. — Да защитят меня святые! Что это за шутки?

— Скверные шутки, сэр священник, — ответил Хэтч без особенного уныния в голосе. — Эппльярда застрелили у дверей

[1] Ave Maria (святая дева) - начало католической молитвы.

его собственного дома, и теперь он входит во врата чистилища. Там, если говорят правду, ему не понадобится ни кадило, ни свечка.

Сэр Оливер с трудом добрался до табуретки и сел на нее, дрожащий и бледный.

— Вот он, божий суд! О, какой удар! — произнес он сквозь слезы и начал торопливо бормотать молитвы.

Хэтч набожно снял свой шлем и опустился на колени.

— За что его убили, Беннет? — спросил священник, очнувшись. — И кто это сделал?

— Вот стрела, сэр Оливер, Посмотрите, что на ней написано, — сказал Дик.

— Такое имя противно даже выговорить! — воскликнул священник. — Джон Мщу-за-всех! Вполне подходящее прозвище для еретика! И зловещая черная стрела! Господа, эта стрела мне не нравится. Надо посоветоваться. Кто бы это мог быть? Подумать, Беннет, кто из бесчисленных наших недоброжелателей способен с такой дерзостью выступить против нас? Симнэл? Сомневаюсь. Уваврэдия? Нет, до этого они еще не дошли; они еще надеются победить вас с помощью закона, когда переменятся времена. Может быть, Саймон Мэлмсбэри? Как думаешь, Беннет?

— А не кажется ли вам, сэр. — сказал Хэтч, — что это Эллис Дакуорт?

— Нет, Беннет, никогда! Нет, не он, — проговорил священияк. — Бунт, Беннет, никогда не начинается снизу, — все здравомыслящие летописцы сходятся в этом. Бунт всегда идет сверху вниз; когда Дик, Том и Гарри[1] хватаются за свои алебарды, вглядись внимательно и увидишь, кому из лордов это выгодно. Сэр Дэниэл, как известно, снова примкнул к партии королевы и в

---

[1] Дик, Том и Гарри - распространенные английские имена. В переносном значении- простой народ.

милости у лордов партии Йорка. Они-то и нанесли нам удар, Беннет. Подробности я еще выясню, но главное мне уже ясно.

— Прошу прощения, сэр Оливер, но вы не правы, — сказал Беннет. — В стране начинается пожар, и я давно уже чую запах гари. Бедный грешник Эппльярд тоже чуял этот запах. С вашего позволения, народ так ненавидит всех нас, что для бунта не нужно ни Ланкастера, ни Йорка. Скажу вам без обиняков: вот вы оба, служитель церкви и лорд, держащий нос по ветру, разоряете, грабите, избиваете и вешаете людей направо и налево. Сколько бы вас ни привлекали к суду, закон — каким уж образом, я не знаю, — всегда оказывается на вашей стороне. Вы думаете, на том и делу конец? Как бы не так! С вашего позволения, сэр Оливер, избитый и ограбленный вами человек непременно затаит ярость, и в какой-нибудь несчастный день, когда его попутает нечистый, он возьмет свой лук и всадит в вас стрелу длиною в целый ярд.

— Ты все врешь. Беннет, и твое счастье, Беннет, что я ни во что не ставлю твою болтовню, — сказал сэр Оливер. — Ты пустомеля, Беннет, болтун и трещотка! У тебя рот до ушей, Беннет, и я очень советую тебе его сократить.

— Я не скажу больше ни слова. Пусть будет по-вашему, — ответил Хэтч. Священник встал с табуретки и из футляра, висевшего у него на груди, вынул сургуч, свечку, кремень и огниво. Хэтч уныло смотрел, как он накладывает печать сэра Дэниэла на шкаф и на сундук. Когда печати были наложены, все трое осторожно выскользнули из дома и добрались до своих коней.

— Нам пора уже быть в пути, сэр Оливер, — сказал Хэтч, помогая священнику всунуть ногу в стремя.

— Многое изменилось, Беннет, — ответил священник. — Я хотел оставить Эппльярда в замке, но Эппльярд убит, упокой господи его душу! Я оставлю тебе, Беннет. Я хочу, чтобы в эти дни, когда кругом летают черные стрелы, возле меня был верный человек. «Стрела во дне летящая», говорится в Евангелии; не помню, как там дальше, я нерадивый священник, я слишком погружен в мирские дела. Скорей, скорей, Хэтч! Всадники, наверное, уже у церкви.

Они помчались по дороге; ветер раздувал полы священнической рясы; за их спинами медленно подымавшиеся тучи уже скрыли солнце. Они проскакали мимо трех домиков, раскинувшихся на окраине деревушки Тэнстолл, свернули на повороте и увидели церковь.

Перед нею толпилась дюжина домишек, а за нею начинались луга. У ворот кладбища собралось — человек двадцать; одни уже сидели в седлах, другие стояли возле своих лошадей. Вооружены они были кое-как и все по-разному: у одного копье, у другого алебарда, у третьего лук; на многих лошадях еще не засохла грязь пашни: это были самые захудалые из местных крестьян, так как все лучшие кони и люди давно уже ушли в поход вместе с сэром Дэниэлом.

— Клянусь крестом Холивуда, отряд неплохой! Сэр Дэниэл будет доволен, — сказал священник, подсчитывая воинов.

— Кто идет? — проревел Беннет. — Стой, если ты честный человек! Кто-то крался по церковному двору между вязами; услышав окрик Хэтча, незнакомец перестал скрываться и со всех ног бросился к лесу. Люди, стоявшие в воротах, только сейчас увидели незнакомца и встрепенулись. Пешие кинулись к лошадям, верховые сразу поскакали в погоню; но им пришлось огибать церковь и кладбище, и скоро стало ясно, что добыча ускользнет от них. Хэтч, громко ругаясь, хотел перескочить через изгородь, но конь его отказался прыгать, и всадник шлепнулся в пыль.

Хотя он сразу же вскочил на ноги и схватил коня за узду, время было упущено, и беглец находился уже так далеко, что не оставалось никакой надежды догнать его.

Умнее всех поступил Дик Шелтон. Вместо того, чтобы напрасно гнаться за беглецом, он снял со спины свой арбалет, натянул его и вложил в него стрелу; потом повернулся к Беннету и спросил, нужно ли стрелять.

— Стреляй! Стреляй! — закричал священник с кровожадной яростью.

— Попадите в него, мастер Дик, — сказал Беннет. — Пусть он свалится, как спелое яблочко.

Беглецу оставалось сделать всего несколько прыжков, чтобы оказаться в безопасности, но конец луга круто подымался вверх по склону холма, и бежать приходилось медленно. Уже начались сумерки, и попасть в бегущего человека было нелегко. Целясь, Дик почувствовал нечто вроде жалости; по правде сказать, он хотел бы промахнуться. Стрела полетела.

Человек споткнулся и упал; Хэтч радостно вскрикнул, и все кругом закричали. Но радовались они преждевременно. Человек с легкостью поднялся, издевательски махнул им на прощание своей шляпой и исчез в чаще леса.

— Чума его возьми! — крикнул Беннет. — У него ноги быстрые, как у вора, клянусь святым Бенбери! Однако вы его ранили, мастер Шелтон. Он украл вашу стрелу, но я о ней не жалею!

- Что он делал возле церкви? — спросил сэр Оливер. — Наверно, что-нибудь очень дурное. Клипсби, дружок, слезь с коня и поищи хорошенько среди вязов.

Клипсби скоро вернулся с какой-то бумагой в руках.

— Вот этот листок был приколот к церковным дверям, — сказал он, подавая его священнику. — Больше я ничего не нашел, сэр.

— Клянусь могуществом нашей матери-церкви, — вскричал сэр Оливер, — это похоже на святотатство! Только королю или лорду можно разрешить вывешивать приказы на церковных дверях. Но чтобы всякий бродяга в зеленой куртке мог прибивать бумаги к церковным дверям. Нет, это слишком похоже на святотатство. Многих сжигали и не за такие преступления! Но что здесь написано? Смотрите, как скоро стемнело! Мастер Ричард, дружок, у тебя молодые глаза. Прочти мне, пожалуйста, эту писульку.

Дик Шелтон взял у него бумагу и прочел ее вслух. Это были грубые, кое-как срифмованные вирши, полуграмотно написанные крупными буквами:

Четыре я стрелы пущу,
И четверым я отомщу,
Злодеям гнусным четверым,
Старинным недругам моим.
Одной стрелы уж нет — пронзен
Злой Эппльярд, и умер он.
Стрела вторая ищет встреч
С тобою, мастер Беннет Хэтч.
Третьей стреле сэр Оливер мил,
Что Гарри Шелтона убил.

Сэр Дэниэл, исчадье зла,
Тебе четвертая стрела!
Они черны и до конца
Вонзятся в черные сердца!
Они без промаха летят
И никого не пощадят.

Джон Мщу-за-всех из Зеленого леса и его веселые товарищи.

Кстати, у нас в запасе есть стрелы и хорошие пеньковые веревки для всех ваших сторонников.

— Куда девалось милосердие? Где христианские добродетели? — горестно воскликнул сэр Оливер. — Господа, мы живем в скверном мире, и с каждым днем он становится все хуже! Я готов поклясться на кресте Холивуда, что я так же неповинен в убийстве славного рыцаря, о котором здесь говорится, как новорожденный младенец! Да никто его не убивал! Это — заблуждение, есть еще живые свидетели.

— Напрасно вы об этом говорите, сэр священник, — сказал Беннет. — Совсем ненужный разговор.

— Нет, мастер Беннет, ты не прав. Знай свое место, добрый Беннет, — ответил священник. — Я докажу свою невиновность. Я вовсе не желаю быть убитым по ошибке. Беру всех в свидетели, что я чист в этом деле. В то время меня даже не было в замке Мот. Меня отослали куда-то по делу, когда еще не было девяти часов.

— Сэр Оливер, — перебил его Хэтч, — так как вам не угодно прервать эту проповедь, я приму свои меры. Гофф, труби, чтобы садились на коней.

Пока трубила труба, Беннет подошел вплотную к удивленному священнику и яростно зашептал ему в ухо.

Священник взглянул на Дика Шелтона с испугом, и Дик заметил этот взгляд. Дику было над чем поразмумать. Ведь сэр

Гарри Шелтон был его родной отец. Но он не сказал ни слова, и ни один мускул не дрогнул на его лице.

Хэтч и сэр Оливер между тем обсуждали изменившуюся обстановку. В замке Мот решено было оставить десять человек — они же должны были охранять священника на его пути через лес. Так как Беннет теперь оставался при гарнизоне, командование отрядом, который отправляли на подкрепление к сэру Дэниэлу, поручили Дику Шелтону. Другого выбора не было: отряд состоял из темных, неповоротливых людей, неопытных в военном деле, а Дика любили: он был смел и не по годам рассудителен. Хотя всю юность свою он прожил в глуши, он получил кое-какое образование: сэр Оливер выучил его грамоте, а Хэтч — владеть оружием и командовать войсками. Беннет Хэтч всегда хорошо относился к Дику; он был из тех людей, которые жестоки к врагам, но по-своему, грубовато преданны друзьям. И теперь, когда сэр Оливер скрылся в ближайшем доме, чтобы написать своим четким, красивым почерком донесение обо всех последних событиях сэру Дэниэлу Брэкли, Беннет подошел к своему ученику, чтобы пожелать ему успеха.

— Идите дальним путем, в обход, мастер Шелтон, — сказал он. — Держитесь подальше от моста, если вам дорога жизнь. Пусть в пятидесяти шагах перед вами все время идет верный человек. Соблюдайте осторожность, пока не минуете лес. Если негодяи нападут на вас, удирайте. Принимать бой вам не следует: вас слишком мало. И удирайте вперед, мастер Шелтон, а не назад, если вам дорога жизнь; помните, что здесь, в Тэнстолле, некому вам помочь. Так как и вы отправляетесь на великую войну за короля и я остаюсь здесь, где жизни моей грозит опасность, и так как только святые знают, увидимся ли мы еще с вами на этом свете, позвольте дать вам мое последнее напутствие: остерегайтесь сэра Дэниэла. Доверять ему нельзя. Не полагайтесь на этого шута священника: он не злой человек, но он исполняет чужую волю; он орудие сэра Дэниэла! Там, куда вы направляетесь, найдите себе хорошего покровителя; приобретайте дружбу сильных людей. И поминайте в своих молитвах Беннета Хэтча. На свете немало негодяев и хуже Беннета. Желаю вам удачи!

— Да поможет тебе бог! — ответил Дик. — Ты всегда относился ко мне по-дружески, и я этого не забуду.

— Послушайте, — прибавил Хэтч смущенно, — если этот Мщу-за-всех проткнет меня стрелой, пожертвуйте золотую марку, — нет, лучше целый фунт, за упокой моей бедной души. А то, боюсь, как бы мне не пришлось скверно в чистилище.

— Твоя воля будет исполнена, Беннет, — ответил Дик. — Но ты напрасно тревожишься, друг. Там, где мы с тобой скоро встретимся, тебе будет нужней эль, чем заупокойная обедня.

— Дай-то бог, мастер Дик! — сказал Хэтч. — Но вот идет сэр Оливер. Если бы он так же ловко владел луком, как владеет пером, из него вышел бы славный воин.

Сэр Оливер вручил Дику запечатанный пакет, на котором было написано: «Моему глубокочтимому господину сэру Дэниэлу Брэкли, рыцарю. Передать немедленно».

Дик сунул пакет за пазуху, приказал отряду следовать за собой и двинулся из деревушки на запад.

ЧАСТЬ I. ДВА МАЛЬЧИКА

ГЛАВА I. ПОД ВЫВЕСКОЙ «СОЛНЦА» В КЭТТЛИ

Сэр Дэниэл и его воины разместились на эту ночь в Кэттли и ближайших окрестностях по теплым, хорошо охраняемым домам. Но тэнстоллский рыцарь был из тех людей, которые ни на минуту не прекращают погоню за деньгами; и даже теперь, накануне похода, в котором он должен был либо победить, либо погибнуть, он поднялся в час ночи, чтобы выколотить деньги из своих бедных соседей. Он наживался на спорных наследствах. Обычно он покупал право наследства у какогонибудь безнадежного претендента и потом с помощью могущественных лордов, окружавших короля, добивался неправильных решений в свою пользу; если же это было слишком хлопотно, он попросту захватывал спорное поместье силой оружия, а затем с помощью своих связей и сэра Оливера, который умел вертеть законами как угодно, удерживал захваченное. Таким способом совсем недавно он наложил свою лапу и на деревню Кэттли; здесь он все еще встречал отпор со стороны крестьян, и, чтобы запугать недовольных, он и привел сюда свои войска.

В два часа ночи сэр Дэниэл сидел в харчевне возле самого очага, так как по ночам в окруженном болотами Кэттли было холодно. У его локтя стояла кружка эля, приправленного пряностями, он снял свой шлем с забралом и сидел — лысый, тощий, смуглый, закутанный в кроваво-красный плащ, — опустив голову на руку. В дальних углах комнаты расположились его воины — человек двенадцать; одни из них караулили у двери, другие спали на скамьях; несколько ближе, на полу, завернувшись в плащ, спал мальчик лет двенадцати-тринадцати. Хозяин «Солнца» стоял перед своим господином.

— Слушайся моих повелений, хозяин, — говорил сэр Дэниэл, — и я всегда буду тебе добрым господином. Я желаю, чтобы моими деревнями управляли хорошие люди; я желаю, чтобы Адам-э-Мор был избран главным констеблем; позаботься об этом. Если вы изберете другого, вам будет плохо. Я вам спускать не собираюсь, вы все провинились передо мной, потому что вы все платили оброк Уэлсингэму. И ты тоже платил, мой любезный.

— Славный рыцарь, — сказал хозяин, — я готов присягнуть на кресте Холивуда, что я платил Уэлсингэму только по принуждению. Нет, достойный рыцарь, я не люблю негодных Уэлсингэмов. Они бедны, словно воры, достойный рыцарь. Мне по сердцу могущественные лорды вроде вас. Спросите кого угодно, — все скажут, что я всегда стоял за Брэкли.

— Может быть, — сухо проговорил сэр Дэниэл. — И поэтому ты заплатишь вдвое.

Кабатчик скорчил гримасу, впрочем, в те беспокойные времена подобные невзгоды были не в диковинку, и в глубине души он, вероятно, был рад, что так дешево отделался.

— Введи старика, Сэлдэн! — крикнул рыцарь.

Один из воинов ввел в комнату оборванного, сгорбленного старика, бледного, как свеча, и дрожащего от болотной лихорадки.

— Как тебя зовут? — спросил сэр Дэниэл.

— С позволения вашей милости, — ответил старик, — меня зовут Кондолл. Кондолл из Шорби, с разрешения вашей милости.

— Мне рассказывали о тебе много дурного, — сказал рыцарь. — Ты, оказывается, изменник, негодяй! Шляешься повсюду и разносишь небылицы. Тебя подозревают в убийстве не одного человека. Вот какой ты, оказывается, храбрец! Не беспокойся, я тебя усмирю!

— Глубокочтимый и высокоуважаемый лорд, — вскричал старик, — тут какая-то путаница! Я бедный человек, я никогда никого не обижал.

— Помощник шерифа отзывался о тебе очень скверно, — сказал рыцарь. — «Схватите, — велел он, — этого Тиндэла из Шорби».

— Меня зовут Кондолл, мой добрый лорд, — сказал несчастный.

— Кондолл или Тиндэл — это все равно, — холодно ответил сэр Дэниэл. — Ты попался, и я сильно сомневаюсь в твоей честности. Если хочешь спасти свою шею от петли, напиши мне сейчас же обязательство уплатить двадцать фунтов.

— Двадцать фунтов, мой добрый лорд! — вскрикнул Кондолл. — Это безумие! Все мое имущество не стоит и семидесяти шиллингов.

— Кондолл или Тиндэл, — сказал сэр Дэниэл, осклабившись, — я готов пойти на этот риск. Напиши мне обязательство на двадцать фунтов, я получу с тебя все, что могу, и по своей доброте прощу тебе остальное.

— Увы, мой добрый лорд, я не умею писать, — сказал Кондолл.

— Увы, мой бедный Кондолл, — передразнил его рыцарь, — придется принять крутые меры. Мне так хотелось пощадить тебя, Тиндэл, но совесть не позволяет... Сэлдэн, возьми этого старого ворчуна и подведи его потихонечку к ближайшему вязу да повесь там понежнее за шею, чтобы я его видел, когда буду проезжать мимо... Доброго пути вам, славный мастер Кондолл, милый мастер Тиндэл! Вы на всем скаку въедете в рай! Доброго вам пути!

— О лорд, вы большой шутник! — ответил Кондолл и заставил себя подобострастно улыбнуться. — Вам подобает требовать, а мне подобает подчиняться, и я, несмотря на все мое неумение, попробую написать обязательство.

— Друг, — сказал сэр Дэниэл, — теперь ты напишешь на сорок. Полно! Ты хитер, и имущество твое стоит не семьдесят шиллингов. Сэлдэн, последи, чтобы он все написал как следует и чтобы подпись его была правильно засвидетельствована.

И сэр Дэниэл, самый веселый рыцарь в Англии, хлебнув пряного эля, с улыбкой откинулся на спинку кресла.

Мальчик на полу шевельнулся, сел и испуганно оглядел комнату.

— Иди сюда, — сказал сэр Дэниэл; и когда мальчик, повинуясь его приказанию, встал и медленно подошел к нему, он снова откинулся назад и громко расхохотался. — Клянусь распятием! — крикнул он. — Какой крепыш!

Мальчик покраснел от гнева, и в темных его глазах сверкнула ненависть. Теперь, когда он стоял, трудно было определить его возраст. Лицо у него было свежее, как у ребенка, но выражение лица было уже не детское; телом он был необычайно тонок и ходил несколько неуклюже.

— Вы позвали меня, сэр Дэниэл, — сказал он, — для того, чтобы посмеяться над моим печальным положением?

— А почему не посмеяться? — спросил рыцарь. — Будь добр, разреши уж мне посмеяться. Если бы ты мог видеть себя, ты первый бы расхохотался.

— Когда вы будете платить за все, вы заплатите и за это, — сказал мальчик, густо краснея. — А пока смейтесь сколько вам угодно!

— Не думай, что я насмехаюсь над тобой, милый братец, — ответил сэр Дэниэл, перестав смеяться. — Это только шутки. Я ведь просто шучу по-родственному, по-приятельски. Я устрою твой брак, получу за него тысячу фунтов и буду очень тебя любить. Правда, я несколько грубо тебя похитил, но другого выхода не было. Однако отныне я буду служить тебе от всего сердца. Ты станешь миссис Шелтон… нет, леди Шелтон, клянусь небом, потому что мальчик далеко пойдет. Вздор! Нечего стесняться честного смеха, смех разгоняет печаль. Дурные люди никогда не смеются, добрый братец… Почтеннейший хозяин, дай поужинать моему братцу, мастеру Джону… Садись, мой друг, и кушай.

— Нет, — сказал мастер Джон, — есть я не стану. Вы вовлекли меня в грех, и мне нужно подумать о своей душе... Добрый хозяин, будь любезен, принеси мне кружку чистой воды; ты очень обяжешь меня своей любезностью.

— Ты получишь отпущение всех грехов, черт побери! — крикнул рыцарь. — Исповедуешься — и делу конец! Ешь и ни о чем не тревожься!

Но мальчик был упрям: он выпил чашку воды, завернулся в свой плащ, сел в дальний угол и мрачно задумался.

Под утро в деревне поднялась суматоха, послышались оклики часовых, зазвенело оружие, застучали копыта; отряд всадников подъехал к дверям харчевни, и Ричард Шелтон, забрызганный грязью, перешагнул через порог.

— Да хранит вас небо, сэр Дэниэл! — сказал он.

— Как! Дикки Шелтон! — вскричал рыцарь. Сидевший в углу мальчик, услышав имя Дика, с любопытством поднял голову. — А где Беннет Хэтч?

— Вот вам, сэр рыцарь, пакет от сэра Оливера. Прочтите, что он пишет, и все узнаете, — ответил Ричард, подавая ему письмо священника. — И, пожалуйста, поторопитесь, потому что нужно скакать во весь опор к Райзингэму. На пути мы повстречали гонца, бешено мчавшегося с письмами; он сообщил нам, что милорду Райзингэму грозит поражение и он ждет от нас помощи.

— Как ты сказал? Грозит поражение? — переспросил рыцарь. — Ну нет, тогда мы будем во весь опор сидеть здесь, добрый Ричард. В нашем несчастном английском королевстве кто тише едет, тот дальше будет. Говорят, что медлить опасно, а, по-моему, опаснее всего спешить. Запомни это. Дик. Но прежде дай мне поглядеть, что за скотину ты пригнал сюда. Сэлдэн, запри за мной дверь на засов!

Сэр Дэниэл вышел на деревенскую улицу и при красном свете факела осмотрел свои новые войска. Его не любили как соседа, не любили как господина, но те, кто сражался под его знаменами, очень любили его как военачальника. Его решительность, его испытанное мужество, его заботы об удобствах солдат, даже его грубые шутки — все это нравилось храбрецам в латах и шлемах.

— Клянусь распятием, — крикнул он, — что за жалкие псы! Одни изогнулись, как луки, другие тощи, как копья! Друзья, во время битвы я пущу вас вперед; таких, как вы, беречь не стоит, друзья. Дайте мне разглядеть этого старого дурака на пегой кляче! Двухлетний баран верхом на свинье больше похож на солдата, чем ты. А, Клипсби! И ты здесь, старая крыса? Вот человек, которым я совсем не стану дорожить! Ты поедешь впереди всех, а на груди у тебя будет нарисована мишень, чтобы неприятельские стрелки не промахнулись. Итак, решено, ты будешь скакать впереди и показывать мне дорогу.

— Я покажу вам любую дорогу, сэр Дэниэл, но только не ту, что ведет к измене, — бесстрашно ответил Клипсби.

Сэр Дэниэл громко расхохотался.

— Неплохо сказано! — воскликнул он. — Язык у тебя хорошо подвешен, черт тебя побери! Прощаю тебе твою шутку. Сэлдэн, накорми людей и коней.

И рыцарь вернулся в харчевню.

— Ну, друг Дик, начинай, — сказал он. — Вот славный эль, вот свинина. Ешь, а я пока почитаю.

Он вскрыл пакет, прочел письмо и нахмурился. Несколько минут он сидел, размышляя. Потом внимательно посмотрел на своего воспитанника.

— Дик, — спросил он, — ты читал эти скверные стишки?

Мальчик ответил утвердительно.

— В них поминают твоего отца, — сказал рыцарь, — и какой-то помешанный обвиняет нашего несчастного болтуна-священника в том, что он убил его.

— Сэр Оливер это отрицает, — ответил Дик.

— Отрицает? — воскликнул рыцарь резко. — А ты не слушай его! У него язык без костей, болтает, словно сорока. Я когда-нибудь и свободную минутку все сам тебе расскажу. Дик. В убийстве твоего отца подозревали некоего Дэкуорта; но время было смутное, и добиться правосудия нам не удалось.

— Отца убили в замке Мот? — спросил Дик, и сердце его забилось.

— Между замком Мот и Холивудом, — ответил сэр Дэниэл спокойным голосом, однако метнув на Дика хмурый, подозрительный взгляд. — Ну, ешь поскорее, — прибавил рыцарь, — ты повезешь мое письмо в Тэнстолл.

У Дика вытянулось лицо.

— Прошу вас, сэр Дэниэл, — воскликнул он, — пошлите кого-нибудь из крестьян! Позвольте мне принять участие в битве. Я буду храбро сражаться!

— Не сомневаюсь, — ответил сэр Дэниэл и сел писать письмо. — Но нас, Дик, вовсе не ждут воинские почести. Я буду сидеть тут, в Кэттли, до тех пор, пока не станет ясно, кто победит в этом сражении, и тогда присоединюсь к победителю. Не говори, что это трусость, Дик; это — всего лишь благоразумие. Наше несчастное государство измучено бунтами, король то на троне, то в тюрьме, и никто не может знать, что будет завтра. Пустомели и Ветрогоны сражаются на одной стороне или на другой, а лорд Здравый Смысл сидит и выжидает.

С этими словами сэр Дэниэл повернулся к Дику спиной и, усевшись за другим концом стола, принялся писать. Углы губ его подергивались. История с черной стрелой очень встревожила его.

Тем временем молодой Шелтон усердно ел. Вдруг кто-то тронул его за руку, и над ухом его раздался шепот.

— Не подавайте виду, что вы слышите, умоляю вас! — шептал чей-то голос. — Окажите мне услугу, объясните, какой дорогой можно быстрее добраться до Холивуда. Умоляю вас, добрый мальчик, помогите несчастному, подавшему в беду, укажите мне путь к спасению.

— Идите мимо ветряной мельницы, — ответил Дик тоже шепотом. — Тропинка доведет вас до переправы через Тилл. Там вам расскажут, как идти дальше.

Он даже головы не повернул и снова принялся за еду. Но уголком глаза он заметил, как мальчик, которого называли «мастер Джон», осторожно выскользнул из комнаты.

«Он ничуть не старше меня, — подумал Дик. — И он осмелился назвать меня мальчиком! Да если бы я знал, что со мной так разговаривает мальчишка, я бы скорее повесил его, чем указал дорогу! Ну, да я его нагоню где-нибудь в болоте и оттаскаю за уши!»

Полчаса спустя сэр Дэниэл вручил Дику письмо и приказал ему мчаться в замок Мот. А через полчаса после того, как Дик уехал, в комнату влетел запыхавшийся гонец милорда Райзингэма.

— Сэр Дэниэл, — сказал гонец, — вы теряете прекрасный случай заслужить славу! Утром на рассвете возобновилась битва. Мы разбили их передовые части и рассеяли правое крыло. Только центр еще держится. У вас свежие силы, и вы можете опрокинуть неприятеля в реку. Что вы скажете, сэр рыцарь? Неужели вы явитесь последним? Это обесславит вас.

— Я только что собирался выступить! — вскричал рыцарь. — Сэлдэн, труби поход! Сэр, я следую за вами. Большая часть моего отряда пришла сюда всего два часа назад, сэр. Что тут будешь делать? Если коня слишком пришпоривать, он сдохнет... Живо, ребята!

В утреннем воздухе весело запела труба; воины сэра Дэниэла сбегались со всех сторон на главную улицу и строились перед харчевней. Они спали с оружием в руках, не расседлывая лошадей, и через десять минут сто копьеносцев и лучников, прекрасно оснащенных и обученных, стояли в строю, готовые двинуться в бой. Почти все были одеты в цвета сэра Дэниэла — темнокрасный с синим, — и это придавало им нарядный вид, Те, которые были лучше вооружены, построились впереди, а сзади всех, в конце колонны, расположилось жалкое подкрепление, явившееся накануне вечером. Сэр Дэниэл с гордостью оглядел свой отряд.

— С такими молодцами не пропадешь! — сказал он.

— Воины отличные, ничего не скажешь, — ответил гонец. — Глядя на них, я еще больше грущу, что вы не выступили раньше.

— На пиру все лучшее подают вначале, а на поле брани — в конце, сэр, — сказал рыцарь и вскочил в седло. — Эй! — заорал он. — Джон! Джоанна! Клянусь святым распятием! Где она? Хозяин, где девчонка?

— Девчонка, сэр Дэниэл? — спросил кабатчик. — Я не видел никакой девчонки, сэр.

— Ну мальчишка, дурак! — крикнул рыцарь. — Неужели ты не разглядел, что это девка! На ней темно-красный плащ. Она позавтракала кружкой воды; помнишь, негодяй! Где же она?

— Да спасут нас святые! Вы называли ее «мастер Джон», — сказал хозяин. — А я-то не догадался… Он уехал. Я видел его… ее… я видел ее в конюшне час назад. Она седлала серую лошадь.

— Клянусь распятием! — вскричал сэр Дэниэл. — Девка принесла бы мне пятьсот фунтов, если не больше!

— Сэр рыцарь, — с горечью сказал гонец, — пока вы здесь кричите о пятистах фунтах, решается судьба английского трона.

— Хорошо сказано, — ответил сэр Дэниэл. — Сэлдэн, возьми с собой шестерых арбалетчиков. Выследи ее и поймай. Я хочу, чтобы к моему возвращению она находилась в замке Мот, чего бы мне это ни стоило. Ты отвечаешь за это головой!.. Ну вот, сэр гонец, мы готовы!

Войска поскакали рысью, а Сэлдэн с шестью воинами остался посреди улицы в Кэттли, окруженный глазеющими крестьянами.

ГЛАВА II. НА БОЛОТЕ

Часу в шестом майского утра Дик подъехал к болоту, через которое пролегал его путь к замку Мот. Сияло голубое небо; веселый ветер дул шумно и ровно; крылья ветряных мельниц быстро кружились; ивы, склоненные над болотом, колыхались под ветром и внезапно светлели, словно пшеница. Дик всю ночь провел в седле, но сердце у него было здоровое, тело крепкое, и он бодро продолжал свой путь.

Тропинка мало-помалу спускалась все ниже, все ближе к топям; где-то далеко позади на холме возле Кэттли высилась мельница, и так же далеко впереди маячили верхушки Танстоллского леса. По обе стороны тропинки колыхались на ветру ивы и камыши; лужи пенились под ветром; предательские трясины, зеленые, как изумруд, поджидали и заманивали неосторожного путника. Тропа шла напрямик через топь; это была очень древняя тропа, ее проложили еще римские солдаты; с тех пор прошли века, и во многих местах ее залили стоячие воды болота.

Отъехав на милю от Кэттли, Дик приблизился как раз к такому месту; тропа здесь заросла ивой и камышом, и это хоть кого могло сбить с толку. Да и трясина была здесь шире, чем всюду; человек, не знакомый с этими местами, легко мог попасть в беду. У Дика сжалось сердце, когда он вспомнил о мальчике, которому он так невразумительно объяснил дорогу. За себя он не беспокоился; взглянув назад, туда, где вертящиеся крылья ветряной мельницы отчетливо чернели на голубом небе, и вперед, на возвышенность, покрытую Тэнстоллским лесом, он уверенно поехал напрямик, хотя конь его погрузился в воду по колена.

Уже половина трясины была позади, и он уже видел сухую тропинку, бегущую вверх, как вдруг справа от себя он услышал плеск воды и заметил провалившуюся по брюхо в тину серую лошадь, которая отчаянно билась. Словно почуяв приближение помощи, она вдруг пронзительно заржала. Ее налившийся кровью глаз был полон безумного страха; она барахталась в трясине, и тучи насекомых кружились над нею.

«Неужели несчастный мальчишка погиб? — подумал Дик. — Это его лошадь. Славная серая лошадь! Как печально ты смотришь на меня, милая! Я сделаю для тебя все, что возможно. Я не оставлю тебя медленно тонуть, вершок за вершком!»

Он натянул арбалет и всадил в голову лошади стрелу.

Совершив это исполненное сурового милосердия дело, Дик двинулся дальше. На душе у него было невесело. Он пристально смотрел по сторонам, надеясь найти хоть след того мальчика, которого направил на эту дорогу.

«Нужно было рассказать ему все гораздо подробнее, — думал он. — Боюсь, он погиб в болоте».

Вдруг кто-то окликнул его по имени, и, глянув через плечо, Дик увидел лицо мальчика, смотревшего на него из камышей.

— Ты здесь! — воскликнул Дик, останавливая лошадь. — Ты так забился в камыши, что я чуть не, проехал мимо. Я видел твою лошадь; ее затянуло в трясину, и я избавил ее от мучений. Клянусь небом, если бы ты был добрее, ты сам бы ее пристрелил. Ну вылезай. Тут тебя никто не обидит.

— Добрый мальчик, у меня нет никакого оружия; да мне и не нужно оружия, потому что я все равно не умею им пользоваться, — ответил беглец, выходя на тропинку.

— Как ты смеешь называть меня мальчиком? — крикнул Дик. — Я, наверное, старше тебя.

— Прости меня, добрый мастер Шелтон, — сказал беглец. — Я вовсе не хотел тебя обидеть. Напротив, я хочу просить тебя о помощи, так как я попал в беду, сбился с дороги, потерял плащ и своего бедного коня. У меня есть хлыст и шпоры, а ехать не на чем. А главное, — прибавил он, оглядев свою одежду, — я такой грязный!

— Вздор! — воскликнул Дик. — Подумаешь, искупался — что же тут такого! Кровь ран и грязь странствий только украшают мужчину.

— Если так, я предпочитаю мужчин без украшений, — ответил мальчик. — Но что мне делать? Прошу тебя, добрый мастер Ричард, дай мне совет. Если я не доберусь до Холивуда, я погиб.

— Я дам тебе не только совет, — сказал Дик, слезая с лошади. — Я дам тебе своего коня, а сам побегу рядом. Когда я устану, мы поменяемся. Так будет скорее.

Мальчик сел на коня, и они двинулись в путь, невольно замедляя ход из-за неровностей трясины. Дик шагал рядом с мальчиком, положив руку ему на колено.

— Как тебя зовут? — спросил Дик.

— Зови меня Джон Мэтчем, — ответил мальчик.

— А что тебе нужно в Холивуде? — спросил Дик.

— Я спасаюсь от обидчика, — сказал Джон Мэтчем. — Добрый аббат Холивуда всегда защищает слабых.

— А как ты попал к сэру Дэниэлу, мастер Мэтчем? — спросил Дик.

— Он захватил меня силой, — ответил Джон Мэтчем. — Он выкрал меня из моего родного дома, одел меня в этот наряд, вез меня так долго, что у меня чуть не разорвалось сердце, насмехался так, что я чуть не плакал. А когда мои друзья погнались за нами, он посадил меня к себе за спину, чтобы их стрелы попали в меня! Одна из них ранила меня в ногу, и теперь я слегка хромаю. Но придет день суда, и он заплатит за все!

— Уж не надеешься ли ты попасть в луну из арбалета? — сказал Дик. — Он храбрый рыцарь, и рука у него железная. И если он догадается, что я помог тебе удрать, мне будет плохо.

— Бедный мальчик! — сказал Джон Мэтчем. — Он твой опекун, я знаю. По его словам, он и мой опекун тоже. Он, кажется, купил право на устройство моего брака. Я в этом плохо разбираюсь, но у него есть какой-то повод притеснять меня.

— Ты опять называешь меня мальчиком! — сказал Дик.

— А разве ты хочешь, чтобы я тебя называл девочкой, добрый Ричард? — спросил Мэтчем.

— Только не девочкой, — ответил Дик. — Я девчонок терпеть не могу!

— Ты говоришь, как мальчишка, — сказал Джон Мэтчем. — Ты гораздо более думаешь о девчонках, чем хочешь сознаться.

— Вот уж нет! — решительно сказал Дик. — О девчонках я никогда и не вспоминаю. Черт с ними! Я люблю охоту, сражения, пиры, я люблю веселую жизнь в лесах. А девчонки на такие дела не годятся. Была, впрочем, одна не хуже мужчины. Но ее, бедняжку, сожгли, как ведьму, за то, что она вопреки природе одевалась по-мужски.

Мастер Мэтчем набожно перекрестился и прошептал молитву.

— Что ты делаешь? — спросил Дик.

— Молюсь за ее душу, — ответил Мэтчем дрогнувшим голосом.

— За душу ведьмы? — воскликнул Дик. — Ну что ж, молись за нее. Это была лучшая девушка в Европе, и звали ее Жанна д'Арк. Старый Эппльярд-лучник рассказывал, как удирал от нее, словно от нечистой силы. Это была храбрая девушка.

— Если ты не любишь девушек, добрый мастер Ричард, — возразил Мэтчем,

— ты не настоящий мужчина. Ибо господь нарочно разделил род человеческий на две части и послал в мир любовь для ободрения мужчин и утешения женщин.

— Вздор! — сказал Дик. — Ты много думаешь о женщинах потому, что ты молокосос, младенец! По-твоему, я не настоящий мужчина. Ну что ж, слезай с коня, и я чем угодно — кулаками, или мечом, или стрелой — на твоей собственной персоне покажу тебе, мужчина я или нет.

— Я не воин, — сказал Мэтчем поспешно. — Я вовсе не хотел тебя обидеть. Я просто пошутил. А о женщинах я заговорил потому, что слышал, будто ты скоро женишься.

— Я? Женюсь? — воскликнул Дик. — Первый раз слышу! На ком же я женюсь?

— На Джоанне Сэдли, — ответил Мэтчем, краснея. — Это затея сэра Дэниэла. Эта свадьба ему выгодна: он получит деньги и жениха и невесты. Мне говорили, что несчастная девушка горько плачется на судьбу. Не знаю, быть может, она так же, как ты, питает отвращение к брачной жизни, а может быть, ей просто не нравится жених.

— От свадьбы, как от смерти, никуда не уйдешь, — проговорил Дик покорно. — Так она убивается, говоришь? Видишь, какие бестолковые эти девчонки! Убивается, хотя ни разу меня не видела. Разве я убиваюсь? Нисколько. Если мне придется жениться, я плакать не стану... Ты знаешь ее? Расскажи мне, какая она. Красавица или урод? И какой у нее нрав: добрый или сварливый?

— А не все ли тебе равно? — сказал Мэтчем. — Если нужно жениться, ты женишься. Какое тебе дело, урод она или красавица? Это все пустяки. Ты ведь не молокосос, мастер Ричард. Если тебе придется жениться, ты плакать не станешь.

— А ты умеешь поддеть! — ответил Шелтон. — Разумеется, мне все равно.

— Приятный муж будет у твоей жены! — сказал Мэтчем.

— У нее будет такой муж, какого ей сулило небо, — возразил Дик. — Я не лучше других и не хуже.

— Несчастная девушка! — воскликнул Мэтчем.

— Чем же она такая несчастная? — спросил Дик.

— Она выходит замуж за человека, сделанного из дерева, — сказал Мэтчем. — О горе! Деревянный муж!

— Я, вероятно, действительно сделан из дерева, — сказал Дик, — раз ты едешь на моем коне, а я иду пешком. Но если из дерева, так из хорошего.

— Добрый Дик, прости меня! — воскликнул Мэтчем. — Я пошутил. У тебя самое доброе сердце во всей Англии! Прости меня, милый Дик!

— Вздор, — сказал Дик, смущенный пылкостью своего товарища. — Ты меня ничуть не обидел. Я, хвала святым, не обидчив.

Ветер дул им в спину и внезапно донес до них резкий звук трубы; это трубил трубач сэра Дэниэла.

— Тише! — сказал Дик. — Труба!

— Ах! — сказал Мэтчем. — Они заметили, что я удрал, а у меня нет коня!

Он смертельно побледнел.

— Не трусь! — ответил Дик. — Ты их здорово обогнал, а до перевоза уже рукой подать. Это у меня нет коня, а не у тебя.

— Увы, меня поймают! — воскликнул беглец. — Дик, добрый Дик, помоги мне!

— А разве я тебе не помогаю? — сказал Дик. — Мне жаль тебя, только уж очень ты труслив. Слушай же, Джон Мэтчем, — если тебя действительно зовут Джон Мэтчем: я, Ричард Шелтон даю слово доставить тебя невредимым в Холивуд. Да покинут меня святые, если я покину тебя. Ободрись, сэр Трус. Дорога уже становится лучше. Пришпорь коня. Скорей! Скорей! Обо мне не заботься: я бегаю, как олень.

Конь бежал крупной рысью, но Дик без труда поспевал за ним; так миновали они болото и добрались до хижины перевозчика на берегу реки.

ГЛАВА III. ПЕРЕВОЗ У БОЛОТА

Широкая, медленная, илистая река Тилл вытекала из болот и бесчисленным своими протоками огибала низкие островка, поросшие ивняками.

Река была мутна; но в это яркое, прелестное утро все казалось красивым. На открытых местах ветер рябил воду, а в тихих затонах отражались клочья голубого улыбающегося неба.

Тропа упиралась в маленькую бухту; на самом берегу под крутым обрывом лепилась хижина перевозчика, построенная из жердей и глины; на крыше ее зеленела трава.

Дик отворил дверь. Внутри на обветшалом и грязном домотканом плаще лежал перевозчик. Это был долговязый, тощий человек, изнуренный болезнью; его трясла болотная лихорадка.

— А, мастер Шелтон, — сказал он. — Собираетесь на ту сторону? Плохие времена, плохие времена! Будьте осторожны. Здесь разбойничает целая шайка. Поезжайте лучше через мост.

— Я тороплюсь, — ответил Дик. — У меня нет времени, Хью-Перевозчик. Я очень спешу.

— Упрямый вы человек, — сказал перевозчик, вставая. — Вам очень повезет, если вы благополучно доберетесь до замка Мот. Больше я ничего не скажу.

Он заметил Мэтчема.

— А это кто? — спросил он, прищурив глаз и останавливаясь на пороге своей хижины.

— Это мой родственник, мастер Мэтчем, — ответил Дик.

— Здравствуй, добрый перевозчик, — сказал Мэтчем, слезая с коня и взяв его под уздцы. — Пожалуйста, спусти лодку; мы очень торопимся.

Тощий перевозчик продолжал внимательно его разглядывать.

— Черт возьми! — крикнул он наконец и захохотал во всю глотку.

Матчем покраснел до ушей и вздрогнул, а Дик, рассвирепев, схватил невежу за плечо.

— Как ты смеешь, грубиян! — крикнул он. — Делай свое дело и не смейся над людьми, которые выше тебя по рождению.

Хью-Перевозчик ворча отвязал свою лодку и столкнул ее в воду. Дик ввел в лодку коня. Мэтчем тоже взобрался в лодку.

— Какой же вы маленький, — сказал Хью, усмехаясь. — Вас, верно, делали по особой мерке... Ну, мастер Шелтон, я к вашим услугам, — прибавил он, берясь за весло. — Даже кошке разрешается смотреть на короля. А я ведь всего лишь позволил себе взглянуть на мастера Мэтчема.

— Молчать! — сказал Дик. — Налегай на весла!

Они выехали из бухточки, и вся ширь реки открылась перед ними. Ежеминутно низкие острова загораживали им путь. Тянулись глинистые отмели, качались ветки, дрожали камыши, ныряли и пищали безмолвные крысы. Безлюдным, как пустыня, казался этот водный лабиринт.

— Сударь, — проговорил перевозчик, работая одним веслом, — говорят, здесь на острове, засел Болотный Джон. Он ненавидит всех, кто держит руку сэра Дэниэла. Не лучше ли нам подняться вверх по реке и высадиться на расстоянии полета стрелы от тропинки? Не советую вам связываться с Болотным Джоном.

— Он тоже в той шайке разбойников? — спросил Дик.

— Об этом я говорить не буду, — сказал Хью. — Но, по-моему, надо плыть вверх по реке, мастер Дик. А то еще, чего доброго, в мастера Мэтчема попадет стрела.

И он опять рассмеялся.

— Пусть будет по-твоему, Хью, — ответил Дик.

— Тогда снимите свой арбалет, — продолжал Хью. — Вот так. Теперь натяните тетиву. Хорошо. Вложите стрелу. Цельтесь прямо в меня и глядите на меня как можно злее.

— Это еще зачем? — спросил Дик.

— Я имею право перевезти вас, только подчиняясь насилию, — ответил перевозчик. — Если Болотный Джон догадается, что я перевез вас добровольно, мне будет плохо.

— Разве эти негодяи так сильны? — спросил Дик. — Неужели они осмеливаются распоряжаться лодкой, которая принадлежит сэру Дэниэлу?

— Запомните мои слова, — прошептал перевозчик и подмигнул. — Сэр Дэниэл падет. Время его прошло. Он падет. Молчок!

И склонился над веслами.

Они долго плыли вверх по реке, обогнули один из островов и осторожно двинулись вниз по узкой протоке вдоль противоположного берега. Затем Хью повернул лодку поперек ручья.

— Я высажу вас здесь, за ивами, — сказал Хью.

— Тут нет тропинки, — сказал Дик. — Тут только ивы, болота и трясина.

— Мастер Шелтон, — ответил Хью, — я не могу везти вас дальше. Я о вас беспокоюсь, не о себе. Он все время следит за моим перевозом, держа наготове лук. Всех сторонников сэра Дэниэла он подстреливает, как кроликов. Он поклялся распятием, что ни один друг сэра Дэниэла не уйдет отсюда живым. Я сам слышал. Если бы я не знал вас издавна, когда вы были вот таким, я ни за что не повез бы вас. Но в память прежних дней и ради вот этой игрушки, которую вы везете с собой и которая не создана для ран и для войны, я рискнул своей несчастной головой и согласился перевезти вас на тот берег. Будьте довольны и этим. Больше я сделать ничего не могу, клянусь вам спасением своей души!

Хью еще продолжал грести и разговаривать, как вдруг на острове из самой гущи ив кто-то громко крикнул; раздался треск ветвей — видимо, какой-то сильный человек торопливо продирался сквозь чащу.

— Чума его возьми! — крикнул Хью. — Он все время был на острове!

И Хью энергично погреб к берегу.

— Грозите мне луком, добрый Дик! — взмолился он. — Грозите так, чтоб это было видно. Я старался спасти ваши шкуры, спасите теперь мою!

Лодка с треском влетела в чащу ив. Дик сделал знак Мэтчему, и тот с бледным, но решительным лицом проворно пробежал по скамейкам лодки и выскочил на берег. Дик взял лошадь под уздцы и хотел последовать за ним, но справиться с лошадью в густой чаще ветвей было не так-то легко, и он замешкался. Лошадь била ногами и ржала, а лодка качалась из стороны в сторону.

— Здесь невозможно вылезть на берег, Хью! — крикнул Дик, продолжая, однако, отважно тащить в чащу заупрямившуюся лошадь.

На берегу острова появился высокий человек с луком в руке. Краем глаза Дик увидел, как человек этот, раскрасневшись от быстрого бега, изо всех сил натягивал тетиву.

— Кто идет? — крикнул незнакомец. — Хью, кто идет?

— Это мастер Шелтон, Джон, — ответил перевозчик.

— Стой, Дик Шелтон! — крикнул человек на острове. — Клянусь распятием, я не сделаю тебе ничего плохого! Стой!.. А ты, Хью, поезжай назад.

Дик ответил дерзкой насмешкой.

— Ну, если так, ты пойдешь пешком! — крикнул человек на острове.

И пустил стрелу.

Лошадь, пораженная стрелой, забилась от боли и ужаса; лодка опрокинулась, и через минуту все уже барахтались в воде, борясь с течением.

Прежде чем Дик вынырнул на поверхность, его отнесло на целый ярд от мели; он ничего еще не успел толком разглядеть, как рука его судорожно ухватилась за какой-то твердый предмет, который с силой поволок его куда-то вперед. Это был хлыст, ловко протянутый ему Мэтчемом с ивы, повисшей над водой.

— Клянусь небом, — воскликнул Дик, — когда Мэтчем выволок его на берег, — ты спас мне жизнь! Я плаваю, как пушечное ядро.

Он обернулся и глянул в сторону острова.

Хью-Перевозчик плыл рядом со своей лодкой и был уже на полпути между берегом и островом. Болотный Джон яростно орал на него, требуя, чтобы он плыл быстрее.

— Бежим, Джон, — сказал Шелтон. — Бежим! Пока Хью переправит свою лодку на остров и они приведут ее в порядок, мы будем уже так далеко, что они нас не найдут.

И, подавая пример, он побежал, продираясь сквозь заросли ив и прыгая с кочки на кочку. У него не было времени выбирать направление; он мчался наугад, стараясь как можно дальше убежать от реки.

Однако почва постепенно стала подыматься, и это убедило его, что направление выбрано им правильно. Наконец болото осталось позади; под их ногами была сухая, твердая земля, а вокруг среди ив стали появляться вязы.

Мэтчем, сильно отставший, внезапно упал.

— Брось меня. Дик! — крикнул он, задыхаясь. — Я не могу больше бежать!

Дик повернулся и подошел к нему.

— Бросить тебя, Джон?! — воскликнул он. — Нет, на такую подлость я не способен. Ведь ты не бросил меня, когда я тонул, хотя тебя могли застрелить, а спас мою жизнь. Ты и сам мог утонуть, потому что одни только святые знают, как это я не стащил тебя за собою в воду.

— Нет, Дик, я бы не утонул да и тебе бы не дал утонуть, — сказал Мэтчем. — Я умею плавать.

— Умеешь плавать? — воскликнул Дик, широко раскрыв глаза.

Это был единственный из мужских талантов, которым он не обладал. После искусства убивать врага на поединке он больше всего ценил умение плавать.

— Вот мне урок никогда никого не презирать! — сказал он. — Я обещал тебе охранять тебя до самого Холивуда, а вышло так, Джон, что ты охраняешь меня.

— Теперь мы с тобой друзья. Дик, — сказал Мэтчем.

— Я никогда тебе врагом не был, — ответил Дик. — Ты по-своему храбрый малый, хотя, конечно, молокосос. Никогда я таких чудаков не видел. Ну, отдышался? Идем дальше. Тут не место для болтовни.

— У меня очень болит нога, — сказал Мэтчем.

— Я совсем забыл о твоей ноге, — проговорил Дик. — Придется идти потише. Хотел бы я знать, где мы находимся! Я потерял тропинку... Впрочем, это, может быть, к лучшему. Если они караулят на перевозе, то могут караулить и на тропинке. Вот бы сэр Дэниэл прискакал сюда с полестней воинов! Он разогнал бы всю эту шайку, как ветер разгоняет листья. Идем, Джон, обопрись о меня, бедняга. Какой ты низенький, тебе даже не достать до моего плеча. Сколько тебе лет? Двенадцать?

— Нет, мне шестнадцать, — сказал Мэтчем.

— Значит, ты плохо рос, — сказал Дик. — Держи меня за руку. Мы пойдем медленно, не бойся. Я обязан тебе жизнью, а я, Джон, привык расплачиваться за все сполна — и за доброе и за злое.

Они поднимались по откосу.

— В конце концов мы выберемся на дорогу, — продолжал Дик, — и тогда двинемся вперед. Какая у тебя слабая рука, Джон! Я бы стыдился, если бы у меня была такая рука. Хью-Перевозчик, кажется, принял тебя за девчонку, — прибавил он и рассмеялся.

— Не может быть! — воскликнул Мэтчем и покраснел.

— А я готов биться об заклад, что он принял тебя за девчонку! — настаивал Дик: — Да и нельзя его винить. Ты больше похож на девушку, чем на мужчину. И знаешь, мальчишка из тебя вышел довольно нескладный, а девчонка вышла бы очень красивая. Ты был бы хорошенькой девушкой.

— Но ведь ты не считаешь меня девчонкой? — спросил Мэтчем.

— Конечно, не считаю. Я просто пошутил, — сказал Дик. — Из тебя со временем выйдет настоящий мужчина! Еще, пожалуй, прославишься своими подвигами. Интересно знать, Джон, кто из нас первый будет посвящен в рыцари? Мне смертельно хочется стать рыцарем. «Сэр Ричард Шелтон, рыцарь»

— вот это здорово звучит! Но и «сэр Джон Мэтчем» звучит недурно.

— Постой, Дик, дай мне напиться, — сказал Мэтчем, останавливаясь возле светлого ключа, вытекавшего из холма и падавшего в песчаную ямку не больше кармана. — Ах, Дик, как мне хочется есть! У меня даже сердце ноет от голода.

— Отчего же ты, глупый, не поел в Кэттли? — спросил Дик.

— Я дал обет поститься, потому что… меня вовлекли в грех, — ответил Мэтчем. — Но теперь я с удовольствием съел бы даже корку сухого хлеба.

— Садись и ешь, — сказал Дик, — а я пойду поищу дорогу.

Он вынул хлеб и куски вяленой свинины из висевшей у него на поясе сумки. Мэтчем с жадностью набросился на еду, а Дик исчез среди деревьев.

Скоро он дошел до оврага, на дне которого, с трудом пробиваясь сквозь прошлогоднюю листву, журчал ручей. За оврагом деревья были выше и раскидистее; там росли уже не ивы и вязы, а дубы и буки. Шелест листьев, колеблемых ветром, заглушал звуки его шагов; несмотря на то, что этот шелест приглушал звуки, подобно тому, как темнота безлунной ночи скрадывает предметы, Дик осторожно крался от одного толстого ствола к другому, зорко оглядываясь по сторонам. Внезапно перед ним, словно тень, мелькнула лань и скрылась в чаще. Он остановился, огорченный: испуганная лань может выдать его врагам. Вместо того чтобы идти дальше, он подошел к ближайшему высокому дереву и быстро полез вверх.

Ему повезло. Дуб, на который он взобрался, был самым высоким деревом в этой части леса и высился над остальными на добрые полторы сажени. Когда Дик влез на верхний сук и, раскачиваясь на ветру, глянул вдаль, он увидел всю болотную равнину до самого Кэттли, увидел Тилл, вьющийся вокруг лесистых островов, и прямо перед собой — белую полосу большой дороги, бегущей через лес. Лодку уже подняли, перевернули, и она плыла по реке к домику перевозчика. Кроме этой лодки, нигде не было ни малейшего признака присутствия человека; только ветер шумел в ветвях. Дик уже собирался спускаться, как вдруг, кинув последний взгляд вокруг, заметил ряд движущихся точек посреди болота. Очевидно, какой-то маленький отряд шел по тропинке и притом довольно быстро. Это его встревожило; он тотчас соскользнул на землю и вернулся через лес к товарищу.

ГЛАВА IV. МОЛОДЦЫ ИЗ ЗЕЛЕНОГО ЛЕСА

Мэтчем успел отдохнуть и прийти в себя; и мальчики, встревоженные тем, что увидел Дик, поспешно выбрались из чащи, благополучно пересекли дорогу и двинулись вверх по склону холмистого кряжа, на котором высился Тэнстоллский лес. Здесь, между купами деревьев, простирались песчаные лужайки, заросшие вереском и дроком; кое-где встречались старые тисы. Почва становилась все более неровной; ежеминутно на пути попадались бугры и лощины. Ветер дул все яростнее, заставляя стволы деревьев гнуться, как тонкие удочки.

Они вышли на лужайку. Внезапно Дик упал на землю ничком и медленно пополз назад, к деревьям. Мэтчем, не заметивший никакой опасности и очень удивленный, последовал, однако, примеру товарища. И, только когда они спрятались в чаще, он спросил, что случилось.

Вместо ответа Дик показал ему пальцем на старую сосну, которая росла на другом конце лужайки, возвышаясь над соседним лесом и отчетливо выделяясь на светлом небе своей мрачной зеленью. Внизу ствол ее был прям и толст, как колонна. Но на высоте пятидесяти футов он раздваивался, образуя два толстых сука; между ними, словно моряк на мачте, стоял человек в зеленом камзоле, надетом поверх лат, и зорко смотрел вдаль. Солнце сверкало на его волосах; прикрыв глаза рукой, он бесперебойно, как машина, медленно поворачивал голову то в одну сторону, то в другую.

Мальчики переглянулись.

— Попробуем обойти его слева, — сказал Дик. — Мы чуть не попались, Джон.

Минут через десять они выбрались на хорошо утоптанную тропинку.

— Этой части леса я совсем не знаю, — проговорил Дик. — Куда приведет нас эта тропинка?

— Увидим, — сказал Мэтчем.

Тропинка привела их на вершину холма и стала спускаться в овраг, напоминавший большую чашу. Внизу, в густых зарослях цветущего боярышника, они увидели развалины какого-то дома — несколько обгорелых бревенчатых срубов без крыш да высокую печную трубу.

— Что это? — спросил Мэтчем.

— Клянусь небом, не знаю, — ответил Дик. — Я здесь ничего не знаю. Будем двигаться осторожно.

С бьющимся сердцем они стали медленно спускаться, продираясь сквозь кусты боярышника. Здесь, видимо, еще недавно жили люди. В чаще попадались одичавшие фруктовые деревья и огородные овощи; в траве лежали поваленные солнечные часы. Очевидно, тут прежде находился сад. Пройдя еще немного, они вышли к развалинам дома.

Когда-то это было красивое — и прочное здание, окруженное глубоким рвом; но теперь ров высох, на дне его валялись камни, упавшее бревно было перекинуто через него словно мост. Две стены еще стояли, и солнце сияло сквозь их пустые окна; но вся остальная часть здания рухнула и лежала грудой обугленных обломков. Внутри уже зеленело несколько молоденьких деревьев, выросших из щелей.

— Я начинаю припоминать, — прошептал Дик, — это, должно быть, Гримстон. Усадьба принадлежала когда-то Саймону Мэлмсбэри, но сэр Дэниэл погубил его. Пять лет назад Беннет Хэтч сжег этот дом. И, сказать по правде, напрасно: дом был красивый.

Внизу, в овраге, было тепло и безветренно. Мэтчем тронул Дика за плечо и предостерегающе поднял палец.

— Тсс! — сказал он.

Странный звук нарушил тишину. Он повторился еще несколько раз, прежде чем они догадались, что он означает. Это откашливался какой-то человек, должно быть, могучего сложения. Затем хриплый, фальшивый голос запел:

Король спросил, вставая, веселых удальцов:
«Зачем же вы живете в тени густых лесов?»
И Гамелин бесстрашный ему ответил сам:
«Кому опасен город, тот бродит по лесам».

Певец умолк; где-то лязгнуло железо, и все затихло.

Мальчики смотрели друг на друга. Их незримый сосед, кто бы он ни был, находился где-то неподалеку от развалин дома. Мэтчем внезапно покраснел и двинулся вперед; по упавшему бревну он перешел через ров и осторожно полез на огромную кучу мусора, наполнявшую внутренность разрушенного дома. Дик не успел его удержать, и теперь ему оставалось только следовать за ним.

В углу разрушенного дома два бревна упали крест-накрест, отгородив от мусора пустое пространство не больше чулана. Мальчики спустились туда и спрятались. Через маленькую бойницу им было видно все, что происходит позади дома.

То, что они увидели, заставило их оцепенеть от ужаса. Уйти отсюда было немыслимо; они и дышать-то почти не смели. Возле рва, футах в тридцати от того места, где они сидели, пылал костер; над костром висел железный котел, из которого валил густой пар, а рядом с костром стоял высокий, оборванный, краснолицый человек. В правой руке он держал железную ложку; из-за пояса его торчал охотничий рог и устрашающих размеров кинжал. Казалось, он к чему-то прислушивается; видимо, он слышал, как они пробрались в развалины дома. Это и был, несомненно, певец; он, вероятно, помешивал в котле, когда до его слуха донесся подозрительный шорох, произведенный неосторожным прикосновением ноги к мусорной куче. Немного поодаль лежал, закутавшись в коричневый плащ, еще один человек; он крепко спал. Бабочка порхала над его лицом. Вся лужайка была белая от маргариток. На цветущем кусте боярышника висели лук, колчан со стрелами и кусок оленьей туши.

Наконец долговязый перестал прислушиваться, поднес ложку ко рту, лизнул ее и снова принялся мешать в котле, напевая.

Кому опасен город, тот бродит по лесам, — хрипло пропел он, возвращаясь к тем самым словам своей песни, на которых остановился.

Сэр, никому на свете мы не желаем зла,
Но в ланей королевских летит порой стрела.

Время от времени он черпал из котла свое варево и, как завзятый повар, дул на него и пробовал. Наконец он, видимо, решил, что похлебка готова, вытащил из-за пояса рог и трижды протрубил призывный сигнал.

Спящий проснулся, перевернулся на другой бок, отогнал бабочку и поглядел во все стороны.

— Чего ты трубишь, брат? — спросил он. — Обедать пора, что ли?

— Да, дурачина, обед, — сказал повар. — Неважный обед, без эля и без хлеба. Невесело сейчас в зеленых лесах. А бывали времена, когда добрый человек мог здесь жить, как архиепископ, не боясь ни дождей, ни морозов: и эля и вина было вдоволь. Но теперь дух отваги угас в людских сердцах; а этот Джон Мщу-за-всех, спаси нас бог и помилуй, просто воронье пугало.

— Тебе лишь бы наесться и напиться, Лоулесс, — ответил его собеседник. — Погоди, еще вернутся хорошие времена.

— Я с детства жду хороших времен, — сказал повар. — Был я монахом-францисканцем, был королевским стрелком; был моряком и плавал по соленому морю; приходилось мне бывать и в зеленом лесу, приходилось подстреливать королевских ланей. И чего же я достиг? Ничего! Напрасно я не остался в монастыре. С игуменом Джоном жить было выгодней, чем с Джоном Мщу-за-всех. Клянусь богородицей, вот и они!

На поляне, один за другим, появлялись рослые, крепкие молодцы, у каждого был нож и кубок, сделанный из коровьего рога; зачерпнув варево из котла, они садились в траву и ели. И одеты и вооружены они были по-разному; одни носили груботканые рубахи, и все оружие их состояло из ножа да старого лука; другие одевались, как настоящие лесные франты: Шапки и куртка из темно-зеленого сукна, изящные стрелы, украшенные перьями, за поясом — рог на перевязи, меч и кинжал на боку. Они были очень голодны и потому неразговорчивы; едва прорычав приветствие, каждый жадно набрасывался на еду.

Их собралось уже человек двадцать, когда в кустах боярышника вдруг раздались радостные голоса, и на поляне появились еще пятеро: рослый, плотный человек с сединой в волосах, с загорелым, как прокопченный окорок, лицом, и за ним четверо с носилками. Нетрудно было угадать в первом начальника: за плечами его висел лук, в руке он держал рогатину.

— Ребята! — крикнул он. — Веселые мои друзья! Вы тут ели всухомятку и свистели от голода! Но я всегда говорил: потерпите, счастье еще улыбнется нам. И оно уже начало улыбаться. Вот первый посланец счастья — добрый эль!

И под гул одобрительных возгласов носильщики опустили носилки, на которых оказался большой бочонок.

— Но торопитесь, ребята, — продолжал пришедший. — Нам предстоит дело. К перевозу подошел отряд стрелков. На них красное с синим; каждый из них — мишень, каждый отведает наши стрелы, ни один не выйдет из лесу живым. Нас здесь пятьдесят человек, и каждому из нас нанесена обида: у одного похитили землю, у другого — друзей; одного обесчестили, другого изгнали. Мы все обижены! Кто же нас обидел? Сэр Дэниэл, клянусь распятием! Неужели мы ему позволим спокойно пользоваться похищенным у нас добром? Сидеть в наших домах? Пахать наши поля? Есть мясо наших быков? Нет, не позволим! Его защищает закон; перья судейских писак всегда на его стороне. Но я приберег для него у себя за поясом такие перья, с которыми ему не совладать!

Повар Лоулесс пил уже второй рог эля; он приподнял его, как бы приветствуя оратора.

— Мастер Эллис, — сказал он, — вы помышляете только о мести. Ну что ж, вам так и подобает. Но у нас, у ваших бедных братьев по зеленому лесу, никогда не было ни земель, ни друзей, и нам оплакивать нечего; мы люди маленькие и помышляем мы не о мести, а о прибыли. Самой сладкой мести в мире мы предпочтем благородное золото и мех с канарским вином.

— Лоулесс, — последовал ответ, — чтобы вернуться в замок Мот, сэр Дэниэл должен пройти через лес. Мы позаботимся о том, чтобы этот путь обошелся ему дороже всякой битвы. Все знатные друзья его разбиты, и никто ему не поможет. Мы окружим старого лиса со всех сторон, и он погибнет. Это жирная добыча! Ее хватит на обед нам всем.

— Много я уже едал таких обещанных обедов, — сказал Лоулесс. — Но готовить их — дело трудное, добрый мастер Эллис, можно обжечься. А чем мы занимаемся в ожидании этого жирного обеда? Мы мастерим черные стрелы, мы сочиняем стишки, мы пьем чистую холодную воду — пренеприятный напиток.

— Ты неверный человек, Уилл Лоулесс. От тебя все еще пахнет монастырской кладовой. Жадность погубит тебя, — ответил Эллис. — Мы забрали двадцать фунтов у Эппльярда. Мы забрали семь марок у гонца вчера ночью. Третьего дня мы забрали пятьдесят у купца…

— А сегодня, — сказал один из молодцов, — я остановил возле Холивуда жирного торговца индульгенциями. Вот его кошелек.

Эллис пересчитал содержимое кошелька.

— Сто шиллингов! — проворчал он. — Дурак, у него наверняка гораздо больше было спрятано в туфлях или вшито в капюшон. Ты младенец. Том Кьюкоу, ты упустил рыбку.

Тем не менее Эллис небрежно сунул кошелек себе в карман. Он стоял, опираясь на «рогатину, и разглядывал своих товарищей. Они жадно глотали похлебку из оленины, запивая ее элем. День выдался удачный, им повезло; однако их ждали срочные дела, и они не мешкали над едой. Те, кто пришел первым, уже отобедали и либо повалились в траву и тотчас заснули, как сытые удавы, либо болтали между собой, либо приводили оружие в порядок. Один весельчак поднял рог с элем и запел:

Привольно весной под сенью лесной!
Как запах жаркого хорош,
Как весел и дружен приятельский ужин,
Когда «ты оленя убьешь!
Дождешься дождей, холодных ночей,
Короткого зимнего дня, -
С гульбой попрощайся, домой возвращайся,
Сиди до весны у огня.

Мальчики лежали и слушали. Ричард снял свой арбалет и держал наготове железный крючок, чтобы натянуть тетиву. Они не смели шевельнуться; вся эта сцена из лесной жизни прошла перед их глазами, будто в театре. Но тут внезапно наступил антракт: раздался пронзительный свист, затем громкий треск, и обломки стрелы упали к ногам мальчиков. Над тем самым местом, где они притаились, высилась труба; ее-то, верно, и избрал своею мишенью невидимый стрелок — быть может, это был часовой, которого они видели на сосне.

Мэтчем тихонько вскрикнул; даже Дик вздрогнул и выронил крючок. Но людей, сидевших на полянке, стрела эта не испугала; для них она была условным сигналом, которого они давно ожидали. Они все разом вскочили на ноги, затягивая пояса, проверяя тетивы, вытаскивая из ножен мечи и кинжалы. Эллис поднял руку; лицо его озарилось неукротимой энергией, белки глаз ярко сверкали на загорелом лице.

— Ребята, — сказал он, — вы все знаете свое дело. Пусть ни одна душа не выскользнет живой из ваших рук! Эппльярд — это был всего только глоток виски перед обедом; а сейчас начнется самый обед. Я должен отомстить за троих: за Гарри Шелтона, за Саймона Мэлмсбэри и... — тут он ударил себя кулаком в широкую грудь, — и за Эллиса Дэкуорта. И, клянусь небом, я отомщу!

Какой-то человек, раскрасневшийся от быстрого бега, продрался сквозь кусты и выбежал на поляну.

— Это не сэр Дэниэл! — проговорил он, тяжело дыша. — Их всего семь человек. Стрела долетела до вас?

— Только что, — ответил Эллис.

— Черт побери! — выругался прибежавший. — То-то мне показалось, что я слышу ее свист. Вот я и остался без обеда.

В один миг весь отряд «Черной стрелы» покинул поляну перед разрушенным домом; котел, затухавший костер да оленья туша на кусте боярышника — вот и все, что от них осталось.

ГЛАВА V. КРОВОЖАДНАЯ ОХОТА

Мальчики не двигались до тех пор, пока шум ветра не заглушил топота удаляющихся шагов. Тогда они встали и с большим трудом, так как от неудобного положения у них затекли ноги, выбрались из разрушенного дома и по бревну перешли через ров. Мэтчем поднял оброненный крючок и шел впереди; Дик следовал за ним с арбалетом в руке.

— А теперь идем в Холивуд, — сказал Мэтчем.

— В Холивуд? — воскликнул Дик. — Идти в Холивуд, когда в наших стреляют? Нет, я не пойду в Холивуд. Пусть меня лучше повесят, Джон!

— Неужели ты бросишь меня? — спросил Мэтчем.

— Ну и брошу, — ответил Дик. — Если я не успею предупредить их, я умру вместе с ними. Не могу же я бросить людей, с которыми я прожил всю жизнь! Дай мне крючок от моего арбалета.

Но Мэтчем не собирался отдавать ему крючок.

— Дик, — сказал он, — ты поклялся всеми святыми, что доставишь меня невредимым в Холивуд. Неужели ты нарушишь свою клятву? Неужели ты меня бросишь, клятвопреступник?

— Я клялся искренне, — ответил Дик, — и собирался сдержать свою клятву. Вот что, Джон, пойдем со мной. Позволь мне только предупредить этих людей и, если придется, постоять вместе с ними под стрелами. Тогда совесть моя будет чиста, я выполню свою клятву и отведу тебя в Холивуд.

— Ты смеешься надо мной! — возразил Мэтчем. — Люди, которым ты хочешь помочь, охотятся за мной, чтобы погубить меня.

Дик почесал голову.

— Что ж делать, Джон, — сказал он. — Я не могу иначе. А как бы ты сам поступил на моем месте? Тебе опасность грозит небольшая, а их ждет смерть. Смерть! — повторил он. — Подумай об этом! Какого черта ты меня задерживаешь? Давай сюда крючок! Клянусь святым Георгием, я не дам им всем погибнуть!

— Ричард Шелтон, — сказал Мэтчем, глядя прямо ему в лицо, — неужели ты собираешься сражаться на стороне сэра Дэниэла? Разве у тебя нет ушей? Разве ты не слышал того, что сказал Эллис? Или тебе не дорога родная кровь, кровь твоего отца, которого убил этот человек? «Гарри Шелтон», — сказал он; а сэр Гарри Шелтон был твой отец, и это так же ясно, как то, что солнце сияет на небе.

— И ты хочешь, чтобы я поверил ворам? — крикнул Дик.

— Я уже давно слышал об убийстве твоего отца, — сказал Мэтчем. — Всем известно, что его убил сэр Дэниэл. В своем собственном доме пролил он невинную кровь. Небеса жаждут отмщения за это убийство! А ты, сын убитого, идешь утешать и защищать убийцу!

— Джон! — воскликнул мальчик. — Я ничего не знаю. Быть может, все это так и было. Откуда мне знать? Но посуди сам: сэр Дэниэл вырастил меня и выкормил; я играл и охотился вместе с его воинами; а ты хочешь, чтобы я покинул их в минуту опасности! Если я покину их, я потеряю честь! Нет, Джон, не проси меня, ты ведь не захочешь видеть меня обесчещенным.

— Ну, а твой отец. Дик? — сказал Мэтчем, несколько, видимо, поколебленный. — Как же твой отец? И клятва, которую ты мне дал? Ведь когда ты давал клятву, ты призвал в свидетели всех святых.

— Мой отец, ты говоришь? — воскликнул Шелтон. — Отец велел бы мне идти и защищать своих. Если правда, что сэр Дэниэл убил его, придет час, и вот эта рука убьет сэра Дэниэла! Но пока сэру Дэниэлу грозит опасность, я буду защищать его. А от клятвы моей ты сам меня освободишь, добрый Джон. Ты освободишь меня от клятвы, чтобы спасти жизнь людей, которые не сделали тебе ничего дурного, и чтобы спасти мою честь.

— Я, Дик, освобожу тебя от клятвы? Никогда! — ответил Мэтчем. — Если ты бросишь меня, ты — клятвопреступник, так и знай.

— Мое терпение лопнуло, — сказал Дик. — Отдай мне мой крючок!

— Не дам, — сказал Мэтчем. — Я спасу тебя против твоей воли.

— Не дашь? — крикнул Дик. — Я тебя заставлю!

— Попробуй! — сказал Мэтчем.

Они смотрели друг другу в глаза, готовые к схватке. Дик бросился первым. Мэтчем отскочил, повернулся и побежал, но Дик нагнал его двумя прыжками, вырвал у него из рук крючок от арбалета, грубо повалил на землю и остановился над ним, сжав кулаки, раскрасневшийся и свирепый. Мэтчем лежал, уткнувшись лицом в траву и не пытаясь сопротивляться.

Дик натянул тетиву.

— Я тебя проучу! — яростно кричал он. — Клялся я или не клялся, а я тебя проучу!

Он повернулся и побежал прочь. Мэтчем вскочил на ноги и помчался за ним вдогонку.

— Что тебе нужно? — крикнул Дик и остановился. — Чего ты бежишь за мною? Отстань!

— Я бегу, куда хочу, — сказал Мэтчем. — Здесь, в лесу, я свободен.

— Нет, ты отстанешь от меня, клянусь богородицей! — ответил Дик, подымая свой арбалет.

— Ах, какой ты храбрец! — сказал Мэтчем. — Стреляй!

Дик смущенно опустил арбалет.

— Послушай, — сказал он, — ты уж и так достаточно мне навредил. Уходи. Уйди по-хорошему. А то я вынужден буду прогнать тебя.

— Ну что ж, — сказал Мэтчем, — ты сильнее. Прогоняй меня. А я от тебя не отстану, Дик. Ты можешь прогнать меня только силой.

Дик едва сдерживался. Совесть не позволяла ему бить беззащитного, но он не знал другого способа избавиться от ненужного спутника, которому к тому же перестал доверять.

— Да помешался ты, что ли? — крикнул он. — Дурак, ведь я иду к твоим врагам! Я несусь прямехонько к ним.

— Ну и пусть, — ответил Мэтчем. — Если тебе суждено умереть, Дик, я умру вместе с тобой. Если тебе суждено попасть в тюрьму, мне лучше будет с тобою в тюрьме, чем без тебя на свободе.

— Ладное сказал Дик. — У меня нет времени с тобой препираться. Иди за мной. Но если ты подстроишь мне какую-нибудь пакость, я тебя щадить не стану. Загоню в тебя стрелу, так и знай.

С этими словами Дик повернулся и быстрым шагом направился вдоль чащи, зорко глядя по сторонам. Вскоре он выбрался из оврага. Лес поредел. Слева он увидел небольшой холм, поросший золотистым дроком; на верхушке холма возвышались темные сосны.

«Отсюда мне будет видно все», — подумал он и полез вверх по открытому, заросшему вереском склону.

Он прошел всего несколько ярдов, как вдруг Мэтчем схватил его за руку и показал что-то вдали. К востоку от холма лежала широкая долина; вереск на ней еще не отцвел, и она напоминала заржавленный щит, на котором пятнами темнели вязы. Десять человек в зеленых куртках поднимались по склону; их вел сам Эллис Дэкуорт, — его легко было узнать по рогатине, которую он держал в руках. Один за другим доходили они до вершины, появлялись на фоне неба и исчезали за холмом.

Дик ласково посмотрел на Мэтчема.

— Значит, ты верен мне, Джон? — спросил он. — А я боялся, что ты на стороне моих врагов.

Мэтчем заплакал.

— Это еще что! — воскликнул Дик. — Святые угодники, помилуйте нас! Я сказал тебе всего одно слово, и ты уже ревешь.

— Ты ушиб меня! — рыдал Мэтчем. — Ты швырнул меня на землю, и я очень больно ушибся. Ты трус, ты пользуешься тем, что ты сильней меня!

— Не болтай глупостей, — грубо сказал Дик. — Какое ты имел право не давать мне мой крючок, мастер Джон! Мне следовало отколотить тебя как следует. Хочешь идти со мной, так слушайся. Ну, идем!

Мэтчем пребывал в нерешительности; но когда он увидел, что Дик продолжает карабкаться вверх по склону, ни разу даже не обернувшись, он побежал за ним вслед. Однако подъем был крутой и неровный, и пока Мэтчем колебался. Дик прошел далеко вперед. А так как он и двигался проворнее, он успел доползти до сосен на вершине и уже расчищал себе гнездышко, когда Мэтчем, дыша, как загнанный олень, плюхнулся наземь рядом с ним.

Внизу, на краю обширной долины, тропа, ведущая от деревушки Тэнстолл, спускалась к перевозу. Это была хорошо утоптанная тропа, и ее легко было проследить всю из конца в конец. Лес то отступал от нее, то подходил к ней вплотную; и всюду, где лес близко подходил к тропе, могла быть засада. Далеко внизу солнечные лучи сияли на семи стальных шлемах; а по временам, когда деревья редели, с холма можно было разглядеть Сэлдэна и его людей, которые ехали рысью, спеша исполнить приказание сэра Дэниэла. Ветер, несколько ослабевший, все еще раскачивал деревья, и. быть может, если бы среди всадников был покойный Эппльярд, он по поведению птиц почуял бы опасность.

— Они уже заехали далеко в лес, — прошептал Дик. — Теперь, чтобы спастись, им надо скакать вперед, а не возвращаться. Видишь вон ту поляну, на самой середине которой выросла маленькая роща, похожая на остров? Там они были бы в безопасности. Только бы они доскакали до этого места, а уж я позабочусь их предупредить. Но надежды мало; их всего семеро, и у них не арбалеты, а простые луки. А арбалет. Джон, всегда одерживает победу над луком.

Между тем Сэлдэн и его спутники продолжали скакать по тропе, не подозревая о грозившей им опасности и постепенно приближаясь к тому месту, где спрятались мальчики. Один раз всадники остановились и, сбившись в кучу, стали прислушиваться и показывать куда-то пальцем. Насторожиться их, должно быть, заставил глухой пушечный рев, который ветер доносил до них издалека. По этим звукам можно было догадываться о ходе великого сражения. Тут было над чем задуматься. Если рев пушек стал слышен в Тэнстоллском лесу, значит, сражение передвинулось к востоку и, следовательно, счастье изменило сэру Дэниэлу и лордам Алой розы[1].

Но вот маленький отряд снова двинулся в путь и скоро добрался до открытой поляны, заросшей вереском; лес вдавался в нее длинным узким клином, доходившим до самой тропы. Едва всадники приблизились к ней, как в воздухе мелькнула стрела. Один из всадников всплеснул руками, конь его вздыбился, и оба они рухнули на землю. Все закричали так громко, что мальчики услышали их крики со своего холма. Оттуда также было видно, как шарахнулись вспугнутые кони и как, когда всадники немного оправились от неожиданности, один из них пытался спешиться. Еще одна стрела, пущенная с большего расстояния, чем первая, описала в воздухе широкую дугу; второй всадник рухнул в пыль.

[1] Лорды Алой розы — то есть сторонники династии Ланкастеров.

Воин, слезавший с коня, выпустил узду, и конь помчался галопом, волоча его за ногу по земле, колотя об камни, топча копытами. Четверо, оставшихся в седле, разделились — один, громко крича, поскакал назад к перевозу, а трое других, бросив поводья, понеслись во весь опор вперед, к Тэнстоллу. Из-за каждого дерева в них летели стрелы. Вскоре один конь упал, но воин успел вскочить на ноги; он бежал вслед за своими товарищами, пока и его не уложила стрела. Еще один человек упал и еще один конь. Из всего отряда уцелел только один, но и у него уже не было коня. Вдали замер топот трех перепуганных коней, потерявших своих седоков.

За все это время ни один из нападающих не показался из засады. Там и сям на тропе валялись корчившиеся в предсмертной муке кони и люди. Но у их врагов не было милосердия — никто не вышел из засады, чтобы избавить их от страданий.

Уцелевший всадник остановился в растерянности возле своего павшего коня. Он очутился в конце той самой поляны с рощицей, которую Дик указал Мэтчему, на расстоянии каких-нибудь пятисот ярдов от того места, где лежали мальчики. Они ясно видели, как он тревожно озирался по сторонам, ожидая смерти. Но никто его не трогал, и мало-помалу мужество вернулось к нему. Внезапно он скинул с плеча свой лук и натянул тетиву. И Дик узнал его по движению руки. То был Сэлдэн.

При этой попытке к сопротивлению весь лес захохотал. Видимо, в этом жестоком и несвоевременном веселье участвовало не меньше двадцати человек. Над плечом Сэлдэна пролетела стрела. Он вздрогнул и отпрянул. Другая стрела вонзилась в землю у самых его ног. Он спрятался за деревом. Третья стрела, направленная, казалось, ему прямо в лицо, упала в нескольких шагах от него. Затем снова раздался громкий хохот, перебегая, как эхо, от одного куста к другому.

Было ясно, что нападающие просто дразнят несчастного, как в те времена дразнили обычно быка, перед тем как убить, или как кошка и по сей день забавляется с мышью. Сражение давно окончилось. Один из лесных удальцов уже вышел на тропу и спокойно подбирал стрелы, а его товарищи тешили свои жестокие сердца зрелищем страданий ближнего.

Сэлдэн понял, что его дразнят. С яростным воплем он натянул свой лук и наугад пустил стрелу в чащу леса. Ему повезло — кто-то вскрикнул от боли. Кинув свой лук, Сэлдэн помчался вверх по склону, как раз туда, где лежали Дик и Мэтчем.

Лесные удальцы начали обстреливать его не на шутку. Но они поздно спохватились, и как бы в отместку за их жестокость счастье от них отвернулось и теперь им приходилось стрелять против солнца. Сэлдэн на бегу кидался то вправо, то влево, чтобы сбить их и не дать им прицелиться. Уже тем, что он бросился бежать вверх по склону, он расстроил все их расчеты: по ту сторону тропы у них не было ни одного стрелка, кроме того единственного, которого Сэлдэн не то убил, не то ранил. Шайка, видимо, растерялась. Кто-то трижды свистнул, потом еще два раза. Издалека донесся ответный свист. Весь лес наполнился шумом шагов и треском ветвей. Испуганная лань выскочила на поляну, постояла на трех ногах, понюхала воздух и снова исчезла в чаще.

Сэлдэн продолжал бежать, прыгая из стороны в сторону. Стрелы летели за ним вдогонку, но ни одна не попала в него. Еще немного, казалось, и он спасен. Дик держал наготове свой арбалет, чтобы помочь ему. Даже Мэтчем, позабыв о своей ненависти к сэру Дэниэлу, в глубине души сочувствовал несчастному беглецу. Сердца обоих мальчиков судорожно стучали.

Сэлдэн находился всего в пятидесяти ярдах от них, как вдруг в него попала стрела, и он упал. Правда, через мгновение он уже снова, был на ногах; но теперь он шатался на каждом шагу и, словно слепой, побежал в другую сторону.

Дик вскочил на ноги и замахал ему рукой.

— Сюда! — крикнул он. — Сюда! Мы поможем тебе! Беги! Беги!

Но вторая стрела попала Сэлдэну в плечо и, угодив между пластинами его лат, пробила его куртку. Он рухнул на землю.

— Бедняга! — крикнул Мэтчем, всплеснув руками.

А Дик словно остолбенел. Он стоял во весь рост на вершине холма — великолепной мишенью для стрелков.

Его, наверно, немедленно убили бы, так как лесные удальцы были в ярости на самих себя и застигнуты врасплох появлением Дика в тылу своих позиций, но вдруг совсем близко раздался громовой голос Эллиса Дэкуорта.

— Стой! — прогремел он. — Не смейте стрелять! Взять его живьем! Это молодой Шелтон, сын Гарри Шелтона.

Он несколько раз пронзительно свистнул, и со всех сторон леса ему засвистели в ответ. Свист, вероятно, заменял Джону Мщу-за-всех боевую трубу: с его помощью он отдавал свои приказания.

— Беда! — воскликнул Дик. — Мы попались... Бежим, Джон, бежим!

И они повернули назад и помчались через сосновую рощу, покрывавшую вершину холма.

ГЛАВА VI. КОНЕЦ ДНЯ

Мальчики побежали в самое время: еще немного, и было бы поздно. Молодцы «Черной стрелы» со всех концов устремились к холму. Наиболее проворные из них и те, кому пришлось бежать по открытой местности, быстро опередили остальных и были уже недалеко от цели; а те, которые поотстали, помчались по ложбинам, кто направо, кто налево, стремясь окружить холм, чтобы не дать мальчикам уйти.

Дик влетел в высокую дубовую рощу. Там, под дубами, была твердая почва, и ноги не путались в прутьях кустов. Мальчики бежали быстро, потому что бежать им приходилось с горы. Дубы кончились, перед ними была широкая долина, но Дик свернул влево. Добежав до следующей поляны, он опять свернул влево. Вот каким образом получилось, что мальчики, несколько раз сворачивавшие влево, понеслись по направлению к реке, через которую они переправились два часа назад, а их преследователи помчались совсем в другую сторону, по направлению к Тэнстоллу.

Мальчики остановились, чтобы перевести дух. Преследователей не было слышно. Дик приложил ухо к земле и все же ничего не услышал; впрочем, на слух трудно было положиться, так как ветер, шумевший в ветвях, заглушал все.

— Вперед! — сказал Дик.

Они очень устали, у Мэтчема ныла нога, и все-таки, пересилив себя, они побежали дальше под гору.

Три минуты спустя они врезались в самую гущу кустов остролиста. Над головой кроны дубов образовали сплошную крышу. Казалось, они попали в высокий многоколонный собор. Бежать здесь было нетрудно — трава упруго и мягко пружинила под ногами, и только порой беглецы цеплялись за кусты остролиста.

Но вот чаща поредела, они миновали последние кусты, и сумерки рощи расступились.

— Стой! — крикнул чей-то голос.

Среди толстых стволов в пятидесяти футах от себя они увидели рослого человека в зеленой куртке, запыхавшегося от быстрого бега. Человек этот поспешно вложил в лук стрелу и взял их на прицел. Мэтчем вскрикнул и остановился; но Дик продолжал бежать и, выхватив кинжал, с ходу кинулся на лесного удальца. Быть может, тот растерялся, пораженный смелостью нападения, а быть может, ему было запрещено стрелять: как бы то ни было, он не выстрелил. Не дав ему опомниться, Дик схватил его за горло и швырнул наземь. Лук, загудев тетивой, полетел в одну сторону, стрела — в другую. Обезоруженный лесной удалец попытался сопротивляться; но кинжал дважды сверкнул и дважды опустился. Раздался слабый стон. Дик поднялся. Лесной удалец неподвижно лежал на траве, пораженный в самое сердце.

— Вперед! — крикнул Дик.

Он снова побежал; Мэтчем с трудом поспевал за ним. По правде говоря, оба едва волочили ноги и ловили воздух ртом, как рыбы. У Мэтчема закололо в боку; голова его кружилась. У Дика ноги были как свинцовые. Они бежали из последних сил, но все-таки бежали.

Внезапно чаща кончилась. Перед ними лежала дорога из Райзингэма в Шорби, окаймленная с обеих сторон неприступной стеной леса.

Дик остановился. И тут он услышал какой-то непонятный шум. Непрерывно нарастая, он напоминал завывание ветра, но вскоре в этом завывании Дик различил топот несущихся вскачь лошадей. И вот из-за поворота дороги выскочил отряд вооруженных всадников; он мгновенно пронесся мимо мальчиков и исчез. Всадники мчались в полном беспорядке, — видимо, они спасались бегством; многие из них были ранены. Рядом неслись, высоко подкидывая окровавленные седла, лошади без седоков. Это удирали остатки армии, разгромленные в большом сражении.

Топот лошадей, промчавшихся в сторону Шорби, уже начал замирать вдали, как вновь послышалось цоканье копыт и на дороге появился еще один всадник, судя по его великолепным доспехам, человек высокого положения. Следом за ним потянулись обозные телеги. Возницы неистово подстегивали кляч, и клячи бежали неуклюжей рысью. Эти обозники, видимо, удрали в самом начале сражения, но трусость не принесла им пользы. Едва они поравнялись с тем местом, где стояли удивленные мальчики, как какой-то воин в изрубленных латах, вне себя от бешенства, догнал телеги и начал избивать возниц рукоятью меча. Многие побросали свои телеги и скрылись в лесу. Оставшихся воин рубил направо и налево, нечеловечески громко бранясь и обзывая их трусами.

Между тем шум вдали все усиливался; ветер доносил громыханье телег, конский топот, крики воинов. Ясно было, что целая армия, словно наводнение, хлынула на дорогу.

Дик нахмурился. По этой дороге он собирался идти до поворота на Холивуд, а теперь надо было искать другой путь. А главное, он узнал знамена графа Райзингэма и понял, что сторонники Ланкастерской розы потерпели полное поражение. Успел ли сэр Дэниэл присоединиться к ланкастерцам? Неужели и он тоже разбит? Неужели и он бежал? Или, быть может, он запятнал свою честь изменой и перешел на сторону Йорка? Неизвестно, что хуже.

— Идем, — угрюмо сказал Дик.

И побрел назад в чащу. Мэтчем устало ковылял за ним.

Они молча шли по лесу. Было уже поздно; солнце опускалось в болото за Кэттли; вершины деревьев багровели в его лучах, но тени становились все гуще, и в воздухе повеяло ночным холодом.

— Эх, если бы поесть! — воскликнул Дик, остановившись.

Мэтчем сел на землю и заплакал.

— Вот из-за ужина ты плачешь, зато, когда нужно было спасать людей, ты был спокоен, — презрительно сказал Дик. — На твоей совести семь человек, мастер Джон; и этого я тебе никогда не прощу.

— На моей совести? — воскликнул Мэтчем яростно. — На моей? А на твоем кинжале красная человеческая кровь! За что ты убил беднягу? Он поднял лук, но не выстрелил; он мог тебя убить, но пощадил! Велика храбрость — убить безоружного, как котенка!

Дик онемел от оскорбления.

— Я убил его в честном бою. Я кинулся на него, когда он поднял лук! — воскликнул он.

— Ты убил его, как трус, — возразил Мэтчем. — Ты крикун и хвастунишка, мастер Дик! У всякого, кто сильнее тебя, ты будешь валяться в ногах! Ты не умеешь мстить. Смерть твоего отца осталась неотмщенной, и его несчастный дух напрасно молит о возмездии. А вот если какое-нибудь слабое существо, не умеющее драться, подружится с тобой, она погибнет.

Дик был слишком взбешен, чтобы обратить внимание на слово «она».

— Вздор! — крикнул он. — Возьми любых двух человек, и всегда окажется, что один сильнее, а другой слабее. Сильный побеждает слабого, и это правильно. А тебя, мастер Мэтчем, за твою строптивость и неблагодарность следует выдрать ремнем, и я тебя выдеру.

И Дик, умевший в самом сильном гневе казаться спокойным, начал расстегивать свой пояс.

— Вот что ты получишь на ужин, — сказал он, мрачно усмехаясь.

Мэтчем перестал плакать; он был бел как полотно, но твердо смотрел Дику в лицо и не двигался. Дик шагнул вперед, подняв ремень. Но тут же остановился, смущенный большими глазами и осунувшимся, усталым лицом своего товарища. Дик заколебался.

— Признайся, что ты неправ, — запинаясь, проговорил он.

— Нет, я прав, — сказал Мэтчем. — Бей меня! Я хромаю; я устал; я не сопротивляюсь; я не сделал тебе ничего дурного. Так бей же меня, трус!

Услышав эти оскорбительные слова. Дик взмахнул поясом. Но Мэтчем так вздрогнул, так сжался весь от страха, что у Дика снова не хватило решимости нанести удар. Рука с ремнем опустилась; он не знал, как поступить, и чувствовал себя дураком.

— Чтоб ты сдох от чумы! — сказал он. — Если у тебя слабые руки, так придержи свой язык. Но бить я тебя не могу, пусть меня лучше повесят!

И он надел свой пояс.

— Бить я тебя не буду, — продолжал он, — но простить тебе я никогда не прощу. Я тебя не знал. Ты был врагом моего господина, — я отдал тебе свою лошадь; я отдал тебе свой обед, а ты говорил, что я сделан из дерева. Ты обозвал меня трусом и хвастунишкой. Нет, мера моего терпения переполнена, клянусь! Теперь я вижу, как выгодно быть слабым: ты можешь совершать самые гнусные поступки, и никто тебя не накажет; ты можешь украсть у человека оружие, когда ему грозит опасность, и человек этот не посмеет потребовать его у тебя, — ведь ты такой слабый! Значит, если кто-нибудь направит на тебя копье и крикнет тебе, что он слаб, ты должен дать ему пронзить себя? Вздор! Глупости!

— А все-таки ты меня не бьешь, — сказал Мэтчем.

— Черт с тобой! — ответил Дик. — Я займусь твоим воспитанием. Ты дурно воспитан, но все же в тебе есть что-то хорошее, и главное, ты вытащил меня из реки. Впрочем, об этом я вспоминать не хочу. Я решил быть таким же неблагодарным, как ты. Однако нужно идти. Если ты хочешь попасть в Холивуд сегодня ночью или хотя бы завтра утром, мы должны торопиться.

Но если к Дику и вернулось его добродушие, Мэтчем не простил ему ничего. Нелегко ему было забыть и грубость Дика, и убийство лесного удальца, и, самое главное, поднятый ремень.

— Приличия ради благодарю тебя, — сказал Мэтчем. — Но, пожалуй, я и без тебя найду дорогу, добрый мастер Шелтон. Лес широк; ты ступай налево, а я пойду направо. Я у тебя в долгу: ты накормил меня обедом и прочитал мне нравоучение, — при случае я отблагодарю тебя. Всего хорошего!

— Ну и убирайся! — крикнул Дик. — И черт с тобой!

Они пошли в разные стороны, не заботясь о направлении и думая только о своей ссоре. Но не прошел Дик и десяти шагов, как Мэтчем окликнул его и побежал за ним.

— Дик, — сказал он, — мы нехорошо с тобой попрощались. Вот тебе моя рука и вот тебе мое сердце. За все, что ты сделал для меня, за твою помощь мне я благодарю тебя, и не из приличия только, а от всей души. Всего тебе хорошего!

— Ну что же, друг, — сказал Дик, пожимая протянутую руку, — желаю, чтоб тебе везло во всем. Но боюсь, что не повезет. Слишком уж ты любишь спорить.

Они расстались во второй раз. И снова разлука их не состоялась, но теперь уже не Мэтчем побежал за Диком, а Дик за Мэтчемом.

— Возьми мой арбалет, — сказал он. — Ведь у тебя нет никакого оружия.

— Арбалет? — воскликнул Мэтчем. — Да у меня не хватит силы натянуть его. К тому же я и целиться не умею. Арбалет не принесет мне никакой пользы, добрый мальчик. Благодарю тебя.

Приближалась ночь, и в тени ветвей они уже с трудом различали лица друг друга.

— Погоди, я немного провожу тебя, — сказал Дик. — Ночь темна. Я доведу тебя хотя бы до тропинки, а то один ты можешь заблудиться.

Не сказав больше ни слова, он пошел вперед, и Мэтчем опять побрел за ним. Становилось все темней и темней; лишь изредка сквозь густые ветви видели они небо, усеянное мелкими звездами.

Шум разгромленной армии ланкастерцев все еще доносился до них, но с каждым их шагом он становился слабей и глуше.

Примерно через полчаса они вышли на большую поляну, поросшую вереском. Кое-где, словно островки, над ней возвышались кущи тисов, слабо озаренные мерцанием звезд. Мальчики остановились и посмотрели друг на друга.

— Ты устал? — спросил Дик.

— Я так устал, — ответил Мэтчем, — что хотел бы лечь и умереть.

— Я слышу журчание ручья, — сказал Дик. — Дойдем до него и напьемся; меня мучит жажда.

Местность медленно понижалась, и, действительно, на дне долины они нашли маленький лепечущий ручеек, который бежал между ивами. Они упали ничком на землю и, вытянув губы, вдоволь напились воды, отражавшей звезды.

— Дик, — сказал Мэтчем, — я выбился из сил. Я ничего больше не могу.

— Когда мы спускались сюда, я видел какую-то яму, — сказал Дик. — Залезем в нее и заснем.

— Ах, как я хочу спать! — воскликнул Мэтчем.

Яма была песчаная и сухая; ветви кустов, словно навес, склонялись над ней. Мальчики влезли в яму, легли и крепко прижались друг к другу, чтобы согреться; ссора их была забыта. Сон окутал их, как облако, и они мирно заснули под росою и звездами.

ГЛАВА VII. ЧЕЛОВЕК С ЗАКРЫТЫМ ЛИЦОМ

Они проснулись в предрассветных сумерках. Птицы еще не пели, а только неуверенно щебетали; и солнце еще не встало, но весь восточный край неба был охвачен торжественной многоцветной зарей. Голодные, измученные, они неподвижно лежали в блаженной истоме. И вдруг услышали звяканье колокольчика.

— Звонят! — сказал Дик, приподнимаясь. — Неужели мы так близко от Холивуда?

Колокольчик звякнул снова и на этот раз гораздо ближе; надтреснутый звон его, нарушивший утреннюю тишину, уже не умолкал, все время приближаясь.

— Что это? — спросил Дик, окончательно просыпаясь.

— Кто-то идет, — ответил Мэтчем, — и при каждом его шаге звенит колокольчик.

— Я это и сам понимаю, — сказал Дик. — Но кто может бродить здесь с колокольчиком? Кому нужен колокольчик в Тэнстоллском лесу? Джон, — прибавил он, — смейся надо мной, если хочешь, но мне этот звон не нравится.

— Да, — сказал Мэтчем и вздрогнул, — в этом звоне есть что-то тоскливое. Если бы не рассвет…

Но тут колокольчик зазвенел гораздо сильнее и вдруг умолк.

— Можно подумать, что кто-то бежал с колокольчиком, прочитал «отче наш» и с разбегу прыгнул в воду, — заметил Дик.

— А теперь он снова идет медленно, — прибавил Мэтчем.

— Не так уж медленно, Джон, — ответил Дик. — Напротив, он очень быстро к нам приближается. Либо он удирает от кого-то, либо за кем-то гонится сам. Разве ты не слышишь, что звон с каждым мгновением все ближе?

— Он уже совсем рядом, — сказал Мэтчем.

Они стояли на краю ямы; а так как яма была на верхушке небольшого бугра, они видели всю поляну до самого леса. В серых утренних сумерках они ясно различали белую ленту тропинки, которая проходила в каких-нибудь ста ярдах от ямы и пересекала всю поляну с востока на запад. Дик рассудил, что тропинка эта, по всей видимости, должна была вести в замок Мот.

Не успел он это подумать, как на тропинке, выйдя из чащи леса, появился человек, закутанный в белое. Он остановился на мгновение, словно для того, чтобы получше осмотреться; затем, низко пригнувшись к земле, неторопливо двинулся вперед через заросшую вереском поляну. Колокольчик звенел при каждом его шаге. У него не было лица: белый мешок, в, котором не были прорезаны даже отверстия для глаз, закрывал всю его голову; человек этот нащупывал дорогу палкой.

Смертельный ужас охватил мальчиков.

— Прокаженный! — сказал Дик, задыхаясь.

— Его прикосновение — смерть, — сказал Мэтчем. — Бежим!

— Зачем бежать? — возразил Дик. — Разве ты не видишь, что он совсем слепой? Он нащупывает дорогу палкой. Давай лежать и не двигаться; ветер дует от нас к нему, и он пройдет мимо, не причинив нам никакого вреда. Бедняга! Он достоин жалости, а не страха! Я пожалею его, когда он пройдет, — ответил Мэтчем.

Прокаженный находился уже совсем недалеко от них. Взошло солнце и озарило его закрытое лицо. Когда-то, до того, как страшная болезнь согнула его в три погибели, это, должно быть, был крупный, рослый мужчина, да и сейчас он шел уверенной походкой сильного человека. Зловещий звон колокольчика, стук палки, завешенное безглазое лицо и, главное, сознание того, что он не только обречен смерти и мучениям, но и отвержен людьми — все это нагоняло на мальчиков удручающую тоску.

Человек приближался к ним, и с каждым его шагом они теряли мужество и силы.

Поравнявшись с ямой, он остановился и повернул к ним голову.

— Пресвятая богородица, спаси меня! — еле слышно прошептал Мэтчем. — Он нас видит!

— Вздор! — ответил Дик шепотом. — Он просто прислушивается. Ведь он слеп, дурачок!

Прокаженный смотрел или прислушивался несколько мгновений. Потом побрел дальше, но вдруг снова остановился и снова, казалось, поглядел на мальчиков. Даже Дик смертельно побледнел и закрыл глаза, точно от одного взгляда на прокаженного он мог заразиться. Но скоро колокольчик зазвенел опять. Прокаженный дошел до конца поляны и исчез в чаще.

— Он видел нас, — сказал Мэтчем. — Клянусь, он нас видел!

— Глупости! — ответил Дик, к которому уже вернулось мужество. — Он нас слышал и, верно, очень испугался, бедняга! Если бы ты был слеп и если бы тебя окружала вечная ночь, ты останавливался бы при каждом хрусте сучка под ногой, при каждом писке птицы.

— Дик, добрый Дик, он видел нас, — повторял Мэтчем. — Люди прислушиваются совсем не так, Дик. Он смотрел, а не слушал. Он задумал что-то недоброе. Слышишь, колокольчик умолк...

Он был прав. Колокольчик больше не звенел.

— Это мне не нравится, — сказал Дик. — Это мне совсем не нравится, — повторил он. — Что он затеял? Идем скорее!

— Он пошел на восток, — сказал Мэтчем. — Добрый Дик, бежим прямо на запад! Я успокоюсь только тогда, когда повернусь к этому прокаженному спиной и удеру от него как можно дальше.

— Какой же ты трус, Джон! — ответил Дик. — Мы идем в Холивуд, а чтобы прийти отсюда в Холивуд, нужно идти на север.

Они встали, перешли по камешкам через ручей и полезли вверх по противоположному склону оврага, который был очень крут и подымался до самой опушки леса. Почва тут была неровная — всюду бугры и ямы; деревья росли то поодиночке, то целыми рощами. Нелегко было находить дорогу, и мальчики подвигались вперед очень медленно. К тому же они были утомлены вчерашними своими похождениями, измучены голодом и с трудом передвигали вязнувшие в песке ноги.

Внезапно с вершины бугра они увидели прокаженного — он находился в ста футах от них и шел им наперерез по ложбине. Колокольчик его не звенел, палка не нащупывала дороги, он шел быстрой, уверенной походкой зрячего человека. Через мгновение он исчез в зарослях кустов.

Мальчики сразу спрятались за кустом дрока и лежали, охваченные ужасом.

— Он гонится за нами, — сказал Дик. — Ты заметил, как он прижал язычок колокольчика рукой, чтобы не звенеть? Да помогут нам святые! Против заразы мое оружие бессильно!

— Что ему нужно? — воскликнул Мэтчем. — Чего он хочет? Никогда не слыхал я, чтобы прокаженные бросались на людей просто так, со зла. Ведь и колокольчик у него для того, чтобы люди, услышав звон, убегали. Дик, тут что-то не так…

— Мне все равно, — простонал Дик. — Я совсем ослабел, ноги у меня как солома. Да спасут нас святые!

— Неужели ты так и будешь тут лежать? — воскликнул Мэтчем. — Бежим назад, на поляну. Там безопаснее. Там ему не удастся подкрасться к нам незаметно.

— Я никуда не побегу, — сказал Дик. — У меня нет сил. Будем надеяться, что он пройдет мимо.

— Так натяни свой арбалет! — воскликнул Мэтчем. — Будь мужчиной.

Дик перекрестился.

— Неужели ты хочешь, чтобы я стрелял в прокаженного? — сказал он. — У меня рука не подымется. Будь что будет! — прибавил он. — Я могу сражаться со здоровыми людьми, но не с привидениями и прокаженными. Не знаю, привидение ли это или прокаженный, но да защитит нас небо и от того и от другого!

— Так вот какова прославленная храбрость мужчины! — сказал Мэтчем. — Как мне жалко несчастных мужчин! Ну что же, если ты ничего не хочешь делать, так давай лежать смирно.

Колокольчик отрывисто звякнул.

— Он нечаянно отпустил язычок, — шепнул Мэтчем. — Боже, как он близко!

Дик ничего не ответил, зубы его стучали.

Прокаженный уже смутно белел за ветвями кустов, потом из-за ствола высунулась его голова, казалось, он внимательно изучал местность. Мальчикам от страха чудилось, что кусты шуршат листьями и трещат ветвями, как живые; и каждому было слышно, как стучит сердце у другого.

Вдруг прокаженный с воплем выскочил из-за кустов и побежал прямо на мальчиков. Громко крича, они кинулись в разные стороны. Но их страшный враг живо догнал Мэтчема и крепко схватил его. Лесное эхо подхватило отчаянный крик Мэтчема. Он судорожно забился и потерял сознание.

Дик услышал крик и обернулся. Он увидел упавшего Мэтчема, и к нему сразу вернулись и силы и мужество. С возгласом, в котором смешались гнев и жалость, он снял с плеча арбалет и натянул тетиву. Но прокаженный остановил его, подняв руку.

— Не стреляй, Дикон! — послышался знакомый голос. — Не стреляй, храбрец! Неужели ты не узнал друга?

Уложив Мэтчема на траву, человек скинул с головы мешок, и Дик увидел лицо сэра Дэниэла Брэкли.

— Сэр Дэниэл! — воскликнул Дик.

— Да, я сэр Дэниэл, — ответил рыцарь. — Ты чуть не застрелил своего опекуна, мошенник! Но вот этот… — Он кивнул в сторону Мэтчема. — Как ты его называешь, Дик?

— Я его называю мастером Мэтчемом, — сказал Дик. — Разве вы его не знаете? А он говорил, что вы его знаете!

— Да, я его знаю, — ответил сэр Дэниэл и усмехнулся. — Он в обмороке, и, клянусь небом, ему есть с чего упасть в обморок. Признайся, Дик, ведь я напугал тебя до смерти?

— Ужасно напугали, сэр Дэниэл, — сказал Дик, вздохнув при одном воспоминании о своем испуге. — Простите меня, сэр, за дерзкие слова, но мне показалось, что я встретил самого дьявола. Сказать по правде, я до сих пор весь дрожу. Почему вы так нарядились, сэр?

Сэр Дэниэл гневно нахмурился.

— Почему я так нарядился? — сказал он. — Потому, Дик, что даже в моем собственном Тэнстоллском лесу моей жизни угрожает опасность. Нам не повезло, мы прибыли к самому разгрому. Где все мои славные воины? Дик, клянусь небом, я не знаю, где они! Мы были смяты. Стрелы косили нас, троих убили у меня на глазах. С тех пор я не видел ни одного моего воина. Мне удалось невредимым добраться до Шорби. Там, опасаясь «Черной стрелы», я нарядился прокаженным и осторожно побрел к замку Мот, позванивая колокольчиком. Это самый удобный наряд на свете; самый дерзкий разбойник пустится наутек, заслышав звон моего колокольчика. Этот звук способен согнать краску с любого лица. Я иду и вдруг натыкаюсь на тебя и Мэтчема. Я очень плохо вижу сквозь мешок и не был уверен, вы это или не вы. И по многим причинам я удивился, встретив вас вместе. Кроме того, я боялся, что на открытой поляне меня могут узнать. Но погляди, — перебил он себя, — бедняга уже почти очнулся. Глоток доброго канарского вина живо его воскресит.

Рыцарь вынул из-под своей длинной одежды большую бутылку. Он растер больному виски и смочил ему губы. Джон пришел в себя и тусклым взором смотрел то на одного, то на другого.

— Какая радость, Джон! — сказал Дик. — Это был вовсе не прокаженный, это был сэр Дэниэл! Посмотри сам!

— Выпей глоточек, — сказал рыцарь. — Ты сразу станешь молодцом. Я вас накормлю, и мы втроем пойдем в Тэнстолл. Признаюсь тебе. Дик, — продолжал он, раскладывая на траве хлеб и мясо, — я буду чувствовать себя в безопасности только тогда, когда окажусь в четырех стенах. С тех пор как я в первый раз сел на коня, мне никогда не приходилось так плохо. Опасность грозит и моей жизни и моему имуществу, а тут еще эти лесные бродяги ополчились на меня. Но я так легко не сдамся! Некоторым моим воинам удастся добраться домой, да у Хэтча осталось десять человек, и у Солдона шесть. Нет, мы скоро снова будем сильны! И если мне удастся купить мир у счастливого и недостойного лорда

Йорка, мы с тобой. Дик, скоро снова станем людьми и будем разъезжать верхом на конях!

С этими словами рыцарь наполнил рог канарским вином и поднял его, собираясь выпить за здоровье своего воспитанника.

— Сэлдэн... — начал Дик, запинаясь. — Сэлдэн...

И замолчал.

Сэр Дэниэл отшвырнул рог, не выпив вина.

— Что? — воскликнул он дрогнувшим голосом. — Сэлдэн? Говори! Что случилось с Сэлдэном?

Дик рассказал, как попал в засаду и как был истреблен отряд, посланный сэром Дэниэлом.

Рыцарь слушал молча, но лицо его подергивалось от гнева и горя.

— Клянусь моей правой рукой, я отомщу! — вскричал он. — Если мне не удастся отомстить, если я не убью десять врагов за каждого из моих убитых воинов, пусть эта рука отсохнет. Я сломал этого Дэкуорта, как тростинку, я выгнал его из дома, я сжег крышу над его головой, я изгнал его из этой страны; и теперь он вернулся, чтобы вредить мне? Ну, Дэкуорт, на этот раз тебе придется плохо!

Он замолчал, и только лицо его продолжало подергиваться.

— Что же вы не едите! — крикнул он внезапно. — А ты, — обратился он к Мэтчему, — поклянись мне, что пойдешь со мной в замок Мот.

— Клянусь моей честью, — ответил Мэтчем.

— Что я стану делать с твоей честью? — крикнул рыцарь; — Поклянись мне счастьем твоей матери!

Мэтчем поклялся счастьем матери. Сэр Дэниэл закрыл лицо мешком, взял колокольчик и палку. Увидев его снова в этом ужасном наряде, мальчики почувствовали некоторый трепет. Но рыцарь был уже на ногах.

— Ешьте скорее, — сказал он, — и идите за мною следом в мой замок.

Он повернулся и побрел в лес, колокольчик отсчитывал его шаги. Мальчики не дотронулись до еды, пока страшный этот звон не замолк вдали

— Итак, ты идешь в Тэнстолл? — спросил Дик.

— Что ж делать, — сказал Мэтчем, — приходится идти! Я храбрее за спиною сэра Дэниэла, чем у него на глазах.

Они наскоро поели и пошли по тропинке, которая вела их все выше в гору. Огромные буки росли среди зеленых лужаек; белки и птицы весело перескакивали с ветки на ветку. Через два часа они были уже на другой стороне гряды холмов и шли вниз; вскоре за вершинами деревьев показались красные стены и крыши Тэнстоллского замка.

— Попрощайся здесь со своим другом Джоном, которого ты никогда уже больше не увидишь, — сказал Мэтчем и остановился. — Прости Джону все, что он тебе сделал дурного, и он тоже с радостью и любовью простит тебя.

— Зачем? — спросил Дик. — Мы оба идем в Тэнстолл и будем видеться там очень часто.

— Ты никогда больше не увидишь бедного Джона Мэтчема, который был так труслив и надоедлив, но всетаки вытащил тебя из реки. Ты больше не увидишь его. Дик, клянусь моей честью!

Он раскрыл объятия. Мальчики обнялись и поцеловались.

— Я предчувствую беду, Дик, — продолжал Мэтчем. — Ты теперь увидишь нового сэра Дэниэла. До сих пор все ему удавалось, счастье само шло ему в руки, но теперь судьба обернулась против него, и он будет дурным господином для нас обоих. Он храбр на поле брани, но у него лживые глаза. Сейчас в глазах его испуг, а страх, Дик, свирепее волка! Мы идем в его замок. Святая Мария, выведи нас оттуда!

Они молча спустились с холма и наконец подошли к лесной твердыне сэра Дэниэла — низкому мрачному зданию с круглыми башнями, с мохом и плесенью на стенах и с глубоким рвом, полным воды, в которой плавали чашечки лилий. При их появлении ворота распахнулись, подъемный мост опустился, и сэр Дэниэл, сопровождаемый Хэтчем и священником, вышел им — навстречу.

ЧАСТЬ II. ЗАМОК МОТ

ГЛАВА I. ДИК ЗАДАЕТ ВОПРОСЫ

Замок Мот стоял недалеко от лесной дороги. Это было красное каменное прямоугольное здание, по углам которого возвышались круглые башни с бойницами и зубцами. Внутри замка находился узкий двор. Через ров, имевший футов двенадцать в ширину, был перекинут подъемный мост. Вода втекала в ров по канаве, соединявшей его с лесным прудом; канава на всем своем протяжении находилась под защитой двух южных башен. Обороняться в таком замке было удобно. Немного портили дело два высоких ветвистых дерева невдалеке, которые почему-то забыли срубить. Забравшись на них, неприятельские стрелки могли угрожать защитникам замка.

Во дворе Дик застал нескольких воинов из гарнизона, готовившихся к защите и угрюмо рассуждавших о том, удастся ли им удержать замок. Кто изготовлял стрелы, кто точил мечи, давно уже не бывшие в деле; все они с сомнением покачивали головой.

Из всего отряда сэра Дэниэла только двенадцати воинам удалось уйти живыми с поля битвы, пройти через лес и явиться в замок Мот. Но и из них трое были тяжело ранены: двое — в битве при Райзингэме, во время беспорядочного бегства, а один — в лесу, молодцами Джона Мщу-за-всех. Вместе с воинами из гарнизона, с Хэтчем, с сэром Дэниэлом и молодым Шелтоном в замке находилось двадцать два человека, способных сражаться. Можно было ожидать, что со временем явится еще кто-нибудь. Опасность, следовательно, заключалась не в малочисленности отряда.

Черные стрелы — вот чего боялись защитники замка... Меньше всего опасались они своих явных врагов — сторонников Йорка. Они утешались мыслью, что «все переменится», как любили говорить в то смутное время, и что беда, быть может, и минует их. Зато перед своими лесными соседями они трепетали. Жители окрестных деревень ненавидели не только сэра Дэниэла. Его воины, пользуясь своей безнаказанностью, тоже обижали и притесняли всех. Жестокие приказания сэра Дэниэла жестоко исполнялись его подручными, и каждый из воинов, собравшихся во дворе замка, совершил немало насилий и преступлений. А теперь, благодаря превратностям войны, сэр Дэниэл уже не мог защитить своих приверженцев; теперь, после битвы, которая длилась всего несколько часов и в которой многие из них даже не принимали участия, они стали маленькой кучкой находящихся вне закона государственных преступников, осажденных в жалкой крепости и предоставленных справедливому гневу своих жертв. К тому же в грозных напоминаниях о том, что их ожидает, недостатка не было.

В течение вечера и ночи к воротам с громким ржанием прискакали семь испуганных лошадей без всадников. Две из них принадлежали воинам отряда Сэлдэна, а пять — тем, кого сэр Дэниэл водил в бой. Перед рассветом ко рву, шатаясь, подошел копьеносец, пронзенный тремя стрелами. Едва его внесли в замок, как он испустил дух; из его предсмертного лепета явствовало, что ни один человек из довольно многочисленного отряда, к которому он принадлежал, не уцелел.

Даже загорелое лицо Хэтча побледнело от тревоги. Когда Дик рассказал ему о судьбе Сэлдэна, он упал на каменную скамью и зарыдал. Воины, сидевшие на табуретках и ступеньках в солнечном углу двора, поглядели на него с удивлением и беспокойством, но ни один не отважился спросить его, отчего он плачет.

— Помните, мастер Шелтон, что я вам говорил? — сказал наконец Хэтч. — Я говорил, что все мы будем убиты. Сэлдэн был молодчина, и я любил его, как брата. Его убили вторым. Ну что ж, мы все отправимся вслед за ним! Как сказано в том подлом стишке про черные стрелы? «Они без промаха летят и никого не пощадят»? Так, кажется? Ну что ж — Эппльярд, Сэлдэн, Смит и старый Гэмфри уже убиты. А в замке лежит бедный Джон Картер и призывает, грешник, священника.

Дик прислушался. Он стоял неподалеку от низкого оконца, из которого доносились стоны и причитания.

— Он лежит здесь? — спросил Дик.

— Да, в комнате второго привратника, — ответил Хэтч. — У него уже душа рвется вон, и мы не могли втащить его дальше. При каждом нашем шаге он думал, что умирает. Но сейчас, мне кажется, он испытывает только душевные муки. Он все зовет священника, а сэр Оливер почему-то до сих пор не подошел к нему. Ему придется долго исповедоваться. А бедняга Эппльярд и бедняга Сэлдэн умерли без исповеди.

Дик наклонился и заглянул в окно. В маленькой низкой комнатушке было темно, но все же ему удалось разглядеть старого солдата, стонавшего на соломенной подстилке.

— Картер, бедный друг, как ты себя чувствуешь? — спросил он.

— Мастер Шелтон, — ответил тот взволнованным шепотом, — ради всего святого, приведите священника! Увы, мне пришел конец! Мне очень плохо, рана моя смертельна. Окажите мне последнюю услугу, приведите священника! Ничего другого вы уже не можете для меня сделать. Ради спасения моей души, поторопитесь! Заклинаю вас, как благородного человека. У меня на совести преступление, которое ввергнет меня в ад.

Картер застонал, и Дик услышал, как он — то ли от боли, то ли от страха — заскрежетал зубами.

В эту минуту во двор вышел сэр Дэниэл. В руке он держал письмо.

— Ребята, — сказал он, — мы разбиты в пух. Разве мы отрицаем это? Нет, мы не отрицаем. Но мы постараемся как можно скорее снова сесть в седло. Старый Гарри Шестой потерпел крушение. Ну что ж, мы умываем руки. Среди приверженцев герцога Йорка у меня есть добрый друг, его зовут лорд Уэнслидэл. Я написал этому моему другу письмо: я прошу у него покровительства и обещаю полностью искупить прошлое и быть лояльным в будущем. Не сомневаюсь, что он отнесется к моей просьбе благосклонно. Но просьба без даров — все равно что песня без музыки. И я наобещал ему, ребята, множество всякого добра, я не поскупился на обещания. Чего ж нам теперь не хватает? Не буду обманывать вас, нам не хватает очень важного. Нам не хватает гонца, чтобы доставить письмо. Леса, как вам известно, кишат нашими недоброжелателями. А нужно спешить. Но без осторожности и хитрости ничего не выйдет. Кто из вас возьмется доставить это письмо лорду Уэнслидэлу и привезти мне ответ?

Сразу же поднялся один из воинов.

— Я, если позволите, — сказал он. — Я готов рискнуть своей шкурой.

— Нет, Дикки-лучник, не позволю, — ответил рыцарь. — Ты хитер, но неповоротлив. Ты бегаешь хуже всех.

— Ну, тогда я, сэр Дэниэл! — крикнул другой.

— Только не ты! — сказал рыцарь. — Ты бегаешь быстро, а думаешь медленно. Ты сразу угодишь в лагерь к Джону Мщу-за-всех. Вы оба храбрецы, и я благодарю вас. Но оба вы не годитесь.

Тогда вызвался сам Хэтч, но и он получил отказ.

— Ты мне нужен здесь, добрый Беннет. Ты моя правая рука, — ответил ему рыцарь.

Наконец, из многих желающих сэр Дэниэл выбрал одного и дал ему письмо.

— Мы все зависим от твоего проворства и ума, — сказал он ему. — Принеси мне хороший ответ, и через три недели я очищу мой лес от этих дерзких бродяг. Но помни, Трогмортон: дело не легкое. Ты выйдешь из замка ночью и поползешь, словно лисица; уж и не знаю, как ты переправишься через Тилл, — они держат в своих руках и мост и перевоз.

— Я умею плавать, — сказал Трогмортон. — Не бойтесь, я доберусь благополучно.

— Ступай в кладовую, друг, — ответил сэр Дэниэл, — и сначала поплавай в темном эле.

С этими словами он повернулся и ушел обратно.

— У сэра Дэниэла мудрый язык, — сказал Хэтч Дику. — Другой на его месте стал бы врать, а он всегда говорит своим воинам всю правду. Вот, говорит, какие нам грозят опасности, вот какие нам предстоят трудности, и еще шутит при этом. Клянусь святой Варварой, он прирожденный полководец! Каждого умеет приободрить! Посмотрите, как все принялись за дело.

Это восхваление сэра Дэниэла навело Дика на одну мысль.

— Беннет, — спросил он, — как умер мой отец?

— Не спрашивайте меня об этом, — ответил Хэтч. — Я ничего о его смерти не знаю и не хочу болтать попустому, мастер Дик. Человек должен говорить только о том, что касается его собственных дел, а не о том, что он слышал от других. Спросите сэра Оливера или, если хотите, Картера, но только не меня.

И Хэтч отправился проверять часовых, оставив Дика в глубоком раздумье.

«Почему он не захотел мне ответить? — думал мальчик. — Почему он назвал Картера? Картер... Видимо, Картер принимал участие в убийстве моего отца».

Он вошел в замок, прошел по длинному коридору с низкими сводами и очутился в той комнатушке, где стонал раненый. Картер вздрогнул, увидя его.

— Вы привели священника? — воскликнул он.

— Нет еще, — ответил Дик. — Я прежде хочу сам с тобой поговорить. Ответь мне: как умер Гарри Шелтон, мой отец?

Лицо Картера дернулось.

— Не знаю, — ответил он угрюмо.

— Нет, знаешь, — возразил Дик. — И тебе не удастся меня обмануть.

— Говорю вам, не знаю, — повторил Картер.

— Ну, раз так, — сказал Дик, — ты умрешь без исповеди. Я не двинусь отсюда, и не будет тебе никакого священника. Какая польза в раскаянии, если ты не хочешь исправить сделанное тобою зло? А исповедь без раскаяния не стоит ничего.

— Как легкомысленны ваши слова, мастер Дик, — спокойно сказал Картер.

— Дурно угрожать умирающему и, по правде сказать, недостойно вас. Вы поступаете скверно и, главное, ничего этим не добьетесь. Не хотите звать священника — не надо. Душа моя попадет в ад, но вы все равно ничего не узнаете! Это последнее мое слово.

И раненый повернулся на другой бок.

Сказать по правде. Дик чувствовал, что поступил необдуманно, и ему было стыдно своих угроз. Все же он решил сделать еще одну попытку.

— Картер, — сказал он, — пойми меня правильно. Я знаю, что ты выполнял чужую волю: слуга должен повиноваться своему господину. Я тебя ни в чем не виню. Но с разных сторон я слышу, что на мне, молодом и ничего не знающем, лежит великий долг — отомстить за отца. Прошу тебя, добрый Картер, забудь мои угрозы и добровольно, с искренним раскаянием помоги мне.

Раненый молчал. Как ни старался Дик, он не добился от него ни слова.

— Ладно, — сказал Дик, — я приведу тебе священника. И даже если ты и причинил зло мне и моим родным, я не желаю зла никому, и уж меньше всего человеку, ожидающему с минуты на минуту смерти.

Старый солдат выслушал его все так же молчаливо и неподвижно, он даже не стонал. И Дик, выходя из комнаты, почувствовал уважение к этой суровой твердости.

«А между тем, — думал он, — что значит твердость без ума? Если бы у него были чистые руки, ему незачем было бы молчать; его молчание выдало тайну лучше всяких слов. Все улики сходятся. Сэр Дэниэл — либо сам, либо с помощью своих воинов — убил моего отца».

С тяжелым сердцем остановился Дик в каменном коридоре. Неужели в этот час, когда счастье изменило сэру Дэниэлу, когда он осажден лучниками «Черной стрелы» и затравлен победоносными сторонниками Йорка, Дик тоже пойдет против него, против человека, который его выпестовал и воспитал? Сэр Дэниэл сурово его наказывал, это верно, но разве он не охранял его от невзгод во все дни его малолетства? Неужели Дик должен поднять руку на своего покровителя? Жестокий долг — если это и в самом деле его долг!

«Дай бог, чтобы он оказался невиновным», — думал Дик.

Раздались чьи-то шаги по каменным плитам пола, и сэр Оливер важно прошествовал по коридору.

— Вы очень нужны одному человеку, — сказал Дик.

— Я как раз к нему направляюсь, добрый Ричард, — ответил священник. — Бедный Картер! Ему не поможет уже никакое лекарство.

— Его душа страдает сильнее тела, — заметил Дик.

— Ты его видел? — спросил сэр Оливер, заметно вздрогнув.

— Я только что от него, — ответил Дик.

— Что он сказал? — с жадным любопытством спросил священник.

— Он только жалобно призывал вас, сэр Оливер. Вам лучше бы поторопиться, потому что он ужасно страдает, — ответил мальчик.

— Я иду прямо к нему, — сказал священник. — Все мы грешны, и все мы умрем, добрый Ричард.

— Да, сэр, и хорошо, если перед смертью нам ни в чем не надо будет каяться, — ответил Дик.

Священник опустил глаза и, прошептав благословение, поспешно удалился.

«Он тоже замешан, — подумал Дик. — Он, обучавший меня благочестию! В каком ужасном мире я живу, — все люди, которые вырастили и воспитали меня, виновны в смерти моего отца. Месть! Увы, как печальна моя участь! Я вынужден мстить моим лучшим друзьям!»

При этой мысли он подумал о Мэтчеме. Он улыбнулся, вспомнив о своем странном товарище. Где Мэтчем? С тех пор как они вместе вошли в ворота замка Мот, Мэтчем исчез; а Дику очень хотелось бы поболтать с ним.

Через час после обедни, которую наспех отслужил сэр Оливер, все встретились в зале за обедом. Зала была длинная и низкая. Пол ее был устлан зеленым камышом, на стенах висели гобелены с изображениями свирепых охотников и кровожадных гончих псов, повсюду развешаны были копья, луки и щиты; огонь пылал в огромном камине, вдоль стен стояли покрытые коврами скамьи, посреди залы был накрыт стол, обильная еда ожидала воинов. Ни сэр Дэниэл, ни жена его к обеду не явились. Даже сэр Оливер отсутствовал. И ни одного слова не было сказано о Мэтчеме. Дик начал беспокоиться. Он вспомнил мрачные предчувствия своего товарища. Уж не случилось ли с ним какой-нибудь беды в этом замке?

После обеда он встретил старую миссис Хэтч, которая спешила к миледи Брэкли.

— Гуди, — спросил он, — где мастер Мэтчем? Я видел, как ты увела его, когда мы пришли в замок.

Старуха громко захохотала.

— Ах, мастер Дик, — сказала она, — какие у вас зоркие глаза!

— Но где же он? — настойчиво спрашивал Дик.

— Вы никогда его больше не увидите, — ответила она. — Никогда! И не надейтесь.

— Я хочу знать, где он, и я узнаю, — сказал Дик. — Он пришел сюда не по доброй воле. Какой я ни на есть, я его защитник и не допущу, чтобы с ним дурно поступили. Слишком много тайн кругом. Эти тайны мне надоели!

Дик не успел договорить, как чья-то тяжелая рука опустилась ему на плечо. То была рука Беннета Хэтча, незаметно подошедшего сзади. Движением большого пальца Беннет приказал жене удалиться.

— Друг Дик, — сказал он, когда они остались одни, — у вас, кажется, голова не в порядке. Чем ворошить тайны Тэнстоллского замка, вам бы лучше отправиться прямым путем на дно соленого моря. Вы спрашивали меня, вы приставали с расспросами к Картеру, вы перепугали своими намеками нашего шута — священника. Вы ведете себя, как дурак. Если вас призовет к себе сэр Дэниэл, будьте благоразумны и предстаньте перед ним с ласковым лицом. Он подвергнет вас суровому допросу. Отвечая ему, взвешивайте каждое свое слово.

— Хэтч, — сказал Дик, — за всем этим я чую нечистую совесть.

— Если вы не станете умнее, вы скоро почуете запах крови, — ответил Беннет. — Я вас предупредил! А вот уже идут за вами.

И действительно, в эту самую минуту Дика позвали к сэру Дэниэлу.

ГЛАВА II. ДВЕ КЛЯТВЫ

Сэр Дэниэл был в зале; он сердито расхаживал перед камином, ожидая Дика. Кроме сэра Дэниэла, в зале находился один только сэр Оливер, который скромно сидел в углу, перелистывая требник и бормоча молитвы.

— Вы меня звали, сэр Дэниэл? — спросил молодой Шелтон.

— Да, я тебя звал, — ответил рыцарь. — Что это за слухи дошли до моих ушей? Неужели я так плохо опекал тебя, что ты перестал мне доверять? Или, быть может, ты хочешь перейти на сторону моих врагов, потому что я потерпел неудачу? Клянусь небом, ты не похож на своего отца! Отец твой был верен своим друзьям и в хорошую погоду и в ненастье... А ты, Дик, видимо, друг на погожий день и теперь ищешь случая отделаться от своих друзей.

— Простите, сэр Дэниэл, но это не так, — твердо сказал Дик. — Я предан и верен всем, кому обязан преданностью и верностью. И прежде чем начать другой разговор, я хочу поблагодарить вас и сэра Оливера. Вы оба больше всех имеете прав на меня. Я был бы собакой, если бы забыл об этом.

— Говорить ты умеешь, — сказал сэр Дэниэл.

И, внезапно рассвирепев, продолжал:

— Благодарность и верность — это слова, Дик Шелтон. Мне нужны не слова, а дела. В этот час, когда мне грозит опасность, когда имя мое запятнано, когда земли мои конфискованы, когда леса полны людей, которые алчут и жаждут моей гибели, — где твоя благодарность, где верность? У меня остался маленький отряд преданных людей. А ты отравляешь им сердца коварными нашептываниями. Это что же — благодарность? Или верность? Уволь меня от такой благодарности! Но чего же ты хочешь?

Говори! Мы на все готовы дать тебе ответ. Если ты что-нибудь имеешь против меня, скажи об этом прямо.

— Сэр, — ответил Дик, — я был младенцем, когда погиб мой отец. До моего слуха дошло, что он был бесчестно убит. До моего слуха дошло — я ничего не хочу утаивать, — что вы принимали участие в его гибели. И я должен откровенно вам объявить, что не могу чувствовать себя спокойным и не могу помогать вам, пока не разрешу всех своих сомнений.

Сэр Дэниэл опустился на скамью. Он подпер подбородок рукою и пристально глянул Дику в лицо.

— И ты полагаешь, что я способен, убив человека, сделаться опекуном его сына? — спросил он.

— Простите меня, если ответ мой будет недостаточно вежливым, — сказал Дик. — Но ведь вы отлично знаете, что быть опекуном очень выгодно. Разве все эти годы вы не пользовались моими доходами и не управляли моими людьми? Разве вы не рассчитываете получить деньги за мой будущий брак? Не знаю, сколько вы за него получите, но кое-какой доход он вам принесет. Еще раз прошу прощения, но, если вы способны были на такую низость, как убийство доверившегося вам человека, отчего же не предположить, что вы могли совершить и другую низость, меньшую, чем первая?

— В твоем возрасте я не был таким подозрительным, — сурово сказал сэр Дэниэл. — А сэр Оливер, священник, как он мог оказаться виновным в таком деле?

— Собака бежит туда, куда ей велит хозяин, — сказал Дик. — Всем известно, что этот священник — ваше послушное орудие. Я, может быть, говорю слишком вольно, но сейчас, сэр Дэниэл, не время любезничать. На мои откровенные вопросы я хочу получить откровенные ответы. А вы мне ничего не отвечаете! Вы, вместо того чтобы отвечать, задаете мне вопросы. Предупреждаю вас, сэр Дэниэл: таким путем вы не разрешаете моих сомнений, а только поддерживаете их.

— Я дам тебе откровенный ответ, мастер Ричард, — сказал рыцарь. — Я был бы неискренен, если бы скрыл, что ты разгневал меня. Но даже в гневе я хочу быть справедливым. Приди ко мне с этими вопросами, когда ты достигнешь совершеннолетия и руки мои не будут больше связаны опекунством над тобой. Приди ко мне тогда, и я дам тебе ответ, какого ты заслуживаешь, — кулаком в зубы. До тех пор у тебя есть два выхода: либо возьми назад свои оскорбления, держи язык за зубами и сражайся за человека, который кормил тебя и сражался за тебя, когда ты был мал, либо — дверь открыта, леса полны моих врагов — ступай!

Энергия, с какой были произнесены эти слова, взгляд, которым они сопровождались, — все это поколебало Дика. Однако он не мог не заметить, что не получил ответа на свой вопрос.

— Я от всей души хочу поверить вам, сэр Дэниэл, — сказал он. — Убедите меня, что вы не принимали участие в убийстве моего отца.

— Удовлетворит ли тебя мое честное слово. Дик? — спросил рыцарь.

— Да, — ответил мальчик.

— Даю тебе честное слово, клянусь тебе вечным блаженством моей души и тем ответом, который мне придется дать богу за все мои дела, что я ни прямо, ни косвенно не повинен в смерти твоего отца!

Он протянул Дику свою руку, и Дик пылко пожал ее. Оба они не заметили, как священник, услышав эту торжественную и лживую клятву, даже привстал от ужаса и отчаяния.

— Ах, — воскликнул Дик, — пусть ваше великодушие поможет вам простить меня! Какой я негодяй, что позволил сомнению закрасться в мою душу! Но теперь уж я больше никогда сомневаться в вас не буду.

— Я прощаю тебя, Дик, — сказал сэр Дэниэл. — Ты еще не знаешь света, ты еще не знаешь, какое гнездо сплела в нем клевета.

— Я тем более достоин порицания, — прибавил Дик, — что клеветники обвиняли не столько вас, сколько сэра Оливера...

При этих словах он обернулся к священнику и вдруг оборвал свою речь на полуслове. Этот высокий, румяный, толстый и важный человек был совершенно раздавлен: румянец исчез с его лица, руки и ноги дрожали, губы шептали молитвы. Едва Дик устремил на него взор, как он пронзительно вскрикнул и закрыл лицо руками.

Сэр Дэниэл кинулся к нему и в бешенстве схватил его за плечо. И все подозрения Дика разом проснулись снова.

— Пусть сэр Оливер тоже даст клятву, — сказал он. — Ведь это его и обвиняют в убийстве моего отца.

— Он даст клятву, — сказал рыцарь.

Сэр Оливер молча замахал на него руками.

— Клянусь небом, вы дадите клятву! — закричал сэр Дэниэл вне себя от бешенства. — Клянитесь здесь, на этой книге! — продолжал он, подняв с пола упавший требник. — Что? Вы заставляете меня сомневаться в вас! Клянитесь! Я приказываю.

Но священник не мог произнести ни слова. Его душил ужас: он одинаково боялся и сэра Дэниэла и клятвопреступления.

В это мгновение черная стрела, пробив узорное стекло высокого окна, влетела в залу и, трепеща, вонзилась в самую середину обеденного стола.

Громко вскрикнув, сэр Оливер рухнул без сознания на устланный камышом пол. Рыцарь же вместе с Диком кинулся во двор, а оттуда по винтовой лестнице на зубчатую башню. Все часовые были на посту. Солнце спокойно озаряло зеленые луга, над которыми кое-где возвышались купы деревьев и лесистые холмы, замыкавшие горизонт. Никого не было видно.

— Откуда прилетела стрела? — спросил рыцарь.

— Вон из тех деревьев, сэр Дэниэл, — ответил часовой.

Рыцарь задумался. Потом повернулся к Дику.

— Дик, — сказал он, — присмотри за этими людьми, я поручаю их тебе. А священника, если он не заверит меня в своей неповинности, я призову к ответу. Я начинаю разделять твои подозрения. Он даст клятву, ручаюсь тебе, а если не даст, мы признаем его виновным.

Дик ответил довольно холодно, и рыцарь, окинув его испытующим взглядом, поспешно вернулся в залу. Прежде всего от осмотрел стрелу. Никогда еще не видал он таких стрел. Он взял ее в руки и стал вертеть; мрачный цвет ее вселял невольный страх. На ней была надпись, одно только слово: «Погребенному».

- Значит, они знают, что я дома, - проговорил он. - Погребенному! Но у них нет собаки, которая могла бы выкопать меня из могилы.

Сэр Оливер очнулся и с трудом поднялся на ноги.

— Увы, сэр Дэниэл, — простонал он, — вы дали страшную клятву. Теперь вы прокляты во веки веков!

— Да, болван, — сказал рыцарь, — я дал скверную клятву, но ты дашь клятву еще хуже. Ты поклянешься святым крестом Холивуда. Смотри же, придумай слова повнушительней. Ты дашь клятву сегодня же вечером.

— Да просветит бог ваш разум! — ответил священник. — Да отвратит он ваше сердце от такого беззакония!

— Послушайте, добрейший отец, — сказал сэр Дэниэл, — если вас беспокоит ваше благочестие, мне говорить с вами не о чем. Поздненько, однако, вспомнили вы о благочестии. Но если у вас осталась хоть капля разума, слушайте меня. Этот мальчишка раздражает меня, как оса. Он мне нужен, потому что я хочу воспользоваться выгодами от его брака. Но говорю вам прямо: если он будет надоедать мне, он отправится к своему отцу. Я приказал переселить его в комнату над часовней. Если вы дадите хорошую, основательную клятву в вашей невиновности, все будет хорошо: мальчик немного успокоится, и я пощажу его. Но если вы задрожите, или побледнеете, или запнетесь, он не поверит вам — и тогда он умрет. Вот о чем вам нужно думать.

— В комнату над часовней! — задыхаясь, проговорил священник.

— В ту самую, — подтвердил рыцарь. — Итак, если вы желаете спасти его, спасайте. Если ж нет, будь по-вашему, убирайтесь отсюда и оставьте меня в покое! Будь я человек вспыльчивый, я давно уже проткнул бы вас мечом за вашу нестерпимую трусость и глупость. Ну, сделали выбор? Отвечайте!

— Я сделал выбор, — ответил священник. — Да простит меня бог, я выбираю зло ради добра. Я дам клятву, чтобы спасти мальчишку.

— Так-то лучше! — сказал сэр Дэниэл. — Позовите его, да поскорей. Вы останетесь с ним наедине. Но я глаз с вас не спущу. Я буду здесь, в тайнике.

Рыцарь приподнял ковер, висевший на стене, и шагнул за него. Раздался звон щелкнувшей пружины, затем скрип ступенек.

Сэр Оливер, оставшись один, испуганно поглядел на завешенную ковром стену и перекрестился с тоской и ужасом во взоре.

— Коль скоро его поселили в комнате над часовней, — пробормотал он, — я должен спасти его даже ценой моей души.

Три минуты спустя явился Дик, приведенный гонцом. Сэр Оливер стоял возле стола решительный и бледный.

— Ричард Шелтон, — сказал он, — ты потребовал у меня клятвы. Это твое требование для меня оскорбительно, и я имею полное право тебе отказать. Но, помня наши прежние отношения, я смягчил свое сердце; пусть будет по-твоему. Клянусь священным крестом Холивуда, я не убивал твоего отца.

— Сэр Оливер, — ответил Дик, — прочитав первое послание Джона Мщу-за-всех, я не усомнился в вашей невиновности. Но теперь разрешите задать вам два вопроса. Вы не убивали моего отца, верю. Но, быть может, вы принимали в этом убийстве косвенное участие?

— Никакого, — сказал сэр Оливер.

И вдруг лицо его передернулось. Он предостерегающе подмигнул Дику. И Дик понял, что этим подмигиванием священник хочет сказать ему что-то такое, чего не смеет произнести вслух.

Дик взглянул на него с удивлением; потом повернулся и внимательно оглядел всю пустую залу.

— Что с вами? — спросил он.

— Ничего, — ответил священник, пытаясь придать лицу спокойное выражение. — Мне дурно; я не совсем здоров. Извини меня. Дик… мне нужно выйти… Клянусь священным крестом Холивуда, я не предавал и не убивал твоего отца. Успокойся, добрый мальчик. Прощай!

И с несвойственной ему поспешностью он вышел из залы.

Внимательный взор Дика скользил по стенам; на лице у него одно за другим отражались самые противоречивые чувства: удивление, сомнение, подозрение, радость. Но мало-помалу, по мере того как ум его прояснялся, подозрения победили; скоро он был уже вполне уверен в самом худшем. Он поднял голову и вздрогнул, На ковре, закрывавшем стену, было выткано изображение свирепого охотника. Одной рукой он держал рог, в который трубил; в другой держал копье. Лицо у него было черное, потому что он изображал африканца.

Вот этот африканец и напугал Ричарда Шелтона. Солнце, ослепительно сверкавшее в окнах залы, зашло за тучку. Как раз в это мгновение огонь в камине ярко вспыхнул, озарив потолок и стены, которые до тех пор были окутаны полумраком. И вдруг черный охотник мигнул глазом, как живой; и веко у него было белое.

Дик, не отрываясь, смотрел в этот страшный глаз. При свете огня он сверкал, как драгоценный камень; он был влажный, он был живой. Белое веко опять закрыло его на какую-то долю секунды и опять поднялось. Затем глаз исчез.

Никакого сомнения не оставалось. Это был живой глаз, все время наблюдавший за ним через дырочку в ковре.

Дик мгновенно понял весь ужас своего положения.

Все свидетельствовало об одном и том же — и предостережения Хэтча, и подмигивания священника, и этот глаз, наблюдавший за ним со стены. Он понял, что его подвергли испытанию, что он снова выдал себя и что только чудо может спасти его от гибели.

«Если мне не удастся ускользнуть из этого дома, — подумал он, — я конченый человек! Бедняга Мэтчем! Я завел его в змеиное гнездо!»

Он еще раздумывал, когда вдруг явился слуга, чтобы помочь ему перетащить оружие, одежду и книги в другую комнату.

— В другую комнату? — переспросил Дик. — Зачем? В какую комнату?

— В комнату над часовней, — ответил слуга.

— В ней давно никто не жил, — сказал Дик задумчиво. — Что это за комната?

— Хорошая комната, — ответил слуга. — Но говорят, — прибавил он, понизив голос, — что в ней появляется привидение.

— Привидение? — повторил Дик, холодея. — Не слыхал! Чье привидение?

Слуга поглядел по сторонам, потом сказал еле слышным, шепотом:

— Привидение пономаря церкви святого Иоанна.

Его положили однажды спать в ту комнату, а наутро — фью! — он исчез. Говорят, его утащил сатана; с вечера он был очень пьян.

Дик, полный самых мрачных предчувствий, пошел за слугой.

ГЛАВА III. КОМНАТА НАД ЧАСОВНЕЙ

Наблюдатели на башнях больше никаких происшествий не отметили. Солнце медленно ползло к западу и наконец зашло. Несмотря на бдительность часовых, вблизи Тэнстоллского замка не удалось обнаружить ни одного человека.

Когда наступила ночь, Трогмортона отвели в угловую комнату, окно которой приходилось как раз над рвом. Через это окно он со всевозможными предосторожностями вылез; несколько мгновений слышен был плеск воды, потом на противоположном берегу возникла темная фигура и поползла прочь по траве. Сэр Дэниэл и Хэтч внимательно прислушивались еще полчаса. Кругом было тихо. Гонец благополучно выбрался из замка.

Сэр Дэниэл повеселел. Он обернулся к Хэтчу.

— Беннет, — сказал он, — этот Джон Мщу-за-всех — обыкновенный смертный. Он спит. И мы его прикончим.

Весь вечер Дика посылали то туда, то сюда; один приказ следовал за другим. Дик был поражен количеством поручений и поспешностью, с которой надо было выполнять их. За все это время он ни разу не встретил ни сэра Оливера, ни Мэтчема, а между тем он все время думал о них обоих. Теперь он мечтал только об одном — как можно скорее удрать из Тэнстоллского замка Мот, но ему хотелось перед бегством поговорить с сэром Оливером и с Мэтчемом.

Наконец, с лампой в руке, он поднялся в свою новую комнату. Комната была просторная, с низким потолком, довольно мрачная. За окном был ров; несмотря на то, что окно это находилось очень высоко, в него была вделана железная решетка. Постель оказалась великолепной: одна подушка была набита пухом, другая — лавандой; на красном одеяле были вышиты розы. Вдоль стен стояли шкафы, запертые на ключ и завешенные темными коврами.

Дик обошел всю комнату, приподнял каждый ковер, прощупал каждую стену, попытался открыть каждый шкаф. Он убедился, что дверь крепка и что запирается она на хороший засов; потом поставил лампу на подставку и снова осмотрел все.

Чего ради его поселили в этой комнате? Она больше и лучше, чем его прежняя. Или, быть может, это ловушка? Нет ли здесь потайного входа? Правда ли, что тут водится привидение? По спине у него заходили мурашки. Прямо над его головой, на плоской крыше, раздавались тяжелые шаги часового. Внизу были своды часовни; рядом с часовней находилась зала, из которой, безусловно, вел потайной ход; если бы там не было потайного хода, как бы мог тот глаз следить за Диком из-за ковра? Весьма вероятно, что ход ведет в часовню, а из часовни сюда, в эту комнату.

Он чувствовал, что спать в такой комнате — безрассудство. Держа оружие наготове, он сел в углу возле двери. Если на него нападут, он дорого продаст свою жизнь.

Наверху, на крыше башни, раздался топот ног, потом чей-то голос спросил пароль. Это сменился караул.

И сразу же Дик услышал, как кто-то скребется в его дверь; до него донесся шепот:

— Дик, Дик, это я!

Дик отодвинул засов, отворил дверь и впустил Мэтчема. Мэтчем был очень бледен; в одной руке он держал лампу, в другой кинжал.

— Закрой дверь! — прошептал он. — Скорее, Дик! Замок полон шпионов. Я слышал, как они шли за мной по коридорам, я слышал их дыхание за коврами.

— Успокойся, — ответил Дик, — дверь закрыта. Покамест мы в безопасности. Впрочем, среди этих стен быть в безопасности невозможно... Я от всего сердца рад тебя видеть. Клянусь небом, я думал, что тебя уже нет в живых. Где тебя прятали?

— Не все ли равно, — ответил Мэтчем. — Мы с тобой встретились, а все остальное неважно. Но, Дик, знаешь ли ты, что тебя ждет? Тебе сказали, что они собираются сделать с тобой завтра?

— Завтра? — переспросил Дик. — Что они собираются делать завтра?

— Завтра или сегодня ночью, не знаю, — сказал Мэтчем. — Я знаю только, что они собираются убить тебя. Знаю с полной достоверностью: я слышал, как они шептались об этом. Они почти прямо мне об этом говорили.

— Вот как! — сказал Дик. — По правде сказать, я и сам догадывался.

И он рассказал Мэтчему все, что случилось с ним за день.

Когда он кончил, Мэтчем поднялся и так же, как Дик, прощупал стены.

— Нет, — сказал он, — не видно никакого входа. А между тем я не сомневаюсь, что вход есть. Дик, я останусь с тобой. И если ты умрешь, я умру с тобою. Я могу помочь тебе, видишь, я украл кинжал! Я буду драться! А если ты отыщешь какую-нибудь лазейку, через которую можно уползти, или окно, через которое можно спуститься, я с радостью встречу любую опасность и убегу с тобой.

— Джон, — сказал Дик, — клянусь небом, Джон, ты самый лучший, самый верный и самый храбрый человек во всей Англии! Дай мне руку, Джон.

И он молча взял Мэтчема за руку.

— Если бы нам добраться до окошка, через которое спустили гонца! — сказал он. — Веревка, должно быть, еще там. Это все-таки надежда.

— Тес! — прошептал Мэтчем.

Они прислушались. Внизу под полом что-то скрипнуло, умолкло, потом скрипнуло опять.

— Кто-то ходит в комнате под нами, — прошептал Мэтчем.

— Под нами нет комнаты, — ответил Дик. — Мы находимся над часовней. Это мой убийца идет по тайному ходу. Пусть приходит! Я с ним расправлюсь!

И он заскрежетал зубами.

— Потуши свет, — сказал Мэтчем. — Авось, он как-нибудь выдаст себя.

Они потушили обе лампы и притаились, застыв в неподвижности. Осторожные шаги под полом были хорошо слышны. Они то приближались, то удалялись. Наконец скрипнул ключ в замке, и все смолкло.

Потом снова раздались шаги, и вдруг через узкую щелку между половицами в дальнем углу комнаты хлынул свет. Щелка становилась все шире; потайной люк открылся, и свет хлынул еще ярче. Показалась сильная рука, державшая на весу люк. Дик натянул арбалет и ждал, когда появится голова.

Но тут все смешалось. Где-то в дальнем конце замка Мот раздались громкие крики; сначала кричал один голос, потом к нему присоединилось еще несколько голосов; они повторяли какое-то имя. Этот шум, видимо, встревожил убийцу. Потайной люк закрылся, под полом раздался звук поспешно удаляющихся шагов.

Мальчики получили отсрочку. Дик глубоко вздохнул и тут только прислушался к суматохе, которая спасла их. Крики не утихали, а, напротив, становились все громче. По всему замку бегали люди; всюду хлопали двери. И, заглушая весь этот шум, гремел голос сэра Дэниэла, кричавший:

— Джоанна!

— Джоанна? — повторил Дик. — Какая Джоанна? Здесь нет никакой Джоанны и никогда не было. Что это значит?

Мэтчем молчал. Казалось, он весь ушел в себя. Слабый свет звезд, сиявших за окном, не проникал в тот угол комнаты, где сидели мальчики, и там была полная тьма.

— Джон, — сказал Дик, — я не знаю, где ты был весь день. Видел ты эту Джоанну?

— Нет, не видал, — ответил Мэтчем.

— И ничего о ней не слышал? — настаивал Дик.

Приближались шаги. Сэр Дэниэл на дворе все еще звал громовым голосом Джоанну.

— Ты не слыхал о ней? — повторил Дик.

— Слыхал, — сказал Мэтчем.

— Как дрожит твой голос! Что с тобой? — спросил Дик. — Нам очень повезло, что они ищут эту Джоанну. Она отвлекла их от нас.

— Дик! — воскликнул Мэтчем. — Я погибла! Мы оба погибли! Бежим, пока не поздно. Они не успокоятся, пока не найдут меня. Нет! Пусти меня к ним одну! Они меня схватят, а ты убежишь. Пусти меня одну, Дик! Добрый Дик, пусти меня к ним!

Она уже нащупала рукой засов, когда Дик наконец все понял.

— Клянусь небом, — воскликнул он, — ты вовсе не Джон! Ты Джоанна Сэдли! Ты та девчонка, которая не хотела выйти за меня замуж!

Девушка молчала и не двигалась. Дик тоже молчал, потом заговорил снова.

— Джоанна, — сказал он, — ты мне спасла жизнь, а я тебе. Мы оба видели, как течет пролитая кровь. Мы были с тобой друзьями, были и врагами, — помнишь, я чуть не побил тебя ремнем. И все время я считал тебя мальчиком. Но теперь смерть моя близка, и перед смертью я хочу сказать тебе, что ты самая лучшая и самая смелая девушка на земле, и, если б только я остался жить, я был бы счастлив жениться на тебе. Но что бы мне ни было суждено — жизнь или смерть, — ты знай: я люблю тебя!

Она ничего не ответила.

— Ну, говори же, Джон. Будь доброй девочкой, скажи, что ты любишь меня!

— Разве я была бы здесь. Дик, если бы не любила тебя? — воскликнула она.

— Если нам удастся спастись, — продолжал Дик, — мы поженимся. Если суждено умереть, умрем. Вот и все. Но как ты отыскала мою комнату?

— Я спросила у госпожи Хэтч, — ответила она.

— На эту даму можно положиться, — сказал Дик. — Она не выдаст тебя. У нас еще есть время…

Но сразу же, как бы в опровержение его слов, по коридору раздались шаги, и кто-то ударил в дверь кулаком.

— Она здесь! — услышали они чей-то голос. — Откройте, мастер Дик! Откройте!

Дик молчал и не двигался.

— Все кончено, — сказала девушка и обняла Дика.

Люди один за другим собирались у двери. Наконец явился сам сэр Дэниэл, и все притихли.

— Дик, — закричал рыцарь, — не будь ослом! И семь спящих дев проснулись бы от такого шума. Мы знаем, что она здесь. Открой дверь!

Дик молчал.

— Вышибайте дверь! — сказал сэр Дэниэл.

Воины стучали в дверь ногами и кулаками. Дверь была сделана прочно и заперта на крепкий засов, и все же она рухнула бы, если б опять не вмешалась судьба. Среди грохота ударов раздался вдруг крик часового; на башне закричали, зашумели, и сейчас же в ответ весь лес наполнился голосами. Можно было подумать, что обитатели лесов берут приступом замок Мот. И сэр Дэниэл со своими воинами, оставив дверь, кинулся защищать стены замка.

— Мы спасены! — воскликнул Дик.

Он схватил обеими руками старинную кровать и попытался сдвинуть ее с места, но она не поддалась.

— Помоги мне, Джон, — сказал он. — Если тебе дорога жизнь, собери все свои силы и помоги мне!

С огромным трудом сдвинули они тяжелую дубовую кровать и приставили ее к двери.

— Так еще хуже, — печально сказала Джоанна. — Он придет к нам через потайной ход.

— Нет, — ответил Дик. — Он не решится выдать тайну этого хода своим воинам. Мы сами удерем этим ходом... Слушай! Нападение кончилось. Да, пожалуй, и не было никакого нападения.

Действительно, никакого нападения не было; просто группа воинов, потерявших сэра Дэниэла во время битвы при Райзингэме, вернулась, наконец, в замок. Темнота помогла им пройти через лес. Их впустили в ворота, и теперь они слезали во дворе с коней под стук копыт и звон доспехов.

— Он сейчас вернется, — сказал Дик. — Скорее в потайной ход!

Он зажег лампу, и они прошли в угол комнаты. Щель отыскать было не трудно, так как сквозь нее все еще проникал слабый свет. Дик выбрал меч попрочней, вставил его в щель и изо всех сил надавил на рукоять. Доска поддалась и приоткрылась. Ухватившись за нее руками, они открыли ее совсем.

За ней виднелось несколько ступенек, на одной из которых стояла лампа, забытая тем, кто приходил убить Дика.

— Иди вперед, — сказал Дик, — и захвати лампу. Я пойду за тобой и закрою дверь.

Они двинулись в путь. Едва Дик захлопнул за собой люк, как снова раздались громовые удары, — это вышибали дверь его комнаты.

ГЛАВА IV. ПОТАЙНОЙ ХОД

Дик и Джоанна очутились в узком, грязном и коротком коридоре. На другом его конце находилась полуоткрытая дверь — безусловно, та самая, которую отмыкал ключом убийца. С потолка свешивалась густая паутина; самый легкий стук шагов гулко раздавался по каменному полу.

За дверью ход раздваивался под прямым углом; Дик свернул наудачу, и они помчались вокруг купола часовни. При слабом мерцании лампы выгнутый купол казался похожим на спину кита. Поминутно им попадались отверстия для подглядывания, скрытые изнутри резьбой карниза. Заглянув в одно из этих отверстий, Дик увидел каменный пол часовни, алтарь с зажженными восковыми свечами и распростертого на ступенях перед алтарем сэра Оливера, который молился, воздев руки.

Обогнув купол, они спустились по короткой лестнице. Проход стал уже. Одна из стен была деревянная; сквозь щели проникал свет и слышался гул голосов. Внезапно Дик заметил круглую дырочку величиной с глаз. Заглянув в эту дырочку, он увидел залу; шестеро мужчин в латах сидели вокруг стола, поедая паштет из дичи и жадно запивая его вином. Это, очевидно, были только что вернувшиеся воины.

— Тут нам не пройти, — сказал Дик, — попробуем вернуться.

— Постой, — сказала Джоанна, — быть может, там дальше есть выход.

И она пошла вперед. Но через несколько ярдов проход окончился маленькой лесенкой, и стало ясно, что, пока воины сидят в зале, скрыться этим путем невозможно.

Они со всех ног побежали назад и принялись исследовать другой проход. Проход этот был чрезвычайно узок — через него с трудом удавалось протиснуться; приходилось беспрестанно подниматься и спускаться по маленьким лесенкам, на которых каждую минуту они рисковали сломать себе шею. Наконец даже Дик потерял всякое представление о том, где они находятся.

И без того узкий, проход становился все уже и ниже; ступеньки вели вниз; стены были сырые и липкие; откуда-то издали раздался писк крыс.

— Мы в подземелье, — сказал Дик.

— А выхода все нет, — прибавила Джоанна.

— Здесь должен быть выход! — ответил Дик.

Коридор круто завернул и через несколько шагов окончился. В конце его было несколько ступенек, ведущих вверх. Огромная каменная плита преградила им путь; они изо всех сил пытались сдвинуть ее. Она не под давалась.

— Кто-то держит ее, — сказала Джоанна.

— Нет, — сказал Дик. — Даже если бы ее держал человек вдесятеро сильнее нас, она хоть немного, а поддалась бы. Но она неподвижна, как скала. Она придавлена чем-то тяжелым. Тут нет выхода; и поверь мне, добрый Джон, мы с тобой здесь пленники, все равно, как если бы у нас были кандалы на ногах. Давай сядем и поговорим. Немного погодя мы вернемся; быть может, к тому времени они забудут про нас и нам удастся удрать. Но, по чести сказать, я боюсь, что мы пропали.

— Дик! — воскликнула Джоанна. — Зачем только ты меня повстречал! Это я, несчастная и неблагодарная девушка, завела тебя сюда!

— Что за вздор! — возразил Дик. — Все это было нам суждено, а что суждено, то и сбудется, хотим мы этого или нет, все равно. Чего там оплакивать судьбу. Лучше расскажи мне, что ты за девушка и как ты попала в руки сэра Дэниэла.

— Я такая же сирота, как и ты; нет у меня ни отца, ни матери, — сказала Джоанна. — Вдобавок я, на свое, а значит, и на твое, несчастье, богатая невеста. Милорд Фоксгэм был моим опекуном. Но сэр Дэниэл купил у короля право выдать меня замуж и заплатил за это право очень дорого. Я была еще совсем маленькой девочкой, а уже два могущественных и богатых человека вступили между собой в борьбу за право выдать меня замуж! В это время произошел переворот, назначен был новый канцлер, и сэр Дэниэл через голову лорда Фоксгэма купил право опекунства надо мной. Потом произошел новый переворот, и лорд Фоксгэм через голову сэра Дэниэла купил право выдать меня замуж; до сих пор продолжают они враждовать. Но жила я все время у лорда Фоксгэма, и он был со мной очень добр. Наконец он собрался выдать меня замуж, или, вернее, продать. Лорд Фоксгэм должен был получить за меня пятьсот фунтов стерлингов. Жениха моего зовут Хэмли, и как раз завтра, Дик, меня должны были с ним помолвить. Если бы не явился сэр Дэниэл, я вышла бы замуж и никогда не встретилась бы с тобой, Дик! Милый Дик.

Она взяла его руку и с очаровательной грацией поцеловала ее. Дик поднес ее руку к своим губам и тоже ее поцеловал.

— Сэр Дэниэл, — продолжала она, — похитил меня, когда я гуляла в саду, и заставил меня надеть мужское платье, а это для женщины смертный грех. К тому же мужское платье совсем мне не идет. Он отвез меня в Кэттли и, как ты знаешь, сказал мне, что я выйду замуж за тебя. Но я твердо решила назло ему выйти замуж за Хэмли.

— А! — крикнул Дик. — Значит, ты любила Хэмли!

— Нет, — ответила Джоанна. — Я только ненавидела сэра Дэниэла. Но потом. Дик, ты помог мне, ты был очень добр, очень смел, и я против воли полюбила тебя. И теперь, если нам удастся спастись, я с радостью стану твоей женой. И даже если злая судьба не даст мне выйти за тебя, я все-таки буду любить тебя одного. Я буду верна тебе до тех пор, пока бьется мое сердце.

— Пока я не встретил тебя, я женщин ни в грош не ставил, — сказал Дик. — Я привязался к тебе, когда считал тебя мальчиком. Я пожалел тебя, сам не знаю почему. Я хотел выдрать тебя ремнем, но рука моя опустилась. А когда ты созналась, что ты девушка,

Джон, — я по-прежнему буду звать тебя Джоном, — я понял, что ты именно та девушка, которая нужна мне. Тише! — перебил он себя. — Кто-то идет!

Действительно чьи-то тяжелые шаги гулко гремели в проходе, и целые полчища крыс заметались из стороны в сторону.

Дик осмотрел свои позиции. Крутой поворот коридора представлял известную выгоду. Можно было, не подвергая себя опасности, стрелять из-за угла. Мешал только свет лампы, стоявшей слишком близко. Он выбежал вперед, поставил лампу посреди коридора и вернулся на свое место.

В дальнем конце коридора появился Беннет. Видимо, он шел один; в руке он нес факел, и благодаря этому факелу целиться в Хэтча было очень легко.

— Стой, Беннет! — крикнул Дик. — Еще один шаг, и ты будешь убит!

— Так вот вы где! — сказал Хэтч, вглядываясь в темноту. — Я вас не вижу. Ага! Вы поступили разумно, Дик, — вы поставили лампу перед собой! Замечаю, что учил вас недаром, и радуюсь, хотя вы, пользуясь моими уроками, собираетесь прострелить мое грешное тело! Зачем вы здесь? Что вам тут нужно? Чего вы целитесь в вашего старого доброго друга? Ах, и барышня с вами?

— Нет, Беннет, спрашивать буду я, а ты будешь отвечать, — сказал Дик.

— Почему мне приходится опасаться за свою жизнь? Почему к моей постели подкрадываются убийцы? Почему мне приходится спасаться от погони в неприступном замке моего опекуна? Почему я принужден бежать от людей, которых я с детства привык считать своими друзьями и которым не сделал ничего плохого?

— Мастер Дик, мастер Дик, — сказал Беннет, — что я говорил вам? Вы очень храбрый, но совсем безрассудный, мальчик!

— Я вижу, что тебе известно все и что я действительно обречен, — ответил Дик. — Ну что ж! С этого места я не сойду. Пусть сэр Дэниэл возьмет меня, если может.

Хэтч помолчал немного.

— Слушайте, — начал он, — я сейчас пойду к сэру Дэниэлу и расскажу ему, где вы находитесь и что здесь делаете. За этим он меня сюда и послал. Но если вы не дурак, вы уйдете отсюда раньше, чем я вернусь.

— Я давно бы отсюда ушел, если бы знал, как! — сказал Дик. — Я не могу сдвинуть плиту.

— Суньте руку в угол и пошарьте там, — ответил Беннет. — А веревка Трогмортона все еще в коричневой комнате. Прощайте!

Хэтч повернулся и исчез за поворотом коридора.

Дик тотчас же взял лампу и последовал его совету. В углу оказалась глубокая впадина. Дик сунул в нее руку, нащупал железный прут и сильно дернул его. Раздался скрип, и каменная плита внезапно сдвинулась с места.

Путь был свободен. Они без особого труда открыли крышку люка и проникли в комнату со сводчатым потолком, выходившую во двор, где два человека, засучив рукава, чистили коней недавно прибывших воинов. Их озаряли колеблющимся светом два факела, вставленные в железные кольца на стене.

ГЛАВА V. КАК ДИК ПЕРЕШЕЛ НА ДРУГУЮ СТОРОНУ

Потушив лампу, чтобы не привлекать внимания, Дик поднялся наверх и прошел по коридору. В коричневой комнате он отыскал веревку, привязанную к чрезвычайно тяжелой и древней кровати. Подойдя к окну, Дик начал медленно и осторожно опускать веревку в ночную тьму. Джоанна стояла рядом с ним. Веревка опускалась без конца. Мало-помалу страх поколебал решимость Джоанны.

— Дик, — сказала она, — неужели здесь так высоко? У меня не хватит смелости спуститься. Я непременно упаду, добрый Дик.

Дик вздрогнул и выронил моток из рук. Конец веревки с плеском упал в ров. И сразу же часовой на башне громко крикнул:

— Кто идет?

— Черт побери! — воскликнул Дик. — Все пропало. Живо! Хватайся за веревку и лезь вниз!

— Я не могу, — прошептала она и отшатнулась.

— Раз ты не можешь, не могу и я, — сказал Шелтон. — Как я переплыву ров без твоей помощи? Значит, ты бросаешь меня?

— Дик, — проговорила она, задыхаясь, — я не могу. У меня нет сил.

— Тогда мы оба погибли, клянусь небом! — крикнул он, топнув ногой. Услышав приближающиеся шаги, он бросился к двери, надеясь запереть

ее.

Но прежде чем он успел задвинуть засов, чьи-то сильные руки с другой стороны надавили на дверь. Он боролся не дольше секунды; затем, чувствуя себя побежденным, кинулся назад, к окну. Девушка стояла возле окна, прислонясь к стене; она была почти в обмороке. Дик попытался поднять ее, но она бессильно повисла у него на руках всем телом, как мертвая.

Люди, помешавшие ему затворить дверь, бросились на него. Одного он заколол кинжалом; остальные на мгновение отступили в беспорядке. Он воспользовался суматохой, вскочил на подоконник, схватился обеими руками за веревку и скользнул вниз.

На веревке было много узлов, которые очень облегчали спуск, но Дик так спешил и так был неопытен в подобных упражнениях, что раскачивался в воздухе, словно преступник на виселице. То головой, то руками ударялся он о неровную каменную стену. В ушах у него шумело. Над собой он видел звезды, внизу тоже были звезды, отраженные водою рва и дрожащие, словно сухие листья перед бурей. Потом веревка выскользнула у него из рук, он упал и погрузился в ледяную воду.

Вынырнув на поверхность, он поймал веревку, которая все еще раскачивалась из стороны в сторону. Высоко над ним, на верхушке зубчатой башни, ярко пылали факелы. Багровое их сияние озаряло лица воинов, толпившихся за каменными зубцами. Он видел, как они вглядывались в тьму, стараясь найти его; но он был далеко внизу, куда свет не достигал, и они искали его напрасно.

Держась за веревку, показавшуюся ему достаточно длинной. Дик кое-как поплыл через ров к противоположному берегу. Он проплыл уже полпути, как вдруг почувствовал, что веревка кончилась и натянулась; она тащила его назад. Выпустив веревку, он изо всех сил взмахнул руками, пытаясь ухватиться за ветви ивы, висевшие над «одой; это была та самая ива, которая несколько часов назад помогла гонцу сэра Дэниэла выбраться на берег. Он погрузился в воду, вынырнул, опять погрузился, опять вынырнул, и только тогда ему удалось ухватиться за ветку. С быстротою молнии он вскарабкался на дерево и прижался к стволу. Вода струилась по его одежде, он тяжело дышал, все еще не веря, что ему удалось спастись.

Плеск воды выдал его воинам, собравшимся на башне. Стрелы, прорезая тьму, сыпались кругом, как град; с башни швырнули факел; он сверкнул в воздухе и упал возле самой воды, ярко озарив все кругом. Впрочем, к счастью Дика, факел подскочил, перевернулся, шлепнулся в воду и погас.

Однако он сделал свое дело. Стрелки успели разглядеть и иву и Дика, спрятавшегося в ее ветвях. И хотя Дик, спрыгнув на землю, со всех ног побежал прочь, ему не удалось убежать от стрел. Одна стрела задела его плечо, другая ранила его в голову.

Боль подгоняла его, и Дик побежал еще быстрее. Он выбрался на ровное место и помчался в темноту, не думая о направлении.

Стрелы неслись за ним вдогонку, но скоро он оказался вне их досягаемости. Когда Дик остановился и оглянулся, он был уже далеко от замка Мот; однако факелы, беспорядочно двигавшиеся на стене замка, все еще были видны.

Он прислонился к дереву; кровь и вода струились с его одежды, он был один, без товарища, обессиленный от ушибов и ран. Но все же ему удалось уйти от смерти на этот раз. За то, что Джоанна осталась в руках сэра Дэниэла, он себя не корил: в этом был повинен случай, предотвратить который было не в его воле; к тому же он не очень опасался за ее судьбу, — сэр Дэниэл жесток, но он не осмелится дурно обращаться с девушкой благородного происхождения, могущественные покровители которой могут призвать его к ответу. Вероятнее всего, он будет стараться как можно скорее выдать ее замуж за кого-нибудь из своих приятелей.

«Ну, — думал Дик, — до тех пор я еще успею укротить этого предателя. Теперь мне уж не за что быть ему благодарным и я свободен от всяких перед ним обязательств. Теперь я могу враждовать с ним открыто, а в открытой войне у каждого одинаковый шанс на победу».

Покуда же он находился в самом плачевном положении.

Он кое-как брел через лес. Раны его ныли, кругом было темно, ноги путались в густых зарослях, мысли мешались, и скоро он был вынужден сесть на землю и прислониться к дереву.

Когда он очнулся от сна, похожего на обморок, ночь уже сменилась предрассветными сумерками. Прохладный ветерок шумел в листве. Глядя спросонья прямо перед собой. Дик заметил, что на расстоянии примерно ста ярдов от него что-то темное раскачивается в ветвях. Между тем в лесу стало заметно светлеть. Сознание Дика тоже прояснилось, и он, наконец, понял, что это человек, повешенный на суку высокого дуба. Голова повешенного была опущена на грудь; при каждом порыве ветра тело его раскачивалось, а руки и ноги дергались, как у игрушечного плясуна.

Дик с трудом поднялся на ноги; пошатываясь, хватаясь за стволы деревьев, он подошел к повешенному.

Сук находился приблизительно в двадцати футах от земли, и бедняга был вздернут своими палачами так высоко, что Дик не мог достать рукой даже до его сапог; лицо его вдобавок было закрыто капюшоном, и Дик никак не мог узнать, кто он такой.

Дик поглядел направо и налево и заметил, что другой конец веревки привязан к покрытому цветами кусту боярышника, который рос под густою сенью дуба. Юноша вытащил кинжал — единственное свое оружие — и перерезал веревку; труп с глухим стуком упал на землю.

Дик приподнял капюшон; это был Трогмортон, гонец сэра Дэниэла. Недалеко удалось ему уйти от замка! Из-под его куртки торчала какая-то бумага, очевидно. не замеченная молодцами «Черной стрелы». Дик вытащил ее; то было письмо сэра Дэниэла к лорду Уэнслидэлу.

«Если опять будет переворот, — подумал Дик, — вот этим письмом я опорочу сэра Дэниэла и, быть может, даже приведу его на плаху». Он сунул бумагу себе за пазуху, прочел над мертвым молитву и побрел дальше через лес.

Он был очень слаб и чувствовал себя смертельно усталым; ноги у него подкашивались, от потери крови в ушах звенело, он то и дело терял сознание. Долго кружил и плутал Дик, но наконец вышел на большую дорогу и очутился неподалеку от деревни Тэнстолл.

Грубый голос приказал ему остановиться.

— Остановиться? — повторил Дик. — Клянусь небом, я почти падаю.

И в подтверждение своих слов он рухнул на дорогу.

Из чащи вышли двое мужчин, оба в зеленых лесных куртках, оба с луками, колчанами и короткими мечами.

— Лоулесс, — сказал тот, который был помоложе, — да ведь это молодой Шелтон!

— Да, Джон Мщу-за-всех будет доволен, — сказал другой. — Э, да он побывал в бою. На голове у него рана, которая стоила ему немало крови.

— Плечо тоже пробито, — прибавил Гриншив. — Ему, видимо, здорово досталось. Как ты думаешь, кто это его так отделал? Если кто-нибудь из наших, так пусть молится богу: Эллис наградит его короткой исповедью и длинной веревкой.

— Подымай щенка, — сказал Лоулесс. — Клади его мне на спину.

Взвалив Дика себе на плечи и держа его за руки, бывший монах прибавил:

— Оставайся на посту, брат Гриншив. Я дотащу его один.

Гриншив вернулся в засаду у дороги, а Лоулесс медленно побрел вниз по склону холма, неся на плечах Дика, который так и не пришел в себя. Солнце уже взошло, когда Лоулесс выбрался на опушку леса и увидел за оврагом деревню Тэнстолл. Все, казалось, было спокойно, только с обеих сторон дороги у самого моста лежали стрелки; их было человек десять. Увидев Лоулесса с его ношей, они, как и подобает настоящим часовым, натянули луки.

— Кто идет? — крикнул их командир.

— Уилл Лоулесс, клянусь распятием; и ты знаешь меня как свои пять пальцев, — ответил расстрига презрительно.

— Скажи пароль, Лоулесс! — потребовал командир.

— Ты дурак, и да поможет тебе небо, — ответил Лоулесс. — Разве ты не узнаешь меня? Все вы помешались на игре в солдатики. Когда живешь в лесу, надо жить по-лесному; и вот вам мой пароль: шиш!

— Лоулесс, ты подаешь дурной пример. Скажи пароль, дурак! — крикнул командир.

— А если я его позабыл? — сказал Лоулесс.

— Врешь, не позабыл; а если позабыл, я всажу стрелу в твое жирное брюхо, клянусь небом! — ответил командир.

— Я вижу, вы не понимаете шуток, — сказал Лоулесс. — Так вот вам пароль: «Дэкуорт и Шелтон», а вот и картинка к этому паролю: Шелтон у меня на спине, и я несу его к Дэкуорту.

— Проходи, Лоулесс, — сказал часовой.

— А где Джон? — спросил монах.

— Вершит суд и собирает оброк, словно помещик! — ответил часовой.

Так оно и было. Когда Лоулесс дошел до харчевни, стоявшей в середине села, он увидел Эллиса Дэкуорта, окруженного крестьянами сэра Дэниэла. Он преспокойно собирал с крестьян оброк и выдавал им расписки в получении денег. Видно было, что крестьянам это совсем не нравится, — они отлично понимали, что им придется платить еще раз.

Узнав, кого принес Лоулесс, Эллис тотчас же отпустил крестьян. Лицо его выражало живейшее участие и тревогу; он приказал отнести Дика в заднюю комнату харчевни. Там юноше перевязали раны и самыми простыми средствами привели его в чувство.

— Милый мальчик, — сказал Эллис, пожимая ему руку, — ты находишься в гостях у друга, который любил твоего отца и в память о нем любит тебя. Отдохни немного, ты еще не совсем пришел в себя. А потом ты расскажешь мне все, что с тобой случилось, и мы вместе подумаем, как помочь тебе.

Часа через два, когда Дик, все еще очень слабый, немного отоспался, Эллис подсел к его кровати и попросил именем его отца рассказать, как он удрал из Тэнстоллского замка Мот. В широких плечах Эллиса было столько силы, в смуглом лице столько честности, в глазах столько ума и ясности, что Дик сразу ему повиновался и подробно рассказал все свои приключения за последние два дня.

— Святые оберегают тебя, Дик Шелтон, — сказал Эллис, когда юноша кончил. — Они не только вывели тебя невредимым из всех бед и опасностей, но вдобавок привели тебя к человеку, который больше всего на свете желает оказать помощь сыну твоего отца. Будь мне верен, — а я вижу, что ты человек верный, — и мы с тобой добьемся смерти гнусного предателя.

— Вы собираетесь взять его замок приступом? — спросил Дик.

— Брать замок приступом — это безумие, — ответил Эллис. — В замке он слишком силен; у него много воинов. Вчера мимо меня проскользнул целый отряд — тот самый, появление которого тебя спасло, — и теперь сэр Дэниэл находится под надежной защитой. Нет, Дик, нам с тобой и нашим славным лучникам нужно как можно скорее убраться отсюда и оставить сэра Дэниэла в покое.

— Меня тревожит судьба Джоан, — сказал мальчик.

— Судьба Джоан? — переспросил Дэкуорт. — А, понимаю, судьба этой девчонки! Обещаю тебе. Дик, что если пойдут толки о свадьбе, мы будем действовать без промедления. А до тех пор мы все исчезнем, как тени на рассвете. Сэр Дэниэл будет смотреть на восток, будет смотреть на запад и нигде не найдет врагов; клянусь небом, он решит, что мы ему только приснились. Но наши с тобой четыре глаза. Дик, будут внимательно следить за ним, и наши четыре руки — да поможет нам святое ангельское воинство! — одолеют предателя.

Два дня спустя гарнизон замка Мот настолько усилился, что сэр Дэниэл решился на вылазку и во главе сорока всадников проехал, не встретив сопротивления, до деревни Тэнстолл. Ни одна стрела не пролетела; ни одного человека не нашли в лесу; мост никем не охранялся. Проехав через мост, сэр Дэниэл увидел крестьян, боязливо глядевших на него из дверей своих домиков.

Внезапно один из них, набравшись храбрости, вышел вперед и, отвесив низкий поклон, подал рыцарю какое-то письмо. Сэр Дэниэл начал читать, и лицо его нахмурилось. Вот что он прочел:

«Коварному и — жестокому джентльмену, сэру Дэниэлу Брэкли, рыцарю. Теперь я знаю, что вы вели себя коварно и подло с самого начала. Кровь моего отца на ваших руках; отмыть ее вам не удастся. Предупреждаю вас, что настанет день, когда вы погибнете от моей руки. Предупреждаю вас, далее, что, если вы попытаетесь выдать замуж благородную даму госпожу Джоанну Сэдли, на которой я сам поклялся жениться, день этот настанет скоро. Первый ваш шаг к устройству ее свадьбы будет первым вашим шагом к могиле. Рич. Шелтон».

ЧАСТЬ III. МИЛОРД ФОКСГЭМ

ГЛАВА I. ДОМ НА БЕРЕГУ

С того дня, когда Ричард Шелтон вырвался из рук своего опекуна, прошло несколько месяцев. Немало событий, весьма для Англии важных, произошло за эти несколько месяцев. Ланкастерская партия совсем уже было погибшая, снова подняла голову. Сторонники Йоркского дома были разбиты, их вождь зарублен насмерть, и к зиме уже казалось, что Ланкастерскому дому удалось восторжествовать над всеми своими врагами. Небольшой городок Шорби-на-Тилле был полон ланкастерских вельмож, съехавшихся из окрестностей. Были тут и граф Райзингэм с тремя сотнями воинов, и лорд Шорби с двумя сотнями, и сам сэр Дэниэл, могущественный, как прежде, разбогатевший от новых конфискаций; он жил в собственном доме на главной улице с шестью десятками воинов. Словом, произошел новый переворот.

Был темный январский вечер; дул ветер, мороз становился все крепче; к утру можно было ждать снега.

В небольшом трактирчике, расположенном в одном из переулков, ведущих в гавань, сидели три человека, запивая элем наспех приготовленную яичницу. Это были крепкие, здоровые люди с обветренными лицами, с сильными руками, со смелыми глазами; и хотя они были одеты, как простые крестьяне, даже пьяный, солдат подумал бы дважды, прежде чем затеять с ними ссору.

Неподалеку от них перед ярко горевшим камином сидел молодой человек, почти мальчик; хотя он тоже одет был по-крестьянски, видно было, что он человек хорошего происхождения и достоин носить шпагу.

— Мне это не нравится, — сказал один из сидевших за столом. — Дело кончится плохо. Здесь не место для веселых ребят. Веселые ребята любят деревню, густой лес и чтобы кругом было не слишком много врагов; а город ими кишмя кишит. И вот увидите, утром еще, как на беду, снег пойдет.

— А все ради мастера Шелтона, — сказал другой, кивнув в сторону юноши, сидевшего перед огнем.

— Я на многое согласен ради мастера Щелтона, — возразил первый. — Но попасть ради него на виселицу — нет, братья, я не желаю!

Дверь трактира распахнулась; какой-то человек вбежал в комнату и подошел к юноше, сидевшему перед огнем.

— Мастер Шелтон, — сказал он, — сэр Дэниэл вышел из дому с двумя факельщиками и четырьмя стрелками.

Дик (ибо то был наш юный друг) сразу вскочил.

— Лоулесс, — сказал он, — ты сменишь Джона Кэппера на наблюдательном посту. Гриншив, следуй за мной. Кэппер, веди нас. Мы не отстанем от сэра Дэниэла ни на шаг, хотя бы он шел до самого Йорка.

Через мгновение все пятеро были на темной улице. Кэппер — так звали новоприбывшего — показал им два факела, пылавшие вдали на ветру.

Город уже крепко спал; незаметно следовать за маленьким отрядом по пустым улицам было совсем нетрудно. Факельщики шагали впереди; за ними шел человек в длинном, развевавшемся на ветру плаще; позади шагали стрелки, держа луки наготове. По кривым, запутанным переулкам они быстро двигались к берегу.

— Он каждую ночь ходит в ту сторону? — шепотом спросил Дик.

— Третью ночь подряд, мастер Шелтон, — ответил Кэппер. — Всякий раз в одно и то же время; и всегда с очень маленькой свитой, словно хочет, чтобы об этом знало поменьше народу.

Сэр Дэниэл и его спутники вышли на окраину города. Шорби не был обнесен стеной, и, хотя засевшие в нем ланкастерские лорды держали караулы на всех больших дорогах, из него можно было выйти маленькими переулочками или даже просто полем.

Переулок, которым шел сэр Дэниэл, внезапно кончился. Впереди возвышалась песчаная дюна, а сбоку шумел морской прибой. Здесь не было ни часовых, ни огней.

Дик и оба его спутника почти поравнялись с сэром Даниэлом. Городские строения кончились, и вдали они увидели факел, двигавшийся им навстречу.

— Эге, — сказал Дик. — Здесь пахнет изменой!

Тем временем сэр Дэниэл остановился. Факелы воткнули в песок, а люди легли рядом, словно поджидая кого-то.

Те, кого они ждали, приблизились. Это был маленький отряд, состоявший всего из четырех человек: двух стрелков, слуги с факелом и джентльмена в плаще.

— Это вы, милорд? — окликнул его сэр Дэниэл.

— Да, это я. Я самый бесстрашный рыцарь на свете, потому что другие рыцари сражаются с великанами, волшебниками или язычниками, а я не побоялся сразиться с этим проклятым холодом, который страшнее всех язычников, вместе взятых! — ответил предводитель другого отряда.

— Милорд, — сказал сэр Дэниэл, — красавица вознаградит вас за все лишения. Но не отправиться ли нам в путь? Чем скорее вы увидите мой товар, тем скорее мы оба вернемся домой.

— Зачем вы ее держите здесь, славный рыцарь? — спросил незнакомец. — Раз она так молода, так прекрасна, так богата, почему же вы не позволяете ей посещать свет? Вы и замуж ее выдали бы гораздо быстрее и не рисковали бы отморозить себе пальцы или нарваться на стрелу, разгуливая в темноте в такую не подходящую для прогулок погоду.

— Я уже объяснил вам, милорд, — ответил сэр Дэниэл, — что причины, которыми я руководствуюсь, касаются одного меня. Не стану вам рассказывать, в чем дело. Но если вам надоел ваш старый приятель Дэниэл Брэкли, раструбите всему свету, что собираетесь жениться на Джоанне Сэдли, и, даю вам слово, вы скоро от меня избавитесь. Об этом позаботится стрела, всаженная мне в спину.

Оба джентльмена торопливо шагали по пустынному полю. Перед ними несли три факела, пламя которых металось на ветру, раскидывая дым и искры; стрелки замыкали шествие.

Дик шел за ними следом; он, конечно, не слыхал ни слова из разговора двух джентльменов, но в незнакомце он узнал старого лорда Шорби, о нравах которого рассказывали много дурного; даже сэр Дэниэл, и тот не раз порицал его на людях.

Они вышли на берег. В воздухе пахло солью; шум прибоя усилился; здесь, в большом саду, окруженном стеною, стоял маленький двухэтажный домик с конюшнями и другими службами.

Шедший впереди факельщик отпер в стене калитку и, когда все вошли в сад, запер ее изнутри на замок.

Дик и его товарищи были, таким образом, лишены возможности идти дальше; они могли бы, конечно, перелезть через стену, но опасались попасть в ловушку.

Они спрятались в зарослях дрока и стали ждать. Красный свет факелов все время двигался за стеной, — видимо, факельщики усердно сторожили сад.

Через двадцать минут оба джентльмена вышли из сада. Изысканно раскланявшись, сэр Дэниэл и барон пошли по домам, каждый со своей свитой и своими факелами.

Едва ветер унес звук их шагов. Дик поспешно вскочил на ноги: он очень озяб.

— Кэппер, подсади меня на стену, — сказал он.

Они втроем подошли к стене. Кэппер нагнулся. Дик влез ему на плечи и взобрался на стену.

— Гриншив, — прошептал Дик, — лезь за мной; лежи на стене плашмя, чтобы тебя не заметили. Если на меня нападут, ты мне поможешь.

С этими словами он спрыгнул в сад.

Было темно, как в могиле; ни в одном окне не горел свет. Ветер пронзительно свистел в голых кустах; прибой с шумом обрушивался на берег; больше ничего не было слышно. Дик осторожно полз вперед, путаясь в прутьях» и нащупывая дорогу руками; наконец у него под ногами захрустел гравий, и он понял, что выбрался на аллею.

Он остановился, вынул из-под плаща арбалет, зарядил его и решительно двинулся вперед. Аллея привела его к постройкам.

Постройки были ветхие, полуразрушенные; ставни на окнах едва держались; конюшня была пуста, и двери ее распахнуты настежь; на сеновале — ни клочка сена, в житнице — ни зернышка. Можно было подумать, что здесь никто не живет, но у Дика были основания не верить первому впечатлению. Он продолжал осмотр: заходил во все службы, пробовал отворить каждое окно. Наконец, обойдя кругом, он вышел к той стороне дома, которая была обращена к морю; и в самом деле, в окне второго этажа виднелся слабый свет.

Он немного отошел, и ему показалось, будто по стене двигаются какие-то тени. Он тут же вспомнил, что в конюшне рука его в темноте наткнулась на лестницу; он сбегал за ней, не мешкая; она была очень коротка, но, стоя на верхней ступеньке, Дик достал руками железную решетку окна и, подтянувшись, заглянул внутрь.

В комнате находились две женщины; одну из них он узнал сразу — это была госпожа Хэтч; вторая — высокая, красивая, важная молодая леди в длинном платье, украшенном вышивкой, — неужели это Джоанна Сэдли? Неужели это его лесной товарищ Джон, которого он собирался выдрать ремнем?

Изумленный, он опустился на верхнюю ступеньку лестницы. Никогда он не думал, что его возлюбленная так прекрасна! Его внезапно охватило сомнение, может ли она его любить. Но размышлять было некогда. Совсем рядом кто-то тихо произнес:

— Тес!

Дик спрыгнул с лестницы.

— Кто здесь? — шепотом спросил он.

— Гриншив, — так же тихо раздалось в ответ.

— Что тебе нужно? — спросил Дик.

— За домом следят, мастер Шелтон, — ответил разбойник. — Не мы одни здесь караулим. Лежа на стене брюхом вниз, я заметил людей, которые бродят во мраке, и слышал, как они тихонько пересвистываются.

— Странно! — сказал Дик. — Это люди сэра Дэниэла?

— В том-то и дело, что нет, сэр, — ответил Гриншив. — Если меня не обманывают глаза, у каждого из них на шляпе белый значок с темными полосками.

— Белый с темными полосками? — переспросил Дик. — Клянусь небом, не знаю я такого значка. В наших местах таких значков нет. Ну, раз так, попробуем как можно тише выбраться из этого сада; здесь мы защищаться не в состоянии. Дом, безусловно, охраняют люди сэра Дэниэла, и у меня нет никакой охоты попасть между двух огней. Возьми лестницу; нужно поставить ее на место.

Они отнесли лестницу в конюшню и ощупью добрались до стены.

Кэппер протянул им сверху руку и втащил на стену сначала одного, потом другого.

Они беззвучно спрыгнули на землю и не нарушали молчания, пока не очутились снова в зарослях дрока.

— Джон Кэппер, — сказал Дик, — беги во весь дух в Шорби. Приведи сюда немедленно всех, кого можешь собрать. Мы встретимся здесь. Если же люди разбрелись в разные стороны и собрать их удастся только к рассвету, мы встретимся где-нибудь поближе к городу, скажем, у самого входа в него. Я останусь здесь с Гриншивом и буду следить за домом. Беги со всех ног, Джон Кэппер, и да помогут тебе святые! А теперь, Гриншив, — прибавил он, когда Кэппер исчез, — обойдем вокруг сада. Я хочу посмотреть, не обманули ли тебя твои глаза.

Стараясь держаться подальше от стены и пользуясь каждым возвышением и каждой впадиной, они прошли вдоль двух стен сада, никого не заметив. Третья сторона садовой стены тянулась вдоль берега, и, чтобы не подходить к ней слишком близко, они пошли по песку. Несмотря на то, что прилив еще только начинался, прибой был таким сильным, а песчаный берег таким плоским, что Дику и Гриншиву при каждой волне приходилось по щиколотки, а то и по колена погружаться в соленую ледяную воду Немецкого моря.

Внезапно на белизне садовой стены возникла, словно тень, фигура человека, делавшего обеими руками какие-то знаки. Человек упал на землю, но тотчас же немного поодаль поднялся другой и повторил те же самые знаки. Так, словно безмолвный пароль, эти знаки обошли вокруг всего осажденного сада.

— Они хорошо караулят, — прошептал Дик.

— Вернемся на сушу, добрый мастер Шелтон, — ответил Гриншив. — Тут негде спрятаться. Нас нетрудно заметить: всякий раз, когда накатывает волна, наши фигуры выделяются на фоне белой пены.

— Ты прав, — сказал Дик. — Скорее на сушу!

ГЛАВА II. СТЫЧКА ВО МРАКЕ

Промокшие и озябшие, Дик и Гриншив вернулись в заросли дрока.

— Молю бога, чтобы Кэппер поспел вовремя! — сказал Дик. — Если он вернется не позже чем через час, я поставлю свечку перед образом святой Марии Шорбийской.

— Чего вы так торопитесь, мастер Дик? — спросил Гриншив.

— Как же мне не торопиться, друг, — ответил Дик. — В этом доме живет та, которую я люблю. А кто эти люди, тайно подстерегающие ее ночью! Конечно же, враги.

— Если Джон вернется скоро, мы славно расправимся с ними, — сказал Гриншив. — Их здесь не больше сорока человек; я сужу по тому, как редко у них расставлены часовые, и наш отряд в двадцать человек разгонит их, словно воробьев. Однако посудите сами, мастер Дик: оттого, что она из рук сэра Дэниэла попадет в другие руки, ей хуже не будет. Любопытно, конечно, узнать, кто это за ней охотится.

— Я подозреваю лорда Шорби, — ответил Дик. — Когда явились эти люди?

— Они подошли, мастер Дик, — сказал Гриншив, — едва вы перелезли через стену. Не пролежал я на стене и минуты, как вдруг заметил первого из них: он осторожно выползал из-за угла.

Свет в доме погас еще тогда, когда они брели по волнам, и теперь невозможно было предугадать, скоро ли люди, окружившие сад, решатся произвести нападение на дом. Из двух зол Дик предпочитал меньшее. Не дай бог, если Джоанна попадет в лапы к лорду Шорби. Нет, пусть уж лучше она останется у сэра Дэниэла. И Дик твердо решил прийти на помощь осажденным, если дом подвергнется нападению.

Но время шло, а на дом никто не нападал. Каждые четверть часа вдоль садовой стены передавались все те же сигналы, словно предводитель осаждающих хотел убедиться, бодрствуют ли его часовые; вокруг дома было спокойно и тихо.

Мало-помалу к Дику стали подходить подкрепления. Задолго до рассвета вокруг него в зарослях дрока собралось уже около двадцати человек.

Дик разбил их на два неравных отряда; маленький отряд он взял себе, а командиром большого назначил Гриншива.

— Слушай, Кит, — сказал он Гриншиву, — поставь своих людей возле ближнего угла садовой стены, выходящей на берег, и жди, пока не услышишь, что я начал нападение с другой стороны сада. Я хочу напасть на них со стороны моря, потому что там, вероятно, находится их предводитель. Остальные разбегутся. И пусть бегут. Помните, ребята: стрелять не надо — вы можете попасть в своих. Полагайтесь на свои мечи и только на мечи. Если мы одержим победу, я, как только верну себе свое имение, каждому из вас дам по золотому.

Самые храбрые и самые искусные в военном ремесле люди, оказавшиеся среди этих сломанных жизнью людей — воров, убийц и разоренных крестьян, которых сзывал к себе Дэкуорт для осуществления своих мстительных замыслов, — добровольно отправились вместе с Ричардом Шелтоном в Шорби. Им надоело сидеть в городе, выслеживая сэра Дэниэла, и многие из них начали уже роптать и грозили уйти. Теперь же, узнав, что им предстоит горячая схватка и, быть может, добыча, они воспрянули духом и стали весело готовиться к битве.

Они скинули свои длинные плащи; под плащами у одних были зеленые кафтаны, а у других — прочные кожаные куртки; под шапками многие из них носили железные шлемы; вооружение их состояло из мечей, кинжалов, рогатин и дюжины сверкающих алебард. Таким оружием можно было сражаться даже с регулярными войсками феодалов. Спрятав луки, колчаны и плащи в кустах дрока, оба отряда решительно двинулись вперед.

Обойдя вокруг сада. Дик расставил шестерых своих воинов ярдах в двадцати от садовой стены, и сам стал перед ними. С дружным криком бросились они на врагов.

Враги, раскинутые по большому пространству, окоченевшие, застигнутые врасплох, вскочили на ноги и растерянно озирались. Не успели они собраться с духом и сообразить, много ли сил у противника, как с другого конца сада до них донесся такой же крик. Не сомневаясь в своем поражении, они побежали.

Оба отряда «Черной стрелы» с двух сторон подошли к стене, которая тянулась вдоль моря; этим они отрезали возможность отступления для части неприятельского войска; остальные вражеские воины пустились наутек кто куда и исчезли во мраке.

Однако битва еще только начиналась. Дик со своими бродягами напал на неприятеля неожиданно, и в этом заключалось его преимущество; но подвергнувшиеся нападению были многочисленнее нападающих. Между тем наступил прилив; берег превратился в узкую полоску. В темноте между морем и садовой стеной началась яростная схватка не на жизнь, а на смерть, и трудно было сказать, чем она кончится.

Незнакомцы были хорошо вооружены; они молча кинулись на нападающих; сражение разбилось на ряд отдельных стычек. Дик, бросившийся в битву первым, дрался с тремя противниками: одного из них он уложил сразу, но двое других напали на него с таким жаром, что он чуть было не отступил. Один из этих двух был громадный мужчина, почти великан. Держа обеими руками огромный меч, он размахивал им, как легкой тростью. Сражаясь с таким длинноруким противником, Дик, вооруженный алебардой, чувствовал себя беззащитным; если бы и второй противник нападал столь же пылко, гибель юноши была бы неизбежна. Но этот второй противник, пониже ростом и менее проворный, вдруг остановился, вглядываясь в темноту и прислушиваясь к шуму битвы.

Дик отступал перед великаном, выжидая удобного случая, чтобы нанести удар. Лезвие огромного меча блеснуло над ним и опустилось. Дик отскочил в сторону и прыгнул вперед, наудачу рубя своей алебардой. Раздался оглушительный рев, и, прежде чем раненый успел поднять свой страшный меч. Дик дважды ударил его и свалил на землю.

Теперь у Дика остался только один противник, сражаться с которым можно было на равных условиях. Они были почти одинакового роста; противник Дика превосходно владел искусством отражать удары. Он был вооружен мечом и кинжалом, а у Дика была только алебарда; зато Дик был гораздо проворнее его. Сначала ни тот, ни другой не мог добиться преимущества, но старший из противников был опытней младшего и вел его туда, куда хотел. И вдруг Дик заметил, что они сражаются по колено в воде среди бушующих волн. Здесь все его проворство стало бесполезным; и он был всецело во власти противника. Товарищи Дика были далеко, а искусный противник заставлял его отступать все дальше в море.

Дик стиснул зубы. Он решил как можно скорее привести борьбу к концу, и, когда волна отхлынула, обнажив на мгновение дно, он ринулся вперед, отразил алебардой удар меча и схватил противника за горло. Тот рухнул навзничь, и Дик упал на него; набежавшая волна накрыла побежденного. Пока он лежал под водой, Дик выхватил у него из рук кинжал и поднялся, гордый своею победой.

— Сдавайтесь! — сказал он. — Дарю вам жизнь.

— Сдаюсь, — сказал тот, поднимаясь на колени. — Вы сражаетесь, как сражаются все слишком молодые люди, — неумело и необдуманно, но, клянусь святыми, отважно!

Дик вышел на берег. Ночной бой все еще продолжался, и все еще нельзя было сказать, на чьей стороне окажется победа. Сквозь гул прибоя слышались удары стали о сталь, стоны раненых и победные клики наступающих.

— Отведите меня к своему командиру, молодой человек, — сказал побежденный рыцарь. — Пора прекратить эту бойню.

— Сэр, — ответил Дик, — у этих храбрецов есть только один командир, и он стоит перед вами.

— Так отзовите своих молодцов, а я прикажу своим слугам остановиться,

— сказал побежденный рыцарь.

В его голосе и манере держаться было столько благородства, что Дик не опасался обмана.

— Бросайте оружие! — крикнул незнакомый рыцарь. — Я сдался, и мне обещана жизнь.

Это было сказано так властно, что шум битвы смолк немедленно.

— Лоулесс, — крикнул Дик, — ты цел?

— Цел и невредим, — откликнулся Лоулесс.

— Зажги фонарь, — приказал Дик.

— Разве здесь нет сэра Дэниэла? — спросил рыцарь.

— Сэра Дэниэла? — переспросил Дик. — Молю бога, чтоб его тут не было. Если бы он был тут, мне пришлось бы плохо.

— Вам пришлось бы плохо, благородный рыцарь? — переспросил его недавний противник. — Как так? Разве вы не сторонник сэра Дэниэла? Клянусь, я ничего не понимаю. Зачем же вы, в таком случае, напали на мой отряд? Из-за чего нам было ссориться, мой юный и чрезвычайно пылкий друг? Чтобы покончить со всеми недоумениями, откройте мне имя того достойного джентльмена, которому я сдался в плен.

Но прежде чем Дик успел ответить, совсем рядом раздался чей-то голос. Дик мог различить в темноте, что у обладателя голоса был белый с черными полосками значок и что он обращался к своему начальнику с необыкновенной почтительностью.

— Милорд, — сказал он, — если эти джентльмены — враги сэра Дэниэла, то, право, очень жаль, что мы вступили с ними в бой. Но будет еще хуже, если мы останемся здесь. Люди, которые караулят дом, не умерли и не оглохли. Они не могли не слышать, как мы тут бьемся уже целых четверть часа, и уж, конечно, дали знать в город; если мы сейчас же не уйдем отсюда, нам придется сражаться с новым врагом.

— Хоксли прав, — сказал лорд. — Какое вы примете решение, сэр? Куда мы должны идти?

— Куда вам угодно, милорд, — сказал Дик. — Я начинаю думать, что мы с вами можем подружиться. Я представился вам несколько грубовато, и мне не хотелось бы, чтобы наши дальнейшие отношения были похожи на наше первое знакомство. Нам нужно расстаться, милорд. Так пожмем на прощание друг другу руки; а в назначенный вами час и в назначенном вами месте мы встретимся снова и обо всем сговоримся.

— Вы слишком доверчивы, мой мальчик, — сказал рыцарь, — но на этот раз ваша доверчивость не причинит вам зла. Я встречусь с вами на рассвете у креста святой Невесты. Друзья, за мной!

Незнакомцы исчезли во мраке с подозрительной быстротой. Пока разбойники по своему обыкновению грабили мертвецов, Дик в последний раз обошел вокруг садовой стены, чтобы взглянуть на фасад дома. В маленьком чердачном окошке сиял свет; этот свет, вероятно, был хорошо виден из задних окон городского дома сэра Дэниэла. Дик понял, что это и есть тот сигнал, которого так опасался Хоксли, и что скоро сюда явятся воины тэнстоллского рыцаря.

Он приложил ухо к земле, и ему показалось, что он слышит приближающийся стук копыт. Дик поспешно кинулся назад, на берег. Но работа была уже кончена: четверо разбойников тащили к морю последний труп, раздетый догола, чтобы бросить его в воду.

Когда через несколько минут из переулков Шорби вылетели галопом сорок всадников, на пустынном берегу возле маленького дома было тихо и пусто. Дик со своими людьми находился уже в харчевне «Козла и волынки» и снимал с себя доспехи, чтобы хоть немного поспать перед утренним свиданием.

ГЛАВА III. КРЕСТ СВЯТОЙ НЕВЕСТЫ

Крест святой Невесты стоял неподалеку от Шорби, на опушке Тэнстоллского леса. Тут соединялись две дороги — одна шла лесом из Холивуда, другая — та, по которой летом отступала разгромленная армия ланкастерцев, — из Райзингэма. Здесь обе дороги сливались в одну, и эта дорога, сбегая с холма, тянулась до самого Шорби. Немного позади того места, где они соединялись, возвышался небольшой бугор, на вершине которого стоял древний, изъеденный непогодами крест.

Дик явился к этому кресту около семи часов утра. Холодно было по-прежнему; земля, покрытая серебряным инеем, казалась седой, на востоке занималась багряно-рыжая заря. Дик сел на ступеньку под крестом, закутался в свой плащ и зорко осмотрелся по сторонам. Ждать ему пришлось недолго. На дороге, ведущей из Холивуда, появился джентльмен в сияющих латах, поверх которых была накинута мантия из драгоценных мехов; он ехал шагом на великолепном боевом коне. Следом за ним, держась на расстоянии двадцати ярдов, двигался отряд всадников, вооруженных копьями; КО, увидев крест, воины остановились, и джентльмен в мехах двинулся к кресту один.

Он ехал с поднятым забралом; лицо у него было властное и гордое, под стать его пышному одеянию. И Дик не без смущения двинулся навстречу своему пленнику.

— Благодарю вас, милорд, за точность, — сказал он и низко поклонился.

— Не угодно ли вашей светлости сойти на землю?

— Мы здесь одни, молодой человек? — спросил рыцарь.

— Я не так прост, — сказал Дик, — и должен признаться вашей светлости, что в лесу, возле этого креста, лежат мои честные ребята с оружием наготове.

— Вы поступили мудро, — сказал лорд, — и я очень этому рад, потому что вчера вы дрались как безрассудный сарацин, а не как опытный христианский воин. Впрочем, не мне об этом говорить, так как я был побежден.

— Вы были побеждены, милорд, только потому, что упали, — ответил Дик.

— Если бы волны не пришли мне на помощь, я бы погиб. Я до сих пор ношу на теле знаки, которыми отметил меня ваш кинжал. Мне думается, милорд, что весь риск, так же как и все выгоды этой маленькой слепой стычки на берегу, выпал на мою долю.

— Я вижу, вы достаточно умны, чтобы не хвастать своей победой, — заметил незнакомец.

— Нет, милорд, — ответил Дик, — для этого особого ума не нужно. Теперь, когда при свете дня я вижу, какой отважный рыцарь сдался — не мне, а судьбе, темноте и приливу — и как легко бой мог принять совсем другой оборот для такого неопытного и неотесанного воина, как я, я несколько смущен своей победой, и вам, милорд, это не должно казаться странным.

— Вы хорошо говорите, — сказал незнакомец. — Ваше имя?

— Мое имя, если вам угодно знать его, Шелтон, — ответил Дик.

— А меня называют лорд Фоксгэм, — сказал рыцарь.

— Так вы опекун самой милой девушки в Англии, милорд! — воскликнул Дик. — Теперь я знаю, какой мне взять с вас выкуп за вашу жизнь и за жизнь ваших слуг! Я прошу вас, милорд, окажите мне милость, отдайте мне руку моей прекрасной дамы, Джоанны Сэдли, и получите взамен свою свободу, свободу своих слуг и, если желаете, мою благодарность и преданность до самой смерти.

— Разве вы не воспитанник сэра Дэниэла? — спросил лорд Фоксгэм. — Если вы сын Гарри Шелтона, то, насколько мне известно, сэр Дэниэл должен быть вашим опекуном.

— Не угодно ли вам, милорд, сойти с лошади? Я расскажу вам подробно, кто я такой, каково мое положение и на каких основаниях я осмеливаюсь просить у вас руки Джоанны Сэдли. Присядьте, пожалуйста, милорд, вот на эту ступеньку, выслушайте меня до конца и не судите меня строго.

С этими словами Дик протянул лорду Фоксгэму руку и помог ему слезть с лошади; он привел его на бугор к кресту, усадил на то место, где недавно сидел сам, и, почтительно стоя перед своим благородным пленником, рассказал ему всю свою жизнь вплоть до вчерашнего дня.

Лорд Фоксгэм внимательно его выслушал.

— Мастер Шелтон, — сказал он, когда Дик кончил, — вы одновременно и самый счастливый и самый несчастный молодой джентльмен на всем свете. Но счастье свое вы заслужили, а несчастье получили незаслуженно. Не падайте духом, вы приобрели друга, который может и хочет вам помочь. Хотя человеку вашего происхождения не следует якшаться с разбойниками, я должен признать, что вы храбры и благородны. Во время боя вы опасны, во время мира учтивы. Вы молодой человек с прекрасными возможностями и отважной душой. Имений своих вы не увидите до нового переворота. Пока ланкастерцы стоят у власти, сэр Дэниэл будет пользоваться ими как своими собственными. С моей воспитанницей дело обстоит тоже не просто. Я обещал ее одному джентльмену, моему родственнику, по имени Хэмли; обещание ему дано давно…

— Ах, милорд, тем временем сэр Дэниэл обещал ее милорду Шорби! — перебил Дик. — И, хотя обещание это дано совсем недавно, по всей вероятности, оно скорее будет выполнено, нежели ваше.

— Вы правы, — ответил лорд. — И вот, принимая к тому же во внимание, что я ваш пленник, жизнь которого была в ваших руках, и, главное, что девушка, к Несчастью, находится в чужих руках, я даю вам свое согласие. Помогите мне с вашими добрыми молодцами…

— Милорд! — воскликнул Дик. — Ведь это те самые разбойники, за знакомство с которыми вы упрекнули меня!

— Разбойники, нет ли, а сражаться они умеют, — ответил лорд Фоксгэм.

— Помогите мне, и, если нам с вами удастся отбить эту девушку, клянусь своей рыцарской честью, она будет вашей женой.

Дик преклонил колено перед своим пленником. Но тот, легко соскочив с подножия креста, поднял юношу и обнял, как сына.

— Раз вы собираетесь жениться на Джоанне, — сказал он, — мы с вами должны стать друзьями.

ГЛАВА IV. «ДОБРАЯ НАДЕЖДА»

Час спустя Дик снова сидел у «Козла и волынки», завтракал и выслушивал донесения своих гонцов и часовых. Дэкуорта все еще не было в Шорби; впрочем, такие отлучки были нередки, так как у него постоянно было множество самых различных дел в самых различных концах страны. Братство «Черной стрелы», как известно, было основано разоренным Дэкуортом в целях мести и наживы; многие, впрочем, из тех, кто знал его ближе, смотрели на него как на агента и представителя великого Ричарда, графа Уорвикского, этого прославленного вершителя судеб британского престола.

Как бы то ни было, Дэкуорт отсутствовал, и в Шорби его замещал Ричард Шелтон. Он склонился над тарелкой, озабоченный своими мыслями. Они уговорились с лордом Фоксгамом сегодня вечером нанести решительный удар и освободить Джоанну силой. Однако трудности этого предприятия были огромны. Разведчики, являвшиеся к нему для доклада, приносили самые неутешительные вести.

Сэр Дэниэл был встревожен вчерашней стычкой на морском берегу. В маленьком домике он увеличил гарнизон; не довольствуясь этим, он расставил всадников на всех прилегающих уличках, приказав им при первом же тревожном сигнале немедленно скакать к нему. В его городском доме стояли оседланные кони, и воины, вооруженные с головы до ног, ждали только знака, чтобы выехать.

Задуманное предприятие с каждым часом казалось все менее осуществимым. Внезапно лицо Дика прояснилось.

— Лоулесс! — крикнул он. — Ведь ты был моряком. Не можешь ли ты украсть для меня корабль?

— Мастер Дик, — ответил Лоулесс, — с вашей поддержкой я готов украсть даже Йоркский собор.

И они сразу же отправились в гавань. Это была довольно обширная бухта, раскинувшаяся среди песчаных холмов и окруженная пустырями, выгонами, кучами полусгнивших бревен и ветхими лачугами городских трущоб. В бухте стояло немало палубных и беспалубных судов, — одни качались на якорях, другие лежали на берегу. Долгая непогода выгнала их из открытого моря и заставила спрятаться в гавани. Черные тучи и сильные ветры с сухим снегопадом предвещали новые бури.

Моряки, спасаясь от холода и ветра, ускользнули на берег и буйно веселились в портовых кабаках. За некоторыми, судами, стоявшими на якоре, никто даже не присматривал; и с каждым часом и с каждым свежим порывом ветра таких безнадзорных судов становилось все больше и больше. На эти-то суда, и особенно на те из них, что стояли подальше от берега, Лоулесс и обратил свое внимание. Дик предоставил ему свободу действий, а сам уселся на якорь, до половины зарытый в песок, и, прислушиваясь то к реву урагана, то к пению моряков в ближайшем кабаке, скоро забыл обо всем, кроме обещания лорда Фоксгэма.

Лоулесс тронул его за плечо и указал на небольшой корабль, который одиноко качался на волнах у входа в бухту. Прорвавшийся сквозь тучи бледный луч зимнего солнца вдруг озарил палубу, и силуэт судна четко вырисовывался на фоне облака. Дик в это мгновение успел разглядеть на палубе двух мужчин, которые спускали с борта шлюпку.

— Вот вам корабль на эту ночь, сэр, — сказал Лоулесс. — Запомните его хорошенько!

Шлюпка отделилась от корабля; в ней сидело двое мужчин; держась по ветру, они торопливо гребли к берегу.

Лоулесс остановил прохожего.

— Как зовется вон тот корабль? — спросил он, показав ему стоявшее у входа в бухту судно.

— Это «Добрая Надежда» из Дартмута, — ответил прохожий. — А капитана зовут Арблестер. Он гребет на носу вон той шлюпки.

Лоулессу ничего больше и не требовалось знать. Поспешно поблагодарив прохожего, он двинулся на песчаную косу, к которой должна была пристать шлюпка. Там он остановился, поджидая моряков с «Доброй Надежды».

— Кум Арблестер! — закричал он. — Какая счастливая встреча! Клянусь распятием, такую встречу нужно отпраздновать! А это «Добрая Надежда»? Я узнал бы ее среди десяти тысяч кораблей! Прекрасный корабль! Подплывай, кум, мы с тобой славно выпьем! Помнишь, я тебе рассказывал о своем наследстве? Ну вот, я его наконец и получил. Я теперь богат и больше не плаваю по морям. Я плаваю только по элю. Давай руку, приятель! Выпей со старым товарищем.

Шкипер Арблестер, длиннолицый, немолодой, обветренный непогодами человек, с ножом, привязанным к шее тесемкой, и походкой и всеми повадками ничуть не отличавшийся от наших нынешних моряков, удивленно и недоверчиво отшатнулся от Лоулесса. Но упоминание о наследстве и, главное, пьяное добродушие, которое с таким искусством изобразил Лоулесс, скоро победили недоверчивость шкипера, и он пожал руку бродяги.

— Я тебя не помню, — сказал он. — Но что за важность! Я и мой матрос Том, мы всегда готовы выпить с кумом. Том, — сказал он, обращаясь к своему спутнику, — вот мой кум. Я не помню, как его зовут, но это неважно, он превосходный моряк. Пойдем выпьем с ним и его приятелем.

Лоулесс повел их в недавно открывшийся кабак, стоявший несколько в стороне, и поэтому менее переполненный, чем те, что находились ближе к центру гавани.

Кабак этот представлял собой обыкновенный сарай, наподобие бревенчатых построек, которые в наши дни можно встретить где-нибудь в американских лесах. Вся мебель состояла из двух-трех шкафов, вделанных в стену, нескольких голых скамеек и досок, положенных на пустые бочонки вместо столов. Посреди комнаты горел костер, раздуваемый множеством сквозняков, и пылавшие там обломки кораблей наполняли все помещение густым дымом.

— Вот она, услада моряка, — сказал Лоулесс. — Хорошо посидеть у славного огонька и выпить добрую чарочку, когда на дворе непогода и ветер гуляет по крыше! Пью за «Добрую Надежду»! Желаю ей легкого плавания!

— Да, — сказал шкипер Арблестер, — в такую погоду на берегу куда лучше, чем в море. А как по-твоему, матрос Том? Кум, ты говоришь складно, хотя мне все не удается припомнить, как тебя зовут. Но что за важность, ты говоришь очень складно. Легкого плавания «Доброй Надежде»! Аминь!

— Друг Дикон, — продолжал Лоулесс, обращаясь к своему начальнику, — у тебя, кажется, какие-то важные дела? Так ступай, не стесняйся. А я посижу в этой славной компании, с двумя старыми моряками. Не беспокойся, ты нас застанешь все за тем же делом, когда вернешься, и я ручаюсь, что эти славные ребята от меня не отстанут. Мы ведь не какие-нибудь береговые крысы, мы старые, тертые морские волки.

— Хорошо сказано! — подхватил шкипер. — Ступай, мальчик. А твоего приятеля и моего доброго кума мы задержим здесь до рассвета, клянусь святой Марией! Я так долго пробыл в море, что все кости мои пропитались солью, и теперь, сколько бы я ни выпил, мне все мало.

Провожаемый таким напутствием. Дик встал, попрощался и торопливо пошел сквозь непогоду к «Козлу и волынке». Оттуда он послал сообщить лорду Фоксгэму, что вечером в их распоряжении будет прочный корабль. Потом, захватив с собой двух разбойников, кое-что смысливших в морском деле, он отправился в гавань на песчаную косу.

Шлюпка с «Доброй Надежды» стояла среди множества других шлюпок, но они узнали ее без труда, так как она была самая маленькая и самая хрупкая из всех. Когда Дик с двумя своими спутниками сел в эту жалкую скорлупку и они отчалили от берега, волны и ветер обрушились на них с такой силой, что, казалось, они вот-вот пойдут на дно.

Как мы уже говорили, «Добрая Надежда» стояла на якоре далеко от берега, и волны там были еще больше. Ближайшие корабли находились от нее на расстоянии нескольких кабельтовых, но и на них не было ни одного человека; вдобавок повалил густой снег и стало так темно, что никто при всем желании не мог бы заметить Дика и его товарищей. Стремительно вскарабкались они на палубу, оставив привязанную к корме шлюпку плясать на волнах. Так была захвачена «Добрая Надежда».

Это было славное, прочное судно, закрытое палубой на носу и посредине и открытое на корме. Одномачтовое, оно по роду своей оснастки было чем-то средним между фелюгой и люггером[1]. По-видимому, дела шкипера Арблестера шли превосходно, так как бочонки с французским вином заполняли весь трюм. А в маленькой каюте, кроме образа девы Марии, который свидетельствовал о набожности капитана, находились запертые сундуки, которые говорили о его богатстве и запасливости.

Собака, единственная обитательница корабля, яростно лаяла и хватала похитителей за пятки; пинком ноги ее загнали в каюту и там заперли вместе с ее справедливым гневом. Пираты зажгли фонарь и подняли его на ванты, чтобы корабль был виден с берега; потом открыли один из бочонков и выпили по чаше превосходного гасконского вина за удачу своего предприятия. Затем один из

---

[1] Фелюга — узкое парусное судно, которое может идти на веслах. Люггер — небольшое парусное судно

разбойников приготовил лук и стрелы на случай нападения, а другой подтянул шлюпку и спрыгнул в нее.

— Карауль хорошенько, Джек, — сказал молодой командир, готовясь спуститься в шлюпку. — Я вполне на тебя полагаюсь.

— Пока корабль стоит здесь, все будет в порядке, — ответил Джек. — Но чуть только мы выйдем в море... Видите, как он задрожал! Несчастный корабль услышал мои слова, и сердце его забилось в дубовых ребрах. Посмотрите, мастер Дик, как стало темно!

И в самом деле, кругом воцарился необычный мрак. И в этом мраке одна за другой вздымались волны, и «Добрая Надежда» бодро переваливалась с волны на волну. На палубу падал снег, морская пена заливала ее; снасти угрюмо скрипели под ветром.

— Зловещая погода, — сказал Дик. — Но не беда! Это всего только шквал, а шквалы не бывают надолго.

Тем не менее унылый беспорядок, царивший в небе, и визгливые завывания ветра невольно угнетали его дух. Спустившись в шлюпку и отчалив от «Доброй Надежды», он набожно перекрестился, моля бога заступиться за всех, кто пускается в плавание сегодня ночью.

На песчаной косе собралось уже около дюжины разбойников. Дик предоставил шлюпку в их распоряжение и приказал им немедленно отправиться на корабль.

Пройдя несколько шагов в глубь берега. Дик увидел лорда Фоксгэма, который спешил ему навстречу; лицо лорда было закрыто капюшоном; простой крестьянский плащ скрывал от посторонних взглядов его сверкающие латы.

— Юный Шелтон, — сказал он, — неужели вы действительно намерены выйти в море?

— Милорд, — ответил Дик, — дом сторожат всадники; подойти к нему с суши, не подняв тревоги, невозможно; теперь, после того, как сэр Дэниэл узнал о нашем приключении, легче оседлать ветер, чем незаметно подкрасться к этому дому с суши.

Отправясь морем, мы, конечно, рискуем утонуть; но зато, если мы не утонем, мы увезем девушку.

— Ведите меня, — сказал лорд Фоксгэм. — Я последую за вами, чтобы потом не пришлось стыдиться своей трусости; но, признаться, я предпочел бы лежать сейчас у себя дома в постели.

— Идемте, — сказал Дик. — Я представлю вам человека, который поведет наш корабль.

И он повел лорда в убогий кабак, где назначил свидание своим подчиненным. Некоторые из разбойников слонялись снаружи возле дверей; другие вошли уже внутрь и столпились вокруг Лоулесса и двоих моряков. Судя по их раскрасневшимся лицам и мутным глазам, они давно перешли границы умеренности; когда Дик, сопровождаемый лордом Фоксгэмом, появился в кабаке, они вместе с Лоулессом пели древнюю заунывную морскую песню, и ураган подпевал им.

Молодой предводитель окинул взором кабак. В огонь только что подбросили дров, и черный дым валил так густо, что углы просторной комнаты потонули во мраке. И все же он сразу убедился, что разбойников здесь гораздо больше, чем случайных посетителей. Успокоившись на этот счет. Дик подошел к столу и занял свое прежнее место на скамье.

— Эй, — крикнул шкипер пьяным голосом, — кто ты такой?

— Мне нужно поговорить с вами на улице, мастер Арблестер, — сказал Дик. — А разговор будет вот о чем.

И он показал ему золотую монету, которая ярко блеснула при свете костра.

Глаза моряка вспыхнули, хотя он так и не узнал нашего героя.

— Ладно, мальчик, — сказал он, — я пойду с тобой... Кум, я сейчас вернусь. Пей на здоровье, кум!

И, держась за Дика, чтобы нс упасть, он двинулся к дверям.

Едва он перешагнул через порог, десять сильных рук схватили его и связали; две минуты спустя, связанный, с затычкой во рту, он уже лежал на сеновале, засыпанный сеном. Рядом с ним бросили его матроса Тома; им предоставили возможность до самого утра размышлять о своей печальной участи.

Скрываться больше было незачем, и лорд Фоксгэм условным сигналом вызвал своих воинов; захватив нужное количество лодок, они целой флотилией двинулись на свет фонаря, прикрепленного к мачте. Не успели они взобраться на палубу, как с берега донесся яростный крик моряков, обнаруживших пропажу своих лодок.

Но ни воротить свои лодки, ни отомстить за них моряки не могли. Из сорока воинов, собравшихся на украденном корабле, восемь человек бывали прежде в море и сразу превратились в матросов. С их помощью поставили паруса. Подняли якорь. Лоулесс, нетвердо держась на ногах и все еще напевая какую-то — морскую балладу, взялся за руль. И «Добрая Надежда» сквозь ночную мглу двинулась в открытое море навстречу огромным валам. Дик стоял возле штормовых снастей. Непроглядную тьму ночи прорезали только свет огней «Доброй Надежды» и отдельные мерцающие огоньки домиков в Шорби, уплывающие вдаль; да еще изредка виднелись, когда «Добрая Надежда» проваливалась между волнами, гребни белой пены; на мгновение они вздымались снежным каскадом и так же быстро исчезали за кормой.

Некоторые из разбойников лежали на палубе, держась за что попало, и громко молились, другие страдали морской болезнью и, забравшись в трюм, разлеглись там среди всякой клади. Эта страшная качка да пьяная лихость Лоулесса заставили бы хоть кого усомниться в благополучном исходе плавания.

Однако Лоулесс, руководимый каким-то чутьем, по громадным волнам провел судно мимо длинной песчаной отмели и благополучно причалил к каменному молу; здесь «Добрую Надежду» наскоро привязали, и она, поскрипывая, качалась в темноте.

ГЛАВА V. «ДОБРАЯ НАДЕЖДА» (продолжение)

Мол находился совсем недалеко от дома, в котором жила Джоанна; оставалось только переправить людей на берег, ворваться в дом и похитить пленницу. «Добрая Надежда» уже сослужила свою службу, доставив их во вражеский тыл. Они считали, что корабль им больше не понадобится, так как отступать они собирались в лес, где милорд Фоксгэм расставил свои подкрепления.

Однако высадить людей на берег оказалось нелегко: многие мучились от морской болезни, и все поголовно — от холода; в корабельной тесноте и суматохе дисциплина расшаталась; из-за качки и темноты все пали духом. На мол выскочили все разом. Милорду пришлось сдерживать своих людей, угрожая им обнаженным мечом. Конечно, это не обошлось без шума, а шум был сейчас опаснее всего.

Когда порядок был кое-как восстановлен, Дик с кучкой самых отборных воинов двинулся вперед. На берегу было еще темнее: в море там и сям белела пена, в то время как мрак, висевший над сушей, казался плотным, непроницаемым; вой ветра заглушал все звуки.

Но не успел Дик дойти до конца мола, как ветер внезапно стих; в наступившей тишине ему послышался конский топот и лязг оружия! Дик остановил своих спутников и спрыгнул на береговой песок; пройдя несколько шагов, он убедился, что впереди в самом деле движутся кони и люди. Он сильно приуныл. Если враги действительно подстерегали их, если воины сэра Дэниэла окружили конец мола, упиравшийся в берег, им с лордом Фоксгэмом будет очень трудно защищаться, так как позади у них только море и все их воины сбиты в кучу на узком молу. Осторожным свистом он подал условный сигнал.

К сожалению, этот сигнал вызвал совсем не те последствия, на которые он рассчитывал. Из ночной тьмы вылетел град наудачу пущенных стрел. Воины на молу стояли так тесно, что некоторые стрелы попали в цель; раздались крики испуга и боли. Лорд Фоксгэм был ранен и упал. Хоксли тотчас распорядился отнести его на корабль. Воины лорда Фоксгэма остались без всякого руководства. Одни принимали бой, другие совсем растерялись. В этой растерянности и крылась главная причина катастрофы, которая не замедлила разразиться.

Дик с горстью храбрецов в течение целой минуты удерживал конец мола, упиравшийся в берег. С обеих сторон было ранено по два, по три человека, сталь звенела о сталь. Сначала ни той, ни другой стороне не удавалось добиться успеха; но скоро счастье окончательно изменило сторонникам Дика.

Кто-то крикнул, что все погибло. Воины, давно уже павшие духом, с легкостью этому поверили; крик был подхвачен. Затем раздался другой крик:

— На борт, ребята, кому жизнь дорога!

И наконец кто-то с подлинным вдохновением труса крикнул то, что кричат при всех поражениях:

— Измена!

И сразу же вся толпа, толкаясь, с громкими возгласами страха кинулась назад по молу, подставив свои незащищенные спины неприятелю.

Один трус уже принялся отталкивать корму, но другой еще придерживал нос корабля. Беглецы с криком перепрыгивали на корабль, некоторые обрывались и падали в море. Иных зарубили на молу, иных в толкотне задавили насмерть свои же товарищи. Но вот наконец нос «Доброй Надежды» отделился от мола, и вездесущий Лоулесс, которому удалось с помощью кинжала расчистить себе дорогу и добраться до руля, направил корабль в бушующее море. Кровь стекала с палубы, заваленной мертвыми и ранеными.

Лоулесс вложил кинжал в ножны и сказал своему ближайшему соседу:

— Я, кум, пометил своей печатью многих из этих трусливых псов.

Когда беглецы, спасая жизнь, прыгали на корабль, они даже не заметили ударов кинжалом, которыми Лоулесс, стараясь пробраться к рубке, награждал встречных. Но тут они не то вспомнили про эти удары, не то просто расслышали слова, неосторожно произнесенные рулевым.

Охваченные паникой — войска приходят в себя не сразу; обычно люди, запятнавшие себя трусостью, как бы для того, чтобы забыть о своем позоре, бросаются в другую крайность и начинают бунтовать. Так случилось и теперь. Те самые храбрецы, которые побросали свое оружие и которых за ноги втащили на палубу «Доброй Надежды», теперь громко бранили своих предводителей и непременно хотели кого-нибудь наказать. Вся их злоба обрушилась на Лоулесса.

Чтобы не налететь на камни, старый бродяга направил нос «Доброй Надежды» в сторону открытого моря.

— Глядите! — заорал один из недовольных. — Он ведет нас в море!

— Верно! — крикнул другой. — Нас предали!

Все завопили хором, что их предали и, отчаянно ругаясь, потребовали, чтобы Лоулесс повернул судно и доставил их тотчас на берег. Лоулесс, стиснув зубы, продолжал вести «Добрую Надежду» по громадным волнам в открытое море. Побуждаемый чувством собственного достоинства и поддерживаемый еще не совсем выветрившимся хмелем, он отвечал презрительным молчанием на пустые их страхи и малодушные угрозы. Недовольные собрались возле мачты, петушились и для храбрости подзадоривали друг друга. Еще минута, и они были бы готовы, позабыв стыд и совесть, совершить любую гнусность. Дик начал было подниматься на палубу, чтобы навести порядок, но его опередил один из разбойников, кое-что смысливший в морском деле.

— Ребята, — начал он, — у вас деревянные головы. Чтобы вернуться в город, нам нужно сначала выйти в открытое море. И вот старый Лоулесс...

Договорить он не успел, — кто-то ударил его в зубы; это подействовало на толпу трусов, как искра, упавшая в стог сена: все набросились на несчастного, опрокинули его и принялись топтать его ногами и колоть кинжалами, покуда не прикончили. Тут уж Лоулесс не выдержал, — гнев его прорвался.

— Ведите корабль сами! — проревел он.

И, не заботясь о последствиях, оставил руль.

В это мгновение «Добрая Надежда» дрожала на гребне огромной волны. С ужасающей быстротой слетела она в провал между волнами. Новая волна поднялась, нависнув над ней, как громадная черная стена; вздрогнув от могучего удара, «Добрая Надежда» врезалась носом в эту гору соленой влаги. Зеленый вал окатил корабль с носа до кормы; люди на палубе по колена погрузились в воду; брызги взлетели выше мачт. Пройдя сквозь волну, «Добрая Надежда» вынырнула, жалобно скрипя и дрожа всем телом, словно раненый зверь.

Шестеро или семеро недовольных было смыто за борт; остальные, чуть только они вновь обрели дар речи, стали призывать на помощь всех святых и умолять Лоулесса снова взяться за руль.

Лоулесса не пришлось просить дважды. Увидев ужасные последствия своего справедливого гнева, он отрезвел окончательно. Он лучше всех понимал, что «Добрая Надежда» чуть было не погибла, и неуверенность, с которой она повиновалась рулю, убеждала его, что опасность еще не вполне миновала.

Волна сбила Дика и едва не утопила его. Он с трудом поднялся и, бредя по колена в воде, выбрался на корму к старому рулевому.

— Лоулесс, — сказал он, — ты один можешь спасти нас. Ты смелый, упорный человек и умеешь управлять кораблем. Я приставлю к тебе трех воинов, на которых можно положиться, и прикажу им охранять тебя.

— Незачем, сударь, незачем, — ответил рулевой, пристально вглядываясь в темноту. — С каждым мгновением мы все дальше уходим от этих песчаных отмелей, и с каждым мгновением море будет все сильнее обрушиваться на нас. Скоро все эти плаксы повалятся с ног, ибо, сударь, дурной человек никогда не бывает хорошим моряком; почему — не знаю, тут какая-то тайна, но это так. Только честные и смелые люди могут вынести такую качку.

— Это просто поговорка моряков, Лоулесс, и в ней не больше смысла, чем в свисте ветра, — сказал Дик и рассмеялся. — Но как наши дела? Верно ли мы идем? Доберемся ли мы до гавани?

— Мастер Шелтон, — ответил Лоулесс, — я был монахом и благодарю за это свою судьбу. Был воином, был вором, был моряком. Много сменил я одежд, и умереть мне хотелось бы в монашеской рясе, а не в просмоленной куртке моряка. А почему? По двум очень важным причинам: во-первых, я не хочу умереть внезапно, без покаяния, а во-вторых, мне отвратительна эта соленая лужа у меня-под ногами! — И Лоулесс топнул ногой. — Но если сегодня ночью я не умру смертью моряка, — продолжал он, — я поставлю высокую свечу пречистой деве.

— Неужели наше дело так плохо? — спросил Дик.

— Очень плохо, — ответил бродяга. — Разве вы не чувствуете, как медленно и тяжело движется «Добрая Надежда» по волнам? Разве вы не слышите, как в трюме плещется вода? «Добрая Надежда» и теперь уже почти не слушается руля. А вот увидите, что будет с ней, когда воды в трюме станет больше; она либо пойдет на дно, как камень, либо разобьется о береговые скалы.

— А между тем ты говоришь так, как будто тебе не страшно, — сказал Дик. — Разве ты не боишься?

— Хозяин, — ответил Лоулесс, — я войду в свою последнюю гавань с таким экипажем, что хуже не бывает. Посудите сами: беглый монах, вор и все, что можно придумать. И все-таки, мастер Шелтон, как это ни удивительно, я не теряю надежды. И если мне суждено утонуть, я утону с ясным взором и до самого конца не выпущу штурвала из рук.

Дик ничего не ответил, но мужество старого бродяги глубоко потрясло его. Опасаясь, как бы Лоулесс опять не подвергся насилию, Дик отправился разыскивать троих воинов, на которых можно положиться. На палубе, беспрестанно поливаемой водой, почти никого не было. От воды и от жестокого зимнего ветра люди укрылись в трюме среди бочонков с вином; трюм озаряли два качающихся фонаря.

Тут шел пир; разбойники и воины щедро угощали друг друга гасконским вином Арблестера. Но «Добрая Надежда» продолжала мчаться по волнам, то взлетая на высокий гребень, то глубоко зарываясь носом или кормою в белую пену, — и с каждой минутой пирующих становилось все меньше. Одни перевязывали свои раны, а другие (таких было большинство) лежали на полу, замученные морской болезнью, и стонали.

Гриншив, Кьюкоу и молодой парень из отряда лорда Фоксгэма, на ум и храбрость которого Дик уже давно обратил внимание, были еще способны понимать приказания и повиноваться. Дик назначил их телохранителями рулевого. Затем, в последний раз окинув взглядом черное небо и черное море, он спустился в каюту, куда слуги лорда Фоксгэма отнесли своего господина.

ГЛАВА ШЕСТАЯ. «ДОБРАЯ НАДЕЖДА» (окончание)

Стоны раненого барона смешивались с воем корабельной собаки. Грустила ли несчастная собака по своим друзьям, разлученным с нею, или чуяла, что кораблю грозит опасность, но вой ее был так громок, что даже грохот волн и свист ветра не могли заглушить его. Суеверным людям этот вой казался погребальным плачем по «Доброй Надежде».

Лорд Фоксгэм лежал на койке, на меховой своей мантии. Перед образом богоматери мерцала лампадка, и при тусклом ее свете Дик увидел, как бледно лицо раненого и как глубоко ввалились его глаза.

— Моя рана смертельна, — сказал лорд. — Подойдите ко мне поближе, молодой Шелтон. Пусть будет возле меня хоть один человек благородного происхождения, ибо я всю жизнь прожил в богатстве и роскоши, и мне так грустно сознавать, что я ранен в жалкой потасовке и умираю на грязном холодном корабле, в море, среди всякого отребья и мужичья.

— Милорд, — сказал Дик, — я молю святых исцелить вашу рану и помочь вам благополучно добраться до берега.

— Благополучно добраться до берега? — переспросил лорд. — Разве вы не уверены в том, что мы доберемся благополучно?

— Корабль движется с трудом, море свирепо и бурно, — ответил юноша, — а из слов нашего рулевого я понял, что мы только чудом можем добраться до берега живыми.

— А! — угрюмо воскликнул барон. — Вот при каких ужасных муках моей душе придется расставаться с телом! Сэр, молите бога даровать вам трудную жизнь, тогда вам легче будет умирать. Жизнь баловала меня, а умереть мне суждено среди мук и несчастий! Однако перед смертью мне еще предстоит совершить одно важное дело. Нет ли у вас на корабле священника?

— Нет, — ответил Дик.

— Так займемся моими земными делами, — сказал лорд Фоксгэм. — Надеюсь, после моей смерти вы окажетесь таким же верным другом, каким вы были учтивым врагом при моей жизни. Я умираю в тяжелую годину для меня, для Англии и для всех тех, кто следовал за мной. Моими воинами командует Хэмли — тот самый, который был вашим соперником. Они условились собраться в длинной зале Холивуда. Вот этот перстень с моей руки будет служить доказательством, что вы действуете от моего имени. Кроме того, я напишу Хэмли несколько слов и попрошу его уступить вам девушку. Но выполните ли вы мой приказ? Этого я не знаю.

— А что вы собираетесь мне приказать, милорд? — спросил Дик.

— Приказать?.. — повторил барон и нерешительно взглянул на Дика. — Скажите, вы сторонник Ланкастера или Йорка? — спросил он наконец.

— Мне стыдно признаться, — ответил Дик, — но я и сам не знаю. Впрочем, я служу у Эллиса Дэкуорта, а Эллис Дэкуорт стоит за Йоркский дом. Выходит, что и я сторонник Йоркского дома.

— Это хорошо, — сказал лорд, — это превосходно. Если бы вы оказались сторонником Ланкастера, я не знал бы, что мне делать. Но раз вы стоите за Йорка, так слушайте меня. Я прибыл в Шорби, чтобы наблюдать за собравшимися там лордами, пока мой благородный молодой господин, Ричард Глостерский[1], копит силы, готовясь напасть на этих лордов и рассеять их. Я добыл сведения о численности вражеской армии, о расстановке заградительных отрядов, о расположении неприятельских войск. Эти сведения я должен передать моему господину в воскресенье, за час до полудня, у креста Святой Невесты возле леса. Явиться на это свидание мне, по видимости, не удастся, и я обращаюсь к вам с просьбой: окажите мне любезность, пойдите туда вместо меня. И пусть ни радость, ни боль, ни буря, ни рана, ни чума не задержат вас! Будьте у назначенного места в назначенное время, ибо от этого зависит благо Англии.

— Даю вам торжественное обещание исполнить вашу волю, — сказал Дик. — Я сделаю все, что будет в моих силах.

— Прекрасно, — сказал раненый. — Милорд герцог даст вам новые приказания, и если вы исполните их охотно и с усердием, ваше будущее обеспечено. Пододвиньте ко мне лампаду, я хочу написать письмо.

Он написал два письма. На одном он сделал надпись: «Высокочтимому моему родичу сэру Джону Хэмли»; на другом не надписал ничего.

— Это письмо герцогу, — сказал он. — Пароль — «Англия и Эдуард»; а отзыв — «Англия и Йорк».

— А что будет с Джоанной, милорд? — спросил Дик.

---

[1] В то время, когда происходили события, рассказанные в нашей повести, Ричард Горбун еще не был герцогом Глостерским; но, с позволения читателя, мы будем его так называть для большей ясности. (Прим. автора.)

— Джоанну добывайте сами, как умеете, — ответил барон. — В обоих письмах я пишу, что хочу выдать ее за вас, но добывать ее вам придется самому, мой мальчик. Я, как видите, пытался вам помочь, но заплатил за это жизнью. Большего не мог бы сделать ни один человек.

Раненый быстро слабел. Дик, спрятав на груди драгоценные письма, пожелал ему бодрости и вышел из каюты.

Начинался рассвет, холодный и пасмурный. Шел снег. Неподалеку от «Доброй Надежды» тянулся скалистый берег, изрезанный песчаными бухтами, а вдали, за лесами, подымались вершины Тэнстоллских холмов. Ветер немного поутих, море тоже слегка успокоилось, но корабль сидел глубоко в воде и с трудом взбирался на волну.

Лоулесс по-прежнему стоял у руля. Все обитатели судна столпились на палубе и тупо уставились в негостеприимный берег.

— Мы собираемся пристать? — спросил Дик.

— Да, — сказал Лоулесс, — если прежде не попадем на дно.

При этих словах корабль с таким трудом вскарабкался на волну и вода в трюме заклокотала так громко, что Дик невольно схватил рулевого за руку.

— Клянусь небом, — воскликнул Дик, когда нос «Доброй Надежды» вынырнул из пены, — я уж думал, мы тонем. Сердце мое чуть не лопнуло!

На шкафуте[1] Гриншив и Хоксли вместе с лучшими людьми обоих отрядов разбирали палубу и строили из ее досок плот. Дик присоединился к ним и весь ушел в работу, чтобы хоть на минуту забыть об опасности. Но, несмотря на все его усилия, каждая волна, обрушивавшаяся на несчастный корабль, заставляла его сердце сжиматься от ужаса, напоминая о близости смерти.

---

[1] Шкафут — средняя часть палубы корабля, между кормовой и носовой надстройкой.

Внезапно, оторвавшись от работы, он увидел, что они подошли вплотную к какому-то мысу. Подмытый морем утес, вокруг которого клокотала белая пена тяжелых волн, почти навис над палубой. За утесом, на вершине песчаной дюны, как бы увенчивая ее, стоял дом.

Внутри бухты волны бесновались еще неистовее. Они подняли «Добрую Надежду» на свои пенистые спины, понесли ее, нисколько не считаясь с рулевым, выбросили на песчаную отмель и, перекатываясь через корабль, стали швырять его из стороны в сторону. Потом один из громадных валов поднял «Добрую Надежду» и отнес ее ближе к берегу, и, наконец, третий вал, перенеся ее через самые опасные буруны, опустил на мель возле самого берега.

— Ребята, — крикнул Лоулесс, — святые спасли нас! Начинается отлив. Сядем в кружок и выпьем по чарке вина. Через полчаса мы доберемся до берега, как по мосту.

Пробили бочонок. Потерпевшие крушение расселись, стараясь, насколько возможно, укрыться от снега и брызг, и пустили чарку вкруговую; вино согрело их и приободрило.

Дик тем временем вернулся к лорду Фоксгэму, который ничего не знал и лежал в смертельном ужасе. Вода в его каюте доходила до колен, лампадка разбилась и потухла, оставив его в темноте.

— Милорд, — сказал молодой Шелтон, — оставьте ваши страхи, святые оберегают нас. Волны выбросили нас на отмель, и как только прилив немного спадет, мы пешком доберемся до берега.

Прошел почти час, прежде чем море отступило от «Доброй Надежды» и мореплавателям удалось наконец пуститься шагом к берегу, смутно видневшемуся сквозь дымку падавшего снега. На прибрежном холме лежал небольшой отряд вооруженных людей, подозрительно следивших за каждым их движением.

— Им следовало бы подойти к нам и оказать помощь, — заметил Дик.

— Раз они к нам не идут, мы пойдем к ним сами, — сказал Хоксли. — Чем скорее мы доберемся до славного огня и сухой постели, тем лучше для моего несчастного лорда.

Но люди на холме внезапно вскочили, и град стрел полетел в потерпевших крушение.

— Назад! Назад! — крикнул лорд. — Ради бога, будьте осторожны! Не отвечайте им!

— Мы не можем драться! — воскликнул Гриншив, вытаскивая стрелу из своей кожаной куртки. — Мы промокли, мы устали, как собаки, мы промерзли до костей. Но, ради любви к старой Англии, объясните мне, зачем они с такой яростью обстреливают своих земляков, попавших в беду?

— Они приняли нас за французских пиратов, — ответил лорд Фоксгэм. — В эти беспокойные и подлые времена мы не можем уберечь даже собственные берега, берега нашей Англии. Наши исконные враги, которых еще не так давно мы побеждали на море и на суше, приезжают сюда, когда им вздумается, и грабят, убивают и жгут. Несчастная родина! Вот до какого позора мы дожили!

Люди на холме внимательно следили, как пришельцы поднимались на берег и как уходили в глубь страны по долинам между песчаными дюнами. Целую милю шли они следом за усталыми, измученными беглецами, готовые при малейшем подозрении дать по ним новый залп. Только когда Дику удалось наконец вывести своих спутников на большую дорогу и построить их в военном порядке, бдительные охранители английских берегов исчезли за падающим снегом. Они уберегли свои собственные дома и фермы, свои собственные семьи и свой скот — больше им ни до чего не было дела, и их нисколько не беспокоила мысль, что французы вырежут и спалят другие деревни и села английского королевства.

ЧАСТЬ IV. РЯЖЕНЫЕ

ГЛАВА I. ЛОГОВО

Дик вышел на большую дорогу недалеко от Холивуда, милях в девяти-десяти от Шорби-на-Тилле; убедившись, что их больше не преследуют, оба отряда разделились. Слуги лорда Фоксгэма понесли своего раненого господина в большое аббатство, где было безопасно и спокойно; когда они исчезли за густой завесой падающего снега, у Дика осталась дюжина бродяг — все, что уцелело от его добровольческого отряда.

Многие из них были ранены; все до одного были взбешены неудачами и долгим странствием; слишком голодные и слишком озябшие, они не в силах были открыто бунтовать и только ворчали да угрюмо поглядывали на своих главарей. Дик раздал им все, что было у него в кошельке, ничего не оставив себе, и поблагодарил за храбрость, хотя, по правде говоря, гораздо охотнее выбранил бы их за трусость. Несколько смягчив этим впечатление от длительных неудач, он приказал им попарно и в одиночку пробираться к Шорби и ждать его в трактире «Козел и волынка».

Памятуя события, происшедшие на борту «Доброй Надежды», он оставил при себе одного только Лоулесса. Снег падал не переставая и все застилал вокруг, точно слепящее облако; ветер постепенно стихал и наконец исчез совсем; весь мир казался обернутым в белую пелену и погруженным в молчание. Среди снежных сугробов легко было сбиться с пути и завязнуть. И Лоулесс, шагая впереди, вытягивал шею, как охотничья собака, идущая по следу, изучал каждое дерево, внимательно вглядывался в тропинку, словно вел корабль по бурному морю.

Пройдя лесом около мили, они подошли к роще корявых высоких дубов, возле которой скрещивалось несколько дорог. Это место нетрудно было узнать даже в такую погоду, и Лоулесс был, видимо, рад, что нашел его.

— А теперь, мастер Ричард, — сказал он, — если ваша гордость не помешает вам воспользоваться гостеприимством человека, который не родился джентльменом и которого даже нельзя назвать хорошим христианином, я могу предложить вам кубок вина и добрый огонь, чтобы разогреть ваши косточки.

— Веди, Уилл, — ответил Дик. — Кубок вина и добрый огонь! Ради этого я согласен идти куда угодно!

Лоулесс решительно зашагал вперед и, пройдя под оголенными деревьями, скоро дошел до пещеры, чуть ли не наполовину засыпанной снегом. Над входом в пещеру рос громадный бук с обнаженными корнями; старый бродяга, раздвинув кусты, исчез под землей.

Когда-то могучий ураган выкорчевал громадный бук из земли вместе с большим куском дерна; под этим буком Лоулесс и выкопал себе лесное убежище. Корни служили ему стропилами, кровлей был дерн, стенами и полом была матушка сырая земля. В одном углу находился очаг, почерневший от огня, в другом стоял большой дубовый ящик, крепко окованный железом; только по этим предметам и можно было догадаться, что здесь человеческое жилище, а не звериная нора.

Несмотря на то, что в пещеру намело снегу, в ней оказалось гораздо теплее, чем снаружи; а когда Лоулесс высек искру и в очаге вспыхнули и затрещали сухие сучья, стало по-домашнему уютно.

Со вздохом полнейшего удовлетворения Лоулесс протянул свои широкие руки к огню и вдохнул в себя запах дыма.

— Вот, — сказал он, — кроличья нора старого Лоулесса. Молю небо, чтобы собаки не пронюхали о ней! Много я бродил по свету с тех пор, как мне исполнилось четырнадцать лет, когда я впервые удрал из аббатства, утащив золотую цепь и молитвенник, которые продал за четыре марки. Став паломником и пытаясь спасти свою душу, я побывал в Англии, во Франции, в Бургундии и в Испании; побывал и на море, в этой чужбине всех народов. Но настоящее мое место, мастер Шелтон, только здесь. Здесь моя родина, — вот эта нора в земле! Дождь ли идет, или светит солнце, в апреле ли, когда поют птицы и цветы падают на мою постель, или зимой, когда я сижу наедине с добрым кумом-огнем и в лесу щебечет реполов, — эта нора заменяет мне все: и церковь, и рынок, и жену, и наследника: где бы я ни был, я всегда возвращаюсь сюда. И я молю святых угодников, чтобы здесь мне было позволено умереть.

— А что же, у тебя здесь и в самом деле уютный уголок, — ответил Дик,

— и тепло, и постороннему глазу не видно.

— Да, он скрыт хорошо, и это самое главное, — подхватил Лоулесс, — ибо сердце мое разбилось бы, если бы его нашли. Вот здесь, — сказал он, принимаясь раскапывать сильными пальцами песчаный пол, — здесь мой винный погреб, и вы сейчас получите флягу превосходной крепкой браги.

И действительно, покопав немного, он вытащил большую кожаную бутыль, на три четверти наполненную крепким, душистым элем. Выпив друг за друга, они подбросили топлива в огонь, и пламя снова засверкало. Они легли и вытянули ноги, блаженствуя в тепле.

— Мастер Шелтон, — заметил бродяга, — за последнее время вы дважды потерпели неудачу; похоже, что вы потеряете и девушку. Правильно я говорю?

— Правильно, — ответил Дик, кивнув головой.

— А, теперь, — продолжал Лоулесс, — послушайте старого дурака, который почти всюду побывал и почти все повидал. Слишком много вы исполняете чужих поручений, мастер Шелтон. Вы стараетесь для Эллиса; но Эллис мечтает только о смерти сэра Дэниэла. Вы стараетесь для лорда Фоксгэма... Впрочем, да хранят его святые, у него, без сомнения, хорошие намерения. Однако лучше всего стараться для себя самого, добрый Дик. Ступайте к своей девушке. Ухаживайте за ней, а то как бы она не забыла вас. Будьте наготове, и когда представится случай, берите коня и скачите вместе с нею.

— Ах, Лоулесс, да ведь она же, наверное, находится в доме сэра Дэниэла! — ответил Дик.

— Ну что ж, мы пойдем в дом сэра Дэниэла, — ответил бродяга.

Дик удивленно посмотрел на него.

— Нечего удивляться, — сказал Лоулесс, — если вы мне не верите на слово, взгляните сюда.

И бродяга, сняв с шеи ключ, открыл дубовый сундук; порывшись, он вынул из него сначала монашескую рясу, потом веревочный пояс и, наконец, громадные четки, такие тяжелые, что ими можно было действовать, как оружием.

— Вот, — сказал он, — это для вас. Надевайте!

Когда Дик перерядился в монаха, Лоулесс достал краски и карандаш и с большим знанием дела принялся гримировать его. Брови сделал толще и длиннее; едва пробивавшиеся усики Дика превратил в большие усы; несколькими линиями изменил выражение глаз, и молодой монах стал казаться много старше своих лет.

— Теперь я тоже переоденусь, — сказал Лоулесс, — и никто не отличит нас от настоящих монахов. Мы смело пойдем к сэру Дэниэлу, где из любви к матери-церкви нам окажут радушный прием.

— Чем мне отплатить тебе, дорогой Лоулесс? — вскричал юноша.

— Э, брат, — ответил бродяга, — все, что я делаю, я делаю ради своего удовольствия! Не беспокойтесь обо мне. Клянусь небом, я о себе и сам позабочусь: язык у меня длинный, голос —

словно монастырский колокол, и если мне что-нибудь нужно, я буду просить, мой сын. А если просьбы недостаточно, возьму сам.

Старый плут скорчил забавную рожу. И, как Дику ни претило покровительство столь сомнительной личности, он не удержался и захохотал.

Лоулесс вернулся к сундуку и тоже нарядился монахом. Дик с удивлением заметил, что под своей рясой Лоулесс спрятал связку черных стрел.

— Зачем они тебе? — спросил Дик. — Для чего тебе стрелы, если ты не берешь лука?

— Немало придется разбить голов и поломать спин, прежде чем мы выйдем оттуда, куда идем, — весело ответил Лоулесс. — И если что случится, я хотел бы, чтобы наше братство поддержало свою честь. Черная стрела, мастер Дик, печать нашего аббатства. Она указывает, кем прислан счет.

— У меня с собой важные бумаги, — сказал Дик. — Если их найдут, они погубят и меня и тех, кто дал их мне. Где их спрятать, Уилл?

— Э, — ответил Лоулесс, — я пойду в лес и просвищу три куплета из песни, а вы тем временем закопайте их, где хотите, и разровняйте над ними песок.

— Ни за что! — вскричал Ричард. — Я доверяю тебе, приятель. Я был бы низким человеком, если бы не доверял тебе!

— Брат, ты дитя, — ответил старый бродяга, останавливаясь на пороге логовища и оборачиваясь к Дику. — Я добрый старый христианин, не предатель и не жалею своей крови ради друга. Но, безумное дитя, я вор по ремеслу, по рождению и по привычкам. Если бы моя бутылка была пуста и у меня пересохло бы во рту, я ограбил бы вас, дорогое дитя, и это так же верно, как то, что я люблю вас, уважаю вас и восхищаюсь вами! Можно ли сказать яснее? Нет!

И, прищелкнув своими крупными пальцами, он пошел прочь и исчез в кустарнике.

Дику было некогда ломать голову над противоречивой натурой своего товарища. Как только он остался один, он поспешно вытащил свои бумаги, перечел их и закопал. Только одну он захватил с собой, потому что она никак не могла повредить его друзьям, а при случае послужила бы уликой против сэра Дэниэла. Это было собственноручное письмо тэнстоллского рыцаря к лорду Уэнслидэлу, посланное наутро после поражения при Райзингэме и найденное Диком на теле убитого гонца.

Дик затоптал тлеющие угли, вышел из логовища и присоединился к старому бродяге. Тот ждал его под оголенными дубами, слегка уже припорошенный снегом. Они взглянули друг на друга и расхохотались, — маскарад удался на славу.

— Жаль, что сейчас не лето, — проворчал Лоулесс. — А то я заглянул бы в лужу и увидел бы себя в ней, как в зеркале. Многие воины сэра Дэниэла знают меня в лицо. Если нас разоблачат, еще неизвестно, что сделают с вами, а уж я не успею и «Отче наш» прочитать, как буду мотаться на веревке.

Итак, они отправились в Шорби; дорога тянулась то лесом, то полем. По сторонам стояли домики бедняков и маленькие фермы.

Увидев один из таких домиков, Лоулесс внезапно остановился.

— Брат Мартин, — сказал он совершенно измененным, елейным, монашеским голосом. — Давайте зайдем и попросим милостыню у этих бедных грешников. Pax vobiscum![1]. Э, — прибавил он своим обычным голосом, — вот этого-то я и боялся: я уже разучился гнусавить помонашески. Разрешите мне, добрый мастер Шелтон, немного поупражняться здесь, перед тем как рискнуть своей жирной шеей в доме сэра Дэниэла. Видите, как полезно быть мастером на все руки! Не будь я моряком, вы непременно пошли бы ко дну на «Доброй Надежде»; не будь я вором, я не мог бы раскрасить вам лицо; и если бы я не походил в монахах и не привык драть глотку в церковном хоре да объедаться

[1] Мир вам! (лат.)

монастырскими харчами, эта ряса не сидела бы на мне так ловко, и первая встречная собака облаяла бы нас, как притворщиков.

Он подошел вплотную к дому, поднялся на носки и заглянул в окно.

— Ну, — сказал он, — превосходно! Здесь мы как следует испытаем наш маскарад и в придачу сыграем веселую шутку с братом Кэппером.

С этими словами он открыл дверь и вошел в дом.

Три разбойника из «Черной стрелы» сидели за столом и с жадностью ели. Кинжалы, воткнутые рядом с ними в стол, и мрачные, угрожающие взгляды, которые они бросали на обитателей дома, говорили о том, что разбойники пируют на положении захватчиков, а не званых гостей. Они с негодованием поглядели на двух монахов, которые с подобающим их сану смирением вошли в кухню. Один из них — сам Джон Кэппер, который, по-видимому, был здесь вожаком, — грубо велел им немедленно убираться.

— Нищие нам не нужны! — крикнул он.

Однако другой оказался мягче, хотя тоже, конечно, не узнал ни Дика, ни Лоулесса.

— Не гони их! — сказал он. — Мы люди сильные и берем сами, что нам надо; а они слабы и просят; но в конце концов они спасутся, а мы погибнем... Не обращайте на него внимания, отец. Подходите, выпейте из моей чарки и благословите меня.

— Вы люди легкомысленные, нечестивые и плотские, — заговорил монах. — Святые не позволяют мне пить с вами. Но из сострадания, которое я питаю к грешникам, я подарю вам одну священную вещь, и ради спасения вашей души я приказываю вам целовать и беречь ее.

Лоулесс грохотал и гремел, как подобает проповедующему монаху. Но при этих словах он вытащил из-под рясы черную стрелу, швырнул ее на стол перед тремя изумленными бродягами, повернулся, схватил Дика за руку, выскочил с ним из комнаты и, прежде чем те успели вымолвить хоть слово или пошевелить пальцем, исчез за пеленой падающего снега.

— Итак, — сказал он, — мы испытали наш грим, мастер Шелтон. Теперь я готов рискнуть собственной тушей где угодно.

— Отлично! — ответил Ричард — Мне не терпится действовать. Идем в Шорби!

ГЛАВА II. «В ДОМЕ МОЕГО ВРАГА»

У сэра Дэниэла был в Шорби высокий, удобный, оштукатуренный дом с резьбой на дубовых рамах и с покатой соломенной крышей. За домом находился фруктовый сад со множеством аллей и заросших зеленью беседок; сад этот тянулся до колокольни монастырской церкви.

В случае надобности дом мог вместить свиту и более важного лица, чем сэр Дэниэл; но и сейчас в нем было очень шумно. На дворе раздавался звон оружия и стук подков; кухня гудела, как улей; в зале резвились шуты, пели менестрели, играли музыканты. Сэр Дэниэл расточительностью, веселостью и любезностью соперничал с лордом Шорби и затмевал лорда Райзингэма.

Гостей принимали радушно. А менестрелей, шутов, игроков в шахматы, продавцов реликвий, снадобий, духов и талисманов, вместе со всевозможными священниками, монахами, странниками, усаживали за стол для слуг и укладывали спать на просторных чердаках или на голых досках в длинной столовой.

На следующий день после крушения «Доброй Надежды» кладовые, кухни, конюшни и даже сараи, окружавшие двор с двух сторон, были набиты праздным людом. Тут находились и слуги сэра Дэниэла в сине-красных ливреях и разные проходимцы, привлеченные в город алчностью, которых рыцарь принимал отчасти из политических соображений, отчасти просто потому, что принимать подобных людей в те времена было в обычае.

Все мы были загнаны под крышу снегом, который падал не переставая, морозом и приближением ночи. Вина, эля и денег было сколько угодно. Одни, растянувшись на соломе в амбаре, играли в карты, другие еще с обеда были пьяны. Нам, пожалуй, показалось бы, что город только что подвергся разгрому; но в те времена во всех богатых и благородных домах на праздниках происходило то же самое.

Два монаха — старый и молодой — пришли поздно и теперь грелись у огня в углу сарая. Пестрая толпа окружала их — фокусники, скоморохи, солдаты. Вскоре старший из монахов вступил с ними в оживленный разговор, в котором было столько шуток и народного остроумия, что толпа вокруг быстро увеличилась.

Младший его спутник, в котором читатель уже узнал Дика Шелтона, сел сзади всех и постепенно отодвигался все дальше. Он слушал внимательно, но не открывал рта; по угрюмому выражению его лица видно было, что его мало занимали шутки товарища.

Наконец его взор, постоянно блуждавший по сторонам и следивший за всеми дверьми, упал на маленькую процессию, вошедшую в главные ворота и наискось пересекавшую двор. Две дамы, закутанные в густые меха, шли в сопровождении двух служанок и четырех сильных воинов. Через мгновение они вошли в дом и исчезли. Дик, проскользнув сквозь толпу гуляк, бросился вслед за ними.

«Та, которая выше ростом, леди Брэкли, — подумал он, — а где леди Брэкли, там и Джоанна».

У дверей четыре воина остановились; дамы поднимались по лестнице из полированного дуба, охраняемые только двумя служанками. Дик пошел за ними по пятам. Смеркалось, и в доме было уже почти совсем темно. На площадках лестницы сверкали факелы в железных оправах; у каждой двери длинного коридора, обитого гобеленами, горела лампа. И, если дверь была открыта. Дик видел стены, увешанные гобеленами, и пол, устланный тростником, поблескивающим при свете пылающих дров.

Так прошли они два этажа, и на каждой площадке дама, что была поменьше ростом и помоложе, оборачивалась и зорко вглядывалась в монаха. А он шел, опустив глаза, со скромностью, подобающей его званию; он только однажды взглянул на нее и не знал, что привлек к себе ее внимание. Наконец на третьем этаже дамы расстались, — младшая отправилась наверх одна, а старшая, в сопровождении служанок, пошла по коридору направо.

Дик быстро достиг площадки третьего этажа и стал из-за угла смотреть, куда дальше направятся эти трое. Не оборачиваясь и не оглядываясь, они шли по коридору. «Все хорошо, — подумал Дик. — Только бы узнать, где комната леди Брэкли, и тогда я без труда разыщу госпожу Хэтч».

Чья-то рука легла ему на плечо. Он подпрыгнул, слегка вскрикнул и обернулся, чтобы схватиться с врагом.

Он был несколько смущен, когда обнаружил, что самым бесцеремонным образом обхватил руками маленькую юную леди в мехах. Испуганная и возмущенная, она трепетала всем своим тоненьким тельцем в его руках.

— Сударыня, — сказал Дик, опуская руки, — умоляю вас простить меня. Но позади у меня нет глаз, и, клянусь небом, я не знал, что вы девушка.

Девушка продолжала смотреть на него, но понемногу ужас у нее на лице сменился удивлением, а удивление — недоверчивостью. Дик, читавший у нее на лице все эти чувства, стал тревожиться за свою безопасность здесь, во враждебном ему доме.

— Прекрасная девушка, — сказал он с притворной непринужденностью, — позвольте мне поцеловать вашу руку в знак того, что вы забудете мою грубость, и я уйду.

— Вы какой-то странный монах, сударь, — смело и проницательно глядя ему в лицо, ответила — девушка. — Теперь, когда первое мое удивление отчасти прошло, я вижу по каждому вашему слову, что вы вовсе не монах. Зачем вы здесь? Зачем вы так кощунственно перерядились в священную рясу? С миром вы пришли или с войной? И почему вы, словно вор, следите за леди Брэкли?

— Сударыня, — сказал Дик, — в одном я прошу вас мне поверить: я не вор. И если даже я пришел сюда не с миром, — что до некоторой степени верно, — я не воюю с прекрасными девушками, а потому умоляю вас последовать моему примеру и отпустить меня. Ибо, прекрасная госпожа, если вам вздумается поднять голос и поведать о том, что вам сделалось известно, — бедный джентльмен, стоящий перед вами, конченый человек. Я не хочу думать, что вы будете такой жестокой, — продолжал Дик и, нежно держа руку девушки обеими руками, взглянул ей в лицо с учтивым восхищением.

— Так вы шпион из партии Йорка? — спросила девушка.

— Сударыня, — ответил он, — я действительно йоркист и в некотором роде шпион. Но причина, которая привела меня в этот дом и которая, безусловно, возбудит сострадание и любопытство в вашем добром сердце, не имеет отношения ни к Йорку, ни к Ланкастеру. Я целиком отдаю свою жизнь в ваше распоряжение. Я влюбленный, и мое имя...

Но тут юная леди внезапно зажала своей рукой рот Дику, поспешно посмотрела вверх и вниз, на запад и на восток и, увидев, что вблизи нет ни души, с силой потащила молодого человека вверх по лестнице.

— Шш! — сказала она. — Идемте! Разговаривать будем потом!

Растерявшись от неожиданности, Дик позволил втащить себя по лестнице. Они быстро пробежали по коридору, и внезапно его втолкнули в комнату, освещенную, как и остальные, пылающим камином.

— А теперь, — сказала молодая леди, усадив его на стул, — сидите здесь и ожидайте моей высочайшей воли. Ваша жизнь и ваша смерть в моих руках, и я не колеблясь воспользуюсь своей властью. Берегитесь, вы чуть не вывихнули мне руку! Он говорит, будто не знал, что я девушка! Если бы он знал, что я девушка, он, верно, взялся бы за ремень!

С этими словами она выскользнула из комнаты, оставив Дика с открытым от изумления ртом; ему казалось, что он спит и что ему снится сон.

— «Взялся бы за ремень!» — повторял он. — «Взялся бы за ремень!»

И воспоминание о том вечере в лесу возникло в его сознании, и он снова увидел трепетавшего Мэтчема, его молящие глаза.

Но он тут же вспомнил об опасностях, которые грозили ему в настоящем. Ему показалось, что в соседней комнате кто-то движется; потом где-то очень близко раздался вздох; послышался шорох платья и легкий шум шагов. Он стоял, — насторожившись, и увидел, как колыхнулись гобелены, затем где-то скрипнула дверь, гобелены раздвинулись, и с лампой в руке в комнату вошла Джоанна Сэдли.

Она была одета в роскошные ткани глубоких, мягких тонов, как и подобало одеваться дамам в зимнее снежное время. Волосы у нее были зачесаны вверх и лежали на голове, словно корона. Казавшаяся такой маленькой и неловкой в одежде Мэтчема, она была теперь стройна, как молодая ива, и не шла, а словно плыла по полу.

Не вздрогнув, не затрепетав, она подняла лампу и взглянула на молодого монаха.

— Что вы здесь делаете, добрый брат? — спросила она. — Вы, без сомнения, не туда попали. Кого вам нужно?

И она поставила лампу на подставку.

— Джоанна... — сказал он, и голос изменил ему. — Джоанна, — снова начал он, — ты говорила, что любишь меня. И я, безумец, поверил этому!

— Дик! — воскликнула она. — Дик!

И, к удивлению Дика, прекрасная; высокая молодая леди шагнула вперед, обвила его шею руками и осыпала его поцелуями.

— О безумец! — воскликнула она. — О дорогой Дик! О, если бы ты мог видеть себя! Ах, что я наделала, Дик, — прибавила она, отстраняясь: — я стерла с тебя краску! Но это можно поправить. Но вот чего, боюсь я, нельзя избежать, нельзя поправить: моего замужества с лордом Шорби.

— Это уже решено? — спросил молодой человек.

— Завтра утром в монастырской церкви. Дик, — ответила она, — будет покончено и с Джоном Мэтчемом и с Джоанной Сэдли. Если бы можно было помочь слезами, я выплакала бы себе глаза. Я молилась, не переставая, но небо глухо к моим мольбам. Добрый Дик, дорогой Дик, так как ты не можешь меня вывести из этого дома до утра, мы должны поцеловаться и сказать друг другу: прощай!

— Ну нет, — сказал Дик. — Только не я; я никогда не скажу этого слова. Положение наше кажется безнадежным, но пока есть жизнь, Джоанна, есть и надежда. Я хочу надеяться. О, клянусь небом и победой! Когда ты была для меня только именем, разве я не пошел за тобой, разве я не поднял добрых людей, разве я не поставил свою жизнь на карту? А теперь, когда я увидел тебя такой, какая ты есть, — прекраснейшей, благороднейшей девушкой в Англии, — ты думаешь, я поверну назад? Если бы здесь было глубокое море, я прошел бы по волнам. Если бы дорога кишела львами, я разбросал бы их, как мышей!

— Не слишком ли много шума из-за голубого шелкового платья! — насмешливо произнесла девушка.

— Нет, Джоанна, — возразил Дик, — не из-за одного платья. Ведь тебя я уже видел ряженой. А теперь я сам ряженый. Скажи откровенно, я не смешон? Неправда ли, дурацкий наряд?

— Ах, Дик, что правда, то правда, — улыбаясь ответила она.

— Вот видишь, — торжествующе сказал он. — Так в лесу было с тобой, бедный Мэтчем. По правде сказать, у тебя был смешной вид! Зато теперь ты красавица!

Так беседовали они, не замечая времени, держа друг друга за руки, обмениваясь улыбками и влюбленными взглядами; так могли бы они провести всю ночь. Но внезапно «послышался шорох, и они увидели маленькую леди. Она приложила палец к губам.

— О боже, — воскликнула она, — как вы шумите! Не можете ли вы быть посдержаннее? А теперь, Джоанна, моя прекрасная лесная девушка, как ты вознаградишь свою подругу за то, что она привела твоего милого?

Вместо ответа Джоанна подбежала к ней и пылко ее обняла.

— А вы, сэр, — продолжала юная леди, — как вы меня поблагодарите?

— Сударыня, — сказал Дик, — я охотно заплатил бы вам той же монетой.

— Ну, подходите, — сказала леди, — вам это разрешается.

Но Дик, покраснев, как пион, поцеловал ей только руку.

— Чем вам не нравится мое лицо, красавец? — спросила она, приседая до самого пола.

Когда Дик, наконец, осторожно обнял ее, она прибавила:

— Джоанна, в твоем присутствии твой милый очень робок. Уверяю тебя, он был гораздо проворнее при нашей первой встрече. Знаешь, подружка, я вся в синяках. Можешь мне больше никогда не верить, если это не так!

А теперь, — продолжала она, — наговорились ли вы? Ибо я скоро должна удалить паладина.

Но оба влюбленных заявили, что они еще ничего не сказали друг другу, что ночь только началась и что так рано они не хотят расставаться.

— А ужин? — спросила юная леди. — Разве мы не должны спуститься к ужину?

— О да, конечно! — вскричала Джоанна. — Я забыла!

— Тогда спрячьте меня, — сказал Дик. — Поставьте за занавеску, заприте в ящик, суньте куда хотите, лишь бы мне можно было вас здесь дождаться. Помните, прекрасная леди, — прибавил он, — что мы в отчаянном положении и, быть может, с сегодняшней ночи до самой смерти никогда не увидим друг друга.

Юная леди смягчилась. И когда, несколько позже, колокол принялся сзывать к столу домочадцев сэра Дэниэла, Дика спрятали у стены, за ковром; он дышал через щель между коврами, в которую он также мог обозревать всю комнату.

Но недолго пробыл он в этом положении.

Здесь, на верхнем этаже, царила тишина, лишь изредка нарушаемая шипением огня да потрескиванием сырых дров в камине; но сейчас до напряженного слуха Дика долетел звук осторожно крадущихся шагов. Затем дверь открылась, и черномазый карлик, в одежде цветов лорда Шорби, просунул в комнату сперва голову, а потом свое искривленное тело. Он открыл рот, казалось, для того, чтобы лучше слышать, глаза его, очень блестящие, быстро и беспокойно бегали по сторонам. Он обошел всю комнату, постукивая по коврам, закрывавшим стены. Однако Дик каким-то чудом избегнул его внимания. Потом карлик заглянул под мебель и осмотрел лампу; и, наконец, видимо, глубоко разочарованный, собирался уже выйти так же тихо, как и вошел; но вдруг, опустившись на колени, поднял что-то с полу, рассмотрел и радостно спрятал в сумку на поясе.

Сердце Дика упало, ибо то была кисть от его собственного пояса. Ему было ясно, что этот карлик — шпион, выполняющий свои гнусные обязанности с упоением, — не теряя времени, отнесет находку своему хозяину, лорду Шорби. У него было искушение отодвинуть ковер, напасть на негодяя и, рискуя жизнью, отобрать у него кисточку. Покуда он колебался, возникла новая, тревога. На лестнице раздался грубый, пропитой голос и по коридору загремели неровные, тяжелые шаги.

— Зачем же вы живете в тени густых лесов? — пропел этот голос. — Зачем же вы живете? Эй, ребята, зачем же вы здесь живете? — прибавил он с пьяным хохотом.

И запел опять:

Вижу, в пиво ты влюблен,
Мой толстяк, игумен Джон.
Ты за пиво, я за снедь,
Кто же в церкви будет петь?

Лоулесс — увы, мертвецки пьяный — бродил по дому, отыскивая уголок, где бы проспаться после попойки. Дик внутренне кипел от ярости. Шпион сначала испугался, но сразу успокоился, поняв, что имеет дело с пьяным; с быстротою кошки он выскользнул из комнаты, и Дик больше его не видел.

Что было делать? Без Лоулесса Дику не удастся ни разработать план похищения Джоанны, ни этот план осуществить. С другой стороны, шпион, быть может, спрятался где-нибудь поблизости, и в таком случае, если Дик заговорит с Лоулессом, последствия будут самые роковые.

Тем не менее Дик все же решился заговорить с Лоулессом. Выскользнув из-за ковра, он остановился в дверях и угрожающе поднял руку. Лоулесс, багровый, с налитыми кровью глазами, шатаясь, подходил все ближе. Наконец, он смутно разглядел своего начальника и, невзирая на повелительные знаки Дика, громко приветствовал его по имени.

Дик набросился на пьяницу и стал его яростно трясти.

— Скотина! — прошипел он. — Скотина, а не человек! Дурак хуже изменника! Твое пьянство погубит нас!

Но Лоулесс только смеялся и, пошатываясь, старался похлопать молодого Шелтона по спине.

И вдруг тонкий слух Дика уловил быстрое шуршание за коврами. Он бросился на звук. Через мгновение один из ковров полетел со стены, и в складках его барахтались Дик и шпион. Они катались, путаясь в ковре, хватая друг друга за горло, безмолвные в своей смертельной ярости. Но Дик был гораздо сильнее; и скоро шпион уже лежал, придавленный коленом Дика. Взмахнув длинным кинжалом, Дик убил его.

ГЛАВА III. МЕРТВЫЙ ШПИОН

Лоулесс беспомощно следил за этой яростной короткой схваткой; даже когда все было кончено и Дик, поднявшись на ноги, с напряженным вниманием прислушивался к отдаленному шуму в нижнем этаже дома, старый бродяга еще качался на ногах, словно куст на ветру, и тупо смотрел в лицо мертвого шпиона.

— Хорошо, что нас никто не слышал, — сказал наконец Дик. — Хвала святым! Но что я теперь буду делать с этим несчастным шпионом? Во всяком случае, я вытащу из его сумки кисть от моего пояса.

С этими словами Дик открыл сумку; он нашел в ней несколько монет, свою кисть, а также письмо, адресованное лорду Уэнслидэлу и запечатанное печатью лорда Шорби. Это имя напоминало Дику о многом; он сейчас же сломал сургуч и прочел письмо. Оно было коротко, но, к радости Дика, неопровержимо доказывало, что лорд Шорби изменнически переписывался с домом Йорков.

Молодой человек всегда носил при себе рог с чернилами и прочие письменные принадлежности; опустившись на колено рядом с телом мертвого шпиона, он написал на клочке бумаги следующие слова:

«Милорд Шорби, знаете ли вы, написавший письмо, почему умер ваш слуга? Позвольте дать вам совет: не женитесь.

Джон Мщу-за-всех».

Он положил эту бумажку на грудь мертвеца. И Лоулесс, следивший за Диком уже с некоторыми проблесками сознания, вытащил из-под своей рясы черную стрелу и приколол ею бумагу к груди мертвеца. Увидев такое неуважение и даже, как ему показалось, жестокость к мертвецу, молодой Шелтон испуганно вскрикнул; но старый бродяга только засмеялся.

— Я желаю поддержать честь своего ордена, — сказал он, икая. — Моим веселым приятелям это будет лестно…

Закрыв глаза и открыв рот, он загремел страшным голосом:

Вижу, в пиво ты влюблен…

— Молчи, болван! — крикнул Дик и с силой пихнул его к стене. — В тебе вина больше, чем разума, но постарайся понять меня! Именем девы Марии заклинаю тебя: убирайся из этого дома. Если ты здесь останешься, ты доведешь до виселицы и себя и меня! Держись же на ногах! Поворачивайся, а не то, клянусь небом, я могу позабыть и то, что я твой начальник, и то, что я твой должник! Ступай!

Разум стал понемногу возвращаться к мнимому монаху, и, видя сверкающие глаза Дика, он начал мало-помалу понимать его.

— Клянусь небом, — вскричал Лоулесс, — если я не нужен, я могу уйти!

Шатаясь, он повернулся, прошел коридор и стал спускаться по лестнице, спотыкаясь и натыкаясь на стены.

Едва он скрылся из виду. Дик вернулся в свое убежище, твердо решив довести дело до конца. Разум советовал ему уйти, но любовь и любопытство пересилили.

Медленно тянулось время для молодого человека, прижавшегося к стене за ковром. Огонь в камине потухал, лампа догорала и начала коптить. Между тем никто не приходил, и отдаленный гул голосов и звон посуды, доносившийся снизу, все не прекращался. А за пеленой падающего снега лежал безмолвный город Шорби.

Но вот наконец на лестнице раздались голоса; загремели шаги. Гости сэра Дэниэла поднялись на площадку, двинулись по коридору, увидели сорванный со стены ковер и труп шпиона.

Все заметались, поднялся переполох, все кричали. Со всех сторон сбежались гости, воины, дамы, слуги — словом, все обитатели большого дома; крику прибавилось. Затем толпа расступилась, и к мертвецу подошел сэр Дэниэл в сопровождении жениха, лорда Шорби.

— Милорд, — сказал сэр Дэниэл, — не говорил ли я вам об этой подлой «Черной стреле»? Вот вам черная стрела. Возьмите ее, пусть она вам докажет правдивость моих слов! Клянусь распятием, куманек, она воткнута в грудь одного из ваших людей, во всяком случае, он носит вашу ливрею!

— Это был мой человек, — ответил лорд Шорби и попятился. — Хотел бы я иметь побольше таких людей. У него был нюх, как у гончей, и он был скрытен, как крот.

— Правда, кум? — насмешливо спросил сэр Дэниэл. — А что он вынюхивал в моем бедном жилище? Ну, больше уж ему не придется нюхать.

— С вашего позволения, сэр Дэниэл, — сказал один из слуг, — к его груди приколота бумага, на которой что-то написано.

— Дайте мне бумагу и стрелу, — сказал рыцарь.

Взяв стрелу в руки, он угрюмо и задумчиво рассматривал ее.

— Да, — сказал он, обращаясь к лорду Шорби, — вот ненависть, которая преследует меня по пятам. Эта черная палочка или другая, похожая на нее, когда-нибудь прикончит меня. Позвольте неученому рыцарю предостеречь вас, кум: если эти псы начнут вас преследовать, — бегите! Они прилипчивы, как заразная болезнь! Посмотрим, что они написали, однако... Да, то самое, что я и думал, милорд; вы отмечены, словно старый дуб лесничим; завтра или послезавтра на вас обрушится топор. А что вы написали в своем письме?

Лорд Шорби снял бумагу со стрелы, прочел ее и скомкал; подавив отвращение, он опустился на колени перед убитым и стал поспешно рыться в его сумке.

Потом поднялся с расстроенным лицом.

— Так, — сказал он, — у меня действительно пропало очень важное письмо. Если бы я мог схватить негодяя, который похитил это письмо, он немедленно украсил бы виселицу. Но прежде всего нужно загородить все выходы из дома. Клянусь святым Георгием, с меня хватит бед!

Вокруг дома и сада расставили караулы; на каждой площадке лестницы стоял часовой, целый отряд воинов дежурил у главного входа; другой отряд сидел вокруг костра в сарае. Воины лорда Шорби присоединились к воинам сэра Дэниэла. Людей и оружия было вполне достаточно и для защиты дома и для того, чтобы поймать врага, если он еще укрывался в доме. А труп шпиона пронесли под падающим снегом через сад и положили в монастырской церкви.

И только, когда все смолкло, девушки вытащили Ричарда Шелтона из его тайника и рассказали ему о том, что происходит в доме. Со своей стороны. Дик рассказал им о том, как шпион прокрался в комнату, как обнаружил его и как был убит.

Джоанна в изнеможении прислонилась к завешанной коврами стене.

— От всего этого ничего не изменится, — сказала она. — Завтра утром меня все равно обвенчают!

— Как? — вскричала ее подруга — Ведь здесь наш паладин, который разгоняет львов, как мышей! У тебя, видно, мало веры в него! Ну, укротитель львов, утешьте нас. Дайте нам услышать отважный совет.

Дик смутился, когда ему дерзко кинули в лицо его собственные хвастливые слова; он покраснел, но все же заговорил.

— Мы в трудном положении, — сказал он. — Однако, если бы мне удалось выбраться из этого дома хотя бы на полчаса, все было бы отлично. Венчание было бы предотвращено…

— А львы, — передразнила девушка, — разогнаны.

— Я сейчас не склонен хвастать, — сказал Дик. — Я прошу помощи и совета. Если я не пройду мимо часовых и не выйду из этого дома, мне ничего не удастся сделать. Прошу вас, поймите меня правильно!

— Отчего ты говорила, что он неотесан, Джоанна? — спросила девушка. — Язык у него хорошо подвешен. Когда нужно, его речь находчива, когда нужно — нежна, когда нужно — отважна. Чего тебе еще?

— Моего друга Дика подменили, — с улыбкой вздохнула Джоанна, — это совершенно ясно. Когда я познакомилась с ним, он был грубоват. Но все это пустяки... Никто не поможет моей беде, и я стану леди Шорби.

— А все-таки, — сказал Дик, — я попытаюсь выйти из дома. На монаха мало обращают внимания, и если я нашел добрую волшебницу, которая привела меня наверх, я могу найти и такую, которая сведет меня вниз. Как звали этого шпиона?

— Пройдоха, — сказала юная леди. — Вполне подходящее прозвище! Но что вы собираетесь делать, укротитель львов? Что вы задумали?

— Я попытаюсь пройти мимо часовых, — ответил Дик. — И если кто-нибудь остановит меня, я спокойно скажу, что иду молиться за Пройдоху. В церкви уже, вероятно, молятся о его бедной душе.

— Выдумка несколько простовата, — сказала девушка, — но может сойти.

— Тут дело не в выдумке, а в дерзости; — возразил молодой Шелтон. — В трудную минуту дерзость лучше всяких ухищрений.

— Вы правы, — сказала она. — Хорошо, ступайте, и да хранит вас небо! Вы оставляете здесь несчастную девушку, которая любит вас, а также другую, которая питает к вам самую нежную дружбу. Помня о нас, будьте осторожны и не подвергайте себя опасности.

— Иди, Дик, — сказала Джоанна. — Уходя, ты подвергаешь себя не большей опасности, чем оставаясь здесь. Иди, ты уносишь с собой мое сердце. Да хранят тебя святые!

Дик прошел мимо первого часового с таким уверенным видом, что тот только изумленно взглянул на него. Но на второй площадке воин преградил ему путь копьем, спросил, как его зовут и зачем он идет.

— Pax vobiscum, — ответил Дик. — Я иду помолиться за душу бедного Пройдохи.

— Охотно верю, — ответил часовой, — но идти одному не разрешается.

Он перегнулся через дубовые перила и пронзительно свистнул.

— К вам идет человек! — крикнул он и позволил Дику пройти.

В конце лестницы стояла стража, ожидавшая его прихода. И когда часовой еще раз повторил свои слова, начальник стражи приказал четырем воинам проводить его до церкви.

— Не давайте ему ускользнуть, молодцы, — сказал он. — Отведите его к сэру Оливеру, если вам жизнь дорога!

Открыли дверь. Двое воинов взяли Дика под руки, третий пошел впереди с факелом, а четвертый, держа наготове лук и стрелу, замыкал шествие. В таком порядке они проследовали через сад, сквозь плотную ночную тьму и падающий снег и подошли к слабо освещенным окнам монастырской церкви.

У западного портала стоял пикет запорошенных снегом стрелков, которые прятались от ветра под аркой. Проводники Дика сказали им несколько слов, и только тогда их пропустили в святилище.

Церковь была слабо освещена восковыми свечами, горевшими в алтаре, и двумя-тремя лампами, висевшими на сводчатом потолке перед усыпальницами знатных семей. Посреди церкви, в гробу, лежал мертвый шпион с набожно сложенными руками.

Под сводами раздавалось торопливое бормотание молящихся; на клиросе стояли коленопреклоненные фигуры в рясах, а на ступенях высокого алтаря священник в Облачении служил обедню.

При виде новоприбывших один из одетых в рясу мужчин поднялся на ноги и, сойдя с клироса, спросил шедшего впереди воина, что привело их в церковь. Из уважения к службе и покойнику они разговаривали вполголоса; но эхо громадного пустого здания подхватывало их слова и глухо повторяло в боковых приделах.

— Монах! — сказал сэр Оливер (ибо это был он), выслушав донесение стрелка. — Брат мой, я не ожидал вашего прихода, — продолжал он, поворачиваясь к молодому Шелтону. — Кто вы? И по чьей просьбе вы присоединяете свои молитвы к нашим?

Дик, не снимая капюшона с лица, сделал сэру Оливеру знак отойти немного в сторону от стрелков. И как только священник отошел. Дик сказал:

— Я не надеюсь обмануть вас, сэр. Моя жизнь в ваших руках.

Сэр Оливер вздрогнул, его толстые щеки побледнели; он долго молчал.

— Ричард, — сказал он наконец, — я не знаю, что привело тебя сюда; наверно, что-нибудь дурное. Но во имя нашей прошлой дружбы я тебя не выдам. Ты просидишь всю ночь на скамье рядом со мной; ты просидишь со мной до тех пор, пока милорд Шорби не будет Обвенчан; если все вернутся домой невредимыми, если ты не замышляешь ничего дурного, ты уйдешь куда захочешь. Но если ты пришел сюда ради крови, кровь та падет на твою голову. Аминь!

Священник набожно перекрестился, повернулся и поклонился алтарю.

Он сказал несколько слов солдатам, взял Дика за руку, провел его на клирос и посадил рядом с собой на скамью. Молодой человек приличия ради сейчас же опустился на колени и, казалось, погрузился в молитву.

Но мысли его и глаза блуждали по сторонам. Он заметил, что трое воинов, вместо того чтобы вернуться домой, спокойно уселись в боковом притворе; и он не сомневался, что они остались здесь по приказанию сэра Оливера. Итак, он в западне. Эту ночь он проведет в церкви, среди мерцающих огоньков и призрачных теней, глядя на бледное лицо убитого им человека; а утром его возлюбленную у него на глазах обвенчают с другим.

Но, несмотря на грустные мысли, он овладел собой и терпеливо ждал.

ГЛАВА IV. В МОНАСТЫРСКОЙ ЦЕРКВИ

В монастырской церкви города Шорби служба шла, не прекращаясь, всю ночь, то под пение псалмов, то под звон колокола.

За шпиона Пройдоху молились усердно. Он лежал так, как его положили: мертвые руки, скрещенные на груди, мертвые глаза, устремленные в потолок. А рядом, на скамье, юноша, убивший его, ожидал в сильнейшей тревоге наступления утра.

Только однажды в продолжение этих часов сэр Оливер обернулся к своему пленнику.

— Ричард, — прошептал он, — сын мой, если ты задумал сделать мне зло, я хочу уверить тебя, что ты замышляешь против невинного человека. Я сам признаю себя грешным перед лицом небес, но перед тобой я безгрешен.

— Отец мой, — так же тихо ответил Дик, — верьте мне, я ничего против вас не замышляю; однако я не могу забыть, как неловко вы оправдывались.

— Человек может совершить преступление неумышленно, — ответил священник. — Человек может быть ослеплен, может выполнять чужую волю, не ведая, что творит. Так было и со мной. Я заманил твоего отца в западню. Но я не ведал, что творил, и да будет мне свидетелем бог, который видит нас с тобой в этом священном месте.

— Весьма возможно, — ответил Дик. — Однако посмотрите, какую страшную паутину вы сплели; я одновременно и пленник ваш и судья. Вы одновременно и угрожаете мне смертью и стараетесь умилостивить меня. Мне кажется, если бы вы всегда были честным человеком и добрым священником, вам не пришлось бы ни бояться меня, ни ненавидеть. А посему вернитесь к своим молитвам. Я повинуюсь вам, так как мне ничего другого не остается; но я не желаю обременять себя вашим обществом.

Священник опустил голову на руки, точно склонясь под бременем горя, и вздохнул так тяжело, что чуть было не пробудил в сердце юноши чувство, похожее на сострадание. Сэр Оливер больше не пел псалмов. Дик слышал лишь, как стучали четки в его руках и как он сквозь зубы бормотал молитвы.

Еще немного, и серый рассвет начал пробиваться сквозь расписные окна церкви; мерцающие огоньки свеч побледнели. Свет понемногу становился все ярче, и вдруг сквозь окна на юго-восточной стороне церкви Прорвались розовые солнечные лучи и заиграли на Стенах. Буря кончилась; снежные тучи ушли, и новый зимний день весело озарил покрытую снегом землю.

Церковнослужители засуетились; гроб отнесли в покойницкую, кровавые пятна на плитах счистили, чтобы они не омрачили зловещим своим видом свадьбы лорда Шорби. Лица духовных особ, такие скорбные ночью, стали веселее, чтобы не испортить предстоявшую радостную церемонию. Возвещая приближение дня, в церкви появились набожные прихожане. Они падали ниц перед алтарем и дожидались своей очереди исповедоваться.

Началась суета, во время которой нетрудно было обмануть бдительность часовых сэра Дэниэла, стоявших у дверей. Обводя церковь усталым взором. Дик остановил его на монахе, который оказался не кем иным, как Уиллом Лоулессом.

Бродяга тоже узнал своего начальника и украдкой подмигнул ему.

Дик вовсе не собирался прощать старому плуту несвоевременное пьянство, однако не хотел впутывать его в свою беду и дал ему понять, как мог яснее, чтобы он убирался.

Лоулесс, казалось, понял его, так как сразу исчез за колонной; Дик облегченно вздохнул.

Каков же был его ужас, когда он почувствовал, что кто-то дергает его за рукав, и увидел рядом с собой старого разбойника, погруженного в молитву.

Внезапно сэр Оливер встал со своего места и, проскользнув мимо скамеек, подошел к воинам, стоявшим в боковом приделе. Если так легко было возбудить подозрения священника, значит, уже поздно, и Лоулесс такой же пленник, как и Дик.

— Не шевелись, — прошептал Дик. — Мы в отчаянном положении, и все из-за твоего вчерашнего свинства. Неужели, увидев меня здесь, где я не имею ни права, ни охоты находиться, ты — чтоб тебе издохнуть! — не мог почуять недоброе и убраться?

— Нет, — ответил Лоулесс, — я думал, вы получили вести от Эллиса и сидите здесь по его поручению.

— От Эллиса? — спросил Дик. — Разве Эллис вернулся?

— Конечно, — ответил бродяга. — Он вернулся прошлой ночью и жестоко отколотил меня за то, что я был пьян. Итак, вы отомщены, мастер Шелтон! Бешеный человек этот Эллис Дэкуорт! Он прискакал сюда из Кравена, чтобы расстроить свадьбу; а уж если он что задумал, то добьется своего.

— Что касается нас с тобою, брат, — хладнокровно сказал Дик, — мы оба люди конченые. Я сижу здесь в качестве заложника и должен отвечать головой за ту самую свадьбу, которую он собирается расстроить. Клянусь распятием, у меня прекрасный выбор — потерять возлюбленную или жизнь! Ладно, жребий брошен, пусть пропадает жизнь.

— Клянусь небом! — воскликнул Лоулесс, приподнимаясь. — Я ухожу!

Но Дик положил руку ему на плечо.

— Друг Лоулесс, сиди смирно, — сказал он. — У тебя есть глаза, взгляни-ка вон туда в угол, за алтарь. Разве ты не видишь, что при малейшей твоей попытке подняться вон те вооруженные люди встанут и схватят тебя? Покорись, друг. Ты был храбр на корабле, когда думал, что утонешь в море; будь храбр и теперь, когда придется умирать на виселице.

— Мастер Дик, — задыхаясь, сказал Лоулесс, — уж очень неожиданно все это обрушилось на меня. Дайте мне минутку передохнуть, и, клянусь обедней, я буду таким же храбрецом, как вы.

— Я в храбрости твоей не сомневаюсь! — сказал Дик. — Если бы ты знал; как мне не хочется умирать, Лоулесс! Но раз слезами горю не поможешь, стоит ли плакать?

— Вы правы! — согласился Лоулесс. — Э, что тревожиться из-за смерти! Она все равно придет, начальник, рано или поздно! А смерть на виселице, говорят, легкая смерть, хотя ни один повешенный еще не вернулся с того света, чтобы подтвердить это!

Кончив свою речь, отважный плут откинулся на спинку скамьи, скрестил руки и принялся поглядывать вокруг с самым наглым и беспечным видом.

— Сейчас надо вести себя смирно, — сказал Дик. — Мы ведь не знаем, что задумал Дэкуорт. Если дело обернется плохо, мы все-таки попытаемся убраться отсюда.

Умолкнув, они услышали отдаленные звуки веселой музыки, которая, приближаясь, становилась все громче и веселей. Колокола на колокольне гудели оглушительно, церковь наполнилась людьми, которые стряхивали с себя снег, похлопывали руками и дули на окоченевшие пальцы. Западная дверь широко распахнулась, и за ней стала видна часть залитой солнцем заснеженной улицы. Утренний холод ворвался в церковь. Все это свидетельствовало о том, что лорд Шорби хочет венчаться как можно раньше и что свадебная процессия приближается.

Воины лорда Шорби уже расчищали проход в среднем-приделе, оттесняя народ копьями. Затем показались музыканты. Флейтисты и трубачи побагровели от натуги, а барабанщики и цимбалисты колотили так, точно старались заглушить друг друга.

Подойдя к дверям храма, они остановились и построились в два ряда, отбивая такт ногами по мерзлому снегу. Пышный свадебный кортеж прошел между рядами, наряды были так разнообразны и ярки, столько было выставлено напоказ шелка и бархата, мехов и атласа, вышивок и кружев, что процессия эта сверкала на снегу, словно клумба цветов или расписное окно в стене.

Впереди шла невеста, печальная, бледная, как снег. Она опиралась на руку сэра Дэниэла; ее сопровождала подружка, маленькая леди, с которой Дик познакомился прошлой ночью. Следом за невестой шел в сверкающей одежде сам жених, приволакивая подагрическую ногу. Когда он ступил на порог храма и снял шляпу, стало видно, как порозовела от волнения его лысина.

И вот наступил час Эллиса Дэкуорта.

Оглушенный, раздираемый противоречивыми чувствами, Дик сидел, впившись руками в спинку передней скамьи. Вдруг он заметил движение в толпе. Люди подались назад, глядя вверх и воздевая руки. Подняв голову, Дик увидел трех человек, которые, натянув луки, склонились с хоров. Взлетели стрелы, и, прежде чем толпа успела вскрикнуть, неведомые стрелки, как птицы, вспорхнули со своих жердочек и исчезли.

В церкви поднялся невообразимый переполох; священнослужители в ужасе повскакали со своих мест; музыка смолкла; колокола звонили еще несколько мгновений, но слух о беде скоро долетел даже до колокольни, и звонари, раскачивавшиеся на веревках, тоже прекратили свою веселую работу.

Прямо посреди церкви лежал мертвый жених, пронзенный двумя черными стрелами. Невеста упала в обморок. Возвышаясь над толпой, стоял разъяренный и застигнутый врасплох сэр Дэниэл; длинная стрела, трепеща, торчала из его левого предплечья; другая задела его темя, и по лицу струилась кровь.

Задолго до того, как начались поиски, виновники этого трагического происшествия прогремели по винтовой лестнице и скрылись через боковую дверь.

Несмотря на то, что Дик и Лоулесс были заложниками, они вскочили при первой тревоге и отважно пытались пробиться к дверям. Но им помешали тесно сдвинутые скамейки и столпившиеся в испуге священники. Они стоически возвратились на свои места.

Внезапно сэр Оливер, бледный от ужаса, поднялся на ноги и, указывая рукой на Дика, подозвал сэра Дэниэла.

— Вот Ричард Шелтон! — крикнул он. — О горький час! Он виновен в пролитой крови! Хватайте его! Прикажите его схватить! Ради спасения нас всех хватайте его и крепко свяжите. Он поклялся нас погубить!

— Где он? — проревел сэр Дэниэл, ослепленный гневом и горячей кровью, что струилась по его лицу. — Тащите его сюда! Клянусь крестом Холивуда, он раскается в своем преступлении!

Толпа расступилась, и стрелки хлынули на клирос.

Дика схватили, стащили со скамьи и поволокли за плеща по ступеням алтаря. Лоулесс сидел тихо, как мышь.

Сэр Дэниэл, отирая кровь и мигая, смотрел на своего пленника.

— А, — сказал он, — попался, дерзкий изменник! Клянусь самыми страшными клятвами, за каждую каплю крови, которая сейчас стекает мне в глаза, ты заплатишь стоном! Ведите его прочь! — продолжал он. — Здесь ему не место! Тащите его в мой дом! Я измучу пыткой каждый вершок его тела.

Но Дик, отттолкнув стражников, возвысил голос.

— Я в храме, — воскликнул он. — В священном храме! Сюда, отцы мои! Меня хотят вытащить из храма…

— Из храма, который ты осквернил убийством, мальчик, — перебил какой-то человек высокого роста, одетый в пышное платье.

— Где доказательства? — вскричал Дик. — Меня обвиняют в преступлении и не приводят ни одного доказательства. Да, я домогался руки этой девушки! И она, беру на себя смелость заявить об этом, благосклонно относилась к моим домогательствам. Ну и что ж? Любить девушку не преступление; добиваться ее любви тоже не преступление. Ни в чем больше я не виновен.

Дик так отважно настаивал на своей невиновности, что кругом раздался одобрительный ропот. Однако немало было и обвинителей, громко рассказывавших, как нашли его прошлой ночью в доме сэра Дэниэла, кощунственно переодетого монахом. Среди этой суматохи сэр Оливер внезапно указал на Лоулесса как на сообщника.

Его тоже стащили со скамейки и усадили рядом с Диком. Страсти разгорелись, и пока одни тащили пленников то туда, то сюда, чтобы помочь им убежать, другие ругали их и колотили кулаками. У Дика шумело в ушах, кружилась голова, точно он попал в бешеный водоворот. Но рослому человеку, который заговорил с Диком, удалось громкими приказаниями добиться тишины и восстановить порядок.

— Обыщите их, — сказал он, — нет ли у них оружия. Тогда мы узнаем об их намерениях.

У Дика не нашли никакого оружия, кроме кинжала, и это говорило в его пользу, пока кто-то услужливо не вытащил этот кинжал из ножен; кровь Пройдохи не успела на нем просохнуть. Приверженцы сэра Дэниэла заорали, но рослый человек повелительным жестом и властным взглядом заставил их замолчать. Однако, когда дошла очередь до Лоулесса, под его рубашкой нашли пук стрел, таких же, как те, которыми был убит злополучный жених.

— Ну, что вы теперь скажете? — сурово спросил Дика рослый человек.

— Сэр, — ответил Дик, — я нахожусь под защитой храма. Но по вашей осанке, сэр, я вижу, что вы человек важный и могущественный; на вашем лице я читаю знаки справедливости и благочестия. Вам я сдаюсь в плен добровольно и отказываюсь от своего права убежища в храме господнем. Убейте меня своею благородной рукой, но только не отдавайте во власть этого человека, которого я громогласно обвиняю в убийстве моего родного отца и в незаконном присвоении моих поместии и доходов. Вы своими ушами слышали, как он угрожал мне пытками еще тогда, когда я не был признан виновным. Вы поступите неблагородно, если выдадите меня моему заклятому врагу и старому притеснителю. Судите меня по закону и, если я действительно окажусь виновным, предайте меня милосердной казни.

— Милорд, — крикнул сэр Дэниэл, — зачем вы слушаете этого волка! Окровавленный кинжал уличает его во лжи.

— Ваша горячность, добрый рыцарь, — ответил высокий незнакомец, — свидетельствует против вас.

И вдруг невеста, которая только что очнулась и с ужасом глядела на эту сцену, вырвалась из рук тех, кто держал ее, и бросилась на колени перед рослым человеком.

— Милорд Райзингэм, — вскричала она, — выслушайте меня во имя справедливости! Меня насильно заточил здесь этот человек, похитив у родных. С тех пор я не видела ни жалости, ни утешения, никто не поддержал меня, кроме Ричарда Шелтона, которого теперь обвиняют и хотят погубить. Милорд, он был вчера ночью в доме сэра Дэниэла, он пришел туда из-за меня; он пришел, услышав мои молитвы, и не замышлял зла. Пока сэр Дэниэл был добр к нему, Ричард честно бился вместе с ним против «Черной стрелы»; но когда гнусный опекун стал покушаться на его жизнь и он, спасая жизнь, был вынужден бежать ночью из дома кровожадного злодея — куда было ему деваться, беззащитному и без гроша в кармане? И если он попал в дурное общество, кого следует винить — юношу, с которым поступили несправедливо, или опекуна, который нарушил свой долг?

Маленькая леди упала на колени рядом с Джоанной.

— А я, мой добрый лорд, — сказала она, — я, ваша родная племянница, могу засвидетельствовать перед лицом всех, что эта девушка говорит правду. Это я, недостойная, привела молодого человека в дом.

Граф Райзингэм слушал их, не говоря ни слова, и, когда они умолкли, он еще долго молчал. Потом он подал Джоанне руку, чтобы помочь ей подняться; впрочем, надо заметить, он не оказал подобной же любезности той, которая называла себя его племянницей.

— Сэр Дэниэл, — сказал он, — это в высшей степени запутанное дело; с вашего позволения, я возьму на себя расследовать его. Итак, будьте покойны. Ваше дело в надежных руках; его решат по справедливости. А сейчас идите немедленно домой и перевяжите свои раны. Сегодня холодно, и вы можете простудиться.

Он сделал знак рукой; усердные слуги, следившие за каждым его движением, передали этот знак дальше. Мгновенно снаружи резко завыла фанфара; через открытый портал стрелки и воины, одетые в цвета лорда Райзингэма, вошли в церковь, взяли Дика и Лоулесса и, сомкнув ряды вокруг пленников, увели их.

Джоанна протянула обе руки к Дику и крикнула: «Прощай!» А подружка невесты, нимало не смущенная явным неудовольствием дяди, послала Дику поцелуй со словами: «Мужайтесь, укротитель львов!» И в толпе впервые появились на лицах улыбки.

ГЛАВА V. ГРАФ РАЙЗИНГЭМ

Несмотря на то, что граф Райзингэм был самым важным вельможей в Шорби, он скромно обитал в частном доме одного джентльмена на окраине города. Лишь воины у дверей и гонцы, то приезжавшие, то уезжавшие, свидетельствовали, что в этом доме остановился знатный лорд.

Дом был тесен, и Дика заперли вместе с Лоулессом.

— Вы хорошо говорили, мастер Ричард, — сказал бродяга, — замечательно хорошо говорили, и я от души благодарю вас. Здесь мы в отличных руках; нас будут судить справедливо и, вернее всего, сегодня вечером благопристойно повесят вместе на одном дереве.

— Ты прав, мой бедный друг, — ответил Дик.

— У нас есть еще одна надежда, — сказал Лоулесс. — Таких, как Эллис Дэкуорт, — единицы на десятки тысяч. Он очень любит вас и ради вас самих и ради вашего отца. Зная, что вы ни в чем не виноваты, он перевернет небо и землю, чтобы выручить вас.

— Не думаю, — сказал Дик. — Что он может сделать? У него только горстка людей! Увы, если бы эта свадьба была назначена на завтра... да, завтра... встреча перед полуднем... мне оказали бы помощь, и все пошло бы иначе... А сейчас ничем не поможешь.

— Ладно, — сказал Лоулесс, — вы будете отстаивать мою невиновность, а я — вашу. Это нисколько не поможет нам, но если меня повесят, так, во всяком случае, не оттого, что я мало божился.

Дик задумался, а старый бродяга свернулся в углу, надвинул свой монашеский капюшон на лицо и лег спать. Вскоре он захрапел; долгая жизнь, полная приключений и тяжелых лишений, притупила в нем чувство страха.

День уже подходил к концу, когда дверь открылась и Дика повели вверх по лестнице в теплую комнату, где граф Райзингэм в раздумье сидел у огня.

Когда пленник вошел, граф поднял голову.

— Сэр, — сказал он, — я знал вашего отца. Ваш отец был благородный человек, и это заставляет меня отнестись к вам снисходительно. Но не могу скрыть, что тяжелые обвинения тяготеют над вами. Вы водитесь с убийцами и разбойниками; есть совершенно очевидные доказательства, что вы нарушали общественный порядок; вас подозревают в разбойничьем захвате судна: вас нашли в доме вашего врага, где вы прятались, переодевшись в чужое обличье; в тот же вечер был убит человек...

— Если позволите, милорд, — прервал Дик, — я хочу сразу признаться в том, в чем виноват. Я, убил этого Пройдоху, а в доказательство, — сказал он, роясь за пазухой, — вот письмо, которое я вынул из его сумки.

Лорд Райзингэм взял письмо, развернул и дважды прочел его.

— Вы его читали? — спросил он.

— Да, я его прочел, — ответил Дик.

— Вы за Йорков или за Ланкастеров? — спросил граф.

— Милорд, мне совсем недавно предложили этот самый вопрос, и я не знал, как на него ответить, — сказал Дик. — Но ответив однажды, я отвечу так же и во второй раз. Милорд, я за Йорков.

Граф одобрительно кивнул.

— Честный ответ, — сказал он. — Но тогда зачем вы передаете это письмо мне?

— А разве не все партии борются против изменников, милорд? — вскричал Дик.

— Хотел бы я, чтобы было так, как вы говорите, — ответил граф. — Я одобряю ваши слова. В вас больше юношеского задора, чем злостного умысла. И если бы сэр Дэниэл не был могущественным сторонником нашей партии, я защищал бы вас. Я навел справки и получил доказательства, что с вами поступили жестоко, и это извиняет вас. Но, сэр, я прежде всего вождь партии королевы; и, хотя я по натуре, как мне кажется, человек справедливый и даже склонный к излишнему милосердию, сейчас я должен действовать в интересах партии, чтобы удержать у нас сэра Дэниэла.

— Милорд, — ответил Дик, — не сочтите меня дерзким и позвольте мне предостеречь вас. Неужели вы рассчитываете на верность сэра Дэниэла? По-моему, он слишком часто переходил из партии в партию.

— Нынче у нас в Англии это вошло в обычай, чего же вы хотите? — спросил граф. — Но вы несправедливы к тэнстоллскому рыцарю. Он верен нам, ланкастерцам, насколько верность вообще свойственна теперешнему неверному поколению. Он не изменил нам даже во время наших недавних неудач.

— Если вы пожелаете, — сказал Дик, — взглянуть на это письмо, вы несколько перемените свое мнение о нем.

И он протянул графу письмо сэра Дэниэла к лорду Уэнслидэлу.

Граф переменился в лице; он стал грозным, как разъяренный лев, и рука его невольно схватилась за кинжал.

— Вы и это читали? — спросил он.

— Читал, — сказал Дик. — Как видите, он предлагает лорду Уэнслидэлу ваше собственное поместье.

— Да, вы правы, мое собственное поместье, — ответил граф. — Я должен отныне за вас молиться. Вы указали мне лисью нору. Приказывайте же мне, мастер Шелтон! Я не замедлю отблагодарить вас и — йоркист вы или ланкастерец, честный человек или вор — начну с того, что возвращу вам свободу. Идите, во имя пресвятой девы! Но не сетуйте на меня за то, что я задержу и повешу вашего приятеля Лоулесса. Преступление совершено публично, и наказание тоже должно быть публичным.

— Милорд, вот первая моя просьба к вам: пощадите и его, — сказал Дик.

— Это старый негодяй, вор и бродяга, мастер Шелтон, — сказал граф, — Он уже давно созрел для виселицы. Если его не повесят завтра, он будет повешен днем позже. Так отчего же не повесить его завтра?

— Милорд, он пришел сюда из любви ко мне, — ответил Дик, — и я был бы жесток и неблагодарен, если бы не вступился за него.

— Мастер Шелтон, вы строптивы, — строго заметил граф. — Вы избрали ненадежный путь для преуспеяния на этом свете. Но для того, чтобы отделаться от вашей назойливости, я еще раз угожу вам. Уходите вместе, но идите осторожно и поскорей выбирайтесь из Шорби. Ибо этот сэр Дэниэл — да накажут его святые! — алчет вашей крови.

— Милорд, позвольте покуда выразить вам мою благодарность словами; надеюсь в самом ближайшем времени хотя бы частично отплатить вам услугой, — ответил Дик и вышел из комнаты.

ГЛАВА VI. СНОВА АРБЛЕСТЕР

Уже наступил вечер, когда Дик и Лоулесс задним ходом потихоньку улизнули из дома, где стоял лорд Райзингэм со своим гарнизоном.

Они спрятались за садовой стеной, чтобы обсудить, как им быть дальше. Опасность была чрезвычайно велика. Если кто-нибудь из челяди сэра Дэниэла увидит их и поднимет тревогу, сбежится стража, и они будут убиты. К тому же для них было одинаково опасно оставаться в Шорби, этом городе, кишащем врагами, и пытаться уйти открытым полем, где они рисковали наткнуться на стражу.

Недалеко от стены сада они увидели ветряную мельницу и рядом с ней огромный хлебный амбар, двери которого были распахнуты настежь.

— А не укрыться ли нам здесь до наступления ночи? — сказал Дик.

Так как Лоулесс не мог предложить ничего лучшего, они бегом бросились к амбару и спрятались в соломе. Дневной свет скоро угас, и луна озарила серебряным сиянием мерзлый снег. Теперь наконец можно незаметно добраться до «Козла и волынки» и снять эти ставшие уже опасными рясы. Из благоразумия они пошли в обход города, окраинами, минуя рыночную площадь, где их могли опознать и убить.

Дорога, которую они избрали, была долгой. Повернув к морю, они пошли темным и в этот поздний час — безлюдным берегом, покуда не достигли гавани. При ясном лунном свете они видели, что многие корабли подняли якоря и, воспользовавшись спокойным морем, ушли. Береговые кабаки (ярко озаренные, несмотря на то, что закон запрещал зажигать по ночам огни) пустовали; не гремели в них хоровые песни моряков.

Высоко подобрав полы своих длинных ряс. Дик и Лоулесс поспешно, почти бегом, двигались по глубокому снегу, пробираясь сквозь лабиринты хлама, выброшенного морем на берег. Они уже почти миновали гавань, как вдруг дверь одного кабака распахнулась и ослепительный поток света ярко озарил их бегущие фигуры.

Они сразу остановились и сделали вид, что увлечены разговором.

Один за другим вышли из кабака три человека и закрыли за собой дверь. Все трое пошатывались — видимо, они пьянствовали весь день. Они стояли, раскачиваясь в лунном свете, и, казалось, не знали, что им делать дальше. Самый высокий из них громко жаловался на судьбу.

— Семь бочек самого лучшего гасконского, — говорил он, — лучшее судно Дартмутского порта, вызолоченное изображение святой девы, тринадцать фунтов добрых золотых монет…

— У меня тоже большие убытки, — прервал его другой. — Я тоже потерял немало, кум Арблестер. В день святого Мартина у меня украли пять шиллингов и кожаную сумку, которая стоила девять пенсов.

При этих словах сердце Дика сжалось. До сих пор он, пожалуй, ни разу не подумал о бедном шкипере, который разорился, лишившись «Доброй Надежды»; в те времена дворяне беспечно относились к имуществу людей из низших сословий. Но эта внезапная встреча напомнила Дику, как беззаконно он завладел судном и как печально окончилось его предприятие. И оба — Дик и Лоулесс — отвернулись, чтобы Арблестер случайно их не узнал.

Каким-то чудом корабельный пес с «Доброй Надежды» спасся и вернулся в Шорби. Он теперь следовал за Арблестером. Понюхав воздух и насторожив уши, он внезапно бросился вперед, неистово лая на мнимых монахов.

Его хозяин, пошатываясь, пошел за ним.

— Эй, приятели! — крикнул он. — Нет ли у вас пенни для бедного старого моряка, дочиста разоренного пиратами? В четверг я еще мог бы напоить вас обоих; а сегодня суббота, и я должен клянчить на кружку пива! Спросите моего матроса Тома, если вы не верите мне! Семь бочек превосходного гасконского вина, мой собственный корабль, доставшийся мне по наследству от отца, изображение святой девы из полированного дерева с позолотой и тринадцать фунтов золотом и серебром — что вы скажете? Вот как обокрали человека, который воевал с французами! Да, я дрался с французами. Я на море перерезал французских глоток больше, чем любой другой дартмутский моряк. Дайте мне пенни!

Дик и Лоулесс не решались ответить ему, так как он узнал бы их по голосам. И они стояли беспомощные, словно корабли на якоре, и не знали, как поступить.

— Ты что, парень, немой? — спросил шкипер. — Друзья, — икнув, продолжал он, — это немые. Терпеть не могу неучтивости. Вежливый человек, даже если он немой, отвечает, когда с ним говорят.

Между тем матрос Том, мужчина очень сильный, казалось, что-то заподозрил. Он был трезвее капитана. Внезапно он вышел вперед, грубо схватил Лоулесса за плечо и, ругаясь, спросил его, из-за какой такой болезни он держит на привязи свой язык. На это бродяга, решив, что им терять уже нечего, ответил ему таким ударом, что моряк растянулся на песке. Крикнув Дику, чтобы он следовал за ним, Лоулесс со всех ног помчался по берегу.

Все это произошло в одно мгновение. Не успел Дик броситься бежать, как Арблестер вцепился в него. Том подполз на животе и схватил Дика за ногу, а третий моряк размахивал кортиком над его головой.

Не страх мучил молодого Шелтона — его мучила досада, что, избегнув сэра Дэниэла, убедив в своей невиновности лорда Райзингэма, он попал в руки старого пьяного моряка. Досаднее всего было то, что он и сам чувствовал себя виновным, чувствовал себя несостоятельным должником этого человека, чей корабль он украл и погубил, и поздно проснувшаяся совесть громко говорила ему об этом.

— Тащите его в кабак, я хочу разглядеть его лицо, — сказал Арблестер.

— Ладно, ладно, — ответил Том. — Только мы сперва разгрузим его сумку, чтобы другие молодцы не потребовали своей доли.

Однако они не нашли ни одного пенни, хотя обыскали Дика с головы до ног; не нашли ничего, кроме перстня с печатью лорда Фоксгэма. Они сорвали этот перстень с его пальца.

— Поверните его к лунному свету, — сказал шкипер, и, взяв Дика за подбородок, он больно вздернул кверху его голову.

— Святая дева! — вскричал он. — Это наш пират!

— Ну? — воскликнул Том.

— Клянусь непорочной девой Бордосской, он самый! — повторил Арблестер. — Ну, морской вор, ты у меня в руках! — кричал он. — Где мой корабль? Где мое вино? Нет, на этот раз не уйдешь. Том, дай-ка мне сюда веревку. Я свяжу этому морскому волку руки и ноги, я свяжу его, как жареного индюка, а потом буду его бить! О, как я буду его бить!

Продолжая говорить, он со свойственной морякам ловкостью обвивал Дика веревкой, яростно затягивая ее, завязывая тугие узлы.

Наконец молодой человек превратился в тюк, беспомощный и неподвижный, как труп. Шкипер, держа его на вытянутой руке, громко захохотал. Потом дал ему оглушительную затрещину в ухо; затем начал медленно поворачивать его и неистово колотить. Гнев, как буря, поднялся в груди Дика; гнев душил его; ему казалось, он вот-вот умрет от злости. Но когда моряк, утомленный своей жестокой забавой, бросил его на песок и отвернулся, чтобы посоветоваться с приятелями. Дик мгновенно овладел собой. Это была минутная передышка; прежде чем они снова начнут мучить его, он, быть может, найдет способ вывернуться из этого унизительного и рокового приключения.

Пока его победители спорили, как поступить с ним, он собрался с духом и твердым голосом заговорил.

— Досточтимые господа, — начал он, — вы что, совсем с ума сошли? Небо дает вам в руки случай чудовищно разбогатеть. Вы тридцать раз поедете в море, а второго такого случая не найдете. А вы — о небо! — что вы сделали? Избили меня? Да так поступает рассерженный ребенок! Но ведь вы не дети, вы опытные, пропахшие смолой моряки, которым не страшны ни огонь, ни вода, которые любят золото, любят мясо. Нет, вы поступили безрассудно.

— Знаю, — сказал Том, — теперь, когда ты связан, ты будешь дурачить нас!

— Дурачить вас! — повторил Дик. — Ну, если вы дураки, дурачить вас нетрудно! Но если вы люди умные — а вы мне кажетесь людьми умными, — вы сами поймете, в чем ваша выгода. Когда я захватил ваш корабль, нас было много, мы были хорошо одеты и вооружены. А ну, сообразите, кто может собрать такой отряд? Только тот, бесспорно, у кого много золота. И если, будучи богатым, он все еще продолжает поиски, не останавливаясь перед трудностями, то, подумайте-ка хорошенько, не спрятано ли где-нибудь сокровище?

— О чем он говорит? — спросил один из моряков.

— Так вот, если вы потеряли старое судно и несколько кружек кислого, как уксус, вина, — продолжал Дик, — забудьте о них, потому что все это дрянь. Лучше поскорее присоединяйтесь к предприятию, которое через двенадцать часов либо обогатит вас, либо окончательно погубит. Только поднимите меня. Пойдемте куда-нибудь и потолкуем за кружкой, потому что мне больно, я озяб и мой рот набит снегом.

— Он старается одурачить нас, — презрительно сказал Том.

— Одурачить! Одурачить! — крикнул третий гуляка. — Хотел бы я посмотреть на человека, который мог бы меня одурачить! Уж это был бы плут! Ну, да я ведь не вчера родился. Когда я вижу дом с колокольней, я понимаю, что это церковь. И по-моему, кум Арблестер, этот молодой человек говорит дело. Уж не выслушать ли нам его? Давайте послушаем.

— Я охотно выпил бы кружку крепкого эля, добрый мастер Пиррет, — ответил Арблестер. — А ты что скажешь, Том? Да ведь кошелек-то пуст!

— Я заплачу, — сказал Пиррет, — я заплачу. Я хочу узнать, в чем дело. Мне кажется, тут пахнет золотом.

— Ну, если мы снова примемся пьянствовать, все пропало! — вскричал Том.

— Кум Арблестер, вы слишком много позволяете своему слуге, — заметил мастер Пиррет. — Неужели вы допустите, чтобы вами командовал наемный человек? Фу, фу!

— Тише, парень! — сказал Арблестер, обращаясь к Тому. — Заткни глотку. Матросы не смеют учить шкипера!

— Делайте что хотите, — сказал Том. — Я умываю руки.

— Поставьте его на ноги, — сказал Пиррет. — Я знаю укромное местечко, где мы можем выпить и потолковать.

— Если вы хотите, чтобы я шел, друзья мои, развяжите мне ноги, — сказал Дик, когда его подняли и поставили, словно столб.

— Он прав, — рассмеялся Пиррет. — Так ему далеко не уйти. Вытащи свой нож и разрежь веревки, кум.

Даже Арблестер заколебался при этом предложении. Но так как его товарищ настаивал, а у Дика хватило разума сохранять самое деревянное, равнодушное выражение лица и лишь пожимать плечами, шкипер наконец согласился и разрезал веревку, которая связывала ноги пленника. Это не только дало возможность Дику идти, но и вообще ослабило все веревки. Он почувствовал, что рука за спиной стала двигаться свободнее, и начал надеяться, что со временем ему удастся ее совсем высвободить. Он уже и так многим был обязан глупости и жадности Пиррета.

Этот достойный человек взял на себя руководство и привел их в тот самый кабак, где Лоулесс пил с Арблестером во время урагана. Сейчас кабак был пуст; огонь потух, и только груда раскаленного пепла дышала приятным теплом. Они уселись; хозяин поставил перед ними кастрюлю с горячим элем. Пиррет и Арблестер вытянули ноги и скрестили руки, — видно было, что они собираются приятно провести часок-другой.

Стол, за который они сели, как и остальные столы в кабаке, представлял собой тяжелую квадратную доску, положенную на два бочонка. Собутыльники заняли все четыре стороны стола, — Пиррет сидел против Арблестера, а Дик против матроса.

— А теперь, молодой человек, — сказал Пиррет, — начинайте свой рассказ. Кажется, вы действительно несколько обидели нашего кума Арблестера; но что из этого? Поухаживайте за ним, укажите ему способ разбогатеть, и я бьюсь об заклад, что он простит вас.

До сих пор Дик говорил наудачу; но теперь, под наблюдением трех пар глаз, необходимо было придумать и рассказать необыкновенную историю и, если возможно, получить обратно такое важное для него кольцо. Прежде всего надо выиграть время. Чем дольше они здесь пробудут, тем больше выпьют и тем легче будет убежать.

Дик не умел сочинять, и то, что он рассказал, очень напоминало историю Али-бабы, только Восток был заменен Шорби и Тэнстоллским лесом, а количество сокровищ пещеры было скорее преувеличено, чем преуменьшено. Как известно читателю, это превосходная история, и в ней только один недостаток: в ней нет ни капли правды. Но три простодушных моряка слышали ее в первый раз; глаза у них вылезли на лоб от удивления, рты их раскрылись, точно у трески на прилавке рыботорговца.

Очень скоро пришлось заказать вторую порцию горячего эля, а пока Дик искусно сплетал нити приключений, за ней последовала и третья.

Вот в каком положении находились присутствующие, когда история приближалась к концу.

Арблестер, на три четверти пьяный и на одну четверть сонный, беспомощно откинулся на спинку стула. Даже Том увлекся рассказом, и его бдительность значительно ослабла. А Дик тем временем успел высвободить свою правую руку из веревок и был готов попытать счастья.

— Итак, — сказал Пиррет, — ты один из них?

— Меня заставили, — ответил Дик, — против моей воли; но если бы мне удалось достать мешок-другой золота на свою долю, я был бы дураком, оставаясь в грязной пещере, подвергая себя опасности, как простой солдат. Вот нас здесь четверо. Отлично! Пойдем завтра в лес перед восходом солнца. Если бы мы достали осла, было бы еще лучше; но так как осла достать нельзя, Придется все тащить на своих четырех спинах. Спины у нас сильные, однако на обратном пути мы будем шататься под тяжестью сокровищ.

Пиррет облизнулся.

— А ну, друг, скажи это волшебное слово, от которого откроется пещера, — попросил он.

— Никто не знает этого слова, кроме трех начальников, — ответил Дик.

— Но, на ваше великое счастье, как раз сегодня вечером мне сообщили слова заклинания, которыми открывают пещеру. Это большая удача, ибо мой начальник обычно никому не доверяет своей тайны.

— Заклинание! — вскричал Арблестер, просыпаясь и косясь на Дика одним глазом. — Чур меня! Никаких заклинаний! Я хороший христианин, спроси моего матроса Тома, если не веришь.

— Да ведь это белая магия, — сказал Дик. — Она ничего общего не имеет с дьяволом; она связана с таинственными свойствами чисел, трав и планет.

— Э, — сказал Пиррет, — ведь это только белая магия, кум. Тут нет греха, уверяю тебя. Но продолжай, добрый юноша. Что же это за заклинание?

— Я сейчас вам скажу, — ответил Дик, — При вас кольцо, которое вы сняли с моего пальца? Прекрасно! Теперь вытяните руку и держите кольцо кончиками пальцев прямо перед собой, чтобы на него падал свет от углей. Вот так! Сейчас вы услышите слова заклинания!

Быстро оглянувшись, Дик увидел, что между ним и дверью нет ни души. Он мысленно прочел молитву. Потом, протянув руку, он схватил кольцо, поднял стол и опрокинул его прямо на матроса Тома. Бедняга, крича, барахтался под обломками. И прежде чем Арблестер успел заподозрить что-либо неладное, а Пиррет собраться с мыслями. Дик кинулся к двери и исчез в лунной ночи.

Луна сияла ярко, снег сверкал, в гавани было светло, как днем. И молодой Шелтон, бежавший, подоткнув рясу, среди мусорных куч, был виден издалека.

Том и Пиррет помчались за ним, громко крича. На их крики из каждого кабака выскакивали моряки и тоже бежали вдогонку за Шелтоном. Скоро Дика преследовала целая орава матросов. Но в пятнадцатом столетии, как и в наше время, моряк на суше не отличался проворством; Дик с самого начала сильно опередил всех, и расстояние между ним и его преследователями все увеличивалось. Наконец он вбежал в какой-то узкий переулочек, остановился, поглядел назад и засмеялся.

За ним гнались все моряки города Шорби; как чернильные кляксы, темнели они вдали на белом снегу. Каждый кричал, вопил; каждый махал руками; то один падал в снег, то другой; на упавшего сразу падали все, кто бежал за ним.

Эти дикие вопли, долетавшие чуть ли не до самой луны, и смешили беглеца и пугали. Впрочем, боялся Дик вовсе не этих моряков, так как был уверен, что ни один из них его не догонит. Дик боялся поднятого моряками шума, который мог разбудить весь Шорби и заставить стражу выползти на улицу, а это было бы действительно опасно; заметив темную дверь в углу, он спрятался за нею. Его неуклюжие преследователи, раскрасневшиеся от быстрого бега, вывалянные в снегу, крича, размахивая руками, пронеслись мимо. Однако прошло еще немало времени, прежде чем окончилось это великое нашествие гавани на город и водворилась тишина.

Еще долго по всем улицам города раздавались крики заблудившихся моряков. Они поминутно затевали ссоры то между собой, то с часовыми; мелькали ножи, сыпались удары, и не один труп остался на снегу.

Когда, спустя час, последний моряк, ворча, вернулся в гавань, в свой излюбленный кабачок, он, конечно, де мог бы сказать, за кем он гнался. На следующее утро возникло немало самых различных легенд, и скоро весь город Шорби поверил, что ночью его улицы посетил дьявол. Однако возвращение последнего моряка еще не освободило юного Шелтона из его холодного заточения за дверью.

Еще долго по улицам бродили патрули, разосланные знатными лордами, которых разбудили и встревожили крики моряков.

Ночь уже подходила к концу, когда Дик покинул свое убежище и пришел, целый и невредимый, но страшно озябший и покрытый синяками, к дверям «Козла и волынки». В соответствии с законом харчевня была погружена во мрак: не горела ни одна свеча, и огонь в очаге был погашен; Дик ощупью пробрался в угол холодной комнаты для гостей, нашел конец одеяла, укутал им свои плечи и, прижавшись к какому-то спящему человеку, скоро забылся крепким сном.

ЧАСТЬ V. ГОРБУН

ГЛАВА I. ЗОВ ТРУБЫ

Дик встал на следующее утро еще до рассвета, снова надел свое прежнее платье, снова вооружился, как подобает дворянину, и отправился в лесное логовище Лоулесса. Там (как, вероятно, помнит читатель) он оставил бумаги лорда Фоксгэма; чтобы взять их и успеть на свидание с юным герцогом Глостером, нужно было выйти рано и идти как можно скорее.

Мороз усилился, от сухого, безветренного воздуха пощипывало в носу. Луна зашла, но звезды еще сияли, и снег блестел ясно и весело. Было уже светло без фонаря, а морозный воздух не располагал к медлительности.

Дик почти пересек все поле, лежавшее между Шорби и лесом, подошел к подножию холма и находился в какой-нибудь сотне ярдов от креста святой Невесты, как вдруг тишину утра прорезал звук трубы. Никогда еще не слыхал он такого ясного и пронзительного звука. Труба пропела и смолкла, опять пропела, потом послышался лязг оружия.

Молодой Шелтон прислушался, вытащил меч и помчался вверх по холму.

Он увидел крест; на дороге перед крестом происходила яростная схватка. Нападающих было человек семь или восемь, а защищался только один; но он защищался так проворно и ловко, так отчаянно кидался на своих противников, так искусно держался на льду, что, прежде чем Дик подоспел, он уже убил одного и ранил другого, а остальные нападавшие отступали.

Было просто чудо, как мог он устоять до сих пор. Малейшая случайность — поскользнись он, промахнись рука — стоила бы ему жизни.

— Держитесь, сэр! Иду к вам на помощь! — воскликнул Ричард.

И с криком:

— Держись, ребята! Стреляй! Да здравствует «Черная стрела»! — бросился с тылу на нападающих, забыв, что он один и что возглас этот сейчас неуместен.

Но нападающие тоже были не из робких, они не дрогнули; обернувшись, они яростно обрушились на Дика. Четверо против одного, сталь сверкала над ними при звездном сиянии. Искры летели во все стороны. Один из его противников упал, в пылу битвы Дик едва понял, что случилось; потом он сам получил удар по голове; стальной шлем выдержал удар, однако Дик опустился на колено, и мысли его закружились, словно крылья ветряной мельницы.

Человек, к которому Дик пришел на помощь, вместо того чтобы теперь помочь ему, отскочил в сторону и снова затрубил еще пронзительнее и громче, чем раньше. Противники опять бросились на него, и он снова летал, нападал, прыгал, наносил смертельные удары, падал на одно колено, пользуясь то кинжалом и мечом, то ногами и руками с несокрушимой смелостью, лихорадочной энергией и быстротой.

Но резкий призыв был наконец услышан. Раздался заглушенный снегом топот копыт, и в счастливую минусу для Дика, когда мечи уже сверкали над его головой, из леса с двух сторон хлынули потоки вооруженных всадников, закованных в железо, с опущенными забралами, с копьями наперевес, с поднятыми мечами. У каждого всадника за спиной сидел стрелок; эти стрелки один за другим соскакивали на землю.

Нападавшие, видя себя окруженными, молча побросали оружие.

— Схватить этих людей! — сказал человек с трубой, и, когда его приказание было исполнено, он подошел к Дику и заглянул ему в лицо.

Дик тоже посмотрел на него и удивился, увидев, что человек, проявивший такую силу, такую ловкость и энергию, был юноша, не старше его самого, неправильного телосложения — с бледным, болезненным и безобразным лицом[1]. Но глаза его глядели ясно и отважно.

— Сэр, — сказал юноша, — вы подоспели ко мне в самый раз.

— Милорд, — ответил Дик, смутно догадываясь, что перед ним знатный вельможа, — вы так удивительно владеете мечом, что справились бы с нападающими и без меня. Однако мне очень повезло, что ваши люди не Опоздали.

— Как вы узнали, кто я? — спросил незнакомец.

— Даже сейчас, милорд, я не знаю, с кем говорю, — ответил Дик.

— Так ли это? — спросил юноша. — Зачем же вы очертя голову ринулись в эту неравную битву?

— Я увидел, что один человек храбро дерется против многих, — ответил Дик, — и счел бы бесчестным не помочь ему.

Презрительная усмешка появилась на губах молодого вельможи, когда он ответил:

— Отважные слова. Но, самое главное, за кого вы стоите: за Ланкастеров или за Йорков?

— Не буду скрывать, милорд, я стою за Йорков, — ответил Дик.

— Клянусь небом, — вскричал юноша, — вам повезло!

И он обернулся к одному из своих приближенных.

---

[1] Ричард Горбатый в действительности был в это время гораздо моложе. (Прим. автора.)

— Дайте мне посмотреть, — продолжал он тем же презрительным, жестким тоном, — дайте мне посмотреть на праведную кончину этих храбрых джентльменов. Вздерните их!

Только пятеро из нападавших были еще живы.

Стрелки схватили их за руки, поспешно отвели к опушке леса, поставили под дерево подходящей высоты и приладили веревки. Стрелки с концами веревок в руках быстро взобрались на дерево. Не прошло и минуты, как все было кончено: Все пятеро болтались на веревке.

— А теперь, — крикнул горбатый предводитель, — возвращайтесь на свои места и, когда я в следующий раз позову вас, будьте попроворней!

— Милорд герцог, — сказал один из подчиненных, — молю вас: оставьте при себе хотя бы горсть воинов. Вам нельзя быть здесь одному.

— Вот что, любезный, — сказал герцог, — я не выбранил вас за опоздание, так не перечьте мне. Пусть я горбат, но я могу положиться на силу своей руки. Когда звучала труба, ты медлил, а теперь ты слишком торопишься со своими советами. Но так уж повелось: последний в битве — всегда первый в разговоре. Впредь пусть будет наоборот.

И суровым, не лишенным благородства жестом он удалил их.

Снова пехотинцы уселись на коней позади всадников, и отряд медленно удалился и, рассыпавшись в разных направлениях, скрылся в лесу.

Звезды уже начали меркнуть, занимался день. Серый предутренний свет озарил лица обоих юношей, которые снова взглянули друг другу в лицо.

— Вы видели сейчас, — сказал герцог, — что месть моя беспощадна, как острие моего меча. Но я бы не хотел — клянусь всем христианским миром! — чтобы вы сочли меня неблагодарным. Вы пришли ко мне на помощь со славным мечом и достойной удивления отвагой! Если вам не противно мое безобразие, обнимите меня!

И юный вождь раскрыл объятия.

В глубине души Дик испытывал страх и даже ненависть к человеку, которого спас; но просьба была выражена такими словами, что колебаться или отказать были не только невежливо, но и жестоко, и он поспешил подчиниться желанию незнакомца.

— А теперь, милорд герцог, — сказал он, освободясь из его объятий, — верна ли моя догадка? Вы милорд герцог Глостерский.

— Я Ричард Глостер, — ответил тот. — А вы? Как вас зовут?

Дик назвал себя и подал ему перстень лорда Фоксгэма, который герцог сразу же узнал.

— Вы пришли сюда раньше назначенного срока, — сказал он, — но могу ли я на это сердиться? Вы похожи на меня: я пришел сюда за два часа до рассвета и жду. Это первый поход моей армии; я либо погибну, либо стяжаю себе славу. Там залегли мои враги под начальством двух старых искусных вождей — Брэкли и Райзингэма. Они, вероятно, сильны, но сейчас они стиснуты между морем, гаванью и рекой. Отступление им отрезано. Мне думается, Шелтон, что тут-то и нужно напасть на них, и мы нападем на них бесшумно и внезапно.

— Конечно, я тоже так полагаю! — пылко вскричал Дик.

— У вас при себе записки лорда Фоксгэма? — спросил герцог.

Дик, объяснив, почему их у него сейчас нет, осмелился предложить герцогу свои собственные наблюдения.

— Мне кажется, милорд герцог, — сказал он, — если в вашем распоряжении достаточно воинов, следовало бы напасть немедленно, ибо с рассветом их ночные караулы ложатся спать, а днем у них нет постоянных караульных на постах — они всего лишь объезжают окраины верхами. Теперь самое время на них напасть: караульные уже сняли с себя доспехи, а остальные воины только что проснулись и сидят за утренней чаркой вина.

— Сколько, по-вашему, у них человек? — спросил Глостер.

— У них нет и двух тысяч, — ответил Дик.

— Здесь, в лесу, у меня семьсот воинов, — сказал герцог. — Еще семьсот идут из Кэттли и вскоре будут здесь; вслед за ними двинутся еще четыреста, а еще дальше следует столько же; у лорда Фоксгэма пятьсот в Холивуде — они могут стянуться сюда к концу дня. Подождать, пока все наши силы подойдут, или напасть сейчас?

— Милорд, — сказал Дик, — повесив этих пятерых несчастных, вы сами решили вопрос. Хотя они люди не знатные, но время беспокойное: их хватятся, станут искать, и поднимется тревога. Поэтому, милорд, если вы хотите напасть врасплох, то, по моему скромному мнению, у вас нет и часа в запасе.

— Я тоже так думаю, — ответил горбун. — Не пройдет и часа, как вы начнете зарабатывать себе рыцарское звание, врезавшись в толпу врагов. Я пошлю проворного человека в Холивуд с перстнем лорда Фоксгэма и еще одного — на дорогу, поторопить моих мямлей! Ну, Шелтон, клянусь распятием, дело выйдет!

С этими словами он снова приставил трубу к губам и затрубил.

На этот раз ему не пришлось долго ждать. В одно мгновение поляна вокруг креста покрылась пешими и конными воинами. Ричард Глостер, усевшись на ступенях, посылал гонца за гонцом, созывая семьсот человек, спрятанных в ближайших лесах. Не прошло и четверти часа, как армия его выстроилась перед ним. Он сам встал во главе войска и двинулся вниз по склону холма к городу Шорби.

План его был прост. Он решил захватить квартал города Шорби, лежавший справа от большой дороги, хорошенько укрепиться в узких переулках и держаться там до тех пор, пока не подоспеет подкрепление.

Если лорд Райзингэм захочет отступить, Ричард зайдет к нему в тыл и поставит его между двух огней; если же он предпочтет защищать город, он будет заперт в ловушке и в конце концов разбит превосходящим его численно неприятелем.

Но была одна большая опасность, почти неминуемая: семьсот человек Глостера могли быть опрокинуты и разбиты при первой же стычке, и, чтобы избежать этого, следовало во что бы то ни стало обеспечить внезапность нападения.

Итак, пехотинцы снова уселись позади всадников, и Дику выпала особая честь сидеть за самим Глостером. Покуда лес скрывал их, войска медленно подвигались вперед, но, когда лес, окаймлявший большую дорогу, кончился, они остановились, чтобы передохнуть и изучить местность.

Солнце, окруженное морозным желтым сиянием, уже совсем взошло, освещая город Шорби, над снежными крышами которого вились струйки утреннего дыма.

Глостер обернулся к Дику.

— В этом бедном городишке, — сказал он, — где жители сейчас готовят себе завтрак, либо вы станете рыцарем, а я начну жизнь, полную великих почестей и громкой славы, либо мы оба умрем, не оставив по себе даже памяти. Мы оба Ричарды. Ну, Ричард Шелтон, мы должны прославиться, и вы и я — два Ричарда! Мечи, ударяясь о наши шлемы, прозвучат не так громко, как прозвучат наши имена в устах народа!

Дик был изумлен страстным голосом и пылкими словами, в которых звучала такая жажда славы. Весьма разумно и спокойно он ответил, что выполнит свой долг и не сомневается в победе, если остальные поступят так же.

К этому времени лошади хорошо отдохнули; предводитель поднял меч, опустил поводья, и кони, с двумя седоками каждый, поскакали с грохотом вниз по холму, пересекая снежное поле, за которым начинался Шорби.

ГЛАВА II. БИТВА ПРИ ШОРБИ

До города было не больше четверти мили. Но не успели они выехать из-под прикрытия деревьев, как заметили людей, с криком бегущих прочь по снежному полю по обе стороны дороги. И сразу же в городе поднялся шум, который становился все громче и громче. Они еще не проскакали и половины пути до ближайшего дома, как на колокольне зазвонили колокола.

Юный герцог заскрежетал зубами. Он боялся, как бы враги не успели подготовиться к защите. Он знал, что, если он не успеет укрепиться в городе, его маленький отряд будет разбит и истреблен.

Однако дела ланкастерцев были плохи. Все шло так, как говорил Дик. Ночная стража уже сняла свои доспехи; остальные — разутые, неодетые, не подготовленные к битве — все еще сидели по домам. Во всем Шорби было, пожалуй, не больше пятидесяти вооруженных мужчин и оседланных коней.

Звон колоколов, испуганные крики людей, которые бегали по улицам и колотили в двери, очень быстро подняли на ноги человек сорок из этих пятидесяти. Они поспешно вскочили на коней и, так как не знали, откуда грозит опасность, помчались в разные стороны.

Когда Ричард Глостер доскакал до первого дома в Шорби, у входа в улицу его встретила только горсточка воинов, которая была разметена им, точно ураганом.

Когда они проскакали шагов сто по городу. Дик Шелтон притронулся к руке герцога. Герцог натянул поводья, приложил трубу к губам, протрубил условный сигнал и свернул направо. Весь его отряд, как один человек, последовал за ним и, пустив коней бешеным галопом, промчался по узкому переулку. Последние двадцать всадников остановились у входа в него.

Тотчас же пехотинцы, которых они везли позади себя, соскочили на землю; одни стали натягивать луки, другие захватывать дома по обеим сторонам улицы.

Удивленные неожиданно изменившимся направлением отряда Глостера и обескураженные решимостью его арьергарда, ланкастерцы, посовещавшись, повернули коней и поскакали к центру города за подкреплением.

Та часть города, которую по совету Дика занял Ричард Глостер, лежала на небольшой возвышенности, за которой начиналось открытое поле, и состояла из пяти маленьких уличек с убогими домишками, в которых ютилась беднота.

Каждую из этих пяти уличек поручили охранять сильным караулам; резерв укрепился в центре, вдали от выстрелов, готовый подоспеть на помощь, если понадобится.

Эта часть города была так бедна, что ни один ланкастерский лорд не жил тут, даже слуги их ее избегали. Обитатели этих улиц сразу побросали свои дома и, крича во все горло, побежали прочь, перелезая через заборы.

В центре, где сходились все пять улиц, стояла жалкая харчевня с вывеской, изображавшей шахматную доску. Эту харчевню герцог Глостер избрал своей главной квартирой.

Дику он поручил охрану одной из пяти улиц.

— Ступайте, — сказал он, — заслужите себе рыцарское звание. Заслужите мне славу — Ричард за Ричарда! Если я возвышусь, вы возвыситесь вместе со мною. Ступайте, — прибавил он, пожимая ему руку.

Чуть только Дик ушел, герцог обернулся к маленькому оборванному стрелку.

— Иди, Дэттон, и поскорее, — сказал он. — Иди за ним. Если ты убедишься в его верности, ты головой отвечаешь за его жизнь. И горе тебе, если ты возвратишься без него! Но если он окажется изменником или если ты хоть на одно мгновение усомнишься в нем, — заколи его ударом в спину.

Между тем Дик торопился укрепить свои позиции.

Улица, которую он должен был охранять, была очень узка и тесно застроена с двух сторон домами, верхние этажи которых, выступая вперед, нависали над мостовой. Но она выходила на рыночную площадь, и исход битвы, по всей вероятности, должен был решиться здесь.

Всю рыночную площадь заполняла толпа беспорядочно мечущихся горожан, но неприятеля, готового ринуться в атаку, еще не было видно, и Дик решил, что у него есть некоторое время, чтобы приготовиться к обороне.

В конце улицы стояли два пустых дома, двери их после бегства жильцов так и остались распахнутыми. Дик поспешно вытащил оттуда всю мебель и построил из нее баррикаду у входа в улицу. В его распоряжении было сто человек, и большую часть их он разместил в домах: лежа там под прикрытием, они могли стрелять из окон. Вместе с остальными он засел за баррикадой.

Между тем в городе продолжалось сильнейшее смятение. Звонили колокола, трубили трубы, мчались конные отряды, кричали командиры, вопили женщины, и все это сливалось в общий нестерпимый шум. Но наконец шум этот начал понемногу стихать, и вскоре воины и стрелки стали собираться и строиться в боевом порядке на рыночной площади.

Очень многие из этих воинов были одеты в синее и темно-красное, а в конном рыцаре, строившем их в ряды, Дик тотчас узнал сэра Дэниэла.

Потом наступило затишье, и вдруг в четырех концах города одновременно затрубили четыре трубы. Пятая труба ответила им с рыночной площади, и сразу же ряды войск пришли в движение. Град стрел перелетел через баррикаду и посыпался на стены обоих укрепленных домов.

По общему сигналу атакующие обрушились на все пять улиц. Глостер был окружен со всех сторон, и Дик понял, что ему нужно рассчитывать только на свои сто человек.

Семь залпов стрел один за другим обрушились на баррикаду. В самый разгар стрельбы кто-то тронул Дика за руку. Он увидел пажа, который протягивал ему кожаную куртку, непроницаемую для стрел, так как ее покрывали металлические пластинки.

— Это от милорда Глостера, — сказал паж. — Он заметил, сэр Ричард, что у вас нет лат.

Дик, польщенный тем, что его называли «сэр Ричард», с помощью пажа облачился в куртку. Только успел он надеть ее, как две стрелы громко ударились о пластинки, не причинив ему вреда, а третья попала в пажа; смертельно раненный, он упал к ногам Дика.

Между тем неприятель упорно шел в наступление; враги были уже так близко, что Дик приказал отвечать на выстрелы. Немедленно из-за баррикады и из окон домов на врага обрушился ответный град смертоносных стрел.

Но ланкастерцы, как по сигналу, дружно закричали, и их пехота пошла в наступление. Кавалерия держалась позади с опущенными забралами.

Начался упорный рукопашный бой, не на жизнь, а на смерть. Нападающие, держа меч в одной руке, другою растаскивали баррикаду. Защищавшие баррикаду, в свою очередь, свободной от оружия рукой с отчаянным упорством ее восстанавливали. Некоторое время борьба шла почти в полном молчании; тела воинов падали друг на друга. Однако разрушать всегда легче, чем защищать, и когда звук трубы подал нападающим знак к отступлению, баррикада была уже почти развалена, стала вдвое ниже и грозила совсем рухнуть.

Пехота ланкастерцев расступилась, чтобы дать дорогу всадникам. Всадники, построенные в два ряда, внезапно повернулись, превратив свой фланг в авангард. И длинной, закованной в сталь колонной, стремительной, как змея, они бросились на полуразрушенную баррикаду.

Один из первых двух всадников упал вместе с лошадью, и его товарищи проскакали по нему. Другой вскочил прямо на вершину укрепления, пронзив неприятельского стрелка копьем. Почти в то же мгновение его самого стащили с седла, а коня его убили.

Неистовый, стремительный натиск отбросил защитников. Ланкастерцы, карабкаясь по телам своих павших товарищей, бурей ринулись вперед, прорвали линию защитников, оттеснили их в сторону и с грохотом хлынули в переулок, подобно потоку, прорвавшему плотину.

Но битва еще не кончилась. В узком проходе Дик и несколько его воинов, оставшихся в живых, работали своими алебардами, как дровосеки, и вскоре во всю ширину переулка образовалось новое, более высокое и надежное заграждение из павших бойцов и их лошадей с развороченным брюхом, которые бились в предсмертной агонии.

Сбитый с толку этим новым препятствием, арьергард ланкастерской кавалерии дрогнул и отступил; и тут же на них хлынул из окон такой ураган стрел, что их отступление больше походило на бегство.

А всадники, ускакавшие вперед, которым удалось пересечь баррикаду и ворваться в переулок, домчались до дверей харчевни с шахматной вывеской; встретив здесь грозного горбуна и все резервное войско йоркистов, они в замешательстве и беспорядке кинулись назад.

Дик и его воины бросились на них. Выскочив из домов, на ланкастерцев со свежими силами напали воины, еще не участвовавшие в рукопашном бою; жестокий град стрел обрушился на беглецов, а Глостер уже догонял их с тыла. Минуту спустя на улице не осталось ни одного живого ланкастерца.

И только тогда Дик поднял окровавленный, дымящийся меч и закричал «ура».

Глостер слез с коня и осмотрел место боя. Лицо его было бледнее полотна; но глаза сверкали словно чудесные драгоценные камни, и голос его, когда он заговорил, звучал грубо и хрипло, возбужденный битвой и победой. Он взглянул на укрепление, к которому ни друг, ни враг не могли подойти, — так неистово бились там кони в предсмертной агонии, — и вид этой страшной бойни вызвал у него кривую усмешку.

— Прикончите лошадей, — сказал он, — чтобы не мешались... Ричард Шелтон, — прибавил он, — я доволен вами. Преклоните колено.

Ланкастерцы снова взялись за луки, и стрелы густым дождем сыпались в улицу. Но герцог, не обращая на них ни малейшего внимания, вытащил свой меч и тут же посвятил Дика в рыцари.

— А теперь, сэр Ричард, — продолжал он, — если вы увидите лорда Райзингэма, немедленно пришлите мне гонца. Пришлите мне гонца даже в том случае, если этот гонец — последний ваш воин. Я скорее потеряю свои позиции, чем упущу случай встретиться с ним в бою... запомните вы все, — прибавил он, возвысив голос. — Если граф Райзингэм падет не от моей руки, я буду считать эту победу поражением.

— Милорд герцог, — сказал один из его приближенных, — разве ваша милость еще не устали бесцельно подвергать свою драгоценную жизнь опасности? Стоит ли нам здесь мешкать?

— Кэтсби, — ответил герцог, — исход битвы решается здесь. Все остальные стычки не имеют значения. Здесь мы должны победить. А что касается опасности, так будь вы безобразный горбун, которого даже дети дразнят на улице, вы дешевле ценили бы свою жизнь и охотно отдали бы ее за час славы... Впрочем, если хотите, поедем и осмотрим другие позиции. Мой тезка, сэр Ричард, будет удерживать эту залитую кровью улицу. На него мы можем положиться... Но заметьте, сэр Ричард: не все еще кончено. Худшее впереди. Не спите!

Он подошел прямо к молодому Шелтону, твердо заглянул ему в глаза и, взяв его руку в свои, так сильно сжал ее, что у Дика чуть не брызнула кровь из-под ногтей. Дик оробел под его взглядом. В глазах герцога он прочел безумную отвагу и жестокость, и сердце его сжалось от страха за будущее. Этот юный герцог действительно был храбрец, сражавшийся в первых рядах во время войны; но и после битв, в дни мира, в кругу преданных людей, он, казалось, все так же будет сеять смерть.

ГЛАВА III. БИТВА ПРИ ШОРБИ (окончание)

Дик, снова предоставленный самому себе, огляделся. Стреляли реже, чем раньше. Враг отступал повсюду; большая часть площади была уже совсем пуста; снег местами превратился в оранжевую грязь, местами покрылся запекшейся кровью; вся площадь была усеяна трупами людей и лошадей, и оперенные стрелы торчали густо, точно щетина.

Потери Дика были огромны. Въезд в уличку и обломки баррикады были завалены убитыми и умирающими; перед битвой у него было сто человек, теперь у него не осталось и семидесяти, способных держать оружие.

Время, впрочем, было на его стороне. Каждую минуту могли прийти свежие подкрепления; и ланкастерцы, измученные своею отчаянной, но безуспешной атакой, не очень-то были настроены противостоять новому вторжению.

В стене одного из крайних домов были солнечные часы, и при свете морозного зимнего солнца они показывали десять часов утра.

Дик обернулся к стоявшему позади маленькому, невзрачному на вид стрелку, который перевязывал себе руку.

— Славная была битва, — сказал он, — и, клянусь, им не захочется снова на нас нападать.

— Сэр, — сказал маленький стрелок, — вы хорошо сражались за Йоркский дом и еще лучше за самого себя. Никогда еще ни одному человеку не удавалось за такой короткий срок приобрести расположение герцога. Просто чудеса, что он доверил такой пост человеку, которого совсем не знал. Но берегите свою голову, сэр Ричард! Если вы будете побеждены, если вы отступите хоть на один шаг, вас ждет секира или веревка. Я приставлен сюда, чтобы следить за вами, и мне поручено, если вы покажетесь мне подозрительным, прикончить вас ударом в спину.

Дик с изумлением взглянул на маленького человечка.

— Тебе! — вскричал он. — Ударом в спину!

— Совершенно верно, — ответил стрелок, — и так как мне не нравится такое поручение, я вам все рассказал. Вы должны быть осторожны, сэр Ричард, иначе вам грозит опасность. О, наш Горбун — храбрый малый и славный воин, но любит, чтобы все в точности исполняли его приказания. Всякого, кто не исполнит какого-нибудь его повеления, убивают.

— Святые угодники! — вскричал Ричард. — Неужели это правда? И неужели люди идут за таким вождем?

— Идут с радостью, — ответил стрелок. — Он строго наказывает, но зато и щедро награждает. Он не жалеет чужого пота и крови, но не щадит и себя; в бою он всегда в первом ряду, спать он всегда ложится последним. Он далеко пойдет, горбатый Дик Глостер!

Молодой рыцарь и раньше был смел и бдителен, а теперь стал еще храбрее и внимательнее. Он начал понимать, что внезапная любовь герцога несла в себе и опасность. Отвернувшись от стрелка, он еще раз тревожно оглядел площадь. Она была по-прежнему пуста.

— Не нравится мне это спокойствие, — сказал он. — Вероятно, они готовят нам какую-нибудь неожиданность.

Словно в ответ на его слова, к баррикаде снова начали подходить стрелки, и снова густо посыпались стрелы. Но что-то нерешительное было в этом нападении. Стрелки точно чего-то ожидали.

Дик беспокойно глядел по сторонам, стараясь догадаться, где же скрыта опасность. И вдруг из окон и дверей маленького дома, стоявшего в центре улицы, хлынул поток ланкастерских стрелков. Выскочив оттуда, они быстро построились в ряды, натянули луки и стали осыпать стрелами отряд Дика с тыла.

И сразу же те, которые нападали на Дика с рыночной площади, усилили стрельбу и стали решительно подступать к баррикаде.

Дик вызвал из домов всех своих воинов, построил их, сказал им несколько ободряющих слов, и отряд его стал отстреливаться, хотя неприятельские стрелы теперь сыпались с двух сторон.

Между тем все в новых и новых домах открывались настежь два окна, и оттуда с победоносными кликами выбегали и выскакивали все новые и новые ланкастеры. И наконец в тылу у Дика стало почти столько же людей, сколько их было впереди. Он увидел, что свою позицию ему не удержать; мало того, даже если бы он ее удержал, позиция эта была теперь бесполезной. Вся армия йоркистов очутилась в безнадежном положении, ей грозил полный разгром.

Те, которые напали на Дика с тыла, представляли главную опасность, и Дик, повернувшись, повел свой отряд на них. Атака его была так стремительна, что ланкастерские стрелки дрогнули, отступили и в конце концов, смешав свои ряды, снова начали забиваться в дом, из которых только что вылезли с таким победоносным видом.

Тем временем воины, нападавшие с рыночной площади, перелезли через никем не защищаемую баррикаду, и Дику снова пришлось повернуться, чтобы отогнать их.

Отвага его воинов опять одержала верх. Они очистили улицу от врагов и торжествовали, но в это время из домов снова выскочили стрелки и в третий раз напали на них с тыла.

Йоркистов мало-помалу рассеивали во все стороны. Не раз Дик оказывался один среди врагов и вынужден был усиленно работать мечом, чтобы спасти свою жизнь; не раз его ранили. А между тем битва на улице продолжалась все еще без решительного исхода.

Внезапно Дик услыхал громкие звуки трубы; они доносились с окраин. Повторяемый множеством ликующих голосов, к небу взлетел боевой клич йоркистов. Неприятель, дрогнув, бросился из переулка на рыночную площадь. Кто-то громко крикнул: «Бежим!» Трубы гремели как безумные; одни из них трубили сбор, другие призывали к наступлению. Было ясно, что ланкастерцам нанесен сильный удар и что они, во всяком случае на время, отброшены и смяты.

Затем, словно в театре, разыгрался последний акт битвы при Шорби. Воины, нападавшие на Дика, повернули, словно собаки, которых хозяин свистнул домой, и помчались с быстротой ветра. Им вдогонку через рыночную площадь пронесся вихрь всадников; ланкастерцы, оборачиваясь, отбивались мечами, а йоркисты кололи их копьями.

В самой гуще битвы Дик увидел Горбуна. Он уже в то время показывал задатки той яростной храбрости и умения биться на поле брани, которые многие годы спустя, в сражении при Босуорте, когда Ричард был уже запятнан преступлениями, чуть не решили исход битвы и судьбу английского престола. Увертываясь от ударов, топча павших, рубя направо и налево, он так искусно управлял своим могучим конем, так ловко защищался, такие стремительные удары расточал врагам, что вскоре оказался далеко впереди своих могучих рыцарей; окровавленным мечом пробивал он дорогу прямо к лорду Райзингэму, собравшему вокруг себя самых храбрых ланкастерцев. Еще мгновение — и они должны были встретиться: высокий, величественный, прославленный воин и безобразный, болезненный юноша.

Тем не менее Шелтон не сомневался в исходе поединка; и когда на мгновение поредели ряды, он увидел, что граф исчез, а Дик-Горбун, размахивая мечом, снова гонит своего коня в самую гущу битвы.

Так, благодаря отваге Шелтона, удержавшего вход в улицу при первой атаке, и благодаря тому, что подкрепление из семисот человек прибыло вовремя, юноша, которому суждено было остаться в памяти потомства под проклятым именем Ричарда III, выиграл свою первую значительную битву.

ГЛАВА IV. РАЗГРОМ ШОРБИ

Враги исчезли бесследно. Дик, с грустью оглядывая остатки своего доблестного войска, стал подсчитывать, во что обошлась победа. Теперь, когда опасность миновала, он чувствовал себя таким утомленным, больным и разбитым, раны и ушибы его так ныли, бой так измучил его, что, казалось, он уже ни к чему не был способен.

Но для отдыха время еще не пришло. Шорби был взят приступом, и, хотя беззащитных жителей никак нельзя было обвинить в сопротивлении, было очевидно, что свирепые воины будут не менее свирепы после окончания битвы и что самое ужасное еще впереди. Ричард Глостер был не из тех вождей, которые защищают горожан от своих разъяренных солдат; впрочем, даже если бы он и захотел их защитить, еще вопрос — послушались ли бы его.

Вот почему Дик должен был во что бы то ни стало разыскать Джоанну и взять ее под свою защиту. Он внимательно оглядел лица своих воинов. Выбрав троих, наиболее послушных и трезвых на вид, он отозвал их в сторону и, пообещав щедро наградить и рассказать о них герцогу, повел их через опустевшую рыночную площадь в отдаленную часть города.

Там и сям на улице происходили еще небольшие стычки; там и сям осаждали какой-нибудь дом, и осажденные швыряли столы и стулья на головы осаждающих. Снег был усеян оружием и трупами; впрочем, если не считать участников этих маленьких стычек, улицы были пустынны; в одних домах двери были распахнуты настежь, в других они были закрыты и забаррикадированы. И только редко где из трубы тянулся дымок.

Дик, осторожно обходя дерущихся, быстро повел своих спутников по направлению к монастырской церкви; но когда он подошел к главной улице, крик ужаса сорвался с его уст. Большой дом сэра Дэниэла был взят приступом, разбитые в щепки ворота болтались на петлях, и толпы людей хлынули в дом за добычей. Однако в верхних этажах грабителям оказывали некоторое сопротивление, и как раз в то мгновение, когда подошел Дик, окно наверху распахнулось, и какого-то беднягу в темно-красном и синем, кричащего и сопротивляющегося, выбросили на улицу.

Самые мрачные опасения овладели Диком. Как безумный, бросился он вперед, расталкивая встречных, и, не останавливаясь, добежал до комнаты в третьем этаже, где расстался с Джоанной. Здесь царил полный разгром: мебель была разбросана, шкафы раскрыты, ковер, сорванный со стены, тлел, подожженный искрой, упавшей из камина.

Дик почти машинально затоптал начинавшийся пожар и остановился в отчаянии. Сэр Дэниэл, сэр Оливер, Джоанна — все исчезли. Но кто мог сказать, убиты ли они во время побоища, или выбрались из Шорби невредимыми?

Он схватил проходившего мимо стрелка за плащ.

— Молодец, — спросил он, — ты был здесь, когда брали дом?

— Пусти! — сказал стрелок. — Пусти, а не то я ударю!

— Я тоже могу ударить, — ответил Ричард. — Стой и рассказывай!

Но воин, разгоряченный битвой и вином, одной рукой ударил Дика по плечу, а другой вырвал полу своего плаща. Тут молодой предводитель не в силах был сдержать свой гнев. Он схватил стрелка в могучие свои объятия и, как ребенка, прижал к своей закованной груди; потом, поставив его перед собой, приказал ему говорить.

— Прошу вас, сжальтесь! — задыхаясь, проговорил стрелок. — Если бы я знал, что вы такой сердитый, я был бы осторожнее. Я видел, как брали этот дом.

— Знаешь ли ты сэра Дэниэла? — спросил Дик.

— Очень хорошо его знаю, — ответил стрелок.

— Был он в доме?

— Да, сэр, — сказал стрелок. — Но как только мы ворвались во двор, он убежал через сад.

— Один? — вскричал Дик.

— Нет, с ним было человек двадцать солдат, — ответил стрелок.

— Солдат! А женщин не было? — спросил Шелтон.

— Право, не знаю, — сказал стрелок. — В доме мы не нашли ни одной женщины.

— Благодарю тебя, — сказал Дик. — Вот тебе монета за труды. — Но, порывшись у себя в сумке. Дик ничего не нашел. — Завтра спросишь меня, — прибавил он. — Ричард Шелтон. Сэр Ричард Шелтон, — поправился он. — Я щедро вознагражу тебя.

Вдруг в голове у Дика мелькнула догадка. Он поспешно спустился во двор, что было духу промчался через сад и очутился у главного входа церкви. Церковь была открыта настежь. Ее переполняли горожане с семьями; она была набита их имуществом, а в главном алтаре священники в полном облачении молили бога о милости. Когда Дик вошел, громкий хор загремел под высокими сводами.

Он поспешно растолкал беглецов и подошел к лестнице, которая вела на колокольню. Но тут высокий священник встал перед ним и загородил ему дорогу.

— Куда ты, сын мой? — сурово спросил он.

— Отец мой, — ответил Дик, — я послан сюда по важному делу. Не останавливайте меня. Я здесь распоряжаюсь именем Глостера.

— Именем милорда Глостера? — повторил священник. — Неужели битва окончилась так печально?

— Битва, отец мой, окончилась, ланкастерцы разгромлены, милорд Райзингэм — упокой господи его душу! — остался на поле битвы. А теперь, с вашего позволения, я буду делать то, ради чего пришел.

И, отстранив священника, пораженного новостями, Дик толкнул дверь и побежал вверх по лестнице, прыгая сразу через четыре ступени, не останавливаясь и не спотыкаясь, покуда не вышел на открытую площадку.

С колокольни он увидел, как на карте, не только город Шорби, но и все, что его окружало, — и сушу и море. Время близилось к полудню; день был ослепительный, снег сверкал. Дик поглядел вокруг и, как на ладони, увидел все последствия битвы.

Неясный, глухой шум стоял над улицами, то тут, то там изредка раздавался лязг стали. Ни одного корабля, ни одной лодки не осталось в гавани, зато в открытом море было множество парусных и гребных судов, наполненных беглецами. А на суше, по засыпанным снегом лугам, мчались кучки всадников; одни из них старались пробиться к лесам, а другие, без сомнения, йоркисты, смело останавливали их и гнали обратно в город. Всюду, куда ни кинешь взор, валялись трупы лошадей и людей, отчетливо видные на снегу.

Пехотинцы, которые не нашли себе места на судах, все еще продолжали отстреливаться в порту под прикрытием прибрежных кабаков. Многие дома пылали; в морозном солнечном сиянии дым подымался высоко и улетал в море.

Кучка всадников, мчавшаяся по направлению к Холивуду и уже приблизившаяся к опушке леса, привлекла внимание молодого наблюдателя на колокольне. Их было довольно много, этих всадников, — это был самый крупный из отступающих ланкастерских отрядов. Они оставляли за собой на снегу широкий след, и по этому следу Дик видел весь путь, проделанный ими с той минуты, когда они выехали из города.

Пока Дик наблюдал за ними, они беспрепятственно достигли опушки оголенного леса; здесь они свернули в сторону, и луч солнца на мгновение озарил их одежды, отчетливо видные на фоне темных деревьев.

— Темно-красный и синий! — вскричал Дик. — Клянусь, темно-красный и синий!

И кинулся вниз по лестнице.

Теперь прежде всего нужно было отыскать герцога Глостера, так как в этом всеобщем беспорядке один только герцог мог дать ему отряд воинов. Сражение в центре города было, в сущности, окончено. Бегая по городу в поисках герцога, Дик видел, что улицы полны слоняющимися солдатами; одни из них шатались под тяжестью добычи, другие были пьяны и орали. Никто из них не имел ни малейшего представления о том, где находится герцог. Дик совершенно случайно увидел герцога, когда тот, сидя на коне, отдавал распоряжение выбить вражеских стрелков из гавани.

— Сэр Ричард Шелтон, — сказал он, — вы пришли вовремя. Я обязан вам и тем, что ценю мало, — своей жизнью, и тем, за что никогда не в состоянии буду отплатить вам, — победой... Кэтсби, если бы у меня было десять таких командиров, как сэр Ричард, я мог бы идти прямо на Лондон!.. Ну, сэр, требуйте себе награды.

— Требую открыто, милорд, — сказал Дик, — открыто и во всеуслышание. Человек, которого я ненавижу, убежал и увез с собой девушку, которую я люблю и почитаю. Дайте мне пятьдесят воинов, чтобы я мог догнать их, и ваша милость будет полностью освобождена от всяких обязательств по отношению ко мне.

— Как зовут этого человека? — спросил герцог.

— Сэр Дэниэл Брэкли, — ответил Ричард.

— Ловите этого перебежчика! — вскричал Глостер. — Это не награда, сэр Ричард. Вы оказываете мне новую услугу. Если вы принесете мне его голову, мой долг вам только увеличится... Кэтсби, дай ему солдат... А вы тем временем обдумайте, сэр, какую я могу доставить вам радость, честь или выгоду.

Как раз в эту минуту йоркисты взяли один из портовых кабаков, окружив его с трех сторон, и захватили в плен его защитников. Горбатый Дик был доволен этим подвигом и, подъехав к кабаку, приказал показать ему пленников.

Их было четверо: двое слуг милорда Шорби, один слуга лорда Райзингэма и, наконец, последний — но не последний в глазах Дика — высокий седеющий старый моряк, неуклюжий и полупьяный, за которым по пятам, визжа и прыгая, следовала собака. Молодой герцог сурово оглядел их.

— Повесить! — сказал он.

И повернулся, чтобы наблюдать за ходом битвы.

— Милорд, — сказал Дик, — теперь я знаю, что попросить у вас в награду. Даруйте жизнь и свободу этому старому моряку.

Глостер обернулся и глянул Дику в лицо.

— Сэр Ричард, — сказал он, — я сражаюсь не павлиньими перьями, а стальными стрелами и без всякого сожаления убиваю своих врагов. В английском королевстве, разодранном на клочки, у каждого моего сторонника есть брат или друг во вражеской партии. И если бы я начал раздавать помилования, мне пришлось бы вложить меч в ножны.

— Возможно, милорд. Но я хочу быть дерзким и, рискуя навлечь на себя ваше нерасположение, напомню вам ваше обещание.

Ричард Глостер вспыхнул.

— Запомните хорошенько, — сурово сказал он, — что я не люблю ни милосердия, ни торговли милосердием. Сегодня вы положили основание блестящей карьере. Если вы будете настаивать на исполнении данного вам слова, я уступлю. Но, клянусь небом, на этом и кончатся мои милости!

— Я вынужден смириться с потерей ваших милостей, — сказал Дик.

— Дайте ему его моряка, — сказал герцог и, тронув своего коня, повернулся спиной к молодому Шелтону.

Дик не был ни опечален, ни обрадован. Он уже достаточно изучил юного герцога и не полагался на его благосклонность; слишком быстро и легко она возникла и потому не внушала большого доверия. Он боялся только одного: как бы мстительный вождь не отказался дать солдат. Но он неверно судил о чести Глостера (какова бы она ни была) и, главное, о его твердости. Если он уже однажды решил, что Дик должен преследовать сэра Дэниэла, он не менял своего решения; он громко приказал Кэтсби поторопиться, напоминая ему, что рыцарь ждет.

Между тем Дик повернулся к старому моряку, который, казалось, был равнодушен и к грозившей ему казни и к внезапному освобождению.

— Арблестер, — сказал Дик, — я причинил тебе много зла. Но теперь, клянусь распятием, мы в расчете.

Однако старый моряк только тупо взглянул на него и промолчал.

— Жизнь все же есть жизнь, старый ворчун, — продолжал Дик, — и стоит она больше, чем корабли и вина. Ну, скажи, что прощаешь меня. Если твоя жизнь тебе ничего не стоит, то мне она стоила всей моей будущности. Я дорого заплатил за нее. Ну, не будь же таким неблагодарным.

— Если бы у меня был мой корабль, — сказал Арблестер, — я находился бы в открытом море в безопасности вместе с моим матросом Томом. Но ты отнял у меня корабль, кум, и я нищий; а моего матроса Тома застрелил какой-то негодяй. «Чтоб тебе издохнуть!» — промолвил Том, умирая, и больше никогда не скажет ни слова. «Чтоб тебе издохнуть!» — были его последние слова, и бедная душа его отлетела. Я никогда уже больше не буду плавать с моим бедным Томом.

Раскаяние и жалость охватили Дика; он пытался взять шкипера за руку, но Арблестер отдернул руку.

— Нет, — сказал он, — оставь. Ты сыграл со мной дьявольскую шутку и будь доволен этим.

Слова застряли у Ричарда в горле. Сквозь слезы видел он, как бедный старик, вне себя от горя, опустив голову, шатаясь, побрел по снегу, не замечая собаки, скулившей у его ног. И в первый раз Дик понял, какую безнадежную игру мы ведем в жизни и что сделанное однажды нельзя ни изменить, ни исправить никаким раскаянием.

Но у него не было времени предаваться напрасным сожалениям. Кэтсби собрал всадников, подъехал к Дику, соскочил на землю и предложил ему своего коня.

— Сегодня утром, — сказал он, — я немного завидовал вашему успеху. Но успех ваш оказался непрочным, и сейчас, сэр Ричард, я от души предлагаю вам эту лошадь, чтобы вы на ней ускакали прочь.

— Объясните мне, — сказал Дик, — чем был вызван мой успех?

— Вашим именем, — ответил Кэтсби. — Имя — главный предрассудок милорда. Если бы меня звали Ричардом, я завтра же был бы графом.

— Благодарю вас, сэр, — ответил Дик. — И так как маловероятно, что я добьюсь новых милостей, позвольте мне попрощаться с вами. Не стану утверждать, будто я равнодушен к успеху; однако я не очень огорчен, распростившись с ним. Власть и богатство, конечно, славные вещи, но, между нами, ваш герцог — страшный человек.

Кэтсби рассмеялся.

— Да, — сказал он, — но тот, кто едет за Горбатым Диком, может уехать далеко. Ну, да хранит вас бог от всякого зла! Желаю вам удачи!

Дик встал во главе своего отряда и, приказав ему следовать за собой, двинулся в путь. Он проехал через город, полагая, что следует по стопам сэра Дэниэла, и все время оглядывался кругом в надежде найти доказательства, которые бы подтверждали справедливость его предположения. Улицы были усеяны мертвыми и ранеными; положение раненых в такой морозный день было весьма печальным. Шайки победителей ходили из дома в дом, грабя, убивая, распевая песни.

Со всех сторон до Дика доносились крики ограбленных и обиженных; он слышал то удары молота в чьюнибудь забаррикадированную дверь, то горестные вопли женщин.

Сердце Дика только что пробудилось. Он впервые увидел жестокие последствия своих собственных поступков; мысль обо всех несчастьях, обрушившихся на город Шорби, наполняла его душу отчаянием.

Наконец он достиг предместий города и нашел широкий, утоптанный след на снегу, замеченный им с колокольни. Он поскакал быстрее, внимательно вглядываясь в трупы людей и лошадей, лежавших по обе стороны тропы. Многие из убитых были одеты в цвета сэра Дэниэла, и Дик даже узнавал лица тех, которые лежали на спине.

Между городом и лесом на отряд сэра Дэниэла, очевидно, напали стрелки; здесь всюду валялись трупы, пронзенные стрелами. Среди лежавших Дик заметил юношу, лицо которого показалось ему странно знакомым.

Он остановился, слез с лошади и приподнял голову юноши. От этого движения капюшон откинулся, и длинные, густые темные волосы рассыпались по плечам. Юноша открыл глаза.

— А! Укротитель львов! — произнес слабый голос. — Она впереди. Скачите скорей!

И бедняжка снова лишилась сознания.

У одного из воинов Дика была с собой фляжка с каким-то крепким вином, и при помощи этого напитка Дику удалось привести ее в чувство. Он усадил подругу Джоанны к себе на седло и поскакал к лесу.

— Зачем вы подняли меня? — сказала девушка. — Я вас только задерживаю.

— Нет, госпожа Райзингэм, — ответил Дик. — Шорби полон крови, пьянства и разгула. А со мной вы в безопасности. Будьте довольны этим.

— Я не хочу быть обязанной никому из вашей партии! — вскричала она. — Пустите меня!

— Сударыня, вы не знаете, что говорите, — ответил Дик. — Вы ранены…

— Нет, — сказала она, — у меня убита лошадь, а я цела.

— Я не могу вас оставить одну в снежном поле, среди врагов, — ответил Ричард. — Хотите вы или не хотите, а я возьму вас с собой. Я счастлив, что мне представился такой случай, ибо он дает мне возможность заплатить вам хоть часть моего долга.

Она промолчала. Потом внезапно спросила:

— А мой дядя?

— Милорд Райзингэм? — переспросил Дик. — Хотел бы я принести вам добрые вести, но у меня их нет. Я видел его раз во время битвы, только один раз… Будем надеяться на лучшее.

ГЛАВА V. АЛИСИЯ РАЙЗИНГЭМ

Сэр Дэниэл, по всей видимости, держал путь в замок Мот, но из-за глубокого снега, позднего времени, необходимости избегать больших дорог и пробираться только лесом он не мог надеяться попасть в замок до утра.

Дик стоял перед выбором: либо по-прежнему идти по следам рыцаря и, если удастся, напасть на него ночью, когда он расположится в лесу лагерем, либо выбрать себе другую дорогу и пойти сэру Дэниэлу наперерез.

Оба плана вызывали серьезные возражения, и Дик, боявшийся, как бы Джоанна в бою не подверглась опасности, доехал до опушки леса, так и не решив, на котором из них остановиться.

Здесь сэр Дэниэл свернул налево и затем углубился в величественную лесную чащу. Он растянул свой отряд узкой лентой, чтобы легче было двигаться между деревьями, и след на снегу здесь был гораздо глубже. Этот след шел все прямо и прямо под оголенными дубами; деревья подымали над ним узловатые сучья и дремучие хитросплетения ветвей. Не слышно было ни человека, ни зверя; не слышно было даже пения реполова; лучи зимнего солнца золотили снег, исчерченный сложным узором теней.

— Как, по-твоему, — спросил Дик у одного из воинов, — скакать ли нам за ними, или двигаться наперерез?

— Сэр Ричард, — ответил воин, — я бы скакал вслед за ними до тех пор, пока они не разъедутся в разные стороны.

— Ты, конечно, прав, — сказал Дик, — но мы собрались в дорогу слишком поспешно и не успели как следует подготовиться к походу. Здесь нет домов, некому нас приютить и накормить, и вплоть до завтрашнего утра мы будем и голодать и мерзнуть... Что вы скажете, молодцы? Согласны ли вы потерпеть немного, чтобы добиться удачи? Если вы не согласны, мы можем повернуть в Холивуд и поужинать там за счет святой церкви. Я не уверен в успехе нашего похода и потому никого не принуждаю. Но если вы хотите послушать моего совета, выбирайте первое.

Все в один голос ответили, что последуют за сэром Ричардом, куда он пожелает.

И Дик, пришпорив коня, снова двинулся вперед.

Снег на следу был плотно утоптан, и догонявшим было легче скакать, чем удиравшим. Отряд Дика мчался крупной рысью; двести копыт стучали по твердому снегу; лязг оружия и фырканье лошадей создавали воинственный шум под сводами безмолвного леса.

Наконец широкий след вывел их к большой дороге, которая вела на Холивуд, и здесь потерялся. И когда немного дальше след этот снова появился на снегу. Дик с удивлением заметил, что он стал гораздо уже и снег на нем не так хорошо утоптан. Очевидно, воспользовавшись хорошей дорогой, сэр Дэниэл разделил свой отряд на две части.

Так как шансы казались одинаковыми, Дик поехал прямо, по главному следу. Через час он был уже в самой чаще леса. И вдруг общий след разделился на десятки разрозненных следов, которые разбегались во все стороны.

Дик в отчаянии остановил коня. Короткий зимний день подходил к концу; матовый красно-оранжевый шар солнца медленно опускался за голыми сучьями деревьев; тени, бежавшие по снегу, растянулись на целую милю; мороз жестоко кусал кончики пальцев; пар вздымался над конями, смешивался с застывающим дыханием людей и облаком летел вверх.

— Нас перехитрили, — признался Дик. — Придется в конце концов ехать в Холивуд. Судя по солнцу, до Холивуда ближе, чем до Тэнстолла.

Они повернули налево, подставив красному щиту солнца свои спины, и направились к аббатству. Но теперь перед ними не было дороги, утоптанной неприятелем. Им приходилось медленно пробираться по глубокому снегу, поминутно утопая в сугробах и беспрестанно останавливаясь, чтобы обсудить, куда ехать дальше. И вот солнце зашло совсем; свет на западе погас; они блуждали по лесу в полной тьме, под морозными звездами.

Скоро взойдет луна и озарит вершины холмов; тогда легко будет двигаться вперед. Но до тех пор один необдуманный шаг — и они собьются с дороги. Им ничего не оставалось, как расположиться лагерем и ждать.

Расставив часовых, они очистили от снега небольшую площадку и после нескольких неудачных попыток разожгли костер. Воины уселись вокруг огня, делясь скудными запасами еды, и пустили фляжку вкруговую. Дик выбрал лучшие куски из грубой и скудной пищи и снес их племяннице лорда Райзингэма, сидевшей под деревом, в стороне от солдат.

Ей подстелили конскую попону и дали накинуть на плечи другую; она сидела, устремив взор на огонь. Когда Дик предложил ей поесть, она вздрогнула, словно ее разбудили, и молча отказалась.

— Сударыня, — сказал Дик, — умоляю вас, не наказывайте меня так жестоко. Не знаю, чем я оскорбил вас. Правда, я увез вас силой, но из дружеских побуждений; я заставляю вас ночевать в лесу, но моя поспешность происходит оттого, что надо спасти другую девушку, такую же слабую и беззащитную, как вы. И, наконец, сударыня, не наказывайте себя и поешьте хоть немножко. Даже если вы не голодны, вы должны поесть, чтобы поддержать свои силы.

— Я не приму пищу из рук человека, убившего моего дядю, — ответила она.

— Сударыня! — вскричал Дик. — Клянусь вам распятием, я не дотронулся до него!

— Поклянитесь мне, что он еще жив, — сказала она.

— Я не хочу лукавить, — ответил Дик. — Сострадание приказывает мне огорчить вас. В глубине души я убежден, что его нет в живых.

— И вы осмеливаетесь предлагать мне еду! — воскликнула она. — А! Вас теперь величают сэром Ричардом! Мой добрый дядюшка убит, и за это вас посвятили в рыцари. Если бы я не оказалась такой дурочкой, а заодно и изменницей, если бы я не спасла вас в доме вашего врага, погибли бы вы, а он — он, который стоит дюжины таких, как вы, — он был бы жив!

— Подобно вашему дяде, я делал все, что мог, для своей партии, — ответил Дик. — Если бы он был жив, — клянусь небом, я желал бы этого! — он одобрил бы, а не порицал меня.

— Сэр Дэниэл говорил мне, — ответила она, — что видел вас на баррикаде. Если бы не вы, говорил он, ваша партия была бы разбита; это вы выиграли сражение. Значит, это вы убили моего доброго лорда Райзингэма. И, даже не умыв рук после убийства, вы предлагаете мне есть вместе с вами? Сэр Дэниэл поклялся погубить вас. Он отомстит за меня!

Несчастный Дик погрузился в мрачное раздумье. Он вспомнил старого Арблестера и громко застонал.

— И вы считаете, что на мне лежит такой грех? — сказал он. — Вы, защищавшая меня? Вы, подруга Джоанны?

— Зачем вы вмешались в битву? — возразила она. — Вы вне партий, вы всего только мальчик, руки, ноги и туловище, не управляемые разумом! Из-за чего вы сражались? Единственно из любви к насилию!

— Я и сам не знаю, из-за чего я сражался! — вскричал Дик — Но так уж водится в английском королевстве, что если бедный джентльмен не сражается на одной стороне, он непременно должен сражаться на другой. Он не может не сражаться, это противоестественно.

— Тот, у кого нет своих убеждений, не должен вытаскивать меча из ножен, — ответила молодая девушка. — Вы, случайно принимающий участие в битве, — чем вы лучше мясника? Войну облагораживает только цель, а вы, сражавшийся без цели, опозорили ее.

— Сударыня, — ответил несчастный Дик, — я вижу свою ошибку. Я слишком поторопился... я действовал преждевременно. Я украл корабль, думая, что поступаю хорошо, и этим погубил много невинных и причинил горе бедному старику, встреча с которым, словно кинжал, пронзила меня сегодня. Я добивался победы и славы только для того, чтобы жениться, и вот чего я достиг! Из-за меня погиб ваш дядя, который был так добр ко мне! Увы, я посадил Йорка на трон, а это, быть может, принесет Англии только горе! О сударыня, я вижу свой грех! Я не гожусь для этой жизни. Как только все кончится, я уйду в монастырь, чтобы молиться и каяться до конца дней своих. Я откажусь от Джоанны, откажусь от военного ремесла. Я буду монахом и до самой смерти буду молиться за душу вашего бедного дяди...

Униженному, полному раскаяния Дику вдруг почудилось, что юная леди рассмеялась.

Подняв голову, он увидел при свете костра, что она смотрит на него как-то странно, но совсем не сердито.

— Сударыня! — воскликнул он, полагая, что смех только послышался ему, хотя ее изменившееся лицо внушало ему надежду, что он тронул ее сердце.

— Сударыня, вам мало этого? Я отказываюсь от всех радостей жизни, чтобы загладить зло, которое я причинил. Я своими молитвами обеспечу рай лорду Райзингэму. Я отказываюсь от всего в тот самый день, когда был посвящен в рыцари и считал себя счастливейшим молодым джентльменом на земле!

— О, мальчик, — сказала она, — славный мальчик!

И, к величайшему изумлению Дика, она сначала очень нежно отерла слезы с его щек, а потом, точно подчиняясь внезапному побуждению, обвила его шею руками, привлекла к себе и поцеловала. И простодушный Дик совсем смутился.

— Вы здесь начальник, — очень весело сказала она, — и вы должны есть. Почему вы не ужинаете?

— Дорогая госпожа Райзингэм, — ответил Дик, — я хочу, чтобы пленница моя поела первой. Сказать по правде, раскаяние мешает мне глядеть на пищу, Я должен поститься и молиться, дорогая леди.

— Зовите меня Алисией, — сказала она. — Ведь мы с вами старые друзья, не так ли? А теперь давайте я буду есть вместе с вами: я — кусок, и вы — кусок, я — глоток, и вы — глоток. Если вы ничего не будете есть, и я не буду; а если вы съедите много, и я наемся, как пахарь.

С этими словами она принялась за еду, и Дик, у которого был прекрасный аппетит, последовал ее примеру, сначала с неохотой, но постепенно со все большим воодушевлением и усердием. В конце концов он даже позабыл следить за той, которая служила ему примером, и хорошенько вознаградил себя за труды и волнения ДНЯ.

— Укротитель львов, — сказала она наконец, — разве вам не нравятся девушки в мужской одежде?

Луна уже взошла, и теперь они только ждали, когда отдохнут усталые кони. При лунном свете все еще раскаивающийся, но уже сытый Ричард заметил, что она смотрит на него почти кокетливо.

— Сударыня... — начал было он и запнулся, удивленный такой переменой.

— Ну, — перебила она, — отпираться бесполезно.

Джоанна рассказала мне все. Но, сэр — укротитель львов, взгляните-ка на меня, разве я так уж некрасива? А?

И она сверкнула глазами.

— Вы несколько малы ростом... — начал Дик.

Она звонко захохотала, окончательно смутив его и сбив с толку.

— Мала ростом! — вскричала она. — Нет, будьте столь же честны, сколь вы отважны; я карлица, ну, может быть, чуть-чуть повыше карлицы. Но, признайтесь, несмотря на свой рост, я все же довольно хороша. Разве не так?

— О сударыня, вы очень хороши, — сказал многострадальный рыцарь, делая жалкую попытку казаться развязным.

— И всякий мужчина был бы очень рад жениться на мне? — продолжала она свой допрос.

— О сударыня, разумеется! — согласился Дик.

— Зовите меня Алисией, — сказала она.

— Алисия! — сказал сэр Ричард.

— Ну, хорошо, укротитель львов, — продолжала она. — Так как вы убили моего дядю и оставили меня без поддержки, вы, по чести, должны возместить мне это. Не так ли?

— Конечно, сударыня, — сказал Дик. — Хотя, положа руку на сердце, я считаю себя только отчасти виновным в смерти этого храброго рыцаря.

— А, так вы хотите увернуться! — вскричала она.

— Нет, сударыня. Я уже говорил вам, что, если вы желаете, я даже готов стать монахом, — сказал Ричард.

— Значит, по чести, вы принадлежите мне? — заключила она.

— По чести, сударыня, я полагаю… — начал молодой человек.

— Перестаньте! — перебила она. — У вас и так слишком много уловок. По чести, разве вы не принадлежите мне до тех пор, покуда не загладите содеянное вами зло?

— По чести, да, — сказал Дик.

— Ну, так слушайте, — продолжала она. — Мне кажется, из вас вышел бы плохой монах. И так как я могу располагать вами, как мне заблагорассудится, я возьму вас себе в мужья… Ни слова! — воскликнула она. — Слова вам не помогут. Справедливость требует, чтобы вы, лишивший меня одного дома, заменили бы мне этот дом другим. А что касается Джоанны, то, поверьте, она первая одобрит такую замену. В конце концов, раз мы с ней такие близкие подруги, не все ли равно, на которой из нас вы женитесь? Никакой разницы!

— Сударыня, — сказал Дик, — только прикажите, и я пойду в монастырь. Но ни по принуждению, ни из желания угодить даме я не женюсь ни на ком, кроме Джоанны Сэдли. Простите меня за откровенность, но, когда девушка смела, несчастному мужчине приходится быть еще смелее.

— Дик, — сказала она, — милый мальчик, вы должны подойти и поцеловать меня за эти слова... Нет, не бойтесь, вы поцелуете меня за Джоанну, а когда мы встретимся, я возвращу ей поцелуй и скажу, что украла его у нее. А что касается вашего долга мне, дорогой простачок, я думаю, не вы один участвовали в этом большом сражении. И даже если Йорк будет на троне, то не вы посадили его на трон. Но у вас хорошее, доброе и честное сердце. Дик. Если бы я была способна позавидовать хоть чему-нибудь из того, что есть у Джоанны, я позавидовала бы только вашей любви к ней.

ГЛАВА VI. НОЧЬ В ЛЕСУ (окончание). ДИК И ДЖОАННА

Тем временем лошади прикончили скудный запас корма и вполне отдохнули. По приказанию Дика костер засыпали снегом. Пока его люди снова устало садились в седло, он сам, несколько поздно вспомнив о предосторожностях, необходимых в лесу, выбрал высокий дуб и быстро взобрался на самую верхнюю ветку. Отсюда ему видна была лесная даль, занесенная снегом и озаренная луной. На юго-западе темнел тот заросший вереском холм, где его и Джоанну когда-то так напугал «прокаженный». На склоне этого холма он заметил ярко-красное пятнышко величиной с булавочную головку.

Он выругал себя за то, что так поздно влез на дерево. Что, если это яркое пятнышко — костер в лагере сэра Дэниэла? Ведь он уже давно мог заметить его и подойти к нему. И уж, во всяком случае, не следовало разрешать своим воинам разводить костер, который, вероятно, выдал их сэру Дэниэлу. Нельзя было больше терять ни минуты. Напрямик до холма было около двух миль; но на пути нужно было пересечь глубокий, обрывистый овраг, по которому нельзя было проехать верхом, и Дик решил, что, спешившись, они скорее доберутся до места. Оставив десять человек сторожить лошадей и договорившись об условном сигнале, Дик повел свой отряд вперед. Рядом с ним отважно шагала Алисия Райзингэм.

Чтобы облегчить себя, солдаты сняли тяжелые латы и оставили копья. Они бодро шли по замерзшему снегу, озаренному веселым лунным сиянием. Молча, в полном порядке перешли они через овраг, на дне которого ручей со стоном рвался сквозь снег и лед. За оврагом, в полумиле от замеченного Диком костра, отряд остановился, чтобы передохнуть перед нападением.

В безмолвии громадного леса малейший звук был слышен издалека. Алисия, у которой был тонкий слух, предостерегающе подняла палец и остановилась, прислушиваясь. Все последовали ее примеру, но, кроме глухого шума ручья да отдаленного лисьего лая, Дик, как он ни напрягал свой слух, не услышал ничего.

— Я слышала сейчас лязг оружия, — прошептала Алисия.

— Сударыня, — ответил Дик, боявшийся этой девушки больше, чем десятка храбрых неприятельских воинов, — я не осмелюсь сказать, что вы ошиблись... однако, быть может, этот звук донесся из нашего лагеря.

— Нет, он донесся с запада, — заявила она.

— Что будет, то будет, — ответил Дик. — Да исполнится воля небес. Нечего раздумывать, пойдем поскорее и узнаем, в чем дело. Вперед, друзья, довольно отдыхать!

По мере того как они продвигались вперед, на снегу все чаще попадались следы лошадиных копыт. Было ясно, что они приближаются к большому лагерю. Наконец они увидели за деревьями красноватый дым, озаренный снизу, и летящие во все стороны яркие искры.

По приказу Дика воины развернули свои ряды и бесшумно поползли через чащу, чтобы со всех сторон окружить неприятельский лагерь. Сам Дик, оставив Алисию под прикрытием громадного дуба, крадучись направился прямо к костру.

Наконец в просвете между деревьями он увидел весь лагерь. На холмике, покрытом вереском, с трех сторон окруженном чащей, горел костер; языки пламени взвивались с ревом и треском.

Вокруг костра сидело человек двенадцать, закутанных в плащи; но, хотя снег был утоптан так, словно здесь стоял целый полк, Дик тщетно искал взором лошадей. Он с ужасом подумал, что его, быть может, перехитрили. И в ту же минуту он понял, что высокий человек в стальном шлеме, который протягивал руки к огню, был его старый друг и добрый враг Беннет Хэтч; а в двух других, сидящих за Беннетом, он узнал Джоанну Сэдли и жену сэра Дэниэла, одетых в мужское платье.

«Ну что же, — подумал он. — Пусть я и потеряю своих лошадей, — только бы мне добыть мою Джоанну, и я не буду жаловаться!»

И вот раздался тихий свист, означавший, что воины Дика окружили лагерь со всех сторон.

Услышав свист, Беннет вскочил на ноги, но, прежде чем он успел схватиться за оружие, Дик окликнул его.

— Беннет! — сказал он. — Беннет, старый друг, сдавайся. Ты только напрасно прольешь человеческую кровь, если будешь сопротивляться.

— Клянусь святой Барбарой, это мастер Шелтон! — вскричал Хэтч. — Сдаваться? Вы требуете слишком многого. Какие у вас силы?

— Слушайте, Беннет, нас больше, чем вас, и вы окружены, — сказал Дик.

— Сам Цезарь и сам Карл Великий просили бы на твоем месте пощады. На мой свист откликаются сорок человек, и одним залпом я могу перестрелять вас всех.

— Мастер Дик, — сказал Беннет, — я бы охотно вам сдался, но совесть не позволяет — я должен исполнить свой долг. Да помогут нам святые!

С этими словами он поднес ко рту рожок и затрубил. Наступило некоторое замешательство. Пока Дик, опасаясь за дам, мешкал начинать бой, маленький отряд Хэтча бросился к оружию и выстроился для круговой обороны

— спина к спине, готовясь к отчаянному сопротивлению. Во время этой суматохи Джоанна вскочила и, как стрела, помчалась к своему возлюбленному.

— Я здесь, Дик! — вскричала она, схватив его за руку.

Дик все еще колебался. Он был молод и не привык к неизбежным ужасам войны, и при мысли о старой леди Брэкли слова команды застревали у него в горле. Воины его начали проявлять нетерпение. Некоторые из них окликали его по имени, другие принялись стрелять, не дожидаясь приказания. И первая же стрела сразила бедного Беннета. Тут Дик очнулся.

— Вперед! — крикнул он. — Стреляйте, ребята, и не высовывайтесь из кустов! Англия и Йорк!

Но в это мгновение в ночной тишине внезапно раздался глухой стук множества копыт о снежную дорогу, приближавшийся с невероятной быстротой и становившийся все громче, и рога затрубили в ответ на призыв Хэтча.

— Все сюда! — вскричал Дик. — Скорей ко мне, если вы дорожите жизнью! Но его пешие воины, рассчитывавшие на легкую победу, были застигнуты

врасплох; одни еще мешкали, другие бросились бежать и исчезли в лесу. И когда первые всадники кинулись в атаку, им удалось заколоть лишь нескольких отставших; большая же часть отряда Дика растаяла при первых звуках, возвестивших о приближении неприятеля.

Дик стоял, с горечью глядя на последствия своей опрометчивой и неблагоразумной отваги. Сэр Дэниэл заметил его костер. Он двинулся к нему со своими главными силами, чтобы атаковать преследователей или обрушиться на них с тыла, если они отважатся напасть на лагерь. Он действовал, как опытный предводитель. Дик же вел себя, как пылкий мальчик. И вот у молодого рыцаря не осталось никого, кроме возлюбленной, крепко державшей его за руку, А все его воины и кони затерялись в темном лесу, точно булавки в сене. «Да поможет мне бог! — подумал он. — Хорошо, что меня посвятили в рыцари за утреннее сражение, ибо эта битва делает мне мало чести».

И, увлекая за собой Джоанну, он бросился бежать.

Теперь ночную тишину нарушали крики тэнстоллских воинов, мчавшихся во все стороны, разыскивая беглецов. Дик продирался через кусты и бежал вперед, словно олень. Все открытые места были залиты серебристым лунным светом, и от этого в лесной чаще казалось еще темнее. Побежденные разбежались по всему лесу и увели за собой преследователей. Дик и Джоанна спрятались в густой чаще и остановились, прислушиваясь к голосам, понемногу затихавшим в отдалении.

— Если бы я оставил резерв, — горько воскликнул Дик, — я бы еще мог поправить дело! Да, жизнь учит нас! В следующий раз я буду умнее, клянусь распятием!

— Не все ли равно. Дик, — сказала Джоанна, — раз мы снова вместе?

Он взглянул на нее. Опять, как в былое время, она была Джоном Мэтчемом, одетым по-мужски. Но теперь он знал, что это девушка. Она улыбалась ему и даже в этом неуклюжем одеянии вся искрилась любовью, наполняя его сердце восторгом.

— Любимая, — сказал он, — если ты прощаешь все мои промахи, стоит ли мне о них горевать? Пойдем прямо в Холивуд; там находится твой опекун и мой добрый друг лорд Фоксгэм. Там мы и обвенчаемся. И не все ли равно, беден я или богат, прославлен или безвестен? Любовь моя, сегодня меня посвятили в рыцари. Я удостоился похвалы прославленных вельмож за свою отвагу. Я уже считал себя самым лучшим воином во всей Англии. И вот я сначала лишился благосклонности вельмож, а затем был разбит в бою и потерял всех своих солдат. Какой удар по моему тщеславию! Но, дорогая, я не горюю. Если ты любишь меня, если ты согласна обвенчаться со мной, я готов сложить с себя рыцарское звание и нисколько не буду жалеть об этом.

— Мой Дик! — вскричала она. — Неужели тебя посвятили в рыцари?

— Да, моя дорогая. И отныне ты миледи! — нежно ответил он. — Вернее, завтра утром ты станешь ею — ведь ты согласна?

— Согласна, Дик, согласна всей душой! — ответила она.

— Вот как, сэр! А я-то думала, что вы собираетесь податься в монахи!

— Алисия! — вскричала Джоанна.

— Она самая, — ответила, приближаясь, юная леди. — Та самая Алисия, которую вы считали мертвой и которую нашел ваш укротитель львов, вернул к жизни и за которой он даже ухаживал, если хочешь знать!

— Я не верю этому! — вскричала Джоанна. — Дик!

— «Дик»! — передразнила Алисия. — Вот вам и Дик!.. Да, сэр, и вам не стыдно покидать несчастных девиц в беде? — продолжала она, повернувшись к молодому рыцарю. — Вы оставляете их под сенью дуба, а сами уходите. Видно, правду говорят, что пора рыцарства миновала.

— Сударыня, — в отчаянии вскричал Дик, — клянусь своей душой, я совершенно позабыл о вас! Сударыня, постарайтесь простить меня! Вы видите, я только что нашел Джоанну!

— Я и не думала, что вы бросили меня намеренно, — возразила она. — Но все равно я жестоко отомщу. Я выдам леди Шелтон одну тайну... вернее — будущей леди Шелтон, — прибавила она, делая реверанс. — Джоанна, — продолжала она, — клянусь душой, я верю, что твой возлюбленный отважен в сражении, но... позволь мне сказать все: он самый мягкосердечный простак в Англии. Бери его себе на здоровье! А сейчас, глупые дети, сперва поцелуйте меня каждый по очереди — это принесет вам счастье, а потом целуйте друг друга ровно одну минуту по часам и ни одной секунды больше. А затем мы все втроем отправимся в Холивуд и пойдем как можно быстрее, потому что в этих лесах и холодно и небезопасно.

— Но неужели мой Дик ухаживал за тобой? — спросила Джоанна, прижимаясь к своему возлюбленному.

— Нет, глупая девочка, — ответила Алисия, — это я ухаживала за ним. Я предложила ему жениться на мне, но он посоветовал мне выйти замуж за кого-нибудь другого. Так он и сказал. Словом, он не столь любезен, сколь прямодушен… А теперь, дети, будем благоразумны и пойдем вперед. Ну как, мы опять полезем через овраг или двинемся прямо в Холивуд?

— Недурно бы достать коня, — сказал Дик, — За последние дни меня так много били, что мое несчастное тело превратилось в сплошной синяк. Однако, если мои воины, сторожащие коней, разбежались, услышав шум битвы, мы только даром пройдемся. Прямым путем до Холивуда всего три мили. Колокол еще не пробил и девяти часов, снег крепок, луна ярко светит. Как вы думаете — не отправиться ли нам пешком?

— Решено! — вскричала Алисия.

А Джоанна только крепче прижалась к Дику.

Они пошли через оголенные рощи, по заснеженным тропинкам, залитым бледным светом зимней луны. Дик и Джоанна держались за руки, испытывая райское блаженство. А их легкомысленная спутница, совершенно позабыв о собственных горестях, шла за ними и то подшучивала над их молчанием, то рисовала счастливые картины их будущей совместной жизни.

Далеко в лесу слышны были крики тэнстоллских воинов, продолжавших погоню; время от времени доносился шум голосов, раздавался лязг оружия, — видимо, стычки все еще продолжались.

Но в этих молодых людях, выросших среди военных тревог и только что избегнувших множества опасностей, нелегко было разбудить страх или жалость. Довольные тем, что шум погони удалялся, они всем сердцем отдались своей радостной прогулке, которую Алисия назвала свадебной процессией. И ни суровое безлюдье леса, ни холод морозной ночи не могли омрачить их счастье.

Наконец с вершины холма они увидели долину Холивуда. В больших окнах лесного аббатства сияли факелы и свечи; высокие башни и шпили, отчетливые и безмолвные, вздымались к небу, и золотое распятие на самой верхушке ярко горело, озаренное лунным светом. Вокруг Холивуда на широких полянах пылали костры лагерей, теснились хижины; на дне долины застыла, скованная льдом, извилистая река.

— Клянусь небом, — сказал Ричард, — здесь все еще стоят лагерем войска лорда Фоксгэма! Гонец, посланный герцогом, видимо, сюда не доехал. Ну, тем лучше. Значит, у нас есть армия, и мы можем приготовить сэру Дэниэлу достойную встречу.

Но воины лорда Фоксгэма продолжали стоять лагерем у Холивуда совсем по другой причине, чем предполагал Дик. Они двинулись было к Шорби, но не прошли и половины дороги, как встретили второго гонца, который приказал им вернуться туда, где они стояли утром, чтобы преградить дорогу отступающим ланкастерцам и держаться как можно ближе к главной армии йоркистов. Ричард Глостер, выиграв битву и разбив своих врагов в этом округе, уже шел на соединение со своим братом. И вскоре после того, как войска лорда Фоксгэма вернулись в Холивуд, Горбун сам остановил коня у дверей аббатства. Вот в честь какого высокого гостя светились огнями окна. Когда Дик явился в Холивуд вместе со своей возлюбленной и ее подругой, герцог и вся его свита пировали в трапезной, где их принимали с великолепием, достойным такого могущественного и богатого монастыря. Дика привели в трапезную, куда он вошел без большой охоты. Глостер, разбитый усталостью, сидел, подперев рукой свое бледное, грозное лицо. Лорд Фоксгэм, едва оправившийся от раны, сидел на почетном месте, слева от него.

— Ну как, сэр? — спросил Ричард. — Принесли вы мне голову сэра Дэниэла?

— Милорд герцог, — ответил Дик довольно твердым голосом, хоть и робея в душе, — мне так не повезло, что я не мог даже вернуться вместе со своим отрядом. Я, с позволения вашей милости, совершенно разбит.

Глостер взглянул на него и грозно нахмурился.

— Кроме пятидесяти всадников, сэр, я дал вам пятьдесят пехотинцев, — сказал он.

— Милорд герцог, у меня было лишь пятьдесят всадников, — ответил юный рыцарь.

— Как так? — сказал Глостер. — Он ведь просил у меня и конницу и пехоту.

— Не гневайтесь, ваша милость, — вкрадчиво ответил Кэтсби, — но для погони мы дали ему лишь пятьдесят всадников.

— Прекрасно, — сказал Ричард. — Шелтон, вы можете идти.

— Постойте! — сказал лорд Фоксгэм. — У этого молодого человека было поручение и от меня. Может быть, он его выполнил лучше… Скажите, мастер Шелтон, вы нашли девушку?

— Хвала святым, милорд, — сказал Дик, — она в этом доме.

— Это верно?.. В таком случае, милорд герцог, — продолжал лорд Фоксгэм, — завтра утром, с вашего позволения, перед тем как войско выступит, нужно сыграть свадьбу. Этот молодой сквайр…

— Молодой рыцарь, — перебил Кэтсби.

— Вы называете его рыцарем, сэр Уильям? — вскричал лорд Фоксгэм.

— Я сам посвятил его в рыцари за отважную службу, — сказал Глостер. — Он дважды выручил меня. Доблести у него хоть отбавляй. Но ему не хватает железной твердости мужчины. Он не возвысится, лорд Фоксгэм. Этот человек будет храбро сражаться, но все равно у него сердце зайца. Тем не менее, если ему нужно жениться, — жените его во имя пресвятой девы, и конец!

— Он храбрый юноша, и мне это известно, — сказал лорд Фоксгэм. — Радуйтесь, сэр Ричард! С мастером Хэмли я все уладил, и утром вас обвенчают.

Дик решил, что теперь благоразумнее всего удалиться. Но не успел он еще выйти из трапезной, как какойто человек, только что спешившийся у ворот, помчался по лестнице, перепрыгивая сразу через четыре ступени, прорвался сквозь ряды слуг и бросился на одно колено перед герцогом.

— Победа, милорд! — вскричал он.

И прежде чем Дик добрался до комнаты, отведенной ему как гостю лорда Фоксгэма, в толпе у костров раздались восторженные крики. Ибо в этот же самый день в каких-нибудь двадцати милях отсюда могуществу Ланкастера был нанесен второй сокрушительный удар.

ГЛАВА VII. МЕСТЬ ДИКА

На следующее утро Дик встал до рассвета, оделся как можно лучше, воспользовавшись гардеробом лорда Фоксгэма, и, наведавшись о Джоанне, пошел погулять, чтобы умерить свое нетерпение.

Он побродил среди солдат, облачавшихся в свои доспехи при свете зимней зари и красном блеске факелов; вышел в поле, обошел аванпосты и направился один в замерзший лес, дожидаясь восхода солнца.

Мысли его были покойны и счастливы; он не жалел о потере скоротечной благосклонности герцога. Имея такую жену, как Джоанна, и такого покровителя, как лорд Фоксгэм, он мог смотреть на свое будущее с надеждой. О прошлом он сожалел мало.

Он шел, погруженный в размышления, а утренняя заря разгоралась все торжественней и ярче, и резкий ветерок вздымал морозную снежную пыль. Он повернулся, чтобы идти домой, и вдруг заметил какого-то человека за деревом.

— Стой! — крикнул Дик. — Кто идет?

Человек вышел из-за дерева и взмахнул рукой, как немой. Хотя он был в одежде пилигрима и на лицо его был опущен капюшон, Дик мгновенно узнал сэра Дэниэла.

Дик шагнул к нему, обнажив меч. А рыцарь, сунув руку за пазуху, словно для того, чтобы выхватить спрятанное там оружие, спокойно ожидал его приближения.

— Ну что, Дикон, — сказал сэр Дэниэл, — как же ты думаешь поступить? Неужели ты нападешь на побежденного?

— Я не посягал на вашу жизнь, — ответил юноша. — Я был вашим верным другом до тех пор, покуда вы не захотели убить меня. О, как жадно мечтали вы о моей смерти!

— Только из самозащиты, — ответил рыцарь. — А теперь, мальчик, вести об этой битве и присутствие молодого горбатого дьявола в моем собственном лесу окончательно меня сломили. Я пойду в Холивуд, и его святые стены защитят меня. Потом отправлюсь за море, захватив с собой все, что возможно, и начну новую жизнь в Бургундии или во Франции.

— Вам нельзя в Холивуд, — сказал Дик,

— Как так нельзя? — спросил рыцарь.

— Послушайте, сэр Дэниэл, сегодня — день моей свадьбы, — сказал Дик,

— и солнце, которое сейчас взойдет, озарит самый светлый день моей жизни. Вашей жизнью вы должны заплатить и за смерть моего отца и за попытку убить меня. Но и сам я натворил достаточно. Я был причиной смерти многих людей... И в этот счастливый день я не хочу быть ни судьей, ни палачом. Если бы вы были самим дьяволом, я не поднял бы на вас руки. Просите прощения у бога, а я щедро дарую вам свое. Но в Холивуд я вас не пущу. Я стою за Йорк и не позволю шпионам проникнуть в наше войско. Если вы сделаете хоть один шаг, я крикну и прикажу ближайшему часовому схватить вас.

— Ты издеваешься надо мной! — сказал сэр Дэниэл. — Только Холивуд может спасти меня.

— Это уже не мое дело, — ответил Ричард. — Идите на восток, на запад, на юг, но на север я вас не пущу. Холивуд для вас закрыт. Уходите и не пытайтесь вернуться, ибо, едва вы уйдете, я предупрежу все наши караулы, и они будут так зорко следить за каждым пилигримом, что, будь вы сам дьявол, вам не удастся пройти.

— Ты обрекаешь меня на гибель, — мрачно сказал сэр Дэниэл.

— Нет, не обрекаю, — ответил Ричард. — Если вам хочется испытать свою отвагу, вызывайте меня на поединок. И пусть это — предательство по отношению к моей партии, я приму ваш вызов. Я буду биться с вами один на один и никого не позову на помощь. Так, с чистой совестью, я отомщу за своего отца.

— Ну да, — сказал сэр Дэниэл, — у тебя длинный меч, а у меня всего кинжал!

— Я полагаюсь только на милость неба, — ответил Дик, швыряя свой меч в снег. — А теперь, если ваш злой рок приказывает вам, — выходите! И если будет угодно всемогущему, я скормлю ваши кости лисицам.

— Я только испытывал тебя, Дик, — ответил рыцарь, выдавив из себя подобие смеха. — Я не хочу проливать твою кровь.

— Ну тогда уходите, пока не поздно, — ответил Шелтон. — Через пять минут я позову часовых. Я и так слишком терпелив. Если бы вы оказались на моем месте, а я на вашем, я бы уже давно был связан по рукам и ногам.

— Хорошо, Дикон, я уйду, — ответил сэр Дэниэл. — Когда мы снова встретимся, ты пожалеешь, что поступил со мной так жестоко.

С этими словами рыцарь повернулся и побрел прочь, в лесную чащу. Дик со странным, смешанным чувством наблюдал, как сэр Дэниэл шел, быстро и осторожно, все время бросая злобные взгляды на юношу, который пощадил его и которому он тем не менее не доверял.

Вот он подошел к чаще, густо переплетенной зеленым плющом и непроницаемой для взора даже зимой. Внезапно раздался короткий, чистый звук спущенной тетивы. Пролетела стрела, и с громким, сдавленным криком боли и гнева тэнстоллский рыцарь взмахнул руками и упал лицом вниз. Дик подбежал к нему и поднял его. Страшная гримаса пробежала по лицу, все тело корчилось в судорогах.

— Стрела черная? — задыхаясь, спросил он.

— Черная! — торжественно ответил Дик.

И прежде чем он успел прибавить хоть слово, отчаянная боль пронзила раненого с головы до ног; он дернулся в руках Дика последний раз, и, когда боль утихла, душа его безмолвно отлетела. Юноша осторожно положил его на снег и принялся молиться за нераскаянную, грешную душу. Пока он молился, взошло солнце и реполовы запели в плюще.

Поднявшись, Дик увидел, что в нескольких шагах позади него стоит на коленях и молится другой человек. С обнаженной головой ждал Дик конца этой молитвы. Человек молился долго, склонив голову и закрыв лицо руками. Рядом с ним лежал лук, и Дик догадался, что это стрелок, убивший сэра Дэниэла.

Наконец он поднялся, и Дик узнал Эллиса Дэкуорта.

— Ричард, — торжественно сказал он, — я слышал ваш разговор от слова до слова! Ты избрал лучшую долю и простил. Я избрал худшую — и вот лежит прах моего врага. Молись за меня!

И он сжал его руку.

— Сэр, — сказал Ричард, — я охотно буду молиться за вас, но не знаю, помогут ли вам мои молитвы. Если месть, которой вы так долго жаждали, теперь огорчает вас, подумайте, не лучше ли простить тех, кто еще остался в живых? Хэтч убит, бедняга, хотя я вовсе не хотел его убивать. Вот лежит труп сэра Дэниэла... Умоляю вас, пощадите хоть священника!

Глаза Эллиса Дэкуорта сверкнули.

— Дьявол еще силен во мне! — сказал он. — Но будь спокоен: черная стрела никогда больше не просвистит в воздухе; братство наше распалось. Те, кого мы не успели убить, мирно кончат свою жизнь в срок, определенный небом. А ты ступай навстречу своей счастливой судьбе и забудь о злосчастном Эллисе.

ГЛАВА VIII. ЗАКЛЮЧЕНИЕ

Около девяти часов утра лорд Фоксгэм повел свою воспитанницу, снова одетую так, как подобает ее полу, и сопровождаемую Алисией Райзингэм, в холивудскую церковь. Ричард Горбатый с омраченным заботой лицом пересек им дорогу и остановился перед ними.

— Это и есть та девушка? — спросил он. Когда лорд Фоксгэм ответил утвердительно, он продолжал: — Невеста, поднимите головку, дайте мне взглянуть на ваше лицо.

Он угрюмо поглядел на нее.

— Вы прекрасны, — наконец промолвил он, — и, как мне рассказывали, богаты. Что, если я предложу вам брак, более подходящий для девушки вашей наружности и вашего происхождения?

— Милорд герцог, — ответила Джоанна, — если угодно вашей милости, я хотела бы выйти за сэра Ричарда.

— Почему? — резко спросил он. — Выходите за того человека, которого я назову вам, и вы сегодня же станете леди, а он лордом. А сэр Ричард, — позвольте мне сказать откровенно, — умрет сэром Ричардом.

— Я прошу у неба только одной милости, милорд: дать мне возможность умереть женой сэра Ричарда, — ответила Джоанна.

— Посмотрите, милорд! — сказал Глостер, обращаясь к лорду Фоксгэму. — Вот странная пара. Когда я предложил юноше выбрать себе награду, он попросил помиловать старого пьяного моряка. Я предостерегал его, но он упорствовал в своей глупости. «На этом кончатся мои милости», — сказал я. А он ответил мне с дерзкой самоуверенностью: «Мне придется смириться с потерей ваших милостей». Ну что ж! Так тому и быть!

— Он так сказал? — воскликнула Алисия. — Хорошо сказано, укротитель львов!

— А это что за девушка? — спросил герцог.

— Это пленница сэра Ричарда, — ответил лорд Фоксгэм, — госпожа Алисия Райзингэм.

— Выдайте ее замуж за надежного человека, — сказал герцог.

— Я имел в виду своего родственника Хэмли, если будет угодно вашей милости, — ответил лорд Фоксгэм. — Он хорошо послужил нашему делу.

— Одобряю ваш выбор, — сказал Ричард. — Пусть они поскорее обвенчаются... Скажите, прекрасная девушка, вы хотите выйти замуж?

— Милорд герцог, — сказала Алисия, — если это человек честный и не урод...

Тут она растерялась, и язык прилип к ее гортани.

— Он не урод, сударыня, — спокойно сказал Ричард. — Я единственный горбун во всей армии; все остальные сложены хорошо... Леди и вы, милорд, — внезапно сказал он с преувеличенной любезностью, — не сочтите меня невежливым, если я покину вас. В военное время вождь не может распоряжаться своим временем.

И с изящным поклоном он удалился в сопровождении своей свиты.

— Увы, — вскричала Алисия, — я погибла!

— Вы его не знаете, — ответил лорд Фоксгэм. — Это пустяки, он тут же забыл ваши слова.

— В таком случае он цвет рыцарства! — сказала Алисия.

— Нет, просто он думает о другом, — ответил лорд Фоксгэм. — Однако не будем больше мешкать.

В церкви их ждал Дик в сопровождении нескольких молодых людей. Там его обвенчали с Джоанной. Когда, торжественно-счастливые, они вышли на мороз и на солнце, армия уже тянулась по дороге. Среди коней, двигающихся от аббатства, среди целого леса коней развевалось знамя герцога Глостера. За знаменем, окруженный закованными в сталь рыцарями, ехал честолюбивый, смелый, жестокосердый горбун навстречу своему короткому царствованию и вечному позору. Но свадебное шествие свернуло в другую сторону, и вскоре гости уселись за стол и предались своему веселью без разгула. Отец-эконом угощал гостей и сидел за столом вместе с ними. Хэмли, забыв о ревности, принялся ухаживать за Алисией, к полному ее удовольствию. Под пение труб, под лязг оружия, под топот лошадей уходившей армии Дик и Джоанна сидели рядом, любовно держась за руки, и со всевозрастающей нежностью глядели друг другу в глаза.

С тех пор грязь и кровь этой буйной эпохи текла в стороне от них. Вдали от тревог жили они в том зеленом лесу, где возникла их любовь.

А в деревушке Тэнстолл в довольстве и мире, быть может, излишне наслаждаясь элем и вином, проживали на пенсии два старика. Один из них всю жизнь был моряком и до конца своих дней продолжал оплакивать своего матроса Тома. Другой, человек бывалый и повидавший виды, под конец жизни сделался набожным и благочестиво скончался в соседнем аббатстве под именем брата Гонестуса. Так исполнилась заветная мечта Лоулесса: он умер монахом.

ОГЛАВЛЕНИЕ

www.ingramcontent.com/pod-product-compliance
Lightning Source LLC
Chambersburg PA
CBHW060613310726
48982CB00003B/550

9781763795655